D1843903

SABINE SCHODER

LIEbE IST WaS FÜR IDiOtEN. WIe MiCH.

FISCHER Taschenbuch

MIX
Papier aus verantwortungsvollen Quellen
FSC® C083411
FSC
www.fsc.org

Erschienen bei FISCHER Kinder- und Jugendtaschenbuch,
Frankfurt am Main, August 2015

Originalausgabe

© S. Fischer Verlag GmbH, Frankfurt am Main 2015

Satz: Dörlemann Satz, Lemförde
Druck und Bindung: CPI books GmbH, Leck
Printed in Germany
ISBN 978-3-7335-0151-8

Für Waldtraut & Bernd

Prolog
Der Tag, an dem ich beschloss, nie wieder zu weinen.

Auf dem schwarzen Kleid kleben Flecken, wo meine Knie es in die weiche Erde gedrückt haben. Eins meiner Schuhbänder hat sich gelöst und schleift meinen Schritten hinterher. Ich möchte mich danach bücken, aber der Strom der Erwachsenen schiebt mich weiter. An aufgehängten Mänteln vorbei, von denen das Wasser auf den Boden tropft.

Graue Schleier wabern in der Luft, die sich nicht fortwischen lassen. Keine Tränen, Zigarettenqualm hängt über den Tischen. Mein Onkel kracht auf einen Stuhl und öffnet den Knopf seines Sakkos. Er winkt die Bedienung herbei, die mit Block und Bleistift durch die Gäste eilt.

Mein Vater sitzt am Ende der Tafel. Ganz allein. Nur ein halb ausgetrunkenes Bier leistet ihm Gesellschaft. Mit dem Handrücken wischt er seine Lippen ab, dann fährt er sich in die Haare. Schaum bleibt an einer Strähne kleben, doch er merkt es nicht. Seine Finger tasten nach der gewölbten Hemdtasche.

Ich renne los. An Hüften und Ellbogen vorbei, die gegen meine Schläfen stoßen. Mein Schuh erwischt das lose Band, ich stolpere, falle auf die Knie, raffe mich sofort auf. Trotzdem komme ich zu spät.

Die Flamme auf dem Feuerzeug erlischt. Glut frisst sich in die Zigarette, die mein Vater in seinen Mund gesteckt hat. Er lässt das Päckchen im Hemd verschwinden und rutscht tiefer in den Stuhl, als würde der Rauch ihn von innen schmelzen.

Ich zerre an seinem Oberarm. »Bitte, Papa, hör auf damit!«

Sein Ausdruck wandert ziellos über mein Gesicht, ohne Halt daran zu finden. »Nicht heute, Viktoria. Nicht jetzt. Lass mich in Ruhe.«

Meine Tränen sind noch nah. Es ist einfach, sie zurückzuholen. Ich drücke die Beine durch, bis sie vor Anstrengung zittern, und presse Fingernägel in schmutzige Handballen. Mein Aufschluchzen lässt die Gespräche stolpern, Köpfe drehen sich, Worte versiegen. Jeder sieht mich, jeder hört mich. Nur mein Vater achtet nicht darauf. Er hebt die Zigarette zu den Lippen.

Daraufhin passiert alles sehr schnell. Meine Faust schließt sich um den weißen Stängel. Zuerst spüre ich nichts, dann beißt mich die Glut. Ich bin zu überrascht, um aufzuschreien, blinzle auf den Tabak, der von meiner Haut bröselt.

Plötzlich erschüttert das Bild. Lärm füllt mein linkes Ohr, ich falle gegen den Tisch, reiße Gläser um, etwas zerbricht. Und schließlich Stille. Totenstille um uns herum.

Bier saugt sich in eine Serviette.

Vaters Hand schwebt in der Luft.

Meine Wange pocht von der Ohrfeige.

Das ist der Moment, in dem ich es begreife.

Tränen helfen nicht.

Tränen machen blind.

Wie viel davon muss ich rauchen, um dich zu mögen?

Meine Mutter starrt mich an. Sie sitzt in einem kleinen Bilderrahmen auf dem Nachttisch, mit einer Jennifer-Aniston-Föhnfrisur, die in den Neunzigern modern war. Ein schwarzer, verfaulter Zahn klebt auf ihrem Lachen. Mein Fingernagel kratzt das Staubkorn vorsichtig herunter.

Erschöpft werfe ich mich auf mein Bett und schließe die Augen. Im selben Moment klingelt das Handy irgendwo auf dem Fußboden.

»Sei bitte falsch verbunden. Lass mich einfach hier liegen und in Frieden sterben.« Das meine ich bitterernst. Immerhin habe ich gerade eine Mörderschicht hinter mir.

Meine Hand tastet nach dem Telefon, um den Anruf wegzudrücken. Dabei streifen meine Finger versehentlich die Lautsprechertaste und das Handy rutscht außer Reichweite. Sofort schrillt die Stimme meiner besten Freundin Melanie durchs Zimmer. »ALLES GUTE ZUM SIEBZEHNTEN GEBURTSTAG!«

Statt einer Antwort stöhne ich nur.

»Bist du das, Viki?«

»Nein, die Sex-Hotline«, knurre ich. »Für sechs Euro die Minute bringe ich deine Hirnzellen zum Schmelzen. Wähle die Eins für liebevolles Flirten oder die Zwei für schmutzigen Lesbensex.«

»Seit wann stehst du auf liebevolles Flirten? Alles klar bei dir?«

Ich hieve meinen Kopf aus dem Kissen und lehne den Oberkörper über die Bettkante. Das Handy liegt in einem Kleiderhaufen auf dem Teppich. Zumindest war da noch ein Teppich, als ich das letzte Mal aufgeräumt habe. Anstatt Staub zu saugen, wechsle ich einfach den Wäschebelag. Mels Foto leuchtet auf dem Display, direkt neben meinen alten Socken. »Ich komme gerade aus dem Restaurant. Ein Fünfjähriger hat mir gedroht, auf seinen Teller zu pinkeln, wenn ich ihm keinen Lutscher besorge. Die Eltern fanden das *kreativ.*«

Mel lacht. »Vergiss diesen beknackten Wochenendjob. Heute ist dein *gro-hoo-ßer Ta-haaag!*«

Ich schließe die Augen. »Du hast recht, immerhin darf ich mir an meinem Geburtstag was wünschen. Wie wäre es mit einer riesigen Sahnetorte, aus der ein Kerl mit Gewehr springt, um mich zu erschießen?«

»Du würdest dich von einem Fremden umbringen lassen? Wozu hast du Freunde?«

Ich unterdrücke ein Grinsen, damit Mel nicht merkt, dass sie einen Treffer gelandet hat. Denn ich weiß, was sie vorhat.

Vor einem Monat habe ich meinen Freunden erklärt, dass ich an meinem Geburtstag arbeiten muss und danach lieber allein sein will. Sie haben sich alarmierte Blicke zugeworfen, als hätte ich angekündigt, mich demnächst in einen Axtmörder zu verwandeln. Kurze Zeit später hat das Getuschel angefangen.

Ich nehme das Handy vom Boden, schalte den Lautsprecher ab und drehe mich auf den Rücken. Meine Wände sind kohlrabenschwarz gestrichen, nur durch ein einziges Fenster fällt Stadtlicht ins Zimmer. Ich knipse eine violette Weihnachtslichterkette an und zähle abwesend die Lämpchen. »Wahre Freunde würden meinen Geburtstag vergessen, wenn ich sie darum bitte.«

»Wahre Freunde planen bereits seit Wochen eine Überraschungsparty für dich, über die du selbstverständlich Bescheid weißt, weil dein Cousin sich verplappert hat.«

»Was, echt? Eine Party?«

»Viki!« Mel klingt langsam panisch. »Wir treffen uns um zehn Uhr im Black! Du wirst Spaß haben und deinen Geburtstag feiern!«

Ich schnaufe geschlagen. »Wer spielt denn?«

Sie zögert. »Major Malfunction?«

Ich hole tief Luft, um ihr genau zu erklären, was ich von dieser Band halte, doch Mel setzt sofort nach: »Ich weiß! Ich weiß! Aber das Black ist deine Lieblingskneipe und sie spielen ja nur bis Mitternacht. Die Stimmung wird jedenfalls toll sein.«

»Diese Typen kümmern sich vor allem um die Stimmung in ihren Hosen«, knurre ich verächtlich.

»Um zehn Uhr im Black«, bettelt Mel. »Bitte sag mir, dass du auftauchst.«

Ich raufe mir die Haare, in denen sich mindestens ein halber Liter Frittierfett aus der Restaurantküche festgesetzt hat. »Ich brauche eine Dusche. Außerdem wollte ich mir die Haare färben. Vermutlich komme ich zu spät.«

»Super! Das wird ein Geburtstag, den du nie vergisst!«

Ich lege auf und rolle mich aus dem Bett.

Mel irrt sich gewaltig. Ich werde diesen Abend garantiert vergessen. Dafür werde ich schon sorgen.

Automatisch schießt mein Blick zum Nachttisch. Doch meine Mutter lächelt nur verständnisvoll.

Wenn ich das Foto lange genug betrachte, bewegen sich ihre Lippen. Sie flüstert mir Worte zu, Geheimnisse über mich selbst, die ich keinem verrate. Manchmal will sie mir einreden, dass ich nicht so hart mit der Welt sein muss.

Was weiß sie schon? Sie ist seit zehn Jahren tot.

Ich nehme den Rahmen und lege ihn in eine Schublade. Mit dem Bild nach unten.

Das Black ist ein schmuckloses, finsteres Gebäude mitten in der Stadt. Nur ein rotleuchtendes Namensschild und wummernde Bässe lassen erahnen, was sich darin verbirgt. Major Malfunction spielen bereits, als ich ankomme. Der Rock-Lärm lässt die verdunkelten Fenster zittern.

Während ich in der Schlange anstehe, checke ich mein Outfit in der Glastür: schwarze Schnürstiefel (ohne Absatz), schwarze Netzstrümpfe, einen schwarzen Faltenrock und darüber meine schwarze Lederjacke. Meine Haare glänzen frisch gefärbt, in meiner Lieblingsfarbe versteht sich. Normalerweise putze ich mich nicht so raus, aber hey, ich bin das Geburtstagskind! Ich strecke dem Türsteher einen Fünfer entgegen und stürze mich ins Gewühl.

Der Ansturm heute ist gewaltig. Ich grabe mich durch schwitzende Körper und vermeide um Haaresbreite einen Brandfleck auf meiner Jacke. Auf der Bühne spielt sich die Band die Seele aus dem Leib. Eigentlich klingen sie nicht schlecht, ich meine, für eine Schulband. Die Sache hat nur einen Haken: Diese Kerle machen einen auf Weltverbesserer. Dabei geht es ihnen ausschließlich darum, Frauen abzuschleppen.

Ihr Sänger ist der Schlimmste von allen. Er zieht ein altes Bandshirt über zerrissene, sauteure Markenjeans, schmiert Straßendreck auf brandneue Chucks und singt von den Ungerechtigkeiten der Gesellschaft. Nur um danach stundenlang Bier zu saufen und das erstbeste Mädchen flachzulegen, das ihm vor die Füße stolpert.

Jemand sollte ihm mal die Meinung sagen. Aber dem jubelnden Publikum nach, scheint sich keiner außer mir an diesen Widersprüchen zu stören.

Ich kämpfe mich zu meinen Freunden durch, die einen Tisch in der Ecke bevölkern, in gebührendem Abstand von der billigen Rockstar-Kopie. Mel fällt mir um den Hals und drückt ihre roten Locken in meinen Mund. Sie trägt ein süßes Parfüm, ein dazu passendes Lächeln und zur Feier des Tages glitzernde Fingernägel. Ihr quirliger Körper in meinen Armen ist der erste Grund, mich über diesen Abend zu freuen.

Dann taucht Cousin Phil auf und zerquetscht mich in einer übertriebenen Umarmung. »Wie groß du geworden bist!«, ruft er, obwohl wir uns vor drei Tagen das letzte Mal gesehen haben. »Ich erinnere mich dran, als du *sooo* winzig und *sooo* süß warst!« Er deutet mit der Handfläche die Höhe seiner Knie an. »Die kleine Viki hat am liebsten rosa Schleifen in den Zöpfen und Prinzessinnenkleider getragen.«

»Das war nur Tarnung«, murre ich. »Darunter habe ich einen Satz Messer verborgen, um den bösen Prinzen abzumurksen.«

Phil wuschelt mir gutgelaunt durch die Haare. Ich tauche unter seiner Hand hinweg und lasse mich vom Rest der Clique beglückwünschen. Lisi, Tom und Chris knutschen mich der Reihe nach ab.

»Die Jungs und ich haben zusammengelegt. Viel Vergnügen damit!« Lisi klimpert mit dick getuschten Wimpern und präsentiert ein verbeultes Briefkuvert. Ich ziehe die kitschigste Karte heraus, die auf Gottes Erden existiert: Ein Regenbogen spannt sich über ein Nest mit zwitschernden Küken und *Happy Birthday* glitzert vor einem brechblauen Himmel. Mutter Spatz fliegt herbei, mit einem echten Minikuvert im Schnabel, auf dem *Spatzenpost für dich* steht.

Ich keuche vor Lachen. »Leute, braucht man für diese Karte einen Waffenschein?«

Sie kichern. »Mach es auf!«

Im Kuvert steckt ein Plastiktütchen mit Gras.

Ich rauche keine Zigaretten. Nein, nicht wegen der Krebsfotos, die auf die Schachteln gedruckt sind, und auch nicht aus Rücksicht auf meine Spermatozoiden (wenn ich denn welche hätte). Zigaretten sind schlichtweg zu teuer. Zumindest ist das die Ausrede, die ich den anderen auf die Nase gebunden habe. Die Wahrheit wäre zu deprimierend.

Was Alkohol angeht, habe ich mir vorgenommen, nicht regelmäßig davon zu trinken. Das wundert keinen, der meinen Vater kennt. Trotzdem sehne ich mich manchmal nach diesen Momenten, in denen man einfach verschwindet. Dann habe ich gegen einen Joint nichts einzuwenden.

Meine Freunde kennen mich zu gut. Ich bedanke mich mit einer Runde Freigetränke und lasse mich in ihre Mitte ziehen.

Jetzt ist Mel dran. Sie zaubert einen Plüschbären aus ihrer Tasche und setzt ihn vor mir auf den Tisch. »Darf ich bekannt machen? Das hier ist Bär. Er ist der perfekte Liebhaber. Man kann mit ihm kuscheln, ihn küssen und mit ihm ins Bett steigen.«

»Bezahlt Bär auch meine Rechnung?«

Mel grinst. »Nein. Dafür darfst du ihm in den Hintern treten, wenn du sauer bist. Er nimmt einem nichts übel. Magst du ihn?«

»Er ist spitze, danke.« Bär kippt zur Seite und ich packe ihn, bevor er meine Cola umstößt. »Sollte ich mich fragen, warum er einen rosa Stringtanga trägt?«

Phil lehnt sich zu mir rüber. »Der Tanga ist ein Geschenk von mir. Falls du es doch noch mal mit einem Mann aus Fleisch und Blut probieren willst. Wegen der Sache mit Adrian …«

Mel wirft ihm einen warnenden Blick zu. Er verstummt und konzentriert sich auf sein Glas.

Wie es aussieht, hat mein Exfreund Adrian nach wie vor ein Talent dafür, Gespräche zu verderben. Obwohl er seit Monaten nicht mehr anwesend ist. Ich sollte längst nicht mehr dran denken, was geschehen ist. Schon meinen Freunden zuliebe, die sich heute Abend echt Mühe gegeben haben.

Mein Entschluss steht fest: Ich werde mich nicht runterziehen lassen, weder von Adrian noch von Kerlen, die so sind wie er. Kerlen, die von Liebe sprechen und etwas ganz anderes meinen.

Apropos. Mein Blick streift zur Bühne.

Quietschende Mädchenstimmen ertönen über wildem Applaus, die Band hat gerade ihr erstes Set beendet. Der Sänger winkt ein paar Mädchen in der ersten Reihe zu, und die dummen Gänse fallen beim Versuch hinaufzuklettern fast übereinander.

Kapieren sie denn nicht, dass er nur mit ihnen spielt?

Ich streife das Höschen von Bärs Allerwertesten und schieße es am Gummizug quer durch den Raum. Leider treffe ich ihn nicht.

»Vielen Dank«, antworte ich Phil. »Aber ich bevorzuge Stofftiere.«

Während der nächsten Stunde lässt mich der Joint, der zwischen uns herumgeht, den Lärm im Hintergrund vergessen. Bis eine Rückkoppelung der Lautsprecher in mein Trommelfell sticht und ich einen Finger in die Ohrmuschel stecke.

Die Körper vor der Bühne sind zu einem einzigen Wesen verschmolzen: Arme sträuben sich auf seinem Buckel, es pulsiert, atmet, spuckt eine einzelne Getränkedose über die Köpfe und spritzt Flüssigkeit auf zerrissene Jeans. Der Sänger kickt die Dose beiläufig weg, wahrscheinlich ist er es gewohnt, mit Müll beworfen zu werden.

Er hebt das Mikrophon. Ich erwarte die übliche Leier von ihm: Wie toll das Publikum war, wann sie das nächste Mal auftreten, wo man ihre CD kaufen kann, welche Farbe der Belag ihrer Zunge nach einer durchzechten Nacht hat – und werde stattdessen mit der Neuigkeit des Abends überrascht.

»Hey Leute, bevor wir Schluss machen, muss ich was loswerden.« Der Sänger streift sich sein verschwitztes Haar aus der Stirn. »Die vergangenen Jahre bei Major Malfunction waren der absolute Hammer. Eine endlose Party, ungefiltertes Leben, nur gelegentlich durchbrochen von Schule und Wartezeiten auf Polizeistationen.«

Pfiffe aus der Menge. Jemand schreit: »Scheiß Bullen!« Belustigtes Grölen.

»Diese Irren hier oben haben meinen Schädel gefüllt mit Unsinn, Wahnsinn und vor allem mit Glück. Einem Lachen, das die Mundwinkel betäubt und im Hinterkopf schmerzt. Kennt ihr das? Habt ihr je so gelacht?« Sein Blick fällt auf die Gitarre in seinen Händen, als wüsste er nicht, wie sie dorthin gekommen ist. Kurz presst er die Lippen aufeinander, die selbst aus der Entfernung weiß aufleuchten, dann brechen seine Worte hart hervor. »Das ist mein letzter Song. Ich höre als Sänger von Major Malfunction auf.«

Die Meute bricht in markerschütterndes Geschrei aus, nur ein paar Jungs am Rand klatschen Beifall. Der Sänger greift den Gitarrenhals, nickt seinen Bandkollegen über die Schulter zu und schmettert ein Riff ins Publikum. Der Drummer verschläft den Einsatz und prügelt zur Strafe sein Schlagzeug. Ihr Abschlusslied kracht in den Boxen.

Major Malfunction sind Geschichte. Auf der Bühne zerkratzt ein DJ Schallplatten, nicht talentiert, dafür ohrenbetäubend. Tom und Chris stecken in der Schlange vor der Bar fest, Phil musste unbedingt aufs Klo, und die Mädels sind beim Versuch gescheitert, mich zum Tanzen zu überreden. Sie haben ihr Bestes gegeben, erst mein Argument, dass jemand den Tisch besetzen muss, lässt sie schließlich abziehen. Mel wirft noch einen besorgten Blick über die Schulter und verspricht mir, gleich wieder da zu sein.

Eine Weile geht es mir gut dabei, alleine hier zu sitzen und Zeit für meine Gedanken zu haben. Dann entschließt sich meine bekiffte Phantasie, in die Vergangenheit zu reisen und mich daran zu erinnern, warum mein Geburtstag so deprimierend ist. Meine Freunde bedeuten mir wirklich alles. Aber manchmal sind sie einfach nicht genug. Manchmal sehne ich mich nach mehr.

Plötzlich überkommt mich das dringende Bedürfnis, Mel zu finden. Ich stolpere vom Stuhl und lande auf der Tanzfläche. Überall sind Körper, überall Hände. Ellbogen stoßen meine Hüften, Arme schlingen sich um meine Brust, Finger grapschen meinen Rock. Ich wirble herum und strauchle. Alles ist zu schnell. Ich kralle mich an einen Stehtisch und schließe die Augen. Heißes Rot und klirrendes Blau rasen in der Dunkelheit, mein Magen bäumt sich auf, versucht die Gedanken abzuwerfen, die meinen Verstand verdrehen.

Verdammt, ich hab gar nicht mitbekommen, wie bekifft ich bin. Ich brauche Luft, frische Luft!

Das Geländer vor der Tür fängt mich auf, bevor ich auf den Gehweg stürzen und mich zum Gespött der Türsteher machen kann. Ich fülle meine Lungen mit Sauerstoff. Wo steckt Mel nur? Sie bleibt doch sonst immer in meiner Nähe. Ich hebe den Kopf und starre ausgerechnet ins Gesicht dieses blonden Sängers, der neben mir lehnt und raucht.

»Ich fasse mein Glück nicht«, spotte ich. »Darf ich hier stehen bleiben, oder benötige ich dafür eine Genehmigung deines Fanclubs?«

Der Kerl ignoriert mich. Der Geruch nach Gras wabert in der Nachtluft. Sein betäubtes Gehirn dürfte damit beschäftigt sein, den Inhalt meiner Botschaft zu entschlüsseln.

Ich rüttle an seiner Schulter. »Hey, ist das nur Zigarettenrauch oder brennt dein hübscher Strohschädel?«

Er wirft mir einen Seitenblick zu. Seine Augen sind sommerblau. Unauffällig lehne ich mich näher, um herauszufinden, ob der eingebildete Schnösel Kontaktlinsen trägt, allerdings ist das Licht zu schwach dafür.

Es kratzt an meinem Ego, dass er einfach schweigt.

»Wo stecken die Mädchen, die sonst immer an deinem Hals hängen?«, bohre ich weiter. »Hast du all ihre Herzchen gebrochen?«

Er zieht seelenruhig am Joint, bevor er endlich antwortet. »Vielleicht ist es mein Herz, das gebrochen wurde?«

»Oh, du hast eins?«

»Sag mal, hast du was gegen mich?«

Lachend schüttle ich den Kopf. »Für solche Geständnisse bin ich nicht bekifft genug.«

In seinen Gesichtszügen regt sich keine Emotion. Der Kerl ist so cool, als hätte man ihn schockgefroren. Er sagt nichts, kein Wort, trotzdem schwenkt sein aufgestützter Arm vor mein Gesicht und hält mir den Joint hin.

Für eine Sekunde kämpfe ich mit mir, dann greife ich danach. Das Ende der Tüte ist zusammengedrückt und ein wenig feucht von seinem Speichel. Ich sollte ablehnen, doch ein anderes Gefühl kämpft um Vorherrschaft: Neugier. Was schmeckt all diesen Mädchen so gut an ihm?

Ich koste es.

Kein Filter. Der Qualm verstopft meine Lungen, drückt sich von innen gegen die Brust, zu schwer, um ihn wieder loszuwerden. Ich muss husten und Tränen steigen in meine Augen. »Scheiße, ist da überhaupt *Tabak* drin?«

Ein Lächeln zupft an seinem Mundwinkel. »Nicht viel.«

Ich will keinen Rückzieher machen, nicht vor ihm. Ein weiterer Zug. Diesmal halte ich den Rauch in mir. Lange genug, um zu fühlen, wie er mir zu Kopf steigt und die Gedanken darin löst.

Der Joint verlässt meine Finger. Glut frisst sich durchs Papier, helle Haut flackert wie ein Stern in einer bitterkalten Nacht. Sein Gesicht dehnt sich aus, füllt meine Wahrnehmung, die Welt besteht nur aus ihm. Grauer Dunst stößt aus seinen Nasenlöchern und wasserblaue Augen frieren an mir fest.

»Hast du jetzt genug gekifft, um mit mir zu reden?«, fragt er zuckersüß. »Oder willst du dich lieber gleich an meinen Hals hängen?«

»Du eingebildeter Idiot.« Meine Stirn fällt an seine Schulter und mein Kichern versickert in seinem Ärmel. Etwas an ihm riecht gut. Ich werde verrückt.

Drogen, Viki, Drogen rauben dir den Verstand.

Ein Knistern in meinen Händen. Ich drücke eine winzige Plastiktüte gegen seine Brust, bis er danach greift.

»Wie viel davon muss ich rauchen, um dich zu mögen?«, hauche ich in sein Ohr. Es soll spöttisch klingen. Doch dann spüre ich seine aufwallende Gänsehaut unter meinen Lippen und die Atmosphäre zwischen uns verändert sich.

Schlagartig ist alles an diesem Abend komisch. Wir beide, hier draußen, ein Witz.

Ich lache mich tot.

Lass uns über dein Drogenproblem sprechen. Mit deiner Mutter.

Ich fühle mich nicht gut. Gar nicht gut. Mein Kopf pulsiert. Es ist zu heiß unter der Bettdecke. Ich strample mich frei und falle über eine Bettkante, wo keine sein sollte. Mein nackter Hintern prallt auf Parkettboden. Es gibt kein Parkett in meinem Zimmer.

Okay, *nicht gut* ist die Untertreibung des Jahres. Ich fühle mich beschissen. Mein Kopf fühlt sich an, als wäre er zwischen einem Schraubstock festgeklemmt, und mein Magen spielt Achterbahn in Endlosschleife.

Das Licht schmerzt in meinen Augen. Der Raum ist zu grell, die Wände blendend weiß gestrichen. Bandposter hängen in Bilderrahmen und Bücher stehen in deckenhohen Regalen. Kleidungsstücke wickeln sich um meine Fußgelenke, manche davon schwarz und vertraut.

All das spielt keine Rolle. Meine Blase steht kurz vor der Explosion. Ich brauche eine Toilette. Schnell.

Eine Tür steht offen und führt in ein kleines Bad. Ich schaffe es bis zum Klo und erleichtere mich stöhnend. Die Welt um mich herum dreht sich und ich atme tief ein und aus, damit mir nicht schlecht wird.

Mit wackeligen Knien stelle ich mich vors Waschbecken und spritze mir kaltes Wasser ins Gesicht, bis meine Haut davon schmerzt. Auf dem Halter hängt ein fremdes Handtuch, das ich nicht berühren möchte. Automatisch streifen meine Hände über das T-Shirt, das ich trage. Ein weißes T-Shirt. Ein Pearl-Jam-Bandshirt, um präzise zu sein. Eine schreckliche Ahnung steigt in mir auf.

Ich taumle zurück ins Zimmer und hebe die dunklen Klamotten auf. Meine Netzstrumpfhose ist im Schritt zerrissen, worüber ich jetzt nicht weiter nachdenken will. Pearl Jam landet auf dem Fußboden. Ich ziehe mich an und stopfe die Strumpfhose in meine Jackentasche. Auf dem Weg zum Bett rutsche ich auf einem gebrauchten Kondom aus, das ich schnell von meinem Stiefel schüttle. Wenigstens haben wir verhütet. *O Gott, zum Glück haben wir verhütet!*

Blondschopf liegt auf dem Bauch, unter der Bettdecke, nur seine Haare und ein nackter Arm schauen hervor. Vermutlich hat er mir gestern Nacht seinen richtigen Namen gesagt, aber ich erinnere mich nicht mehr. Um genau zu sein, erinnere ich mich an gar nichts, was nach unserem zweiten Joint im Black passiert ist.

Hatte ich nicht einen Plan? Eine Runde mit ihm zu flirten und ihn danach eiskalt stehen zu lassen? So wie er das normalerweise mit den Mädchen macht? Welche Rolle sein Bett in diesem grandiosen Szenario spielte, kann ich allerdings nur mutmaßen. Bekifft klang meine Strategie irgendwie logischer.

Vielleicht sollte ich ohne ein Abschiedswort verschwinden. Bestimmt wäre es ihm egal. Nein, sind wir mal ehrlich, es wäre ihm wahrscheinlich sogar lieber. Was gibt es Lästigeres für einen Kerl als Weiber, die nicht kapieren, wann sie abhauen müssen?

Ich bohre meinen Fingernagel in seine Schulter.

Er stöhnt auf, zieht seinen Arm unter die Decke und rollt sich auf die andere Seite. Seine Worte versickern im Kopfkissen, allerdings verstehe ich sie. Klar und deutlich. Wie Glassplitter.

»Sei leise, wenn du gehst.«

Schmeißt er mich etwa raus?! Am liebsten würde ich ihn vom

Bett treten, aber dann erwische ich doch nur die Matratze und stürme aus dem Zimmer.

Was habe ich erwartet? Egal, wie viel ich geraucht habe, ich muss gewusst haben, worauf ich mich einlasse. Keinesfalls verletzt mich das. Ich bin nur wütend. So wütend.

Warum? Woher kommt das Zittern in meinen Händen? Meinem ganzen Körper? Es war nicht mein erster Sex. Es war nicht mal meine erste Abfuhr *nach* dem Sex. Hier ist nichts, worüber ich enttäuscht sein müsste, rein gar nichts. Das hat Adrian schon vor ihm geschafft.

Das zweite Mal spielt keine Rolle.

Vor allem, wenn man sich an nichts erinnert.

Mein Knie schlägt gegen eine Kommode, ich würge den Schmerz hinunter und humple weiter. Der Flur ist in einem dezenten Ocker gestrichen, an den Wänden hängen abstrakte Gemälde in Erdtönen. An der geschwungenen Holztreppe wird mir klar, dass ich in einem Haus stehe, nicht in einer Wohnung. So viel Geld verdient er niemals mit seiner Musik, abgesehen davon, dass er noch zur Schule geht. Es muss das Haus seiner Eltern sein. Schlafen sie? Ist das der Grund, warum ich leise sein soll?

Ich trample die Stufen hinab. Mir ist vollkommen klar, wofür mich seine Erzeuger halten müssen, falls sie mich entdecken. Ich hoffe, sie halten auch *ihn* für das, was er ist.

Eine Haustür mit leuchtendem Wellglas kommt in Sicht, und plötzlich habe ich nur einen Wunsch: so schnell wie möglich hier wegzukommen. Weg von dieser Nacht, weg von dem, was ich vermutlich getan habe. Ich bin so sehr auf mein Ziel konzentriert, dass ich die Person nicht sehe, bis sie neben mir auftaucht.

»Jay, könntest du bitte leiser …« Eine blonde Frau starrt mich an. Sie sieht ihm verdammt ähnlich. Die gleiche helle Haut, das gleiche Haar, sommerblaue Augen. Es muss seine Mutter sein. Sie ist attraktiv für ihr Alter, schlank und elegant in einem naturweißen Strickkleid. Nur die dunklen Augenringe passen nicht zu ihr. Kein Puder der Welt kann eine schlaflose Nacht überdecken. Ihr Blick wandert an mir herab und ihre Kinnlade fällt tatsächlich runter.

Habe ich erwähnt, dass ich zur Feier meines siebzehnten Geburtstages zwei Schichten Mascara auf den Wimpern trug? Die dürften sich inzwischen auf meinem ganzen Gesicht verteilt haben. Abgesehen davon, dass mein Magen unaufhörlich Karussell fährt.

»Verzeihen Sie bitte, ich entferne mich ab sofort geräuschlos.« Ich sprinte an ihr vorbei und greife nach der Türklinke. Bevor ich nach draußen flüchte, rufe ich über meine Schulter: »Übrigens, Ihr Sohn hat ein kleines Drogenproblem. Sie sollten mit ihm darüber sprechen.«

War das *leise* genug? Ein dunkles Lachen quillt in mir hoch. Ja, das war böse und vielleicht nicht fair, aber ich fühle mich phantastisch. Zumindest, bis ich die Treppenstufen nach unten gelaufen bin und mich kurz vor dem Gartenzaun in einen Rosenbusch übergebe. Danach entferne ich mich tatsächlich absolut geräuschlos.

Mein Vater war nicht zu Hause, als ich in der Wohnung ankam. Vermutlich sitzt er in einem Sportwetten-Lokal und verprasst Geld, das normale Eltern für das Studium ihrer Kinder sparen. Es ist mir ganz recht so. Dass er nicht da ist, meine ich. Wir kommen nicht besonders gut miteinander klar, um es vorsichtig auszudrücken.

»I hate myself and I want to die«, begrüße ich Mel am Handy.

»VIKI! Ich habe mir solche Sorgen um dich gemacht! WO WARST DU DIE GANZE ZEIT?« Mel hat ihre Stimme nie unter Kontrolle, wenn sie besorgt ist.

Ich wechsle das Handy in die andere Hand und starre an die Zimmerdecke, wo sich der Dampf sammelt und zurück in die Badewanne tropft. Das Wasser reicht mir bis ans Kinn und duftet nach

Lavendel. Das Öl soll beruhigend auf die Nerven wirken, deshalb habe ich vorsorglich die ganze Flasche reingeschüttet. Es ist eine Schande, meine Haare schon einen Tag nach dem Färben zu waschen, aber sie stinken nach Rauch, Schweiß und einer Nacht, die ich vergessen möchte. Um meinen Hals färbt sich das Wasser bereits grau. »Sorry, ich dachte, ich hätte mich eben klar ausgedrückt.«

Kurzes Schweigen in der Leitung. »Und ich dachte, du magst diesen Kerl nicht.«

»Woher …«

»… ich das weiß, Viki?« Mel seufzt. »Erinnerst du dich nicht? Ich hab dich gefragt, ob es dir gutgeht. Was nicht einfach war, immerhin hat seine Zunge in deinem Ohr gesteckt. Was ist nur in dich gefahren?«

»Ich bin von einem Dämon besessen. Eventuell von mehreren. Lässt einen das nicht in fremden Sprachen reden? Vielleicht hilft mir das durch Englisch.«

»Viki! Sei jetzt mal ernst.« Sie klingt wütend. »Hast du mit ihm geschlafen?«

Ich stöhne.

»Sag mir bitte, dass du einen Gummi benutzt hast.«

Ich fahre hoch und spritze Badewasser auf den Boden. »Sicher! Wofür hältst du mich?!«

»Es gibt diese *Pille danach* in der Apotheke, die man gleich schlucken muss. Das weißt du, oder?«

»Melanie, ich bin nicht schwanger und ich werde nicht schwanger, okay?«

»Okay. Ich mache mir nur Sorgen um dich.« Im Hintergrund schlägt bei ihr eine Tür ins Schloss. »War es wenigstens gut?«

Ist Augenrollen nicht ein weiteres Zeichen von Besessenheit? »Ich erinnere mich an nichts«, gestehe ich resigniert.

Stille.

»Mel?«

Keine Antwort.

»Mel, ich höre dich atmen.«

»Woher weißt du, dass ihr ein Kondom benutzt habt, *wenn du dich an nichts erinnerst?*«

Ist es möglich, sich selbst im Badewasser zu ertränken? Oder gehört das zu den unmöglichen Selbstmorden, wie an angehaltenem Atem zu sterben? Es wäre einen Versuch wert, der Wissenschaft zuliebe. »Ich weiß es. Ich hab es gesehen. Auf dem Fußboden.«

»Das Kondom?«

»Ja.«

»Nur eines?«

»Ja?!«

»Also hattet ihr nur einmal Sex?«

»Ich hab keine Ahnung!«

Stille. Dann Mels Stimme, wie aufgenommen und in doppelter Geschwindigkeit abgespult: »Hast du die scheußlichen Abtreibungsbilder vergessen, die sie uns in der Schule gezeigt haben? Von blutigen Matschhaufen und in Tränen aufgelösten Mädchen? Diese Pille wirkt nur ein paar Stunden nach dem Sex. Du fährst jetzt zur Apotheke und holst dir eine!«

»Spinnst du?« Ich unterdrücke das Verlangen, mein Handy zu ersäufen. Ich habe kein Geld für ein neues. »Das sind Hormonbomben! Wir haben garantiert verhütet. Außerdem bekommt man die nur auf Rezept.«

»Hol dir wenigstens einen Schwangerschaftstest!«

»Dafür ist es viel zu früh«, knurre ich.

»Gibt es denn keine Schnelltests oder so was in der Art? Du kannst ja in der Apotheke fragen!«

»Es ist Sonntag!«

»Schon mal was vom Notdienst gehört? Viki, ehrlich. Was hast du zu verlieren?«

»Meine Würde?«

Ihre Stimme klingt warm und hell, wie immer, wenn sie einen Streit gewinnt. »Tu es mir zuliebe, okay?«

Ein älterer Herr mit Gehstock verlässt die Apotheke und knallt die Tür vor meiner Nase ins Schloss. Wütend reiße ich sie wieder auf und stürme zur Theke.

Die Apothekerin steht steif dahinter und mustert mich mit zusammengekniffenen Augen. »Lass mich raten: Schwangerschaftstest?«

Ich wirble herum und erwarte, dass Mel hinter einem Gestell auftaucht. Mit Teststreifen in der einen Hand und einer Broschüre mit ekelhaften Abtreibungsbildern in der anderen. Natürlich ist sie nicht da. Ich werde paranoid.

Die Apothekerin verschwindet hinter deckenhohen Regalen. Als sie wieder auftaucht, baut sie die ganze Produktpalette vor mir auf. »Ich könnte dir die einzelnen Packungen erklären, aber Mädchen in deinem Alter nehmen immer die billigste. Ehrlich gesagt: Die tut es genauso.«

Sie reicht mir eine zahnpastatubengroße Schachtel, babyrosa bedruckt, mit dem Foto einer sehr erleichtert aussehenden Frau. Ich komme mir unglaublich dämlich vor.

»Wann war der Geschlechtsverkehr?«, will sie wissen.

»Ist … Ist das nicht etwas persönlich?«

Die Apothekerin verdreht die Augen. »Zu früh angewendet verfälscht –«

»Er ist für eine Freundin! Packen Sie ihn einfach ein.«

»Du kannst frühestens zehn Tage nach der möglichen Befruchtung mit einem zuverlässigen Ergebnis rechnen. Außerdem solltest du eine Woche nach Ausbleiben der Menstruation einen weiteren Test machen, um sicherzugehen. Soll ich dir zwei Stück mitgeben?«

Ich nicke schwach. Mir wird schon wieder schlecht. Ich möchte mich zu Hause ins Bett legen und übergeben. Nein, zuerst übergeben, dann Bett. »Wie sieht es denn mit … mit dieser Pille danach aus?«

»Sofern der Geschlechtsverkehr nicht länger als zweiundsiebzig Stunden zurückliegt, könnte die Pille danach zur Empfängnisverhütung eingesetzt werden. Darüber müsstest du schnellstmöglich mit deinem Frauenarzt sprechen. Brauchst du sonst noch was?«

Ich seufze. »Eine Packung Schlaftabletten und eine Flasche puren Alkohol, bitte.«

Die Apothekerin beugt sich zu mir und legt ihre Hand auf meinen Arm. Ihr Gesicht ist emotionslos, doch ihre Stimme wird weicher. »Das ist kein Weltuntergang, Mädchen.«

Nein. Leider nicht.

Ich hocke auf dem Toilettendeckel und starre auf den Schwangerschaftstest. Der Beipackzettel gab der Apothekerin bedauerlicherweise recht – so kurz nach dem Sex kann er keine Schwangerschaft feststellen. Aber mit der Angst ist es so eine Sache: Sie lässt Dinge möglich erscheinen, die gesunder Menschenverstand eigentlich ausschließt.

Auch wenn der Test nur eine Lüge beweist, will ich dieses Ergebnis jetzt sehen. Ich *muss* es sehen. Oder ich werde die ganze Nacht kein Auge zubekommen.

Es ist eine Art Filzstift, den man zuerst anpinkelt und danach zusammensteckt. Laut Verpackungsrückseite habe ich *in nur fünf Minuten Gewissheit*. Der Stift zittert seit drei Minuten in meinen Händen.

Das Handy vibriert in meiner Hosentasche. Ich werfe einen Blick aufs Display und hebe ab. Es ist Mel. Wer sonst würde mich sonntagnachmittags auf dem Klo anrufen?

»Hey, Viki!« Sie klingt schuldbewusst. »Bitte reiß mir nicht den Kopf ab, aber –«

»Mel. Jetzt nicht. Ich rufe dich zurück.« Ich drücke sie weg und lege das Handy auf die Waschmaschine. Noch eine Minute. Das Handy vibriert erneut. Ich fange es in letzter Sekunde auf, bevor es über die Kante rutscht. »Verdammt, ich sitze auf dem Klo!«

»Wieso nimmst du dann ab?«

Mit Schrecken stelle ich fest, dass es sich nicht um Mels Stimme handelt. Da ist ein Kerl dran.

»Wer ist da?«

»Jay.«

»Wer?«

»Sagt dir *Ihr Sohn hat ein Drogenproblem* etwas?«

Der Schwangerschaftstest fällt mir aus der Hand und rollt unter die Toilette. »Scheiße.«

»Allerdings.«

»Woher hast du meine Nummer?« Ich beuge mich nach vorne und taste den Boden ab. Es wurde länger nicht mehr geputzt und meine Finger erreichen Gegenden, die besser unberührt blieben. Ich stoße gegen den Stift und er kullert noch weiter weg.

»Von Melanie. Deren Nummer hab ich von ihrem Ex Daniel, falls du es genau wissen willst. Welcher wiederum mit meinem Bandkollegen Dave Basketball spielt.«

Der Test ist für einen Moment vergessen. »Du rufst drei Leute an, nur um mich zu zitieren?«

»Ich rufe drei Leute an, um dir zu sagen, dass dein Abgang heute Morgen echt beschissen war.«

Ungläubig lache ich auf.

Seine Stimme wird leiser, als wolle er von niemandem gehört werden. »Meine Mutter heult sich seit Stunden die Augen aus dem Kopf. Vielen Dank dafür.«

Es ist so weit! Ich bin sprachlos. Meine Finger schließen sich um den Stift und ich ziehe ihn unter der Toilette hervor. Ein paar Staubflusen hängen dran, die ich ungeduldig wegpuste.

»Was tust du?«, fragt Jay irritiert.

»Ich checke das Ergebnis auf dem Schwangerschaftstest.«

Ha! Das verschlägt ihm die Sprache. So war der Test zumindest für einen Schocker gut.

»Wozu? Du kannst nicht schwanger sein.« Er klingt verwirrt. »Nicht von mir jedenfalls. Ich habe die Gummis eigenhändig entsorgt.«

»Wir haben garantiert verhütet? Bist du dir absolut sicher?« Dann unterbricht mich ein kleines Detail. »Moment. *Die?* Wie in *mehrere?*«

»Ja, alle drei. Ich bin sicher.«

Wieso habe ich auch gefragt? Das waren also mein zweites, drittes und viertes Mal. Damit hätte sich meine Jungfräulichkeit wohl endgültig erledigt. *Herzlichen Glückwunsch, Viki.*

Ich raffe mich zu einem Bekenntnis auf. »Es sollte nicht deine Mutter treffen. Sondern dich.«

»Warum?«

Fragt er tatsächlich nach dem Grund? »Du hast Sex mit mir und schmeißt mich danach raus!« Adrians Gesicht springt in meinen Kopf. Ich dränge es sofort aus meinen Gedanken. »Du hättest zumindest so etwas sagen können wie: *Guten Morgen, wir hatten einen One-Night-Stand. Es war wirklich nett. Ist es okay für dich, wenn wir es dabei belassen?*«

»Niemand hat dich rausgeworfen. Du bist einfach gegangen.«

Ich wechsle das Handy von einer Hand in die andere, es ist schon feucht von meinem Schweiß. »Du hast gesagt, ich soll leise sein! Du hast gesagt, ich soll gehen! Wie sollte ich das sonst interpretieren?«

Er senkt die Stimme. »Tut mir leid. Ich hatte Kopfschmerzen …«

Es wird still in der Leitung.

Ich drehe den Schwangerschaftstest in den Fingern und vergleiche ihn mit dem Bild auf der Verpackungsrückseite. »Übrigens bin ich nicht schwanger.«

Er seufzt. »Okay … Hast du Lust auf einen Kaffee?«

Meine Brust krampft sich zusammen.

Genauso fing es damals an. Ein heißer Typ mit selbstbewusstem Lächeln, der ein Kakaoherz auf meinen Latte macchiato bestellte.

Hey, ich bin Adrian. Und du das süßeste Mädchen in diesem Café …

Meine Reflexe reagieren, bevor mein Mund ihnen zuvorkommt. Ich lege auf und starre mit klopfendem Herzen aufs Display. Es bleibt schwarz.

Du siehst durch mich hindurch, als wäre ich ein Geist.

Mein Englischlehrer steht vor meinem Platz und klopft einen Kugelschreiber in seine Handfläche. Herr Stör wurde mit einer prominenten Nase beschenkt, die von seiner wachsenden Glatze ablenkt. Unglücklicherweise habe ich über meinen Geburtstag am Wochenende (und dem Ereignis danach) vollkommen vergessen, diesen äußerst wichtigen Text für Englisch zu lesen. Und stottere jetzt krampfhaft heraus, was Mel mir vor der Stunde zusammengefasst hat.

Stör quält mich fünf Minuten lang, in denen selbst unserem Klassenschläfer Mike klar wird, dass ich keine Ahnung habe, wovon ich rede. Wenigstens bin ich von keinem Dämon befallen. Zumindest von keinem, welcher der britischen Sprache fähig ist.

»Your English skills are a disgrace for this class«, muntert Stör mich auf. »If you don't improve soon, you are going to fail English this year.«

As I will Maths. And probably French.

Stör lässt mich in Ruhe und foltert Mike in der Ecke.

Ein zusammengefaltetes Papier landet auf dem Tisch. Mel, die kurz nach Schuljahresbeginn von mir weggesetzt wurde, winkt mir vom anderen Klassenende zu. Ich falte es auf und erkenne ein Stück unseres Schulbuchs. Der Text ist mir völlig unbekannt, weshalb ich davon ausgehe, dass es sich um *jenen* Text handelt, den ich nicht gelesen habe. Fast alle Worte darauf sind mit Kuli durchgestrichen. Die übrigen Buchstaben bilden den Satz: *Whi-pe yo-ur A-s-s with m-e.*

Ich pruste los. Mel schüttelt hektisch ihren Lockenkopf, und Stör hat den Zettel in der Hand, ehe ich weiß, wie mir geschieht.

Ich tue das einzig Richtige und behaupte, dass ich ihn geschrieben habe.

Stör drückt mich auf den Wartestuhl im Sekretariat und beugt sich über die Theke der Sekretärin. Er händigt ihr Beweisstück A aus und verlangt, dass sie den Zettel in eine ihrer kostbaren Klarsichthüllen steckt, die sie ihm offensichtlich nicht geben will.

»Der Direktor hat einen Termin im Büro.« Ihr Tonfall fügt hinzu: *Verpiss dich und lass mich arbeiten.*

»Wann ist er wieder frei?« Stör Deutsch sprechen zu hören erinnert mich an Mels Papagei: Es klingt einfach falsch. Jetzt, wo ich darüber nachdenke, fällt mir die ungemeine Ähnlichkeit zwischen Störs Nase und Winkys Schnabel auf. Führt dieser Vogel ein geheimes Zweitleben als Lehrer? Das würde Störs Vorliebe für Studentenfutter erklären, das er in der Pause unaufhörlich in sich hineinstopft. Ich muss Mel warnen.

Die Sekretärin zuckt mit den Schultern. »Sie können gerne hier warten.«

Stör setzt sich auf den Stuhl, der am weitesten von mir entfernt ist, und verschränkt die Arme. Ich strecke meine Beine aus, rutsche ein paar Zentimeter tiefer und seufze.

Die anderen schulden mir was. Während ich mit unserem Lehrer in diesem stickigen Sekretariat hocke und darauf warte, wegen einer absoluten Lächerlichkeit angeschrien zu werden, dürfen meine Mitschüler (Zitat) *study for your next exam* (Zitat Ende). Was bedeutet, sie liegen unbeaufsichtigt auf den Tischen, tippen Nachrichten und hören Musik.

Ich hypnotisiere die Siebziger-Jahre-Uhr an der Wand, die mein Leben mit jeder tickenden Bewegung um eine weitere Minute verschwendet. Es ist genau Viertel vor zwölf, als endlich die Tür zum Direktorat aufgeht und ich vor Schreck sterbe.

Direktor Wimmer begleitet eine blonde Frau heraus. Sie trägt einen grauen Mantel mit breitem Gürtel, der ihre schlanke Taille betont. Ihre Faust schließt sich um ein Bündel Papiertaschentücher und ihr Mascara ist tränenverschmiert. Vielleicht würde ich einen Moment daran zweifeln, ob es sich tatsächlich um die Frau von gestern früh handelt, wäre Jay nicht direkt hinter ihr. Er schleppt sich mit hängenden Schultern an Direktor Wimmer vorbei, der ihm gefasst zunickt.

Während ich an angehaltenem Atem ersticke, streift mich Jays leerer Blick. Er nimmt mich überhaupt nicht wahr. Nicht ein Zucken im Gesicht, welches darauf schließen lässt, dass er mich nur ignoriert. Jay sieht durch mich hindurch, als wäre ich ein Geist. Ich zwicke mir in den Arm, um mich davon zu überzeugen, dass ich wirklich existiere. Er verlässt mit zerrissener Jeans und heulender Mutter das Sekretariat.

Ich bin noch starr vor Schock, da attackiert Stör schon den Direktor. Die Übergabe des Beweisstückes erfolgt. Ich werde ins Direktorat gebeten. *Alleine.* Mein Englischlehrer stürmt zurück in die Klasse.

Ich bin zum ersten Mal im Büro des Direktors. Es ist klein und abgenutzt. Der Holzschreibtisch hat genug Jahrzehnte auf dem Buckel, um mein Großvater zu sein, aber zu wenig, um dem Ganzen etwas von historischem Charme zu verleihen. Die Wand ist mit Schränken und Regalen verkleidet, in denen sich Bücher und Ordner reihen. Ein alter PC surrt auf Wimmers Schreibtisch, so gedreht, dass Besucher den halben Bildschirm sehen können. Der Direktor setzt sich und greift mit gerunzelter Stirn nach dem Schmierzettel in der Klarsichthülle.

»Warum hat die Frau geweint?«

Wimmer sieht über das Brillenglas hinweg. Er ist um die fünfzig, sein Haar schimmert weiß an den Schläfen. Mit weichem Gesicht und Strick-Pullunder wirkt er nicht wie ein Direktor. Eher wie ein Zeuge Jehova, der zu häufig bei McDonald's isst.

»Jays Mutter«, verdeutliche ich. »Sie hat geweint. Hat er Ärger?« *Zum Beispiel wegen der unüberlegten Anschuldigung, Drogen zu nehmen?* Ich schlucke.

Wimmer nimmt die Brille ab und klopft damit gegen sein Handgelenk. »Das ist vollkommen falsch.«

»Was?«

Er schwenkt den beschmierten Zettel wie eine Fahne in der Luft. »Dieser Satz ist eine Beleidigung für jeden Ihrer Lehrer, Frau Stein. Zwei Rechtschreibfehler. In nur fünf Wörtern.«

»W-was?«

»Man schreibt *wipe* ohne *h* und *ass* klein in der Mitte des Satzes. Bitte merken Sie sich das für künftige Scherze.«

Mein Mund bleibt offen stehen, während Wimmer auf seinem PC herumtippt. Der Mauszeiger kriecht mit der Geschwindigkeit einer Weinbergschnecke über den Monitor und eine Datenbank mit einer völlig veralteten Oberfläche öffnet sich. Er tippt meinen Namen in ein Suchfeld und eine Datei erscheint.

»Ich … äh … hatte Geburtstag. Am Samstag. Deshalb habe ich den Text nicht gelesen. Es tut mir … leid?«

»Man steht nicht in drei Fächern auf *Ungenügend*, weil man an einem *einzigen* Wochenende vergessen hat, die Hausaufgaben zu machen.«

Steht das dort? Ich wusste, dass meine Leistungen bisher schlecht waren, aber steht da wirklich, dass ich in drei Fächern durchfalle? Mein Hals verengt sich.

»Ich halte nichts von Strafen«, fährt Wimmer fort. »Ich halte etwas von Förderungen. Wir haben dieses Jahr eine freiwillige Fördergruppe für den Abiturjahrgang organisiert. Ich möchte, dass Sie den Englischkurs freitagnachmittags besuchen, von halb vier bis sechs Uhr. Mindestens für die nächsten zwei Monate.«

Ich stöhne.

»Natürlich können wir mögliche Alternativen mit Ihren Eltern besprechen.«

Mein Vater würde einen sofortigen Haftbefehl für mich unterschreiben, wenn es mich ein paar Stunden länger aus der Wohnung hielte. »Ich bin in der Elften«, versuche ich mein Glück. »Das ist nicht mein Stoff, den sie durchnehmen.«

»Die Abiturienten wiederholen die gesamte Grammatik, von der fünften bis zur letzten Klasse. Es wird eine hervorragende Übung für Sie sein.«

Darauf weiß ich nichts mehr zu sagen.

Der Freitag kommt schneller, als mir lieb ist.

Mit hängenden Schultern schlurft Mel neben mir durch die Schule, obwohl sie inzwischen Wochenende hat. Ihr schlechtes Gewissen hat die Farbe aus ihrem sommersprossigen Gesicht gesaugt. »Es tut mir so leid, Viki!«

Sie hat sich in den letzten Tagen bestimmt zehnmal für die Aktion in Englisch entschuldigt. Dabei gibt es gar keinen Grund dafür.

Ich versuche, sie aufzumuntern. »Es wird dir *wirklich* leidtun, sobald du Winkys Käfig säuberst und dir klar wird, dass diese kleinen, schwarzen Vogelaugen in deinen Ausschnitt starren.« Ich wackle vielsagend mit den Augenbrauen.

Sie kreischt vergnügt. »Mein Papagei ist kein Englischlehrer!«

»Fragt er dich nachts Vokabeln ab?« Ich grinse, aber dann erreichen wir das Klassenzimmer, dessen Tür einen Spaltbreit offen steht, und die gute Laune vergeht mir schlagartig. »Du solltest deinen süßen Hintern aus der Schule befördern, sonst verpasst du den Bus.«

Mel wirft mir einen traurigen Blick zu.

»Ich kann die Wiederholung gebrauchen«, versichere ich mit fester Stimme. »Beeil dich lieber.«

»Okay. Ich ruf dich an. Tschüs!« Mel rennt den Gang hinunter und winkt mir zu, bevor sie um die Ecke verschwindet.

Mit einem tiefen Atemzug stelle ich mich meinem Schicksal.

Gelächter dringt aus der Klasse und lässt meine Knie weich werden. Versehentlich stoßen meine Finger an die Tür und sie schwingt schneller auf, als ich reagieren kann. Krachend schlägt sie gegen einen Tisch, der zu weit nach vorne geschoben worden ist.

Ein Dutzend fremder Gesichter dreht sich zu mir. Sie inspizieren mich wie eine menschgroße Kakerlake, die versucht, in ihre Klasse einzudringen.

»Ist das hier die Fördergruppe?«

Ein Junge mit zitronengelbem Haar nickt mir zu. Er sitzt verkehrt herum auf seinem Stuhl in der vordersten Reihe und kommt mir bekannt vor. »Ja. *Abi*-Fördergruppe.«

»Für fortgeschrittene Versager also«, murmle ich und ernte einen finsteren Blick.

Unsicher stehe ich vor den Zwölftklässlern und hasse mich für meine Unbedachtheit. Wieso habe ich nicht draußen vor der Tür auf den Lehrer gewartet? Zwei Mädchen betrachten mich von oben bis unten und kichern. Zwischen den Tischbeinen hindurch entdecke ich hochhackige Schuhe. Sie versuchen damit wohl, ihren IQ zu heben. Ein Satz formt sich in meinem Kopf, doch die Ankunft der Lehrerin rettet mich vor weiteren unklugen Bemerkungen. Eine junge Frau mit selbstgestricktem Regenbogenschal um den Hals betritt das Klassenzimmer und winkt den Schülern halbherzig zu.

»Hallo Leute. Bitte setzen.«

Sie stellt eine Lederschultasche auf dem Pult ab und wühlt daraus eine weinrote Brille hervor, die sie auf ihre Nase schiebt. Ich werde für sie sichtbar.

»Wer bist du?«, fragt sie ehrlich überrascht.

»Viktoria Stein.« Ich sollte die Gelegenheit nutzen und verschwinden. Wimmer muss versäumt haben, mich anzumelden. Vielleicht hat er die ganze Strafe bereits vergessen. Ich könnte den Ausbruch wagen und die nächsten zwei Monate in Freiheit verbringen. »Direktor Wimmer hat mich zur Wiederholung hergeschickt. Ich bin aber noch in der Elften.« Andererseits stehe ich in drei Fächern auf *Ungenügend.*

Sie runzelt die Stirn, als hätte sie keine Ahnung, wovon ich spreche. »Ah, natürlich. Setz dich bitte.«

Die anderen Schüler füllen die vordersten drei Reihen, bis auf die Höllenposition direkt vor dem Lehrerpult. Ich steige über einen Rucksack im Mittelgang und visiere die hinteren Plätze an.

»Das hier ist eine freiwillige Fördergruppe«, erschallt die Stimme der Lehrerin. Ich fühle mich nicht angesprochen, bis sie hinzufügt: »Wir sitzen alle vorne. Schließlich *wollen* wir etwas lernen.«

Ich halte inne und wage einen Blick zurück. Alle starren mich an. Die Lehrerin weist auf den Höllenplatz, ihre Augenbrauen erwartungsvoll erhoben. Ich mache kehrt und hocke mich neben den Jungen mit dem zitronengelben Haar, als hätte ich nie was anderes vorgehabt.

»Dieser Stuhl ist besetzt«, protestiert er.

»Nein, David.« Der Ton der Lehrerin ist endgültig. »Das ist er nicht mehr, und das weißt du genau.«

David knackt mit den Knöcheln. Schwielen überziehen seine Finger. Vom Bleistifthalten hat er die jedenfalls nicht.

Wenn ich mich nur erinnern könnte, wo ich ihn schon mal gesehen habe. Vielleicht ist die Haarfarbe neu? Bestimmt würde es mir sonst einfallen.

Die Stunde beginnt, und ich erwarte, von Grammatikregeln und Vokabeln erschlagen zu werden, die ich mir sowieso nie merken kann. Zu meiner Überraschung teilt die Lehrerin, die mit Frau Mittelweger angesprochen wird, ein Übungsblatt mit aufgedruckten Hundebabys aus. Ich kenne diese Illustrationen. Sie stammen aus den Büchern für die fünfte Klasse.

»Hört auf zu jammern!« Mittelweger stellt sich vor die Tafel und öffnet eine frische Packung Kreide. »Solange ich *I says* oder *He say* in euren Aufsätzen lesen muss, wird es bei Rocky bleiben.«

Mittelweger weiht uns in die grammatikalisch korrekte Geschichte von Hundewelpe Rocky ein, der einen Knochen im Garten verliert. Es ist ein völlig neues Erlebnis, eine Aufgabe ohne Probleme zu lösen. Die Zeit rauscht dahin, auch wenn der Stoff schrittweise schwieriger wird. Am Ende ertappe ich mich dabei, blaue Punkte auf Rockys Fell zu malen.

Kurz vor Schluss sollen wir die Englischbücher herausnehmen, um einen Text fürs Abitur durchzuarbeiten. Während die anderen ihre Exemplare von *You & Me 12* herausholen, strecke ich eine Hand in die Luft.

»Viktoria?«

»Ich habe kein Zwölftklässler-Buch.«

Mittelweger entdeckt Rockys Punktefell, bringt ihr blütenweißes Lehrerexemplar außerhalb meiner Reichweite in Sicherheit und kramt in ihrer Lehrertasche. »Ich habe noch eine gebrauchte Ausgabe dabei. Eigentlich sollte ich die zur Schulbibliothek bringen, aber …« Ein Buch kommt zum Vorschein, das von oben bis unten mit wilden Kulimustern besudelt ist. Unter Mittelwegers Fingern erkenne ich die korrekte anatomische Darstellung diverser Geschlechtsorgane. »… dafür ist es wohl nicht mehr geeignet«, seufzt sie.

Ich nehme das Buch entgegen. Es schlägt sich von selbst an der Stelle auf, an der die Zwölftklässler gerade arbeiten. Alle Seiten bis dahin sind mit Leuchtmarker und Notizen in enger Handschrift beschmiert.

Ich bemühe mich, den Text über Drogenabhängigkeit zu lesen. Aber schon im ersten Absatz lenken mich die Markierungen ab. Zusammengenommen ergeben sie keinen Sinn. Mein Blick streift zu den Zeilen am Rand und ich entdecke dieselben Worte, vollkommen aus dem Kontext genommen und in finstere Poesie verwandelt.

You eat my thoughts
But I can't forget
Until nothing's left
Just silence

Die folgenden Verse verlieren sich in wirren Vokabeln. Ich verstehe kaum etwas, doch die Sätze zeichnen ein düsteres Bild in meine Vorstellung. Der Verfasser ist garantiert lebensmüde.

Mittelwegers altmodischer Schellenwecker katapultiert mich zurück in die Gegenwart. Sie hat das Ungetüm auf dem Pult positioniert, weil in der Schule so spät keine Klingel mehr läutet.

»Lest den Text und schreibt bis zum nächsten Mal eine Inhaltsangabe.« Mittelweger sammelt die Kreide ein. Sie sieht meine hochgestreckte Hand nicht, also beuge ich mich in ihr Blickfeld.

»Entschuldigen Sie, gilt das auch für mich?«

»Dieser Kurs ist freiwillig. Willst du dich verbessern oder nicht?«

»Können Sie mir den Text kopieren?«

Mittelweger betrachtet das besudelte Schulbuch. »Behalte es. Der Junge, dem es gehört hat, braucht es nicht mehr.«

»Wie meinen Sie das?«

»Er hat am Montag die Schule verlassen.« Sie wickelt den Regenbogenschal fester um den Hals und greift nach der Tasche. Bevor ich nachhaken kann, drängt sich eine Schülerin vor und verhört Mittelweger über die Abiturthemen. Ich packe meine Unterlagen und verschwinde aus dem Klassenzimmer.

Er hat am Montag die Schule verlassen.

Jay kam mit seiner heulenden Mutter aus dem Direktorat. Das war ebenfalls am Montag. Diese Gedichte im Buch …

In den Gängen wabert eine Dunkelheit, die selbst das Neonlicht nicht vertreibt. Sie kriecht aus allen Nischen und kitzelt meine Phantasie. Mein Spiegelbild folgt mir in den Fenstern, ich wage nicht hinzusehen, aus Angst, es könnte mich packen. Ich sollte den anderen rasch nach draußen folgen, damit ich nicht alleine hier ende. Aber meine Füße tragen mich in die Mädchentoilette. Ich schließe mich in einer Kabine ein und ziehe mit kribbelnden Händen das Zwölftklässlerbuch aus dem Rucksack.

In den handgeschriebenen Zeilen erkenne ich nun Songtexte. Manche davon vertraut, als hätte ich sie schon einmal zu einer Melodie gehört. Zu harten Bässen, ins Leben gebrüllt von einer rauen Stimme. Ich blättere auf die erste Seite und finde den Namen des Verfassers in die Ecke geschrieben. Meine Kopfhaut zieht sich zusammen.

Jay Feretty.

Zeit für den nächsten Akt: mein Geständnis.

Die Flure sind verlassen, die Leuchtstoffröhren an der Decke flackern und drohen mit alles verschlingender Dunkelheit. Hastig werfe ich meine Lederjacke über die Schultern und laufe zum Ausgang. Meine Sohlen schlagen auf den Linoleumboden, immer schneller, bis die Anstrengung in meinen Oberschenkeln beißt. Ich stürme aus der Tür.

Die Fördergruppe wartet noch an der Bushaltestelle, darunter auch der Junge mit dem Zitronenkopf. David.

Ich atme durch, binde die Stiefel und zerre den Reißverschluss der Jacke bis zum Anschlag hoch. Dann marschiere ich auf ihn zu.

»Kann ich dich kurz sprechen?«

David dreht den Kopf zu mir. Seine Mundwinkel fallen. Die Mädchen kichern. »Wozu?«

Ich ziehe das besudelte Englischbuch aus dem Rucksack und wedle damit vor seiner Nase herum.

Davids Gesicht erstarrt zu einer Maske, seine Hände ballen sich zu Fäusten. Natürlich weiß er, wem das Buch gehört. Wer neben ihm saß. Wer es jetzt nicht mehr tut. Er nickt zur Seite und geht voran. Das Flüstern der Mädchen folgt uns.

»Das ist nicht deins«, sagt er.

»Mittelweger meint, ich darf es behalten.«

»Was willst du?« Davids Lippen pressen sich zu einer Linie. Er verschränkt die Arme vor der Brust und starrt mit voller Absicht an mir vorbei. Daran kann nicht nur mein dummer Spruch schuld sein, als ich die Klasse betreten habe. Was hat dieser Kerl gegen mich?

Ich hole tief Luft. »Warum hat Jay Feretty die Schule geschmissen?«

»Warum fragst du ihn nicht selbst?«

»Ich kenne ihn nicht.«

Davids Mundwinkel verzieht sich verächtlich. »Ihn zu vögeln hat dafür nicht gereicht, ja?«

Meine Kinnlade fällt runter. »Was?«

»Ungeschminkt siehst du anders aus.« Er schnaubt abfällig. »Aber du bist es. Die kleine Schlampe, die es hinter der Bühne mit ihm getrieben hat.«

Ich starre ihn an. Ich muss was sagen. Etwas Schlagfertiges. Etwas, das mich nicht dastehen lässt wie eine völlige Idiotin. Mein Kopf ist leer. Alle Gedanken brennen in meinem Magen und kochen die Säure darin.

Der Bus fährt vor und quietscht mit den Bremsen. David spuckt vor meine Füße. »Falls du herausfindest, warum mein bester Freund zuerst die Band und dann die Schule schmeißt – ohne mit mir darüber zu reden –, lass es mich wissen. Ich bin dem Arsch noch eine Abreibung schuldig.«

Die Zwölftklässler steigen ein. Erst als die Bremslichter an der Kreuzung aufleuchten, erinnere ich mich daran, dass ich ebenfalls im Bus sitzen sollte. Ich stapfe zum Fahrplan und fluche: kein Bus in der nächsten Stunde.

Die U-Bahn ist fünfzehn Minuten zu Fuß entfernt. Beim Gehen ziehe ich das Handy aus der Jacke und wähle Mels Nummer. Sie nimmt nach dem zweiten Klingeln ab.

»Was habe ich im Black gemacht?«

Mel zögert. »Du meinst –«

»Du weißt, was ich meine! Die halbe Schule weiß es vermutlich! Sag mir sofort, was ich mit diesem Kerl angestellt habe!«

»Na ja, ihr habt eben ein bisschen rumgemacht.«

»Definiere rummachen! Und diesmal lässt du kein Detail aus!«

»Ihr habt euch geküsst.« Mel klingt, als würden die Worte in ihre Zunge schneiden. »Mitten auf der Tanzfläche. Alle mussten einen Bogen um euch machen. Das war der Moment, als ich dich entdeckte. Zuerst dachte ich, der Typ belästigt dich. Ich wollte ihm eine scheuern, wirklich, mein Arm war schon ausgestreckt, aber dann fiel mir auf, dass du seinen Hintern begrapschst. Sicherheitshalber habe ich dich gefragt, ob es dir gutgeht. Deine Antwort ging in Stöhnen über, weil er dir ins Ohrläppchen biss. Als ich dich das letzte Mal sah, waren deine Beine um seine Hüften geschlungen und seine Hände unter deinem Rock. Danach hab ich dich aus den Augen verloren.«

»MELANIE! Das sagst du mir erst jetzt!?« Ich war davon ausgegangen, dass mein kleiner Ausrutscher unentdeckt geblieben war. Nicht dass ich vor Publikum eine Erotikshow mit ihm abgezogen habe. Ich stöhne auf.

»Alles okay?«, piepst Mel.

»Nein! Man rammt mir gerade ein Messer in den Bauch! In der Klinge eingraviert steht: Du bist ein verdammter Idiot, Viktoria Stein! Und alle halten dich für eine Schlampe.«

»Schlampe? Wegen eines One-Night-Stands? Red dir nicht so einen Blödsinn ein!« Mel plustert sich auf. »Spreche ich mit derselben Viktoria Stein, deren erster Freund sie wochenlang bequatschen musste, bis sie endlich mit ihm geschlafen hat? Du konntest nicht wissen, dass es Adrian nur darum ging, dich rumzukriegen.«

»ICH habe mit IHM Schluss gemacht!«

Mel seufzt. »Du warst total verknallt und hast dich irgendwann entschieden, es mit ihm zu tun. Und am nächsten Tag beendest du einfach die Beziehung? *Weil der Sex nicht gut war?* Das kannst du vielleicht den anderen erzählen. Mir machst du so leicht nichts vor.«

»Bitte, Mel! Ich muss gleich kotzen.«

Ihre Stimme wird weicher. »Kapierst du nicht, was da im Black passiert ist? Du wolltest Sex mit jemandem haben, an den du keine Erwartungen hattest. Jemand, der dich nicht verletzen konnte. Und eines garantiere ich dir: Du hattest Spaß mit diesem Kerl. Es gibt nichts zu bereuen, okay?«

»Mel, ich lege jetzt auf.«

»Okay, Themenwechsel! Was machst du heute Abend?«

Ich zucke die Schultern. »Weiß nicht. Hausaufgaben, Zimmer aufräumen, meine Pulsadern aufschneiden …«

»Wie wär's mit Filmabend bei mir? Ich habe *Let the Right One In* auf DVD. Im schwedischen Original mit deutschen Untertiteln.«

»Ich dachte, der Sinn von Fernsehen wäre, *nicht* lesen zu müssen?«

»Mama hat Gummischlangen und Malzbier gekauft.«

»Bin um neun bei dir.«

Meine Finger bringen den Schlüsselbund zum Schweigen. Das Schloss knackt, die Tür knarrt in den Angeln, ich stecke die Nase in den Flur. Alles ist dunkel. Ich husche durch den Gang und zerre beim Gehen an den Schuhbändern. Die Stühle in der Küche stehen verschoben, als hätten eben noch Personen am Tisch gesessen, die aufgesprungen und vor mir geflohen sind. Der Aschenbecher im Wohnzimmer raucht nicht. Ich trete die Docs von den Füßen und werfe den Rucksack in mein Zimmer.

Die Fliesen im Badezimmer sind eiskalt, keine Fußbodenheizung, nur eine dünne Matte vor der Toilette. Ich ziehe mich aus und dusche in der Badewanne. Es gibt keine Halterung für die Brause;

ich muss den Hahn zwischendurch abdrehen, sonst bespritze ich den ganzen Raum.

Meine Schultern zittern vor Kälte, während ich mir Shampoo in die Haare reibe, dafür kochen die Zehen im stehenden Wasser. Ich halte inne. War da was?

Ein Schlüssel an der Tür? Schritte im Flur?

Ich lausche. Kein Reißverschluss, keine Schuhe, die gegen die Wand poltern. Ich blicke zum Griff an der Tür und befürchte, dass er sich nach unten drückt. Nichts bewegt sich. Kein Geräusch.

Ich atme tief durch und spüle mir den Schaum vom Kopf.

Auf dem Wäscheständer im Wohnzimmer entdecke ich saubere Kleidung. Eine Jogginghose, die mit jedem Waschgang eine Nummer größer wird, und den verfusseltsten Pullover der Welt, der nach Wohlfühlen riecht. Das perfekte Outfit für Mels Filmabend.

Ich muss noch Unterwäsche einpacken, eine Zahnbürste, den iPod, wenn ich ihn finde. Mit frotteegerubbeltem Haar laufe ich in mein Zimmer und leere den Rucksack kopfüber aus. Schulhefte und lose Stifte fallen auf die Matratze. Ein Buch verstopft die Öffnung, ich schüttle es gewaltsam heraus. Es löst sich und hackt seine Kante in meinen Fußrücken. Ich beiße mir auf die Lippen und humple zum Schreibtisch, um die Lampe einzuschalten. Auf dem Teppich vor dem Bett, zwischen zerknüllten Socken und verhedderten Jeans, liegt Jay Ferettys Englischbuch und starrt mich an.

Ich hebe es auf.

Die grünmarkierten Stellen fühlen sich anders an als heute Nachmittag. Sie schreien ein Rätsel in meinen Kopf. Ich blättere durch die Seiten und überfliege die handgeschriebenen Notizen. Hin und wieder sind Zeilen durchgestrichen und darunter zu neuen Konstellationen mutiert, einem klangvolleren Bild.

Was sind das für Worte? *Deranged, Irremediably, Decease, Forlorn?*

Der Kontext zieht ihre Bedeutung in einen düsteren Sumpf, doch ich brauche das Internet, um mir völlig sicher zu sein. Ich drücke den Laptop gegen den Misthaufen auf dem Schreibtisch und trommle mit den Fingern auf das Touchpad, bis sich Google durch unsere vergammelte Telefonleitung quetscht.

Geistig zerrüttet. Hoffnungslos. Ableben. Verlassen.

Mein Herz hämmert die Übersetzungen in meine Brust. Sind das nur Vokabeln für Jay? Futter für Songtexte, die depressiv sein müssen, weil seine Art von Musik es verlangt? Bevor er der Band den Rücken gekehrt, bevor er der Schule einen Arschtritt gegeben, bevor er mich sonntagnachmittags auf dem Klo angerufen und mir die Vorstellung seiner heulenden Mutter in den Schädel gepflanzt hat, hätte ich beide Nieren darauf verwettet, dass all dieses schmerzvolle Geheul nur Show ist. Ein Spinnennetz gewebt aus Möchtegern-Rockstar-Image, in dem sich leichtsinnige Mädchen verfangen sollen.

Jetzt bin ich unsicher.

Der Cursor winkt im Suchfeld. *Sieh her. Such nach Antworten.*

Meine Finger tippen *Major Malfunction* ein und erhalten Millionen von Suchergebnissen. Ich finde YouTube-Videos und Einträge von Wikipedia. Erst auf der zweiten Seite entdecke ich den richtigen Link und lande auf einer selbstgebastelten Homepage.

Der Hintergrund ist ein rostzerfressenes Blechschild, in das jemand den Bandnamen gekratzt hat. Darüber klebt ein Polaroid, schwarzweiß, an den Ecken abgebrannt. Das Foto wurde aus ein paar Metern Höhe aufgenommen. Die vier Jungs liegen quer über Schienen. Trockenes Gras wuchert im Gleisbett um sie herum. Wahrscheinlich der stillgelegte Südbahnhof. Der Fotograf muss auf einen Waggon geklettert sein.

Das Rätsel um Zitronenkopf löst sich: Er ist Mitglied der Band und befindet sich links außen, allerdings noch dunkelhaarig. Deshalb kam er mir so bekannt vor! Zwischen seinen Zähnen klemmt ein Drumstick und seine Augen treten hervor, als stünde er unter Strom und nur das Stück Holz würde ihn davon abhalten, sich die Zunge abzubeißen. Der Kerl mit den braunen Rastas ist der Bassist. Er verdeckt die Augen, als rechnete er jede Sekunde damit, von einem Zug überfahren zu werden. Der Dritte liegt auf dem Bauch, mit tätowierten Oberarmen und gefesselten Handgelenken. Es ist nicht zu erkennen, aber es könnten Gitarrensaiten sein. Ich zwinge all diese Details in meine Gedanken, um dem Hunger zu widerstehen, der meinen Blick nach rechts treibt, zur wahren Quelle meines Interesses: Jay Feretty blinzelt in die Sonne, seine Arme hinter dem Kopf verschränkt, die Fußgelenke locker übereinandergeschlagen. Aus seinen Lippen sprießt ein Grashalm, und die fehlende Farbe der Aufnahme lässt seine Haare weiß leuchten. Er erweckt den Eindruck, als gäbe es keinen besseren Ort auf der Welt.

Vielleicht habe ich mich geirrt.

Weshalb lässt mir das keine Ruhe? Ich habe einen Fehler gemacht und sollte endlich darüber hinwegkommen. Stattdessen nagen diese Fragen in meinem Hinterkopf. Warum hat er die Schule verlassen? Hat es etwas mit dem zu tun, was ich zu seiner Mutter gesagt habe?

Frustriert reibe ich meinen Handrücken über die Stirn.

Plötzlich donnern Fäuste gegen die Tür. Ich zucke zusammen, schlage den Laptop zu, fahre herum.

Die Stimme meines Vaters dröhnt durchs Holz. »Hockst du da drin?«

Mist! Ich habe herumgetrödelt, ihm die Gelegenheit gegeben, mich in der Wohnung zu erwischen. Jetzt vermiest er mein Wochenende, die einzige Zeit, in der ich aufatmen kann. Und wofür? Einen Weiberhelden und Schulabbrecher.

»Das Badezimmer ist ein Schweinestall!«

»Dann passt du ja rein«, murmle ich.

Selbstverständlich hört er mich. Ein Tritt kracht gegen die Tür. Heftig genug, um Holz splittern zu lassen und Schrecken in mein Herz zu jagen. Ich erstarre. Die Tür bleibt zu.

»Putz deine verfluchte Sauerei weg!«

An den knarrenden Dielen höre ich, wie er sich ins Wohnzimmer verzieht.

Verbrauchte Luft strömt aus meinen Lungen.

Zeit zu verschwinden.

Mel streckt ihren Lockenkopf aus der Tür. Aus ihrem Mund hängt eine grüne Gummischlange und ein paar Zuckerkristalle kleben auf der Nasenspitze. Sie mustert mich von oben bis unten und flötet mit französischem Akzent: »O Madame, was 'aben Sie da für eine außergewöhnlische 'ose?«

Ich blicke an mir herunter und zupfe am Stoff der Jogginghose. Ohne zu übertreiben, würde ich inzwischen zweimal hineinpassen, allein die Kordel um meinen Bauch hält sie oben. Ich ziehe die Lippen auseinander. »Du solltest erst sehen, was ich darunter trage, Baby.«

»Sie machen misch verlägen!« Sie kichert und lässt mich eintreten.

Mels Zuhause ist kaum größer als meines, obwohl vier Personen hier leben. Dafür steckt es voller Leben.

Es ist eine Dachgeschosswohnung mit Oberlichtern und in jeder Ecke stehen Pflanzen. Palmen in Terrakottatöpfen, Kakteenfelder in zusammengewürfelten Flohmarkt-Schalen und Kletterpflanzen, die sich an selbstgebastelte Bambusgitter krallen. Sogar in der Toilette, dem einzigen fensterlosen Zimmer, blühen Orchideen aus weißer und violetter Seide. Mels Mutter gehört ein kleiner Blumenladen an der Ringstraße, und ihr Vater arbeitet als Landschaftsgärtner bei der Stadt. Wenn Mel und ihr Bruder Tobi es zulassen, verlieren sich die beiden in innigen Gesprächen über Blattläuse und Affendünger.

»Ist die Nervkröte da?« Ich deponiere die Schuhe ordentlich neben Mels weinroten Stiefeln und lausche auf trippelnde Schritte. Tobi ist acht und steckt seit zwei Monaten in der Ich-fange-Spinnen-und-stopfe-sie-in-deine-Unterhose-Phase. Man kehrt ihm besser nicht den Rücken zu.

»Wir haben ihn Oma angedreht. Sie traut sich nie Nein zu sagen, wenn er anwesend ist. Ihr weiches, manipulierbares Herz wird eines Tages ihr Ende sein.«

Ich folge Mel in die Küche und zupfe ein Blatt vom Basilikumstrauch am Fenstersims. »Was ist mit deinen Eltern? Würden sie uns erwischen, wenn wir es auf dem Küchentisch treiben?«

»Sturmfrei. Wir haben die ganze Nacht für uns.« Mel knallt die Kühlschranktür zu und drückt mir eine Flasche Malzbier in die Hand. »Auf die Freiheit!«

Wir sind also allein. Niemand hier, der meine peinlichen Fragen hören könnte. Jetzt muss ich nur noch den Mut aufbringen, sie zu stellen.

»Ist was, Viki?«

»Nein, ich … war nur in Gedanken.« Ich schlage den Kronkorken an der Arbeitsplatte ab und proste ihr zu.

Wäre dieser Abend eine Wolldecke, würde ich mich hineinkuscheln und zufrieden schnarchen. Auf dem Wohnzimmertisch reihen sich Malzbierflaschen, das Mikrowellenpopcorn duftet nach extra Butter und Mels heißgeliebte Gummischlangen verstreuen ihren Zuckerbelag. Bei der kargen Nahrung, die ich mir sonst zusammenkratze, wäre ich inzwischen vom Fleisch gefallen, hätten mich Mels Fressorgien nicht regelmäßig wiederbelebt. Während ich mir von meinem Vater ständig den Appetit verderben lasse, hetzt sich Mel zweimal in der Woche durch den Stadtpark, um ihre Figur zu halten.

Mel saugt lasziv an einer Schlange und wackelt mit den Augenbrauen. »Findeft du daf fexy?«

Ich pruste los und verschlucke mich am Popcorn. Eins verhakt sich in meiner Luftröhre und treibt Tränen in meine Augen. Mit den Geräuschen eines verstopften Abflusses würge ich es Millimeter um Millimeter nach oben, bis Mel es hilfsbereit zurück in meine Lunge klopft. Ich werfe sie vom Rücken, bevor sie mich ersticken kann.

»Der Film war gut, aber das Buch ist besser.« Mel holt die DVD aus dem Player und steckt sie in eine Plastikhülle.

Ich schaue mir gerne Filme an, bin allerdings nicht so versessen darauf, Schauspielerlisten herunterzurasseln wie Mel. Geschweige denn, die Buchvorlage auswendig zu lernen und mich über all die Szenen zu ärgern, die sie geändert haben.

Mel und ich sind überhaupt recht verschieden. Als sie vor drei Jahren in meine Klasse wechselte, konnte ich sie nicht ausstehen. Sie war winzig, zurückhaltend und kicherte über jeden vorhersehbaren Witz, den unser Klassenschönling Stefan zum Besten gab. Wir brauchten eine Fahrt nach London, eine gemeinsam verpasste U-Bahn und meinen Vorschlag, uns als Nobelnutten der Royals über Wasser zu halten, um uns anzufreunden. Seitdem sind wir unzertrennlich. Ihr kann ich Geheimnisse anvertrauen, die ich mit keinem sonst teile.

»Jay hat die Schule geschmissen.«

Mels Augen werden kugelrund. Zu meinem Entsetzen realisiere ich, dass die Worte aus meinem eigenen Mund kamen.

»Jay?« Mel schnappt die Popcornschale und wirft sich neben mir auf die Kissen, bereit für die nächste Vorstellung. Ihr Lächeln verursacht Lampenfieber in meiner Brust. Ich beiße in meine Backen, um es bloß nicht zu erwidern.

»Der Sänger von Major Malfunction. Mein … Ausrutscher.«

»Wie viele Jungen an unserer Schule heißen schon so? Ich weiß, wen du meinst. Es war mir nur neu, dass du seinen Vornamen aussprichst.«

»Nun, er ist kürzer als Blondschopf oder Heulsuse oder …«

»Du brauchst ihn nicht schlechtzureden. Es ist okay.« Mel überfüllt den Mund mit Popcorn und einzelne Maiskörner fallen zurück in die Schüssel. Bei jeder anderen Person wäre das ekelhaft, doch Mel machen diese kleinen Fehler liebenswert. »Was liegt dir auf dem Herzen?«

Schlagartig verdunkelt sich das Zimmer. Nur Mels Augen leuchten mir entgegen, wie Scheinwerfer, unter denen mein Widerstand dahinschmilzt. Ich schlinge meine Arme um die Beine und zucke mit den Schultern. »Warum schmeißt er in der Zwölften die Schule?«

»Schlechte Noten?«

»Mitten im ersten Halbjahr? So einfach gibt man nicht auf. Nicht so kurz vor dem Ziel.«

»Probleme mit einem Lehrer?«

Ich wiege mich vor und zurück, wie eine Irre in der Zwangsjacke. Zeit für den nächsten Akt: mein Geständnis.

»Ich wollte ihm eins auswischen. Wegen … Du weißt schon. Seine Mutter lief mir über den Weg und ich habe die Andeutung gemacht, dass er Drogen nimmt. Am nächsten Tag hat sie ihn von der Schule genommen.«

Mels Kiefer hört auf zu mahlen. »Du denkst, es ist deine Schuld?«

»Natürlich nicht?« Es klingt wie eine Frage. Nein, wie ein Stoßgebet. *Bitte, Herr, lass mich nicht das Arschloch sein, das seine Zukunft versaut. Amen.*

»Keine Mutter würde ihr Kind von der Schule nehmen, nur weil jemand einen dummen Spruch gemacht hat.« Mel schluckt das

Popcorn und ihre Stimme wird klar und deutlich. »Es sei denn, an deiner Aussage war was dran. Feretty trägt den Geruch nach Gras mit sich herum wie ein Parfüm. Vielleicht nimmt er auch anderes Zeug.«

Daran habe ich nicht gedacht.

Mel stopft sich eine Gummischlange in den Mund. »Eventuell waren feine Noten flecht und fie haben ihn geffungen, die Band zu verlaffen, damit er Privatunterricht bekommt. Haft du nicht gefagt, die haben viel Geld?«

»Das könnte sein …«

»Die wahre Frage lautet doch ganz anders.« Ihr Blick heftet sich auf mein Gesicht wie ein Stück widerspenstiges Klebeband. »Warum beschäftigt dich das so, Viki?«

Nervös reibe ich die Unterarme. »Nur so.«

»Hast du dich verknallt?«

»Nein! Mel! Nein!«

Mel hebt beschwichtigend die Hände und kichert. »Schon gut, Viki, ich …«

»Ich bin nicht verknallt! Hast du das kapiert?«

Sie beißt sich auf die Unterlippe und nickt mechanisch.

»Melanie!« Ich werfe die Arme in die Luft. »Auf so einen Kerl lasse ich mich nicht ein! Sein Ruf eilt ihm in Form einer Horde kreischender Weiber voraus! Und er ist *blond*, um Himmels willen!«

»Okay! Okay! Ich hab's verstanden! Du stehst nicht auf blonde Weiberhelden.« Unter Mels Lippen beben Worte, die sie zurückhält. Eine Neun auf der Richterskala, mindestens. Wenn sie ausbricht, gibt es Tote.

Ich kneife meine Augen zusammen. »Was ist?«

»Aber er ist ziemlich gut gebaut, oder?«

»MELANIE.«

»Es hat nichts mit Gefühlen zu tun, wenn man ein Sixpack bewundert, über dem ein nassgeschwitztes T-Shirt klebt. Halb durchsichtig. Niemand würde dir so etwas vorwerfen, Viki.«

Ein T-Shirt, in dem ich wenige Stunden später aufgewacht bin. Die Erinnerung daran überzieht meinen ganzen Rücken mit Gänsehaut.

Ich rauche nie wieder Gras. Nie wieder.

Könnte Mel recht haben? Musste Jay wegen schlechter Noten die Schule wechseln? Oder nimmt er wirklich Drogen? Warum hat seine Mutter geheult, als sie das Sekretariat verlassen hat? Da steckt noch mehr dahinter, ich weiß es genau. Doch wenn ich jetzt weiter nachbohre, glaubt Mel tatsächlich, dass ich von dem Kerl was will. Was nicht der Fall ist. Sixpack hin oder her.

»Läuft irgendwo ein Horrorfilm?« Ich schnappe mir die Fernbedienung und schalte ins Pay-TV von Mels Eltern, um mich auf andere Gedanken zu bringen. Mel verliert kein Wort mehr über Jay, aber in ihren Augen hat sich etwas verändert. Ein forschender, neugieriger Funke lodert darin. Ich beschließe, ihn zu ignorieren.

Deine Mutter kauft mir eine Babyzeitschrift.

In meinem Albtraum sitze ich in der Klasse. Unser Mathematiklehrer Herr Breiter – auch liebevoll 2πr genannt, weil die Formel sich auf seine Körperform anwenden lässt – kugelt zur Tür herein. Wir sollen die Hausaufgabe herausholen. Und der Albtraum beginnt.

Kein Zwicken der Welt weckt mich auf. Ich kicke in meine Wade und presse mir den Druckbleistift in den weichen Hautteil zwischen Daumen und Zeigefinger. Der Schmerz treibt Tränen in meine Augen, der Traum wird zur Realität.

Breiter schraubt seine Füllfeder auf (von der ich annehme, dass sie mit dem Blut unwürdiger Schüler gefüllt ist) und patrouilliert durch die Reihen. Er setzt rote Haken unter die Hausaufgaben. Selbst Mel, die weiter vorn sitzt, präsentiert ihm das Heft. Wieso hat sie mich nicht daran erinnert? Mel ist mein Kleinhirn. Wenn sie ausfällt, weiß ich nicht mehr, wer ich bin, und pinkle an mein Bein.

Ich werfe meinem Sitznachbarn Fabian blanke Panik ins Gesicht. Wir beide wurden zwangsvereint und manchmal glaube ich, er fürchtet sich vor mir. Dabei finde ich ihn im Grunde genommen ganz nett. Er faltet seine dünnen Schultern zusammen und schiebt das Hausaufgabenheft einen Millimeter zu mir.

Fünf Aufgaben. Breiter rollt in unsere Richtung. Keine Zeit zum Abschreiben. Es ist zu spät.

»Viktoria.« 2πrs Worte reiten auf einer Welle erwarteter Enttäuschung. »Welcher Familientragödie verdanken wir Ihre fehlende Hausaufgabe diesmal? Ist Ihr Meerschweinchen verstorben?«

Alle lachen, bis auf Fabian, der sich ins Schneckenhaus zurückzieht.

Meine Brust löst sich vor Nervosität auf – meine Zunge unglücklicherweise nicht. »Woher wissen Sie das? Der kleine Kerl kam bis zur dritten Funktion. Ein Vektorfeld hing aus seinem Maul, als ich ihn fand.«

Mel grunzt vor Lachen. Sie ist die Einzige.

»Dies ist die dritte Hausaufgabe, die Ihrer Erinnerung entflohen ist. In Folge. Sie sind hier im Gymnasium, nicht in einer Waldorfschule. *Bemühen* zählt nicht. Wir wollen *Ergebnisse.* In diesem Fall in Ihrem Hausaufgabenheft.« 2πr füllt seinen massigen Leib mit Luft, durchsetzt sie mit Mundgeruch und bläst mir die Mischung ins Gesicht. »Dienstag in der Doppelstunde. Mündliche Prüfung. Stoff seit Jahresbeginn.«

Ich schrumpfe auf Fabians Größe und halte die Klappe.

Die Mädchen dribbeln Basketbälle auf dem Gummiboden der Turnhalle. Mel und ich kleben in der Ecke und werfen uns den Ball zu, sobald die Lehrerin das Auge von Mordor in unsere Richtung schwenkt.

»Ich hab's dir gesagt«, verteidigt sich Mel. »Gestern Abend, bevor du gegangen bist.«

»Du hast gesagt, du musst noch Hausaufgaben machen.«

»Genau!«

»Du hast nicht gesagt, dass ich ebenfalls Hausaufgaben machen muss!« Frustriert über mein eigenes Versagen, knalle ich den Ball auf den Boden und schieße ihn zurück zu Mel. »Ohne dich überlebe ich die Schule nie, das weißt du doch! Eine Prüfung an der Tafel! Ich kann diese Aufgaben nicht mal lösen, wenn ich das Ergebnis kenne.

Ab sofort schlafe ich im Stadtpark. Dort wurde diesem Studenten der Kopf zertrümmert, oder?«

Mel grinst. »Du bist unverbesserlich, Viki.« Sie wirft den Basketball zum Korb, verfehlt ihn um fünf Meter und fängt ihn nicht auf. Der Ball prallt von der Wand ab und rollt zur Tür. Sie läuft ihm hinterher. »Es war übrigens sein Bein! Der Student hatte Drogenschulden.«

»Umso besser. Zuerst einen Gratis-Joint und dann ab ins Jenseits. Es gibt schlimmere Arten zu sterben.«

»Doch nicht wegen Mathe!«

»Die Dunkelziffer der akademischen Selbstmorde ist erschreckend hoch. Es ist der Leistungsdruck, Mel. Ich habe die Haut eines Panzers, aber die Seele eines Militärchor-Sängers.«

»Sauron sieht her! Fang den Ball.«

Ich äuge nach hinten und entdecke die Sportlehrerin. Die *Eine* Trillerpfeife steckt in ihrem Mund. Mel hat sogar Tolkien für sie umgedichtet: *Ein Pfiff, sie zu knechten, Faulenzer zu finden, durch die Halle zu treiben und ewig zu schinden.* Jetzt nimmt sie direkten Kurs auf uns. Ich hebe meine Arme. Genau eine Sekunde, nachdem der Basketball in mein Gesicht geknallt ist.

Mel bricht neben mir in die Knie und krallt ihre Finger in meine Schultern. »O Viki! Es tut mir so leid!«

Ich versuche, den Blutschwall aus meiner Nase mit den Shorts aufzusaugen. »Vergiss den Stadtpark, ich lasse mich von dir umbringen. Noch so ein Schlag, und mein Nasenbein durchstößt die Sehrinde.«

»Die Sehrinde befindet sich am Hinterkopf, Viki.«

Ich blinzle Tränen aus den Augen. »Unser Biolehrer wäre *so* stolz auf dich, Süße.«

Sauron leistet vorbildliche Erste Hilfe. Sie drückt mir eine Klopapierrolle in die Hand, einhundert Prozent recycelt mit nur zwei Lagen, und tätschelt meinen Oberarm.

Während die anderen Mädchen eine Choreographie mit rosa Hula-Hoop-Reifen einstudieren, verblute ich auf der Ersatzbank. Manchmal meint es das Schicksal doch gut mit mir.

Leider überlebe ich Mels Ball-Attacke. Ich fühle mich noch immer blutleer, als ich mich Freitagnachmittag zum Förderkurs schleppe. Damit Zitronenkopf keine Zeit bleibt, weitere Details über meinen Abend im Black auszuplaudern, verspäte ich mich absichtlich um zehn Minuten. Mittelweger wedelt mich herein, ohne die Lektion zu unterbrechen.

Wir wiederholen die Past Perfect Tense und erhalten Übungsblätter von Rocky, dem Hund, die ich – und das muss ich unterstreichen – fehlerfrei ausfülle. Obwohl ich auf Jays Platz sitze, mit Jays Buch vor der Nase und Jays Freund an der Seite, entspanne ich mich. Bis Mittelweger uns zwingt, die Tische an den Rand zu schieben und einen Diskussionskreis zu bilden.

»Für den mündlichen Teil des Abiturs ist es wichtig, flüssig sprechen zu können. Der eine oder andere Grammatikfehler ist verschmerzbar.« Mittelweger plumpst auf den einzig freien Stuhl direkt neben mir. Sie wirft den Regenbogenschal um ihren Hals und peitscht die Quasten quer über meine Wange, ohne es zu merken. »Hat jeder den Text über Drogenabhängigkeit gelesen? Was fällt euch zum Thema ein? Redet frei heraus.«

David rutscht nach vorn und hakt ein fieses Grinsen in mein Gesicht. »Wie wäre es mit Drogenmissbrauch und daraus resultierenden sexuellen Fehltritten?«

Die Mädchen neben ihm machen sich ins Röckchen vor Lachen. Sie halten geglättete Haare vor den Mund und feuern Seitenblicke auf mich, bis die Hitze in meinen Nacken schießt.

Angestachelt von der positiven Resonanz seiner Freunde, kommt David so richtig in Fahrt. »Angenommen, dein bester Kumpel ist so breit, dass er glaubt zu fliegen. Und er wird von einem Mädchen angegraben, das wirklich nicht sein Fall ist. Was tut man? Lässt man ihn seinen Spaß haben, oder hält man ihn zurück?«

Mittelweger öffnet den Mund, und ich erwarte, von weiteren Sticheleien verschont zu werden, als sie sagt: »In English, please!«

Ein Junge meldet sich zu Wort. »You let him fuck her and don't tease him about it.«

»But what if she is really ugly?«, flötet eines der Mädchen. Sie zupft mit pinken Fingernägeln an einem Gürtel, den sie Rock nennt. »Like a gothic?«

»Or if she dresses like a slut?«, ergänze ich trocken. Niemand kann behaupten, ich beteilige mich nicht ernsthaft an der Diskussion.

»Please, don't be so sexistic«, tadelt Mittelweger. »He might really like her, but is too shy to speak to her, when he's sober? Ever thought about that?«

David prustet. »Hört sich kaum nach Jay an.«

Die Mädchen kichern und Mittelweger riecht endlich Lunte. »Are we discussing a private issue here? Let's talk about something else.«

Den Rest der Stunde besprechen wir negative Konsequenzen von Zigarettenkonsum. Ich hätte das eine oder andere Argument beizutragen, aber bei jeder von Davids Bewegungen krampft sich mein Körper zusammen, selbst wenn er nur Luft holt, um zu sprechen. Am Ende fühle ich mich wie ein weggeworfenes Freundschaftsarmband: unbeliebt und total verknotet.

Ich verpasse den Bus absichtlich. Es gibt keinen Grund, mich freiwillig foltern zu lassen. Während der Bus mit aufleuchtenden Bremslichtern um die Ecke biegt, ziehe ich den Kragen der Lederjacke hoch und schiebe die Hände in die Hosentaschen. Die Docs knirschen auf dem Laub, das der Wind an die Hausecken geweht hat. Vor meinem Mund kondensiert der Atem, so kalt ist es geworden.

Bei der U-Bahn-Station locken mich Lichterketten und herausgestellte Warenkörbe in die Einkaufsstraße. Ich stehe nicht auf den Weihnachtskram, doch der Gedanke, früh nach Hause zu kommen, reizt mich noch weniger. In einem der Körbe finde ich ein Überbleibsel von Halloween: eine Schneekugel mit verwildertem Friedhof und glitzernden Konfetti-Knochen. Die würde Mel gefallen.

Ich schüttle das Glas und beobachte, wie Luftblasen darin aufsteigen. Die Knochen sinken auf die Gräber und in der gewölbten Oberfläche erscheint das Gesicht eines Geistes: ein Mädchen mit tiefschwarzem Haar und finsteren Lochaugen.

Sehe ich aus wie ein Gothic? Ein mickriger Gothic vielleicht, ohne Vampir-Make-up, Piercings oder Tätowierungen auf der Haut. Meine Augenbrauen sind weder abrasiert, noch kann ich Marilyn Manson leiden. Nur meine Kleidung ist schwarz, das ist alles, tintenschwarz wie mein Humor.

Ich bin das absolute Gegenteil von diesem Kerl. Er ist Licht und ich bin Schatten; wenn er seine Zähne zeigt, nennt man es Lächeln, bei mir heißt es Fletschen. Zwei unvereinbare Gegensätze. *Ein Mädchen, das wirklich nicht sein Fall ist. Ein Junge, den sie nicht mag.* Die Schneekugel sinkt zurück in den Korb und ich wende mich ab.

Keine zehn Meter entfernt tritt eine blonde Frau aus einem Hauseingang. Mein Herz krampft sich zusammen, meine Schuhe frieren auf dem Gehweg fest. Für eine Schrecksekunde blubbert Lachen in meiner Kehle: Natürlich kann das nicht Jays Mutter sein, in dieser Stadt leben über eine Million Menschen. Was wäre das für ein Zufall, sie ausgerechnet in diesem Moment zu treffen?

Die Frau wühlt ein Bündel gebrauchter Taschentücher aus einer Gucci-Tasche und presst es unter ihre Nase. In hochhackigen Schuhen stakst sie an mir vorbei, ohne mich zu bemerken. Sie ist es wirklich. Jays Mutter.

Warum weint sie schon wieder? Das kann doch nicht mehr an meinem Drogenkommentar liegen?

Mit einem dumpfen Gefühl im Bauch drehe ich mich zum Eingang, den sie eben verlassen hat. Arbeitet sie vielleicht in dem Haus? Oder hat sie jemanden besucht?

Ich klappere die Messingschilder neben den Türklingeln ab: ein Rechtsanwalt, ein Zahnarzt, ein Nagelstudio und ein Psychotherapeut. Vier gute Gründe, um zu heulen, doch mein Blick haftet auf dem letzten Schild. Ohne weiter darüber nachzudenken, betrete ich das Gebäude.

Der Therapeut befindet sich im ersten Stock. Es gibt einen Lift, aber ich jogge die paar Stufen hoch. An der Tür zur Praxis glänzt ein Täfelchen, das Klienten bittet, unaufgefordert einzutreten. Ich folge der Anweisung und finde mich in einem modern eingerichteten Wartezimmer wieder. Hinter einer Theke aus hellem Holz reckt die Sprechstundenhilfe den Hals in die Höhe. »Haben Sie einen Termin?«

Ich eile auf sie zu. »Leider bin ich etwas spät dran. Ich bin mit Frau Feretty verabredet. Ist sie noch da?«

»Tut mir leid, Sie haben sie eben verpasst. Wenn Sie sich beeilen, begegnen Sie ihr unten.«

»Wirklich? Vielen Dank!« Ich mache kehrt und renne durch das Treppenhaus hinaus auf die Straße. Sie war also beim Psychotherapeuten! Ich hatte recht, etwas stimmt nicht mit ihr.

Ich fische mein Handy aus der Tasche und bin kurz davor, Mel anzurufen, als ich Frau Feretty an einem Zeitungsstand bei der U-Bahn-Station entdecke. Sie greift nach einer Illustrierten und tupft sich die Augenwinkel mit einem durchweichten Papiertaschentuch.

Ich schleiche mich neben sie und ziehe wahllos ein Heft aus dem Ständer. Auf dem Cover lacht mir ein fettes Baby entgegen und die Headline verspricht eine 10-Wochen-Lösung gegen Schwangerschaftsstreifen. Na toll, genau, wonach ich gesucht habe. Ich linse zu Frau Feretty.

Im Licht der Straßenlaterne wirkt sie blass und jung, sie kann höchstens vierzig sein. Was bedeutet, dass sie Jay zur Welt gebracht hat, als sie nur ein paar Jahre älter war als ich jetzt. Keine Ahnung, was Frauen dazu treibt, so früh Kinder zu bekommen. Wahrscheinlich eine vergessene Pille oder ein geplatztes Kondom.

Sie blättert die Zeitschrift so schnell durch, dass sie unmöglich deren Inhalt wahrnehmen kann. Die Seiten wedeln den Duft von teurem Parfüm in meine Nase. Hat Jay auch so gut gerochen? Ich erinnere mich nur an den schweren Rauch von Marihuana.

Und an seine belegte Stimme am Handy.

Meine Mutter heult sich seit Stunden die Augen aus dem Kopf. Vielen Dank dafür.

Schlechtes Gewissen füllt meinen Hals, bis ich den Mund aufklappe und über die Worte, die herausfallen, mindestens ebenso erschrocken bin wie Frau Feretty.

»Es tut mir leid, was ich zu Ihnen gesagt habe. Jay nimmt keine Drogen. Er hat nur Gras geraucht. Was nicht so schlimm ist, wie Sie vielleicht denken. Jeder raucht mal einen. Jedenfalls ist es nicht schlimmer, als sich mit Bier abzufüllen, nur ein wenig illegaler. Was nicht heißen soll, dass Jay sich mit Bier abfüllt …«

Heilige Scheiße.

Frau Feretty lässt die Zeitung sinken. Ihre wasserblauen Augen starren mich an. »Bist du eine Freundin von Jay?«

Sie erkennt mich nicht! Beim Gedanken daran, in welchem Zustand ich damals ihr Haus verlassen habe, kriecht Hitze in meine Wangen. Soll ich sie wirklich daran erinnern? An ein zerzaustes Mädchen, das aus dem Bett ihres Sohnes gekrochen ist, um ihr eine Unverschämtheit an den Kopf zu werfen und zum Abschied in die Rosen zu kotzen?

»Ich … äh … Jay und ich hatten … nichts … Wir … Was ich sagen will … Es war nur ein dummer Spruch von mir. Bitte machen Sie sich keine Sorgen deswegen. Okay?« Hastig stopfe ich die Zeitschrift zurück in den Ständer, bereit, die Flucht zu ergreifen, bevor meine Zunge noch mehr Unsinn produziert.

Der Standverkäufer keift eine Warnung – das Heft nicht so zu zerknittern oder es gefälligst zu kaufen –, und meine zitternden Finger reißen das Papier versehentlich zu Boden, mitten in eine Pfütze mit klebriger Flüssigkeit. Eine Creme-Probe für Cellulitis fällt heraus.

Der Verkäufer poltert aus dem Häuschen und streckt erwartungsvoll seine Hand aus. Sofort drücke ich ihm den Mist entgegen, doch er gibt sich damit nicht zufrieden. Vier Euro will er stattdessen. Halsabschneider! Wahrscheinlich schüttet er absichtlich Cola unter die Ständer, um Passanten zu nötigen, seine Schundblätter zu kaufen.

Frau Feretty hält ihm einen Zehner hin. Für beide Zeitschriften, das Mami-Blatt und *Moderne Innenarchitektur.* Ihre manikürten Fingernägel sehen aus, als hätte sie darauf herumgebissen. Der Verkäufer nimmt das Geld und händigt mir murrend das Heft aus, ehe er sich zurück in den Kiosk verzieht.

»Danke, das … war nicht nötig.« Ich drehe das Papier zu einer Rolle. Zum Fliegenerschlagen dürfte es vielleicht was taugen. Alternativ könnte ich versuchen, mich damit selbst bewusstlos zu prügeln.

»Du bist noch etwas jung für so eine Zeitschrift, nicht wahr?« Frau Ferettys Gesichtsausdruck ist weich und freundlich. Plötzlich entdecke ich mich selbst darin, wie ich mit ihrem Sohn Sex habe. Meine Wangen werden heiß, ich stottere eine Erklärung, aber sie unterbricht mich. »Es ist nett von dir, dich zu entschuldigen. Hat Jay dich darum gebeten?«

Ich schüttle den Kopf. An der Tür zu meinen höheren Hirnfunktionen hängt ein Zettel: *Derzeit außer Betrieb.*

»Vielleicht besuchst du ihn mal? Er sitzt andauernd in seinem Zimmer rum und hört diese schreckliche Musik, die euch so gut gefällt.«

Ich nicke. Aus Freundlichkeit. Und wegen des Zettels.

Ihre Augen glänzen gerötet von den salzigen Tränen, ihre Mundwinkel jedoch ziehen sich zu einem Lächeln. »Es kommt nicht oft vor, dass er ein Mädchen mit nach Hause bringt.«

Wie bitte? Was soll das denn heißen? Eine Sekunde lang wage ich zu denken, dass ich ihm mehr bedeute. Dann kicke ich dieser Vorstellung in die Kniekehlen.

Er nimmt seine One-Night-Stands für gewöhnlich nicht mit nach Hause. Na und? Darauf sollte ich mir wirklich nichts einbilden.

»Vielleicht … ruf ich ihn mal an?« Die Lüge lässt mich erneut rot werden. »Ich … muss jetzt los. Auf Wiedersehen.«

Sie winkt mir hinterher, als ich die Treppe zur U-Bahn hinabstürme.

Dein Atem knistert in meinem Ohr.

Ich flüchte in den Untergrund. Die schmutzigen Betonstufen sind an der Kante gelb bemalt und das abwechselnde Muster flirrt vor meinen Augen: Gelb, Betongrau, Gelb, Betongrau, Gelb, Betongrau … Am Ende der Treppe schnappe ich nach Luft und bereue es sofort. Die Wartehalle stinkt nach Maschinenöl und Urin in den Ecken. Menschen in zu dicken Winterjacken drängen sich auf dem Bahnsteig. Ich quetsche mich vor und starre auf das Stromgleis im U-Bahn-Schacht.

Es war richtig, Jays Mutter anzusprechen. Sie hat die Entschuldigung verdient, auch wenn sie mich vermutlich für schwachsinnig hält. Es gibt nur eine Sache, mit der ich ein Problem habe: Wird sie Jay davon erzählen? Er würde völlig falsche Schlüsse daraus ziehen. Ein Kerl mit seinem Ego würde garantiert glauben, dass ich es für ihn getan habe. Wie ein verliebtes Dummerchen, das so versucht, an ihn ranzukommen.

Scheiße. Warum kann er mich nicht in Ruhe lassen? Warum stelle ich seiner labilen Mutter nach? Warum wurmt mich sein Verlassen der Schule? Warum, zum Teufel, *denke* ich überhaupt an ihn? Jay Feretty bedeutet mir nichts. Und ich will auf keinen Fall, dass er sich das einbildet. Gott, dieser Gestank hier unten wühlt sich durch meinen Magen, mir wird ganz schlecht davon.

Plötzlich vibriert mein Handy.

Ich zucke so heftig zusammen, dass ein älterer Herr automatisch nach mir greift, damit ich nicht in den Schacht stürze. Ich bedanke mich, fummle das Handy aus der Hosentasche und werfe einen Blick aufs Display.

Ich nehme ab. »Fuck, Mel, wegen dir krieg ich noch einen Herzinfarkt!«

»Auch dir einen wunderschönen Abend, Viktoria.« Mel klingt amüsiert. »Warum der Herzinfarkt?«

»Der Bahnsteig! Ich … stand knapp am Bahnsteig! Wäre fast runtergefallen.«

»Hast du den Bus schon wieder verpasst?«

Ich schließe die Augen. »Na ja, *verpasst* ist nicht der richtige Ausdruck. Man könnte sagen, ich habe mich im Mädchenklo versteckt, bis der Bus endlich weg war.«

»Ist was passiert?«

Ich sehe mich kurz um. »Ich bin umzingelt von Menschen, die auf die U-Bahn warten und nichts Besseres zu tun haben, als mich belauschen.«

»Du kannst nicht reden. So schlimm?«

»Schlimm genug«, seufze ich. »Kann ich heute zu dir kommen?«

Statt zu jubeln, zögert Mel. »Deshalb rufe ich an. Meine Eltern wollen einen Familienabend machen. Mit Pizza und Monopoly. Ich wollte dich einladen, aber anscheinend ist es wichtig, *Zeit ausschließlich mit der Familie zu verbringen und nicht ununterbrochen an Vikis Rockzipfel zu hängen.*« Sie imitiert die Stimme ihrer Mutter.

»Ich dachte, du hängst gerne an meinem Rockzipfel?« Ich versuche, fröhlicher zu klingen, als ich mich fühle. Ohne Mel bleiben mir wenig verlockende Alternativen: Cousin Phils Videospiele oder mich zu Hause langweilen.

»Das tue ich«, flirtet Mel. »Und ich will wissen, warum du dich auf dem Klo versteckt hast. Ich ruf an, sobald ich die Gehe-in-den-Arrest-Karte ziehe, okay?«

»Ich vermisse dich jetzt schon.« Meine Augen brennen und ich blinzle rasch nach oben zu den Neonleuchten. Das grelle Licht lässt mich klarer denken. Ich schlucke die Enttäuschung runter.

»Ich dich auch, Viki.«

Der Entschluss, Cousin Phil anzurufen, geht in einem Berg schmutziger Wäsche unter, der sich vor meinem Bett auftürmt. Warte ich noch länger mit dem Waschen, brauche ich bald eine Sauerstoffflasche für die Besteigung. So sehr ich verschwinden möchte, meine Klamotten tragen sich nicht von alleine in die Waschmaschine, hängen sich nicht auf und nehmen sich nicht wieder ab. Abgesehen davon, dass meine letzte Putzaktion schon erschreckend lange her ist. Wenn ich nicht aufpasse, kann ich demnächst mein eigenes Gemüse auf dem Küchenboden anpflanzen.

Also kauere ich am Freitagabend in der Küche und schrubbe die Fliesen. Ja, es fühlt sich so deprimierend an, wie es klingt. Ich erwische mich dabei, am Fußbodenreiniger zu schnüffeln, um herauszufinden, ob mich die Essigdämpfe high machen. Stattdessen würgt es mich. Mir fällt ein, dass ich nichts gegessen habe, und entdecke die Speisekarte des Pizzabestellservices, die am Kühlschrank hängt. Hoffnungsvoll trommelt mein Magen gegen die Bauchdecke, doch ich habe kein Geld mehr dafür übrig.

Während ich den Putzlappen auswringe, träume ich davon, einen gutaussehenden Pizzajungen mit meinem Besen zu erschlagen, um nicht bezahlen zu müssen, und seinen Leichnam an einem Ort zu verstecken, wo er garantiert niemals gefunden wird: meinem Wäschekorb.

Ausgehungert krieche ich zum Kühlschrank und ziehe mich am Griff empor. Bierdosen klappern im Getränkefach, wo normale Leute Milchpackungen und Cola aufbewahren. Das Gemüsefach ist leer. Ich entdecke ein paar angebrochene Dosen und Gläser, deren

Schraubverschlüsse festgewachsen sind. Ein Blick hier rein würde genügen, um Mel wochenlang davon träumen zu lassen. Die Tür schlägt klappernd wieder zu.

Ganz unten im Speiseschrank erspähe ich Spaghetti und eine Packung passierter Tomaten, die seit einem Jahr abgelaufen ist. Glücklicherweise hat die Lebensmittelindustrie diese Daten nur erfunden, um Konsumenten in regelmäßigen Abständen zum Neukauf zu zwingen. Zumindest hoffe ich das.

Während die Nudeln kochen, bespritzt die Tomatensoße den Herd mit roten Punkten. Die Suche nach einem passenden Deckel endet darin, dass ich mich dem Abwasch geschlagen gebe und das Geschirr spüle.

Eine Viertelstunde später sitze ich mit den Spaghetti am Küchentisch. Normalerweise esse ich in meinem Zimmer, aber auf meinem Schreibtisch türmen sich Bücher und Zettel in schwindelerregender Höhe. Dort auch noch aufzuräumen, packe ich heute nicht.

Eine Entscheidung, die ich abrupt bereue, als unsere Wohnungstür aufgeschlossen wird. Das Geräusch verdreht augenblicklich meinen Magen.

Shit! Das zweite Wochenende hintereinander, an dem mein Vater den Stripschuppen sausen lässt? Er muss die ganze Kohle bei Pferdewetten verspielt oder im Hosenbund einer hässlichen Tänzerin verloren haben.

Rasch wickle ich Nudeln auf die Gabel, da ich nicht weiß, wie schnell er mir den Appetit verdirbt.

Schritte hinter mir. Die Kühlschranktür klappert. Eine Bierdose zischt. Er tritt zum Herd. Plötzlich schießt seine Hand nach vorne und pfeffert den Topf an die Wand. Der Krach hallt in meinen Ohren. »Ist es zu viel verlangt, mir ebenfalls was zu kochen? Vom Essen, das ich bezahle?!«

Mit zitternden Händen kratze ich die letzten Spaghetti zusammen und stopfe sie in den Mund. Es schmeckt mir nicht mehr, trotzdem lasse ich ihm keinen Bissen übrig.

Sein Schatten wächst über meinen Tellerrand. »Bist du schwerhörig?!«

Ich springe auf und trage den Teller zur Spüle. Ich bereue es, das Geschirr abgewaschen zu haben. Nicht einmal das hat er verdient. Ich will an ihm vorbei, aber er packt meine Schulter und wirbelt mich herum. Sofort reiße ich mich los. »Fass mich bloß nicht an!«

Er ist kein besonders großer Mann. Wenn ich mich auf die Zehen stelle, sehe ich ihm locker in die Augen. Sie sind braun und meistens blutunterlaufen. Er gibt mir einen abfälligen Stoß in Richtung Tür.

Ich verschwinde, bevor ich die Beherrschung verliere. Eine Konfrontation würde übel ausgehen. Allerdings weiß ich nicht, für wen von uns beiden. Manchmal fürchte ich, ich könnte ihn umbringen. *Tatsächlich* umbringen, nicht einfach nur damit drohen. Erschreckenderweise hält mich das Strafgesetz davon ab, nicht mein Gewissen. Was macht das aus mir?

Ich stürze durch den Flur und verbarrikadiere mich im Zimmer. Auf dem Bett taste ich nach dem Schalter für die Weihnachtsbeleuchtung. Die Lämpchen tauchen meine Arme in violettes Licht und die Wirklichkeit verliert ihre harten Kanten. Ich presse den Hinterkopf ins Kissen und hole tief Luft.

Ein und aus. Ein und aus. Ein und aus …

Eine Ewigkeit liege ich so da und starre an die Zimmerdecke. Bis das Handy in der Jacke klingelt, die ich über den Schreibtischstuhl gehängt habe. Ich erwische einen Ärmel, ziehe den Stuhl näher und fummle es aus der Tasche. Mein Daumen schwebt bereits über der Oberfläche, um abzunehmen. Dann erstarre ich.

Der Name auf dem Display stößt eiskalt in meine Rippen. Ich

habe diese Nummer nicht gespeichert, um sie jemals zu wählen. Sondern um gewarnt zu sein. Es ist Jay.

Vor einem Jahr schlenderten Mel und ich abseits der Wege durch den Stadtpark, um ein ungestörtes Plätzchen am Teich zu finden. Plötzlich schoss eine Katze aus dem Gebüsch, fauchte uns an und verlor dabei etwas aus dem Maul. Ein junger Spatz landete zappelnd im Gras.

Mel schlug die Hände vor die Augen und befahl mir, den Vogel zu retten.

Sofort stürzte ich hin, allerdings kam jede Hilfe zu spät. Das Köpfchen hing schlapp über meinem Zeigefinger; der winzige Brustkorb hob und senkte sich in letzten Atemzügen. Ich konnte nicht wegsehen. Ich konnte gar nichts tun. Nur starren. Bis er endlich stilllag.

Genau das fällt mir ein, als ich das Handy betrachte.

Jays Name blinkt und das Gehäuse vibriert, doch ich kann mich nicht rühren. Bis es verstummt, die Schrift verschwindet und die Verbindung stirbt.

Ich drücke auf die entgangenen Anrufe. Mein Finger schwebt einen Zentimeter über der Glasoberfläche. Ein Tippen würde genügen, um ihn zurückzurufen. Nur was sollte ich ihm sagen? Was wollte *er* mir sagen?

Seit jenem Ereignis sind zwei Wochen vergangen, in denen ich keinen Ton von ihm gehört habe. Es ist kein Zufall, dass er sich heute meldet, nur wenige Stunden, nachdem ich mich vor seiner Mutter blamiert habe.

Ich springe vom Bett auf, laufe zur Tür und wieder zurück. Am besten ich beachte es nicht weiter. Vielleicht wird er es noch mal versuchen, aber danach ist garantiert Schluss, und ich habe meine Ruhe.

Andererseits: Ist dies nicht die Gelegenheit, auf die ich gewartet habe? Die Möglichkeit herauszufinden, warum er nicht mehr zur Schule geht? Die Chance, endlich und vollkommen mit dem Thema Jay Feretty abzuschließen? Und überhaupt: Würde er meine Ignoranz nicht als feige Schwäche deuten?

Ich drücke auf Anruf.

Drei Herzschläge. *Poch, Poch, Poch.*

Dann nimmt er ab.

»Hey.« Jays Stimme klingt anders, als ich sie in Erinnerung habe. Tiefer und getränkt mit einem amüsierten Unterton, der die Härchen auf meinen Unterarmen sträubt.

Ich bemühe mich um einen uninteressierten Tonfall. »Hier ist Viki Stein. Wer hat mich angerufen?«

»Jay … Weißt du noch, wer ich bin?« Seine Frage trieft vor Ironie.

»Was willst du?«

»Ich suche jemanden. Kannst du mir helfen?«

Überrascht horche ich auf. »Okay?«

»Mom lässt mich grüßen. Von einem Mädchen, das sie heute Abend auf der Straße getroffen hat. Schwarze Haare, schwarze Lederjacke, schwarzer Humor …« Er zieht den Satz absichtlich in die Länge. Mein ganzer Körper wird heiß. »Sie sagte, es wäre dasselbe Mädchen, das sich kürzlich aus meinem Bett gewühlt hat. Ehe es frühmorgens über die Treppe gepoltert ist, um sich vor der Tür in unsere *Blanche Moreaus* zu übergeben. Was ich, nebenbei bemerkt, auf meine Kappe nehmen musste.«

Ich *höre* Jays selbstzufriedenes Lächeln. »Kommt sie dir bekannt vor?«

Meine Antwort lässt erschreckend lange auf sich warten. Mein Hirn kribbelt. Irgendwo staut sich mein gesamtes Blut. Vermutlich in den Wangen. »Mir die Sache mit den Rosen anzuhängen, ist eine wagemutige Anschuldigung«, bringe ich hervor.

»Na ja, ich war froh, dass du es bis nach draußen geschafft hast.«

»Jay.« Ich hole tief Luft. »Was willst du?«

»Hat dich meine Mutter angesprochen?«

»Was? Nein. Wieso?«

Etwas rauscht. Jays Atem. »Es geht ihr nicht besonders gut.«

»Das dachte ich mir schon. Ihre Augen waren verheult.« Das winzige Detail mit dem Psychotherapeuten lasse ich weg. Vielleicht weiß er nichts davon. »Hör zu. Ich wollte diesen bescheuerten Drogenkommentar zurücknehmen. Deshalb habe ich mit ihr geredet. Um mich dafür zu entschuldigen. Das war alles.«

Jay braucht Sekunden, um zu antworten. Er klingt belegt. »Okay.«

Ich warte auf mehr, aber nichts kommt.

Dann erwarte ich das Klicken in der Leitung, wenn er auflegt, doch auch das bleibt aus.

Schließlich kratze ich meinen Mut zusammen und stelle die Frage, die mir seit Tagen auf der Zunge brennt. »Warum hast du die Schule geschmissen?«

Er flucht. »Was genau hat Mom dir erzählt?«

»Nichts.« *Sie hat gesagt, dass du zu viel Zeit in deinem Zimmer verbringst.* »Wimmer hat mich in euren Englisch-Förderkurs strafversetzt. Ein paar Zwölftklässler haben es erwähnt.«

»Du sitzt in Mittelwegers Förderkurs?« Seine Stimme hellt sich auf. »Ist sie inzwischen über Rocky hinweg?«

Ein Lächeln gräbt sich aus meinem Inneren. »Rocky lebt und verteilt unzählige Übungsblätter. Allerdings weißt du das sicher von deinem besten Freund David. Worüber redet ihr Kerle sonst, wenn nicht über Mittelwegers scharfen Regenbogenschal?«

»Der Schal verleiht ihr einen Hauch von sexy Rebellion.«

»Ha! Ich wusste es!«

Wieder Stille. Wieder rauschender Atem in der Leitung. Wieder legt keiner von uns auf.

»Du willst nicht darüber reden«, stelle ich fest. »Warum du gegangen bist.«

»Nein, das … ist persönlich.«

Das muss ich wohl akzeptieren. Auch wenn ich mir deswegen still und heimlich die Haare raufe.

»Ich möchte dich nicht länger aufhalten«, sagt er schließlich. »Es ist Freitagabend. Du hast bestimmt was vor.«

»Allerdings. Es beginnt mit SCH und endet mit LAFEN.«

»Keine wilde Party mit berauschenden Substanzen?«

»Ich steige nur samstags mit fremden Kerlen ins Bett.«

»Heißt das, du findest mich berauschend?« Er klingt amüsiert.

»Nur dein Dope.«

»Deine Offenheit verletzt mich.«

Ich lache auf. Meine innere Stimme zischt mir argwöhnisch zu: *Was zur Hölle stimmt nicht mit dir? Hör auf mit ihm zu flirten. Das geht nicht gut aus, und das weißt du haargenau.*

Ein Piepsen in der Leitung unterbricht meine Gedanken. Das muss Mel sein. Sie wird fragen, mit wem ich telefoniert habe.

»Bist du noch dran?«, fragt Jay.

»Entschuldige, was hast du gesagt?«

»Ich wollte wissen, ob du morgen schon was vorhast. Oder zähle ich nicht mehr als fremder Kerl?«

Heilige Scheiße!

Was soll ich antworten? Ich laufe zur Tür, wieder zurück und breche mir beinahe alle Knochen, als ich über die Jeans am Boden stolpere. »Das … s*hit!* … kommt drauf an.«

»Worauf?«

Die Vorderzähne pressen sich auf meine Unterlippe. »Meine Freunde. Was die so machen. Darauf.«

»Verstehe.« Sein Atem knistert in meinem Ohr. Er klingt so nah. Und ich weiß nicht mehr, ob mir das missfällt. »Falls deine Freunde in die Teufelsküche kommen, kann ich dir ja was von meinem berauschenden Dope abgeben.«

»Die Teufelsküche? Ist das nicht die Bar bei der alten Fabrikhalle? Wer spielt denn?«

»Trash.«

»O nein, ich hab genug von schlechten Rock-Imitationen.« Feuer schießt mir in den Kopf, noch während ich spreche. »Ich … Vergiss einfach, was ich eben gesagt habe.«

»Keine Sorge, du hast mir bereits verdeutlicht, was du von meinem Gesang hältst. Der Vergleich hatte mit Hunden zu tun. Läufigen Hunden. *Überfahrenen*, läufigen Hunden, wenn ich mich recht erinnere. Außerdem hast du drei-, viermal erwähnt, wie sehr du mich verachtest.«

»Hab ich das?«, fiepe ich.

»Du sagtest auch, ich könnte Modell stehen. Für depressive, männliche Barbies.«

»Ah …«

Ich höre ihn grinsen. »Deine Hände unter meinem T-Shirt haben mich darüber hinweggetröstet.«

»…«

»Also kommst du morgen?«

Meine Kehle ist trockener als der Donnerstags-Auflauf in unserer Schulkantine. Ich würge die Worte hervor. »Ich weiß nicht. Vielleicht?«

Das Handy piept schon wieder. Ich kann Mel förmlich sehen, wie sie an die zweite Leitung trommelt. »Ich habe einen anderen Anruf«, erkläre ich, um die Stille zu füllen. »Ich muss rangehen.«

»Okay. Bis dann?«

»Bis dann.«

Er legt auf. Ich nehme Mel an.

»Was ist los bei dir?«, will sie sofort wissen. »Wenn ich in den nächsten fünf Minuten noch mal aufs Klo renne, schöpfen meine Eltern Verdacht.«

»Ich hatte einen Anruf.«

»Ach echt? Verscheißer mich nicht!«

Meine Handfläche schlägt gegen die Stirn, in der Hoffnung so mein Gehirn neu starten zu können. Stattdessen schließt mein Verstand kurz, jedenfalls in Anbetracht dessen, was ich als Nächstes von mir gebe. »Phil fragt, ob wir morgen Abend mit ihm in die Teufelsküche gehen.«

»Seit wann geht Phil dorthin? Wer spielt denn?«

»Trash.«

»Was?!«

Ich schließe die Augen. »Phil steht auf eine der Bedienungen an der Bar.«

»Du hast ihm nicht zugesagt, oder?«

»Ich hab ihm versprochen, dass wir es uns überlegen. Er klang recht verzweifelt.«

Ich beiße meine Zähne aufeinander. Ja, ich schäme mich. Wirklich.

»Und du willst da hin?«

»Wir haben eh nichts Besseres vor.«

Mel zögert. Ich höre, wie sie sich abwendet und im Hintergrund mit jemandem spricht. Vermutlich ihre Mutter, die wissen möchte, warum sie am Handy hängt statt auf der Kloschüssel zu sitzen. »Ich muss aufhören, Viki. Wir reden morgen.«

»Kann ich ihm zusagen?«

»Ja, meinetwegen. Gute Nacht!«

»Nacht.«

Mel legt auf. In der Wohnung ist es still geworden, offenbar ist mein Vater wieder gegangen. Abgesehen von der Weihnachtslichterkette, die in meinen Augenwinkeln funkelt, ist es im Zimmer stockdunkel. Ich starre auf das leuchtende Display, bis es verblasst und die Umrisse meiner Hand in Finsternis taucht.

Nicht nur habe ich Mel belogen, weil ich zu feige war, ihr die Wahrheit zu sagen. Nein, ich verbringe die nächste Stunde damit, Cousin Phil auf die heiße Bedienung in der Teufelsküche scharfzumachen, die nur in meiner Phantasie dort arbeitet. Als Phil mir endlich von allen *tausend* Kinofilmen erzählt hat, die er sich in dieser Woche illegal runtergeladen hat, ist es Mitternacht. Aber ja, er ist dabei. Wir gehen in die Teufelsküche. Wo ich heimlich mit Jay Feretty verabredet bin.

Stundenlang liege ich wach im Bett und verdrehe die Fußgelenke vor Nervosität. Hätte ich keine absolute Aversion gegen Glatzen, würde ich mir sämtliche Haare ausreißen.

Zur Hölle, warum hab ich das nur getan?

So fühlt sich eine Abfuhr an.

Es ist blendend hell im Zimmer, als das Handy vibrierend vom Nachttisch fällt und mich aufweckt. Gegen fünf Uhr morgens müssen meine Augen zugefallen sein. Der Radiowecker sagt mir, dass ich kaum drei Stunden geschlafen habe. Ich rolle zur Seite, presse das Gesicht ins Kopfkissen und taste blind den Teppichboden ab. Es dauert keine zehn Sekunden, bis ich den Rückruf an die Festnetznummer schon bereue.

»Michael ist krank. Könntest du zusätzlich die Abendschicht für ihn übernehmen?« Es ist Angie, die Chefin im Pizza Flizza am Hauptbahnhof. Ich helfe dort samstags von elf bis siebzehn Uhr aus, um mein klägliches Taschengeld aufzubessern.

»Abendschicht?« Mein Verstand dreht das Wort hin und her, als hätte er noch nie etwas davon gehört. Ich recke mich und gähne. »Tut mir leid, aber ich kann heute nicht.«

Angie schnaubt. »Ich habe niemanden sonst! Bis 20 Uhr würde mir reichen. Wenn du kommst, leg ich dir fünfzig Euro so obendrauf.«

Wodurch sich mein Stundenlohn soeben verdoppelt hat. Mit zuckendem Magen fällt mir ein, wen ich am Abend treffe und dass ich die letzten Cents bereits vom Boden des Rucksacks gekratzt habe. Also sage ich Angie zu und rolle mich aus den Federn.

Ich bin um elf im Flizza und erlebe den Arbeitstag meiner Albträume.

Es ist tragisch, welche Schicksalsschläge eine einzige Familie ereilen können.

Der Vater ist so dick, dass seine Brüste auf der Tischplatte aufliegen. Er bestellt eine Brokkoli-Cremesuppe, dann Lasagne mit Knoblauchbrot und fragt ernsthaft, ob das Tiramisu cholesterinfrei ist. Nachdem ich seine Bestellung auf Lasagne mit Salat reduziert habe, verlangt er einen Schokoladen-Milchshake mit fettarmer Milch und zwei Tütchen Zucker. Ich verkneife mir jeglichen Kommentar.

Die Ehefrau leidet an Gluten-Unverträglichkeit. Während im Hintergrund die Stimmen nach der Bedienung laut werden, versichere ich der Dame, dass der Putenstreifensalat mit unpanierter Pute erhältlich ist, diese keinesfalls mit Panade in Berührung kam, nicht im selben Fett herausgebacken wird, die Salatsoße keinen Weizenbinder enthält und wir auf Croutons verzichten. Es juckt mich in den Fingern, sie danach zu fragen, ob sie als Beilage Ciabatta möchte, doch ich fürchte, sie würde den Witz nicht verstehen.

Die Tochter ist Veganerin. Sie erkundigt sich spitz nach den Empfehlungen für reine Pflanzenkost, da unser Restaurant es nicht für nötig hält, auch nur ein Gericht auf der Karte als vegan auszuzeichnen. Ich schlage ihr hausgemachte Bandnudeln mit Tomatensoße vor. Sie fragt, ob in den Nudeln Hühner-Menstruation verarbeitet wurde. Sicherheitshalber korrigiere ich meinen Vorschlag auf Spaghetti Aglio e Olio. Sie nimmt es.

Die Gäste am Tisch hinter mir verlassen verärgert das Restaurant und Angie wirft mir einen vernichtenden Blick über die Theke zu.

Ich widme mich Problemfall Nummer vier, einem untersetzten Jungen mit Markenpullover und iPhone in der Hand. Er will Pommes. Seine Mutter protestiert. Ich erkläre, dass wir keine

Pommes haben. Er reißt seine Aufmerksamkeit vom iPhone los und mustert mich von oben bis unten, als wäre ich ein gigantischer Haufen Hundekot. Er will Salamipizza. Seine Mutter bestellt für ihn Putenstreifensalat. Der Vater sagt, dass der Junge selbst entscheiden muss. Die Frau erinnert den Mann an einen Herzinfarkt und fragt, ob der Sohn mit vierzig Jahren ebenfalls japsend im McDonald's-Drive-in zusammenbrechen soll. Der Junge erklärt, er kann japsen, wo er will. Die Tochter macht Werbung für ihre tierleichenfreien Spaghetti. Es wird Salamipizza bestellt.

Hinter der Theke zischt Angie, dass ich mir nicht so viel Zeit mit einem Tisch lassen soll.

Um siebzehn Uhr, dem Ende meiner regulären Schicht, beschließt Gott, mir einen Regenschauer zu schicken. Das Restaurant füllt sich mit Menschen, die offenbar das Ende der Welt erwarten. Zumindest legen sie ausreichend Winterspeck dafür an.

Ich wirble zwischen den Tischen hin und her und wünschte, die Evolution hätte meine Beine mit Rädern ausgestattet. Oder einem Knopf, mit dem man schmerzende Füße abschalten kann. Zum krönenden Abschluss schleudert ein Kind Pinocchio-Makkaroni in mein Gesicht, garniert mit reichlich Babyspucke. Vor Schreck lasse ich zwei volle Teller Pasta auf den Boden krachen.

Um Viertel nach acht humple ich in Angies Büro. Sie kauert über Bestelllisten; ihr Kraushaar ist mit unzähligen Nadeln streng an die Kopfhaut gesteckt.

»Ich würde dann gehen«, sage ich vorsichtig.

»In Ordnung.«

Ich trete von einem Fuß auf den anderen. »Wir haben fünfzig Euro extra ausgemacht.«

Erst jetzt schaut sie auf. Adleraugen bohren sich in meinen Kopf. »Wer Teller fallen lässt, falsche Bestellungen in die Küche durchgibt und Kunden durch Trödelei vertreibt, bezahlt selbst.«

Mir wird heiß. »Ich habe dir heute Abend einen Gefallen getan.«

»Für Gefallen kassiert man kein Geld.«

Ich balle die Hände zu Fäusten, damit man das Zittern nicht sieht. »Die fünfzig Euro waren vereinbart. Die Packung Nudeln und die Soße kosten doch keine fünf Euro im Einkauf, und das mit den Gästen war nicht meine Schuld.«

Angie richtet sich auf und tippt den Bleistift aufs Papier. »Ich lasse mir von Angestellten keine Vorschriften machen. Entweder du fügst dich den Regeln, oder wir müssen uns nach jemand anderem umsehen. Es gibt viele Schüler, die einen Job suchen.«

Was soll das? Habe ich heute nicht schon genug gelitten? Ich bin müde, gereizt und brauche das Geld, verdammt nochmal! »Genau. Einen Job, für den man fair bezahlt wird.«

»Was willst du damit sagen?«

»Ich will sagen, dass es mir leidtut, dass ich die Teller fallen gelassen habe. Ich will sagen, dass ich dir einen Gefallen getan habe, so schnell einzuspringen, als dir offensichtlich alle anderen abgesagt haben. Und ich will sagen, dass ich wesentlich mehr Stunden hier war, als du abgerechnet hast.« Ich hole tief Luft. »Ich habe für das Geld gearbeitet. Bitte gib mir den Fünfziger.«

»Na schön.« Angie rollt ein paar Zentimeter zurück, zieht ihre Schublade auf und stellt eine Geldkasse auf den Tisch. Darin befinden sich mehrere hundert Euro und ein Satz Wechselgeld. Sie gibt mir den Fünfziger in einem Schein. »Den Rest bekommst du mit deiner Abrechnung, sobald du die Schürzen sauber gewaschen zurückgebracht hast.«

Ich schaue sie verständnislos an.

Sie lächelt unfreundlich. »Du bist gekündigt, Viktoria.«

Auf dem Rückweg in der U-Bahn phantasiere ich mir den größten Lebensmittelskandal herbei, den ein Restaurant in dieser Stadt je gesehen hat. Ich sehe Angie vor mir, wie sie die Treppen zum Gerichtsgebäude hocheilt, umzingelt von Reportern und blitzenden Fotografen. Sie hält sich Bestelllisten vor den Kopf, um nicht erkannt zu werden, während eine Familie mit Kleinkindern verschimmelte Spaghetti Carbonara auf sie schleudert. Die Vorstellung hilft mir, nach Hause zu kommen, ohne öffentliches Eigentum zu beschädigen.

In der Wohnung angekommen, stelle ich wütend fest, dass mein Vater *natürlich* anwesend ist. Er klebt vor dem Fernseher und schlürft Bier direkt aus der Dose. Das Fußballspiel, das aus dem Apparat brüllt, muss spannend sein, denn er nimmt sich keine Zeit, mich zu beschimpfen.

Ich schleppe mich ins Bad und betrachte mein Spiegelbild. Die Haare hängen fettig über rotgefleckte Wangen, die Augen sind zu Rosinengröße zusammengekniffen. Ich verbringe eine halbe Stunde unter der kochend heißen Dusche, mit dem Resultat, dass die Wutflecken auf der krebsroten Haut nicht mehr zu erkennen sind. Dafür sind die Fingerspitzen aufgeweicht und so sensibel, dass ich einen Krampf in den Händen bekomme, als ich ein ausgefranstes Frotteehandtuch um den Körper wickle. Ich mache mich auf die Suche nach sauberer Kleidung.

Der Schrank ist leer. Mir fällt ein, dass die Wäsche am Ständer im Wohnzimmer hängt. Auf Zehenspitzen schleiche ich hinter dem Sessel vorbei, in dem mein Erzeuger hockt, und zupfe ein schwarzes Sweatshirt und eine Röhrenjeans von der Leine. Ich bin fast zur Tür draußen, als die übermotivierte Stimme des Sportkommentators abbricht und Werbung erschallt. Ich *fühle*, wie mein Vater den Kopf dreht und mich mustert. Und tatsächlich reißt er im selben Moment das Maul auf.

»Wozu rasierst du deine Beine? Nur Schlampen rasieren sich die Beine.«

Ich drehe mich nicht um. »Du musst es ja wissen.«

»Was willst du damit sagen?«

»Wieso säufst du nicht noch ein paar Bier? Dann geht dir vielleicht ein Licht auf.«

Er springt auf und schmeißt eine Bierdose nach mir. Instinktiv halte ich die sauberen Kleider aus der Schusslinie und die Dose prallt auf die nackte Haut zwischen meinen Schulterblättern. Kaltes Bier läuft über meinen Rücken.

»Spinnst du?!« Am liebsten würde ich den Wäscheständer schnappen und gegen ihn schleudern. Allerdings krallt eine Hand das Handtuch über meiner Brust fest und die andere drückt die Wäsche an mich.

Angst versucht, in meinen Kopf zu schlüpfen, aber tief im Innern mischt sich eine andere Stimme ein, leise und gefährlich: *Versuch es, fass mich an. Gib mir nur einen guten Grund, und ich bringe es zu Ende. Ich bringe dich wahrhaftig um.*

Irgendetwas davon muss in meinem Ausdruck zu lesen sein. Jedenfalls genügt es, um ihn nicht näher kommen zu lassen. Er rülpst und wendet sich zum Wohnzimmertisch, um sich ein frisches Bier aus dem Sechserträger zu nehmen.

Meine Füße huschen über den Spannteppich im Flur. Im Hintergrund ertönt wieder der schrille Sportreporter. Ich schließe mich im Zimmer ein, werfe die Wäsche aufs Bett und stehe einfach nur da. Mit einem Handtuch bekleidet, blicke ich ins Nichts. Bis meine Schultern vor Kälte zittern und mich daran erinnern, etwas anzuziehen.

Es ist halb zehn, als ich durch unser Treppenhaus nach unten sprinte. Meine Haare sind luftgetrocknet und wellen sich in den Spitzen. Ich trage nicht mal Wimperntusche. Die Glasscheibe der Ausgangstür reflektiert mein Spiegelbild, und ich sehe ein sehr gewöhnliches Mädchen, in Schwarz und Weiß gezeichnet.

Falls Jay eine gestylte Gothic-Schlampe erwartet, die es auf der Toilette mit ihm treibt, hat er sich geschnitten. Hätte ich nicht Mel und Phil in die Sache mit reingezogen, würde ich ihn sitzenlassen. Überhaupt habe ich Lust, ihm heute Abend eine gehörige Abfuhr zu erteilen.

Dein Grinsen verbrennt mich bei lebendigem Leibe.

Die Teufelsküche befindet sich im Keller eines ehemaligen Fabrikgebäudes aus dem 19. Jahrhundert. Die Innereien der alten Spinnerei wurden vollständig herausgekratzt und mit kühlen Glasflächen ersetzt, die zwischen den Gewölbebogen glänzen. Tagsüber wickeln Optiker, Friseure und Versicherungsmakler ihre Geschäfte in den Obergeschossen ab. Nachts erwacht das Herz dieser Kreatur zum Leben.

Die Musik pulsiert im Mauerwerk und fließt durch ein schmiedeeisernes Geländer direkt in meine Fingerspitzen. Meine Docs rutschen über abgeschliffene Steinstufen ins Untergeschoss, wo mir der Geruch von Gras entgegenschlägt.

Natürlich ist es offiziell verboten, hier drin zu rauchen, aber diese Bar hat sehr, sehr dunkle Nischen und eine Nebelmaschine zur Tarnung. Böse Zungen behaupten, das sei der einzige Grund, warum hier jedes Wochenende die Hölle los ist.

Unten hieven Trash ihr Set auf eine Bühne, die sich in die Ecke drängt, als schäme sie sich für ihre Mickrigkeit. In dieser Bar spielen Schulbands, die vom Durchbruch träumen, und Altrocker, die wissen, dass er niemals kommt. Fehlendes Talent wird mit dem Lautstärkeregler ausgeglichen und sollte das nicht reichen, gibt es eine Runde Bier aufs Haus.

Ich positioniere mich an der Bar und bestelle eine Cola. Es wird an den Tischen bedient, doch man rechnet besser nicht damit, wenn man wirklich durstig ist. Unter den Besuchern hält sich hartnäckig der Gag, dass irische Studenten in einem der Hinterzimmer vertrocknet sind und seither im Klo herumspuken. Offenbar gurgelt die Leitung in den Pissoirs, wenn man viel Guinness getrunken hat.

Ich umklammere das Glas, ohne den Strom von Neuankömmlingen aus den Augen zu lassen. Meine Freunde werden einer nach dem anderen angespült: Chris, Lisi, Tom und schließlich Mel, mit kniehohen Schnürstiefeln und kritischem Blick auf Trash. Wie üblich spotten sie gutgelaunt über meinen Softdrink und zerren mich von meinem Aussichtspunkt in ein Nebenzimmer.

Wir platzieren uns auf einer Eckbank. Chris schraubt den Deckel von einem Flachmann und versucht halbherzig, mir ein übelriechendes Gesöff in die Cola zu kippen. Ich vereitle den Anschlag, indem ich ihm ans Schienbein trete. Schulterzuckend entsorgt er das Gebräu in seiner Kehle.

Ich rücke näher zu Mel. »Wer sind diese Verrückten, und was machen wir hier?«

Sie grinst. »Kaum wechselt man zu Softdrinks, fühlt man sich als was Besseres, hm?«

»Die berauschende Wirkung von Zucker ist wissenschaftlich belegt. Die Kariesbakterien feiern eine Megaparty in meiner Mundhöhle.«

Cousin Phil taucht aus dem Zigarettenrauch auf. Eine Wolke Männerparfüm umhüllt uns, noch bevor er sich zu uns setzt. Ich muss es mit der Beschreibung der Bedienung übertrieben haben. Er biegt sich konspirativ zu mir. »Wo steckt die Blonde?«

Habe ich ihm eine Blondine aufgetischt? Ich kann mich kaum an das Gespräch erinnern, die Stimme eines anderen Kerls hat zu sehr in meinem Kopf gehallt. Die Kellnerin, die Bierkrüge auf dem Nachbartisch abstellt, trägt jedenfalls einen Fünf-Millimeter-Haarschnitt. In Moosgrün. Na toll.

Ich nicke vage in ihre Richtung. »Sie war wohl beim Friseur?«

Phils Vorfreude zerknittert auf dem Gesicht, dann streichelt sein Blick über ihren Hintern, und ein Lächeln erwacht. (Auf keinen Fall bin ich mit diesem Einzeller verwandt, es gab eine Verwechslung bei der Geburt.)

»Schmeiß dich an sie ran, Phil.« Mel meint solche Dinge herzensgut. In ihrer Welt verliebt sich ein sexy Punk durchaus in eine Bohnenstange namens Phil. Sie beurteilt Menschen nach ihren inneren Werten. Ja, es grenzt an ein Wunder, dass sie mit mir befreundet ist. »Ihr zwei Liebesvögel seid schließlich der einzige Grund, warum wir uns Trashs alternativen Lärm antun.«

Eine Falte wächst auf Phils Stirn. »Viki hat mich angebettelt, zu kommen.«

Ertappt lache ich auf.

»Ich will Viki auch mal betteln sehen.« Glücklicherweise brennt in dem Moment Chris' Verstand durch. Er fixiert den Flachmann wie ein Schlangenbeschwörer und überkreuzt die Pupillen. Niemand achtet mehr auf mich, als ein Schwall Magensäure aus seinem Mund schwappt und seine Stirn mitten in die Sauerei knallt. Ich könnte den Kerl küssen!

Keine Ahnung, was die Bedienung in der nächsten Stunde von unserem Tisch fernhält: Chris, der mit grüner Gesichtsfarbe einen Kräutertee zwischen den Händen hält, oder Phils Versuch, sie beim Kotzeaufwischen anzubaggern? Jedenfalls klebt mein leeres Glas bereits auf dem Holz fest, als ich mich entschließe, eine Vermisstenmeldung an der Bar aufzugeben.

Die Räume sind zum Bersten gefüllt, mit tätowierter Haut und nach Marihuana riechender Kleidung. Ich ziehe das Handy aus der Hosentasche und entdecke keine verpassten Anrufe. Es ist kurz vor elf. Mein Kopf schiebt sich am Türstock vorbei und scannt den Eingangsbereich.

Cousin Phil welkt an der Bar. Die Grünhaarige zapft Bier, als gäbe es nichts Wichtigeres auf dieser Welt. Wären Phils Anmachversuche geschriebene Worte in der Luft, würden die Buchstaben an ihrem Schädel abprallen und ungehört auf den Boden fallen. Ich seufze. Zwei Leute, die heute Abend leiden, weil ich sie als Vorwand missbraucht habe. Ich quetsche mich neben Phil und stoße ihm freundschaftlich eine Faust gegen die Schulter. »Hey, wegen dir verdursten wir da drin.«

Er lächelt. »Was willst du trinken? Geht auf mich.«

Phil lädt mich auf ein Getränk ein? Pleite-Philipp, der seine Finger in den Münzschlitz jedes Parkautomaten steckt, um vergessenes Wechselgeld zu ergattern? Mein schlechtes Gewissen meldet sich und ich nehme das Billigste auf der Karte, Mineralwasser, doch Cousin Phil streckt der Bedienung einen Fünfer entgegen. Sie kann den Rest behalten, *selbstverständlich*. Das dürfte der einzige Schein in Phils Portemonnaie gewesen sein. Ich fülle den Mund mit Flüssigkeit, damit mir kein Kommentar entweicht.

Im Hintergrund brummt ein Mikrophon, dann eine wenig motivierte Stimme, die Trash ankündigt.

Eine Welle fährt durch die Leute. Ein Mädchen mit genügend Metall im Gesicht, um magnetisch zu sein, trampelt auf meinen Fuß und bahnt sich den Weg zur Toilette, wo bereits ein Dutzend anderer Frauen aus dem Türrahmen quillt. Geldscheine werden über Phils Kopf gehalten, Getränkewünsche hinterhergerufen, alle wollen noch ihre Bestellung aufgeben, bevor normales Sprechen in dröhnender Rockmusik untergeht. Eine breite Schulter drängt sich an die Bar, Wasser schwappt auf meine Finger, ich klappe den Mund auf – und verstumme beim Anblick des Teufels höchstpersönlich.

Jay Feretty ragt über mir. Die Scheinwerfer färben seine Haut blutrot, meerblaue Augen versumpfen in Düsternis, in seiner Iris spiegeln sich glühende Lichter. Ein grässliches Schlagzeugintro explodiert im Raum und er biegt sich zu meinem Ohr herab. »Was verleitet dich nur dazu, bei dieser Schundmusik hierherzukommen?«

Sein Hals riecht nach frischem Aftershave; der Duft frisst sich durch meine Nasenhöhle bis hinunter in den Bauch. Ein Tier, das hinter meinen Rippen eingesperrt ist, brüllt: *Das hast du dir selbst eingebrockt, Viktoria Stein!*

Ich bemühe mich, Sicherheit in meine Stimme zu bekommen. »Ein perverser Hang zu auditiver Selbstverstümmelung?«

»Zuerst Major Malfunction und danach Trash?« Sein Atem schlüpft warm in meine Ohrmuschel. Ein Schauer treibt die Worte bis in meinen Kopf. »Hört sich nach einem ernsthaften Problem an. Du brauchst Hilfe.«

Ich schlucke ausgetrocknete Luft. »Allerdings.«

Für ein paar Sekunden presst er sich gegen mich; sein Bein zwischen meine Schenkel, seinen Oberkörper gegen meine Brust, seinen Wangenknochen an meine Schläfe. Im Hintergrund drängt sich ein Schatten vorbei. Dann fahren wir auseinander, überstürzt und doch widerwillig. Schweiß bricht mir aus, es ist plötzlich unerträglich heiß, eine Hölle hier drin. Sein Grinsen verbrennt mich bei lebendigem Leibe.

Er beugt sich zu mir und drückt den Mund durch mein Haar. »Du musst dich deinen Ängsten stellen.«

Ich kralle mich an mein Glas. Für einen wahnwitzigen Moment glaube ich, das Wasser darin beginnt zu kochen. Aber es sind nur Luftblasen, natürlich, sonst gibt es nichts zwischen uns. Nicht mal genug Platz zum Atmen.

Er dreht die Nase zu mir und seine Haarspitzen streicheln meine Wange. Unter der rasierten Haut schimmert Bartwuchs. Ob man die Stoppeln spüren kann, ein wenig rau vielleicht, wenn man mit den Lippen darübergleitet?

»Viki? Kommst du mit?« Cousin Phil poppt ins Blickfeld und ich schütte ihm vor Schreck Mineralwasser auf den Schoß. Überall erscheinen Menschen, eine wallende Masse, die ihre Fäuste zum Takt der Musik in den Rauch der Nebelmaschine boxt. Phil signalisiert mir eine unausgesprochene Botschaft und ich brauche eine Weile, bis ich sie verstehe. Guter, alter Phil. Er will mir die Gelegenheit geben, Jay Feretty zu entkommen.

»Nein, geh nur vor!« Ich widerstehe dem Impuls, ihm vom Barhocker zu helfen und auf den Weg zu schubsen. Sein Gesicht verdunkelt sich kurz, wahrscheinlich ein Scheinwerfer, der sich bewegt. Oder die Erkenntnis, dass ich freiwillig hierbleibe.

Phil steht auf und wühlt sich durchs Publikum, dorthin, wo unsere Freunde sitzen. In meiner Vorstellung leuchtet eine digitale Zeitbombenzündung auf seinem Hinterkopf, die in die Luft geht, sobald er Mel erreicht. Der Wunsch, zu fliehen, glüht grell in meiner Brust.

»Gehen wir vor die Tür?« Jays Zeigefinger gleitet meinen Arm hinab, über meine Pulsadern und hakt sich um meinen Daumen. Er zieht vorsichtig daran.

Ich wage es nicht, aufzublicken. Wenn ich in seine Augen sehe, bringt er mich um den Verstand.

Ich betrinke mich an dir.

Jay Feretty spreizt meine Finger und umschlingt meine Hand. Ich gebe vor, an der muskulösen Schulter eines Bikers hängen zu bleiben, und schlüpfe aus seinem Griff. Er wirft mir einen fragenden Blick zu, doch ich schiebe ihn wortlos nach vorne.

Nur raus hier, schnell, bevor Mel aus dem Dunst auftaucht und uns zusammen sieht. Ich fürchte, ein weiteres Mal wird sie mir nicht abkaufen, dass der Kerl mich kaltlässt. Ich fürchte, ein weiteres Mal glaube ich es selbst nicht.

Auf der Treppe überhole ich ihn, immer zwei Stufen auf einmal, mit einer Hand auf dem Geländer. Vorbei an seinen Augen, die sich in mein Gesicht bohren. Weg von all den Röntgenblicken, die hinter mir durch die Tür leuchten und versuchen, einen Stempel auf meine Haut zu brennen: *leicht zu haben, die kleine Schlampe.*

Was tue ich nur?

Pärchen schmiegen sich in die Gewölbebogen und verknoten ihre Zungen im Halbschatten. Sie treiben mich weiter, den Gang entlang, mit hallenden Schritten auf blankgeputztem Marmor. In der Dunkelheit leuchtet ein Notausgangschild. Das grüne Licht zieht mich an; die Vorstellung von frischer Luft, an der ich endlich wieder einen klaren Gedanken fassen kann.

Ich pralle gegen die Tür und rüttle an der Klinke. *Abgeschlossen! Jeden Augenblick kann er da sein, mich gegen die Glasscheibe drücken, seinen heißen Atem in meinen Nacken pressen!*

Ich wirble herum – doch Jay sieht mich nicht mal an.

Er steht ein paar Meter hinter mir und häuft losen Tabak auf ein Stückchen Papier. Meine Phantasie gleitet an der Scheibe hinab und geht in die Knie.

Neben dem Notausgang befindet sich eine schmale Treppe, vermutlich eine Feuertreppe für die oberen Büros oder ein Zugang für Mitarbeiter. Jay hockt sich auf die dritte Stufe, leckt am Papierstreifen und klebt die Zigarette zusammen. Ein silbernes Zippo-Feuerzeug schnappt unter seinem Daumen auf und die Flamme erhellt für einige Sekunden sein Gesicht. Der Teufel ist verschwunden. Jetzt ist er ein Geist in der Finsternis, ein Geschichtenerzähler am Lagerfeuer. Der Geruch von verbranntem Papier kitzelt in meiner Nase.

Ich setze mich auf die vierte Stufe. Es ist wichtig, über den Dingen zu stehen, lautet so nicht das Sprichwort? Der Fehler wird mir erst klar, als er den Kopf zu mir dreht. Unsere Augen befinden sich nun auf gleicher Höhe, ebenso unsere Lippen. Seine sind einen Spalt weit geöffnet und stoßen Rauch hervor, langsam, fast sinnlich.

»Das Zeug bringt dich irgendwann um.« Ich sage es nur, um die Stille zu füllen. Das Feuer des Flirts ist erloschen, im Zwielicht des Notausgangs schrumpfen wir zurück auf unsere wirkliche Größe: zwei junge Menschen in einem Treppenhaus, die ein paar Zentimeter zu nahe sitzen und nicht wissen, wohin sie ihre Hände stecken sollen. Ich schiebe meine unter den Hintern.

»Das glaube ich nicht.« Er schnauft spöttisch. Asche fällt auf den Boden; er verschmiert sie mit den Sohlen seiner Chucks zu einem schwarzen Streifen. »Rauchst du nicht?«

»Meine Mutter ist an Lungenkrebs gestorben.« Die Worte wickeln sich um seinen Körper und spannen ihn zu absoluter Reglosigkeit. Ich kenne diese Reaktion. Die Leute fürchten sich davor, ich könnte zusammenbrechen und um meine tote Mutter heulen. Oder schlimmer noch: Ich könnte darüber *reden* wollen. Sie haben keine Ahnung, wie sie darauf reagieren sollen. Er hat genug gelitten, beschließe ich, Zeit, ihm meine Absolution zu erteilen. Ich färbe meine Stimme eine Spur heller und komme mit meiner üblichen Ausrede. »Aber das ist nicht der Grund, warum ich nicht rauche. So traurig es klingt, es ist einfach zu teuer.«

»Vermisst du sie?«

Jetzt erstarre ich. Die Frage trifft mich unvorbereitet und hängt sich bleischwer an meine Mundwinkel. Ich zwinge sie zurück nach oben. »Ich war erst sieben Jahre alt. Jedes verstaubte Foto von ihr ist schärfer als meine Erinnerung.«

Jay zieht schweigend an der Zigarette.

Eine andere Mutter erscheint in meinem Kopf. Eine mit blonden Haaren, wasserblauen Augen und verwischten Tränenbahnen in der Puderschicht. »Geht es deiner Mutter inzwischen besser?«

»Nicht wirklich.« Rauch stößt aus seinen Nasenlöchern, ein langes, schweres Ausatmen. Er drückt den Zigarettenstummel zwischen den Füßen aus. »Willst du einen Joint?«

»Nein!« Ich bemühe mich, ruhig und bestimmt weiterzusprechen. »Ich bleibe heute nüchtern.«

Ein Grinsen bricht auf seinem Gesicht aus. »Fürchtest du, etwas Unüberlegtes zu tun?«

Wie zum Beispiel, mit einem wildfremden Kerl ins Bett zu steigen?

Ein Quietschen entkommt meiner Kehle und ich schlage die Hände vor die Augen. »Ich war so stoned damals, ich hätte mit Störs kleinem, fettem Bruder rumgemacht!«

»Stör, der Englischlehrer?«

Ich nicke.

»Ich wusste nicht, dass er einen fetten Bruder hat.«

Ich werfe die Arme in die Luft. »Das war hypothetisch gemeint!«

»Du vergleichst mich also, rein hypothetisch natürlich, mit dem kleinen, fetten Bruder eines glatzköpfigen Englischlehrers?« Jays Augen verwandeln sich in ein Meer bei Nacht, in dessen Wellen Feuerwerk sprüht und Übermut auf der Gischt reitet. Er lehnt sich zu mir, bis ich mit dem Rücken an die Wand stoße. »Klingt nach einer Herausforderung.«

»Das war es nicht!«

»Wirklich? Dann küss mich nicht.«

All die angestaute Nervosität explodiert in meiner Brust, mein Hinterkopf prallt auf Widerstand, mein Kinn drückt sich an den Hals. Es nützt nichts, er kommt immer näher. Ich rieche den Zigarettenrauch in seinen Haaren, in seinem Atem, feuchtwarm auf meiner Haut. Er neigt das Gesicht, berührt meinen Mund, streichelt ihn, so zärtlich, bis er sich von selbst öffnet. Meine Atmung verfängt sich im Hals, als könnte ich ihn so zurückhalten, aber er ist schon da, in mir, seine Zunge gleitet durch meine Lippen. Dunkelheit fällt, Gedanken erlöschen. Wir küssen uns.

Zum allerersten Mal, in meiner Erinnerung.

Wir küssen uns.

Er füllt meinen Körper mit rauschendem Prickeln, köstlich und aufregend, ich betrinke mich an ihm. Die feinen Härchen in seinem Nacken sind verschwitzt, ich packe seinen Haarschopf, spüre die Bewegung der Muskeln darunter. Dicke Strähnen gleiten durch meine Finger, wieder und wieder. Plötzlich fährt ein Ruck durch unsere Körper und unsere Zähne stoßen aneinander. Aus seinem Mund bricht leises Lachen. Meine Augen öffnen sich.

Ich lehne nicht mehr an der Wand. Er tut es jetzt, auf der anderen Seite der Treppe. Jemand hat ihn dagegen geworfen.

Seine Stimme schwingt vor dunklem Vergnügen. »Ich will dich wirklich vor einem weiteren Fehler bewahren.«

Ich lausche in den Gang. Bässe zittern in den Mauern, ein Handy klingelt und Gelächter hallt, jedoch nicht in unmittelbarer Nähe.

Wir sind allein. In einem Treppenhaus bei Nacht, das nur vom hereinfallenden Stadtlicht einer Ausgangstür beleuchtet wird. Sobald ich die Augen schließe, verliert sich die Realität in Dunkelheit. Das hier ist ein Traum. Und in meinen Träumen bin ich frei.

Statt Jay zu antworten, küsse ich ihn.

Kein Lachen, kein Witz reißt uns auseinander. Wärme steigt zwischen uns empor, erfüllt mein Fleisch, selbst meine Knochen, alles in mir wird weich. Meine Finger verfangen sich in seinem Haar, stürzen ab, wandern über seinen Bauchnabel zurück nach oben. Ich spüre die Unebenmäßigkeit seiner Haut, wo Muskeln sie formt, und einen Hauch von feinem Haar, von dem ich mir vorstelle, dass es blond ist. Er schlingt die Arme um meine Taille und zerrt mich an sich. Sein Atem geht schneller. Weiter unten fühle ich seine Erregung durch den Stoff unserer Jeans.

In meinen Gedanken wandelt sich die Umgebung, der Druck auf den Knien verschwindet, der Luftzug im Rücken verblasst. Jetzt sind wir in seinem Zimmer, in jener ersten Nacht, an die ich mich nicht erinnere. Alles, was ich nun erlebe, ist Vergangenheit. Ich habe es schon einmal getan, es lässt sich nicht ändern, und vor allem lässt es sich nicht bereuen. Ich grabe Gefühle aus, die längst geschehen sind. Und ich brenne darauf, zu erfahren, welche Geschichte sie erzählen.

»Gehen wir ein Stück hoch?«, flüstere ich.

Das Licht ist zu schwach, um seinen Ausdruck zu erkennen. Er sucht etwas an mir, scheint jedoch keine Antwort zu finden. Seine Stimme klingt sanft und rau zugleich. »Ich will mit dir schlafen.«

Wie oft habe ich den Satz gehört, nicht von ihm, sondern von Adrian? Wie oft gefürchtet, dass er mich fallenlässt, wenn ich weiter Nein sage? Vier Wochen habe ich mich gesträubt. Im Irrglauben, die Zeit würde Adrian in jemanden verwandeln, der mich mit Respekt behandelt. Vier Wochen voller Streit, bis ich mich einer falschen

Hoffnung hingab: *Vielleicht bringt es uns näher?* Und es brachte uns näher. Drei Minuten lang. In denen ich tausend Dinge gefühlt habe, alles, nur keinen Spaß an dem, was ich tat.

Ich will mit dir schlafen.

Jetzt ist es anders. Die Worte brennen in mir. Ich dachte, ich weiß, was es bedeutet, erregt zu sein, aber ich bin völlig ahnungslos gewesen. Mein Puls radiert sämtliche Gedanken aus. Verlangen glüht in meinem Bauch, ein Gefühl, zerrissen in Furcht und Lust, so überwältigend, dass ich heulen könnte vor Verzweiflung. Ich bin ihm nah – mein Mund tippt Morsezeichen auf seine Lippen – und dennoch nicht nah genug. Noch nicht.

»Das will ich auch.«

Jay packt meinen Hintern, die Anstrengung spannt seinen ganzen Körper, als er versucht mich hochzuheben. Doch ich strample mich frei, nehme seine Hand und führe ihn nach oben.

Zwischen den Stockwerken befindet sich ein Absatz. Ein Fenster schimmert in der Dunkelheit. Ich drehe mich zu Jay und im gleichen Moment drückt er mich gegen den Sims.

Altmodische Holzleisten pressen sich in meinen Rücken. Er öffnet den Knopf meiner Jeans und zerrt den Reißverschluss runter. Seine Hand bleibt im engen Stoff stecken, kurz bevor er eine Stelle erreicht, die mir wirklich gefallen würde. Ich beiße in seine Schulter, damit er mein Aufstöhnen nicht hört.

»Mit deinem Rock war das einfacher«, flüstert er.

Ich ziehe einen Fuß auf den Sims und fummle am Schuhband, das ich ums Gelenk gewickelt habe, weil es so lang ist. Niemals waren diese Knoten so fest und meine Finger so ungeschickt. Ein Schuh fliegt in den Schatten, dicht gefolgt vom nächsten. Jay zieht die Hose von meinen Beinen, das Handy fällt dabei auf den Boden, er hebt es auf und legt es neben mich.

Sein Körper presst mich ans Fensterglas. Die Kante des Simses schneidet in meine Oberschenkel, das Holz unter meinem Hintern ist eiskalt. Dennoch wird mir heiß, aufregend heiß, als Jay ein Kondom aus seiner Hosentasche holt und es mit seinen Zähnen aufreißt. Ich schließe die Augen und gebe mich reinem Fühlen hin.

Zuerst spüre ich seine Wärme, einen Druck, ungewohnt, etwas unangenehm. Er hält inne. Seine Lippen berühren mich, seine Zunge gleitet in meinem Mund. Er küsst mich, schrecklich langsam, ich will mehr, ich will alles. Meine Hüften pressen sich gegen ihn. Es fühlt sich gut an, ich bringe uns näher, immer näher, bis es nicht mehr weiter geht. Jay stöhnt sanft in meinen Mund.

In einer dunklen Ecke meines Bewusstseins erinnere ich mich daran, wie mechanisch ich diesen Vorgang beim ersten Mal fand. Es war ernüchternd festzustellen, dass keinerlei Magie vom regelmäßigen Aufeinanderprallen zweier Körper ausging. Jetzt sind es dieselben Bewegungen, aber diesmal will ich es wirklich, und dieses Detail ändert alles. Ich finde mich in seinem Rhythmus, ohne es zu steuern, es passiert von selbst. Dann verschwinden meine Beobachtungen, alles verschwimmt in meinen Gedanken. Mein Puls feuert Gefühle durch jede meiner Fasern und staut sie tief im Bauch. Bis sie über mich hereinbrechen und ich mich an Jay klammere, um nicht darin unterzugehen.

Alles endet in einem Kuss.

Einem unendlich langen Kuss, der nur aus der Berührung unserer Lippen besteht. Gefüllt mit einem Wunsch nach etwas, das ich nicht begreife. Für den Splitter eines Atemzuges, für ein Stechen meines Herzens nur, fühlt es sich an … wie Liebe.

Ich fühle mich wie ein Verräter.
Vor mir selbst.

Jay zieht sich aus mir zurück. Er dreht sich zur Seite, um das Kondom zu entfernen, und zerrt den Reißverschluss mit einem Ruck nach oben. Mir wird kalt. Nur mit einem Sweatshirt bekleidet, rutsche ich vom Sims und fühle mich schlagartig von seiner Wärme im Stich gelassen. In den Schatten dauert es eine Weile, bis ich das Höschen finde und hineinschlüpfe. Kurz darauf bedecken Jeans meinen eiskalten Hintern und meine Füße schieben sich in die Docs. Ich kauere mich auf den Boden und tue so, als würde ich mir die Schuhe binden.

»Vergiss das nicht.«

Ich zwinge mich, aufzusehen. Er hält mir das Handy entgegen; es schwebt ein paar Zentimeter über meiner Stirn. Ich greife danach und stecke es ein. Sein Gesichtsausdruck bleibt in der Dunkelheit verborgen.

»Möchtest du was trinken?«

Bilde ich mir den Hauch von Unsicherheit in seiner Stimme nur ein? Interpretiere ich die Tonlage falsch? Ist es vielleicht sogar Widerwillen? Zwingt er sich dazu, mich das zu fragen? Er denkt wohl, er schuldet mir was.

Ich ziehe die Schuhbänder fest und raffe mich auf. Zu spät merke ich, dass er mir seine Hand entgegenhält, um mir aufzuhelfen. Jetzt fällt sie unbenutzt herab. Verlegen schiebe ich die Hände in die Hosentaschen und beiße mir auf die Unterlippe.

Wir verlassen das Treppenhaus, ohne uns zu berühren oder zu sprechen. Trashs Lärm schlägt uns im Erdgeschoss entgegen. Noch immer prickelt Jays Nähe in mir, doch mit jedem Schritt falle ich ein Stück zurück in die Wirklichkeit. Die zweite Treppe, die nach unten in die Teufelsküche führt, taucht vor uns auf. Und mit ihr die Gedanken an Mel, die dort im Dunst lauert.

»Ähm … Ich muss mal … aufs Klo.« Ich gebe vor, die Schlange vor der Toilette zu checken, damit ich ihn nicht ansehen muss.

»Okay.«

Okay … Na dann los.

Ich lasse ihn stehen und fixiere den Blick auf die Toilettentür. Zwei Mädchen lehnen im Türrahmen und rauchen. Ich zwinge mich, langsam und selbstsicher zu gehen. Mit erhobenem Kinn schiebe ich mich an den Mädchen vorbei und schreite zu den Spiegeln. Erst dort blinzle ich zurück zu ihm.

Jay ist von diesem Winkel aus nicht mehr zu sehen. Meine Fassade bricht zusammen und ich kralle mich ans Waschbecken.

Im Spiegel leuchten mir weit aufgerissene, glasige Augen entgegen. Meine Wangen glühen, die Lippen glänzen feucht, auf dem Hals kriechen hektische Flecken empor. Vereinzelte Haare stehen mir vom Kopf ab, als hätte jemand die Hände darin vergraben. Ich kämme sie mit den Fingern durch, verfange mich in tausend Knoten, versuche die Strähnen zu bändigen, ohne Erfolg.

Ich spritze eiskaltes Wasser auf meine Haut, betupfe das Dekolleté, reibe Kälte in den verschwitzten Nacken. Der Papiertuchspender ist leer, der Fußboden mit seinem Inhalt bedeckt. Eine Klopapierrolle liegt zwischen den Becken. Notdürftig trockne ich mich ab und werfe hoffnungsvoll einen Blick in den Spiegel.

Alles umsonst. Ich sehe aus, als hätte ich soeben Sex im Treppenhaus gehabt. Entweder das oder einen schlagartigen Anfall von Grippe. Würde Mel mir einen spontanen Keuchhusten abkaufen?

Ich kann ihr so nicht gegenübertreten. Vor allem nicht mit Jay an meiner Seite. Wie oft habe ich über ihn gespottet, die Augen verdreht und gestöhnt, sobald das Gesprächsthema auf die populärste Band unserer Schule fiel. Mich über die hirnlosen Tussis lustig gemacht, die ihre Hühnerbrüste in sein Blickfeld streckten, in der armseligen Hoffnung, damit seine Aufmerksamkeit zu erregen. Ich fühle mich wie ein Verräter. Vor mir selbst.

Ich muss hier weg.

Als ich die Toilette verlasse, steht Jay nicht mehr da, wo ich ihn zurückgelassen habe. Ein Gefühl bricht aus meiner Brust, das ich mit Erleichterung beschreiben möchte. Doch es fühlt sich nicht leicht an, sondern schwer. Es zieht mich runter und füllt meine Schultern mit Blei. Ich kämpfe mich zur Treppe vor und versuche, das Positive darin zu sehen. Wenigstens kann ich nun nach unten gehen. Vielleicht verstecke ich mich in der Masse vor der Bühne, so lange, bis Mel mein Aussehen aufs Tanzen schiebt, wenn sie mich findet.

»… verdammt nochmal wissen, was du dir dabei denkst?!«

Überrascht blicke ich auf. Die Stimme kommt mir bekannt vor. Sie stammt von einem Kerl mit babyrosa gefärbter Frisur, der mir den Rücken zudreht und mit den Armen fuchtelt. Ich schleiche an ihm vorbei und linse unauffällig rüber. Plötzlich schießt eine Hand hinter dem Typen hervor und packt mich am Unterarm.

»Viki.«

Ich starre in Jays blaue Augen. Der andere Kerl hatte ihn vollkommen verdeckt.

»Verfluchte Scheiße, Jay, hör mir zu!« Der andere ist David. Sein zitronengelbes Haar ist unter einer Schicht Schweinepink verschwunden, das sich mit den Wutflecken auf seinen Wangen beißt. Er blitzt mich hasserfüllt an. »Hängst du jetzt mit der Schlampe rum? Schnappst du völlig über?«

Das muss ich mir nicht anhören. Ich schüttle Jays Hand ab und mache kehrt. Natürlich würde ich gerne meine Jacke holen, die noch unten auf der Eckbank liegt. Aber dafür müsste ich mich Mel stellen, und die ist auf meine Gefühlswelt abgerichtet wie ein Drogenhund. Ein paar Minuten in der Kälte werden mich nicht umbringen. Ich will einfach nur nach Hause.

Jay steht so plötzlich vor mir, dass ich fast in ihn hineinlaufe. Er zieht einen Geldschein hervor und hält ihn mir hin. »Hol dir was zu trinken, okay?«

»Bezahlst du sie schon fürs Ficken?!«

Ich ignoriere David und drücke mich an Jay vorbei, ohne ihn eines Blickes zu würdigen. »Kauft euch lieber was zu rauchen.«

Der Weg zum Ausgang dehnt sich. Das Bedürfnis loszurennen kribbelt in meinen Füßen. Selbstverständlich tue ich es nicht. Ich laufe nicht davon. Niemand hält mich zurück, als ich die Tür aufstoße und kalte Novemberluft auf meine Haut schlägt.

Durchgefroren stolpere ich zur U-Bahn runter. Selbst der Gestank nach Pisse macht mir nichts aus, solange es nur wärmer wird. Der Zug fährt ein. Junge Leute poltern aus dem Waggon und rempeln mich an. Sie halten Bierdosen in den Händen und stecken sich Zigaretten in den Mund, die sie hier unten nicht anzünden dürfen. Ich steige ein und bin froh, den Lärm hinter mir zu lassen. Seufzend falle ich auf den ersten freien Sitzplatz.

Eine halbe Stunde, dann habe ich es geschafft. Dreißig Minuten, und ich kann diesen furchtbaren Tag endlich hinter mir lassen. Doch vorher muss ich etwas erledigen und der Gedanke daran verdreht meinen Magen. Ich muss Mel Bescheid geben.

Was soll ich ihr sagen?

Ich male mir aus, was sie denken muss. Von Phil weiß sie mit Sicherheit, dass Jay Feretty aufgetaucht ist, woraufhin ich spurlos verschwunden bin. Und jetzt gehe ich einfach nach Hause, ohne meine Jacke zu holen.

Egal, wie ich es drehe und wende, es sieht alles danach aus, dass ich den Schwanz eingezogen habe und abgehauen bin. Möglicherweise in Tränen aufgelöst und völlig am Boden zerstört. Meine Freunde werden ihre Köpfe zusammenstecken und darüber spekulieren, wie sehr ich verknallt sein könnte. *Scheiße.*

Meine Hände rubbeln über mein Gesicht. Es war nur Sex. Okay, ziemlich guter Sex, auch wenn ich nicht viele Vergleichsmöglichkeiten habe. Ich bin nicht gegangen, weil ich verletzt bin, sondern um ihn loszuwerden. Und sollte ein klitzekleiner Teil in mir an diesem Grund zweifeln, wird er sich übers Wochenende auflösen. Dafür werde ich sorgen.

Ich ziehe das Handy aus der Hosentasche und wische über den Bildschirmschoner. Drei entgangene Anrufe von Mel. Ich kann sie nicht zurückrufen, dafür bin ich zu feige. Eine SMS muss reichen.

Ich brauche geschlagene zehn Minuten, um sie zu formulieren.

Mir geht's gut. Feretty ging mir auf die Nerven. Bin auf dem Weg nach Hause. Mach dir keine Sorgen. Bitte nimm meine Jacke mit. LG Viki

Es dauert kaum dreißig Sekunden, bis ihre Antwort eintrudelt.

Du bringst mich noch ins Grab! Was ist passiert? Ruf mich an, wenn du reden willst. JEDERZEIT. Mel

Gleich darauf kommt eine zweite SMS.

PS: Bin ausreichend alkoholisiert. Wenn ich IHM was ausrichten soll, lass es mich wissen. Mel

Ich kenne Mel so gut, dass ich ihre Stimme hören und mir sogar ihr Gesicht vorstellen kann. Das zaubert ein Lächeln auf meinen Mund und in meinem Innern löst sich ein Knoten, von dem ich nicht wusste, dass er da war.

Ich denke daran, sie doch anzurufen. Ihr vorzuschlagen, uns zu treffen. Wir könnten eine Schachtel Rumpralinen aus dem Wohnzimmerschrank ihrer Mutter klauen und einen schlechten Horrorfilm auf dem Laptop gucken. Bis wir vor Erschöpfung einschlafen und ich frühmorgens mit Eisfüßen aufwache, weil Mel mir die Decke weggezogen hat. Wir könnten …

Das Handy vibriert mit einer neuen SMS, und mein Lächeln rutscht vom Gesicht.

Wo bist du?

Drei Worte, die mit drei heftigen Herzschlägen gegen meine Brust pochen.

Sie sind von Jay.

Ich starre darauf, bis sich der Bildschirmschoner aktiviert. Der Abgang war ihm gegenüber nicht fair, das weiß ich. Schließlich hat nicht er mich als Schlampe bezeichnet, sondern sein Freund. Sein *bester* Freund. Hatte David das nicht behauptet?

Wenn ich allen Stolz herunterkratze und es wage, genauer hinzusehen, erkenne ich den wahren Grund für mein Handeln: Ich habe Jay eine Abfuhr erteilt, bevor er es tun konnte. Aber das braucht keiner zu wissen. Weder er noch Mel, nicht mal ich selbst.

Das Display leuchtet erneut auf.

Es tut mir leid. Dave ist ein Idiot. Bist du noch hier?

Ich lese es hundert, nein, tausendmal. Ein stilles Mantra im Kopf. Doch es beruhigt mich nicht, sorgt nicht für klarere Gedanken. Im Gegenteil, immer mehr Fragen schieben sich in dicken, schwarzen Lettern vor meine Augen. Was tut ihm leid? Dass er mit mir geschlafen hat? Dass er nur *einmal* mit mir geschlafen hat, wo die Nacht so jung ist? Dass sein bester Freund genau das Arschloch ist, für das ich Jay gehalten habe? *Zeig mir deine Freunde, und ich sage dir, wer du bist.*

Das Handy klingelt. Jays Name blinkt auf der Anzeige und schnürt mir die Kehle zu. Erst als er auflegt, stoße ich die angehaltene Luft aus den Nasenlöchern. Eine weitere Nachricht erscheint.

Ruf mich wenigstens zurück.

Bestimmt ist er es nicht gewohnt, abgewiesen zu werden. Die Lektion ist hart, aber schaden kann sie einem Kerl wie ihm nicht. Natürlich hätte ich mich heute Abend gar nicht erst mit ihm treffen sollen. Andererseits brauchte ich das vielleicht. Es war eine Möglichkeit, das Blackout mit Bildern zu füllen, meine Unsicherheit zu nehmen. Jedenfalls breitet sich jetzt ein Gefühl in mir aus, das ich zuvor nicht hatte: die Gewissheit, dass es besser ist, wenn wir uns nie wiedersehen. Dass es gut so ist.

Jemand tippt mir an die Schulter.

Überrascht blicke ich auf und entdecke ein Frauengesicht. In einer schäbigen Jacke beugt sie sich über mich und hält mir die offene Handfläche hin. Zuerst halte ich sie für eine Bettlerin und schüttle automatisch den Kopf. Dann sickern ihre Worte in meinen Verstand.

»Ihren Fahrschein bitte, junge Dame.«

O Mann! Das darf doch nicht wahr sein. Warum heute? Ausgerechnet heute? Ich habe einen Schülerfahrschein, aber der steckt in meinem Portemonnaie. Dieses wiederum befindet sich in der Lederjacke. Die auf der Eckbank in der Teufelsküche liegt.

Ich sage der Frau die Wahrheit und nichts als die Wahrheit und werde zum Dank an der folgenden Haltestelle rausgeschmissen. Ein in die Jahre gekommenes Pärchen mit Strickhaube und Hosenträgern, das sich ganz ans Ende des Waggons quetscht, lächelt mir erleichtert nach. Nie sahen Schwarzfahrer konservativer aus.

Während die Kontrolleurin meine spontan erfundene Adresse auf den Strafzettel kritzelt, glotzt mir ihr fetter Partner unverhohlen in den Ausschnitt. Ich verschränke die Arme vor der Brust und starre auf den leergefegten Bahnsteig. Kurz spiele ich mit dem Gedanken, zu warten, bis die Kontrolleure weiterfahren, und dann in die nächste U-Bahn zu steigen. Allerdings leuchten fünfzehn Minuten Wartezeit von der Anzeigetafel und meine Wohnung ist in derselben Zeit zu Fuß zu erreichen. Also stapfe ich die Stufen zur Oberfläche hoch und zeige den beiden Hütern von Recht und Ordnung den Mittelfinger über die Schulter.

Der Moment, in dem ich rennen sollte.

Winzige Eiskristalle glitzern auf dem Asphalt. Ich rubble mir die nackten Arme und hauche Atemwolken auf meine gefrorenen Finger. Am liebsten würde ich Mel anrufen, damit sie mich abholen kommt, aber sie kann sich genauso wenig ein Taxi leisten wie ich. Jetzt heißt es, die klappernden Zähne zusammenbeißen und durchhalten. Schlimmstenfalls stürze ich über meine abgestorbenen Füße und friere mit dem Kopf am Boden fest. Womit sich die Mathe-Prüfung am Dienstag auch erledigt hätte.

Es ist nach Mitternacht. Die Straßen liegen verlassen da. Gelegentlich leuchten ein paar Autoscheinwerfer auf und brausen an mir vorbei. Es sind kaum Fußgänger unterwegs, dafür sind die Bars noch zu voll und die Nacht zu kalt.

Hinter mir pfeift jemand. »Hey, du! Warte mal!«

Rasch schaue ich über die Schulter. Ein Kerl, um die zwanzig, in Jogginghosen und neonfarbenen Markenturnschuhen, läuft auf mich zu. Seine Haare sind dicht an den Schädel geflochten und an seinem Hals rascheln Goldketten. Eine billige Rapperversion mit weißer Haut. Ich gehe stur weiter.

»Jetzt bleib doch mal stehen!«

Er packt mich am Arm, und ich stoße ihn weg.

»Verpiss dich gefälligst!«

Er hebt sein glattrasiertes Kinn und grinst. »Warum rennst du hier halbnackt rum, wenn man dich nicht anfassen soll?«

Ich scanne die Umgebung. Niemand sonst ist in der Nähe. Kein Auto. Bis zu meiner Wohnung brauche ich mindestens zehn Minuten. Ich könnte den Idioten in der nächsten Bar abhängen, die noch geöffnet hat. Sollte er sich dort nicht abschütteln lassen, alarmiere ich die Polizei. Die dürfen mich dann auch gleich nach Hause fahren.

Er streckt seine Dreckpfoten aus und kneift mir in den Hintern.

»Es reicht, du Spinner!« Ich ziehe das Handy aus der Tasche. »Ich rufe die Bullen.«

Sein Grinsen wird überheblich. »Das lässt du schön bleiben. Wenn du brav die Klappe hältst und mir dein Portemonnaie gibst, passiert dir nichts.«

Ich verschränke die Arme vor der Brust. »Weißt du, was für einen beschissenen Tag ich hatte? Verzieh dich, oder du wirst deinen armseligen Arsch vom Boden kratzen.«

Er pfeift durch die Zähne und sieht die Straße hinab. Ein paar hundert Meter entfernt schlurfen Leute in unsere Richtung, die er einen Moment lang beobachtet. Plötzlich greift er in die Hosentasche, zückt ein Springmesser und schnappt die Klinge dicht vor meiner Nase auf. Erschrocken weiche ich zurück.

»Geld her!«

Ich hebe die Hände hoch und bringe Abstand zwischen uns, den er sofort aufholt. »Ich habe nichts dabei! Keinen Cent! Deshalb bin ich ja zu Fuß unterwegs!«

Er mustert mich von oben bis unten. Die Röhrenjeans und das Sweatshirt kleben so eng an mir, dass ich kaum etwas darunter verbergen könnte. Was ihn natürlich nicht davon abhalten muss, meinen Körper nach versteckten Scheinen abzutasten. Die Fußgänger kommen langsam näher.

»Gib mir das Handy!«, faucht er.

»Okay!« Ich hebe es in einer resignierenden Geste und beobachte, wie er die Bewegung mit den Augen verfolgt. Er will danach greifen, doch kurz bevor er es erwischt, werfe ich es über seine Schulter und stoße einen Hilferuf aus.

Er dreht sich dem Handy nach, um es aufzufangen. Das Springmesser sinkt vergessen an seine Seite.

Das ist der Moment, in dem ich rennen sollte.

Das ist der Moment, in dem ich durchdrehe.

Ich trete ihm in den Arsch. Mit aller Kraft. Die dicken Gummisohlen meiner Docs tauchen in die Schlabberhose und prallen auf knochiges Fleisch. Er stolpert vorwärts, rudert mit den Armen und fällt auf die Handflächen. Das Messer schlittert meterweit über den vereisten Asphalt.

Das ist der zweite Moment, in dem ich rennen sollte.

»Wofür haltet ihr Mistkerle euch?!« Natürlich habe ich Angst. Sie zittert in meinen Muskeln, selbst im Klang meiner Stimme. Es ist nur so, dass ich schon immer Schwierigkeiten damit hatte, Furcht angemessen auszudrücken. Ich laufe nicht heulend davon. Ich werde wütend. Wütend genug, um stehen zu bleiben. Wütend genug, um mit dem Fuß auszuholen und meinen Stiefel ein weiteres Mal zu versenken.

Diesmal stürzt er flach auf die Brust. Die Halsketten klimpern, aus seiner Kehle stößt ein dumpfer Laut. Er krallt die Hände in den Boden und wirft sich auf die Seite. Dabei greift er nach meinem Fußgelenk und erwischt es.

Zu schwungvoll reiße ich mich los, mein Fuß verliert den Halt und rutscht unter mir weg. Ich krache auf den Hintern und kippe auf den Rücken. Sofort drückt sein Gewicht mich nieder. Schmerz blüht unter meinen Haarwurzeln auf, Metallketten schlagen gegen meine Zähne. Ich bringe ein Knie zwischen uns und trete ihn mit der Kraft meines Oberschenkels von mir.

Er bäumt sich auf und versucht, sich erneut auf mich zu werfen.

Im selben Moment schmettert mein Stiefel in sein Gesicht. Blut schießt aus seiner Nase, noch bevor er umkippt. Ich krabble rückwärts weg, bis ich an eine Mauer stoße. Das Herz donnert in meiner Brust.

Schritte jagen über die Straße. Im Augenwinkel registriere ich, wie die Fußgänger auf mich zurennen. Ich schenke ihnen kaum Beachtung. Meine Aufmerksamkeit klebt auf dem Mistkerl, der die Hände aufs Gesicht presst und stöhnt.

Jemand packt meinen Oberarm und zieht mich auf die Füße. Ich klappe den Mund auf, um etwas zu sagen. Dass der Kerl mich zuerst angegriffen hat, sie die Polizei rufen sollen oder ich alleine aufstehen kann. Mir bleibt keine Zeit herauszufinden, was ich hervorgebracht hätte, denn in diesem Augenblick löscht ein Knall alles Denken aus.

Als ich die Augen öffne, ist die Welt umgekippt. Der Untergrund erhebt sich senkrecht an meiner Seite. Quer über mir ragen schwarze Silhouetten. Für den Splitter einer Sekunde weiß ich, was auf mich zukommt. Sehe die Turnschuhe, die auf mich zufliegen.

Ich habe keine Angst vor den Schmerzen.

Ich habe Angst zu sterben.

Adrian steht auf und nimmt seine Jeans von der Kommode, wo er sie vorhin hingeschleudert hat. Er zieht sie über den blanken Hintern hoch und schlurft aus dem Raum. Ich will wissen, wo er hingeht. Er ruft zurück, dass er pissen muss.

Ich liege auf der Matratze und starre auf die abblätternde Farbe an der Zimmerdecke. Da hängt nicht mal ein Lampenschirm über der Glühbirne. Sie sieht trostlos aus, wie sie da an ihrem Stromkabel baumelt. Ich musste die ganze Zeit daran denken. Dass ich meine Jungfräulichkeit an einen Kerl verschenke, der sich nicht mal eine billige Ikea-Lampe leisten kann. Oder eine Packung Duftkerzen. Im Zimmer riecht es nach Teppich.

Irgendwann rufe ich ihn. Adrian antwortet nicht. Als ich mit der Bettdecke um den Körper gewickelt in die Küche trete, hockt er vor dem Fernseher und schiebt einen Schokoriegel in seinen Mund.

Ich frage ihn, ob er nicht mehr reinkommt. Keine Reaktion. Also wiederhole ich es lauter.

Er sagt, ich soll die Klappe halten.

Etwas drückt auf meine Nase. Es riecht wie taufrische Berge. Ich sauge es tief in die Lungen. Blitze und heulender Donner, überall um mich herum.

Wie lautet mein Name?

Die drei Mädchen brechen in schallendes Gelächter aus. An ihren Armgelenken leuchten weiße Silikonuhren, sie tragen Markenschuhe und die Haare glänzen kirschrot getönt. Sie möchten mir etwas mitteilen, kichern sie. Irgendjemand muss es ja tun, es ist nur zu meinem Besten, ich kann mich doch so nicht in der Öffentlichkeit zeigen.

»Viktoria, deine Klamotten sehen echt scheiße aus!«

Auf dem Nachhauseweg verirre ich mich in ein Shoppingcenter. Eher würde ich sterben, als wie diese Gänse auszusehen. Allerdings geht mir die verwaschene Kinderkleidung, mit der ich gezwungenermaßen herumlaufe, gewaltig auf die Nerven. Ich finde ein paar coole Kapuzenpullover und Stiefel, aber die Preise daran müssten eine Kommastelle nach vorne rutschen, damit ich sie mir leisten könnte. Was kriegt man für fünfzehn Euro schon? Ein dünnes T-Shirt, das von Kinderarbeitern in Indien gefertigt wurde, und dessen Aufdruck genau eine Saison lang in Mode bleibt.

Ich kaufe Kaugummi im Drogeriemarkt und entdecke die Lösung für meine Misere in einem Korb mit heruntergesetzten Artikeln. Das Geld reicht für vier Packungen.

Als ich die frisch gefärbten Klamotten aus der Waschmaschine ziehe, steigt ein überwältigendes Triumphgefühl in mir auf. Nie wieder mintgrüne Söckchen, keine rosa Strickjacken mehr! Alle Sachen erstrahlen in meiner neuen Lieblingsfarbe.

Ich beschließe, das Zimmer ebenfalls schwarz zu streichen.

»Viktoria …«

Ist das meine Stimme? Sie klingt zu tief und hallt seltsam wider, als spräche ich in ein Metallrohr. Ein Stechen in der Schläfe. Ich wünschte, sie würden endlich das Messer aus meinem Kopf ziehen.

Es ist mir egal, wen sie für mich anrufen.

»Wir haben keinen Tannenbaum.«

Papa blickt von der Zeitung auf und zuckt mit den Schultern. »Die machen nur Dreck.«

»Aber morgen ist Weihnachten!«

»Weihnachten ist auch ohne Tannenbaum.«

Enttäuschung brennt hinter meinen Augäpfeln. Ich bin wütend über meine eigene Schwäche. »Mama hatte immer einen Tannenbaum! Und eine Krippe.« Und Geschenke. Ich habe Angst, dieses Jahr keine Geschenke zu bekommen. Was soll ich den anderen Kindern sagen, wenn sie mich nach den Ferien fragen?

»Dann hat Mama diesen Scheißkram vielleicht mitgenommen?« Papa rollt das Zeitungspapier zusammen und erschlägt damit die Fruchtfliegen auf dem Küchentisch. Ich habe vergessen, die Orangenschalen gestern Abend wegzuräumen.

Ich stehe da und sehe ihn fassungslos an. Er weiß, dass Mama nichts mitgenommen hat. Ihre Kleider hängen im Schrank, selbst ihre Schuhe sind noch da. Niemand hat mir gesagt, dass man auch Tannenbäume und Geschenke verliert, wenn Mama stirbt.

Oder dass keiner mehr übrig bleibt, der mich zum Trost in die Arme schließt.

Warum bist du bei mir?

»Viki?« Jay beugt sich über mich. Blonde Strähnen fallen ihm in die Stirn. Er sieht aus, als hätte er sich seit Wochen nicht gekämmt und seine Augen haben den zusammengekniffenen Ausdruck von totaler Übermüdung. Hinter seinem hellen Haar bricht ein grauer Morgen durch die Jalousien.

Meine Gedanken wiegen eine Tonne. Ich schleppe sie durch Nervenbahnen und Synapsen und versuche, eine Erinnerung zu finden, die einen Sinn ergibt. Etwas stimmt nicht mit dem, was ich sehe. Es ist ein lebendiges Fehlersuchbild.

Ich beginne mit den Dingen, die ich mit Sicherheit weiß: Allem voran dröhnt und pulsiert mein Schädel. Doch da ist noch ein anderes Gefühl, weich und hauchzart auf meiner Wange. Irgendwie ist es mit Jays Arm verbunden.

»Erkennst du mich?«, flüstert er.

Meine Stimmbänder verheddern sich im Hals. Ich schlucke den ersten Versuch hinunter und produziere schließlich Laute, die sich zu einem Wort ergeben. »Grr … Groß … mutter?«

Die Bewegung auf meiner Wange erstarrt. Jays Augen weiten sich alarmiert.

Trotz der Schmerzen, die es verursacht, kann ich mir ein Lächeln nicht verkneifen. »Nein … Es ist der böse Wolf.« Mein Kichern zerbröselt in trockenem Husten. Die Strapaze, einen ganzen Satz zu äußern, lässt mich stöhnend ins Kopfkissen sinken.

Ungläubig schüttelt Jay den Kopf. »Machst du dich etwa über mich lustig?«

»In meinem Traum … lache ich, über wen ich will.« Meine Lider flattern. In meinem Körper wabert eine Wolke aus Müdigkeit. Darunter, tief im Innern, lauert betäubter Schmerz.

»Ich wünschte, das wäre nur ein Traum.«

Ich zwinge meine Augenlider hoch. Jay sieht aus dem Fenster, wo jetzt Regen gegen das Glas prasselt. Seine Hand liegt still auf meinem Schlüsselbein und das Gefühl auf meiner Wange ist verschwunden. Schlagartig wird mir der Fehler im Bild klar. Er ist es. Er sollte nicht da sein.

»Was tust du hier?«

Er wendet sich zu mir. »Sie haben das Handy neben dir auf der Straße gefunden. Du hattest keinen Ausweis dabei, also blieb nur dein Telefonverzeichnis. Meine Nummer war wohl die Letzte, die du gestern Nacht ignoriert hast.«

Blitzlicht. Schnappschüsse. Erinnerungen entwickeln sich in meinen Gedanken. Zuerst nur schwarzweiß, dann gewinnen sie an Farbe. Gleißendes Licht entflammt auf einer polierten Messerklinge. Blut wallt auf, rotes Blut, nicht mein eigenes. Bunte Turnschuhe fliegen durch die Nacht. Danach ist alles gelöscht. Was habe ich vergessen? Plötzlich fürchte ich mich vor der Antwort.

»Du kannst nicht sehr lange dort gelegen haben«, informiert er mich. »Dafür war nicht genug Blut auf dem Boden.«

Unmöglich redet er von mir. Verwirrt starre ich ihn an.

»Von deiner Kopfwunde. Du wurdest mit etwas Hartem niedergeschlagen, einem Stein, einer Pistole oder einem Schlagring? Sie wissen es nicht. Jedenfalls hast du eine Gehirnerschütterung und …« Sein Ausdruck durchwühlt mein Gesicht nach der richtigen Beschreibung. »Prellungen.«

Die Worte lassen mich kalt. Sie fühlen sich nicht echt an. Ich möchte schlafen.

»Du hast mir noch nicht gesagt«, hauche ich, »warum du hier bist.«

Er mustert mich eine Ewigkeit. Mit jeder Sekunde, die sein Schweigen unterstreicht, habe ich das Gefühl unter ihm zu verblassen. Als betrachte er in Wirklichkeit jemand anderen. Ein Zucken fährt durch seine Schultern. »Ich bin es einfach.«

Ich erwache in einem Krankenzimmer. Licht scheint durch raumhohe Fenster und reflektiert blendend hell an schmucklosen, weißen Wänden. Links neben mir befinden sich zwei Betten, eines davon aufgewühlt und verlassen, im anderen sitzt eine ältere Dame mit Atemschlauch in der Nase und grüßt mich leise.

Bevor ich etwas erwidern kann, schießt Schmerz in meine Schläfe. Ich presse die Lippen aufeinander und senke den Kopf behutsam zurück ins Kissen. Über mir baumelt ein Hörer von der Stahlstange. Vielleicht sollte ich einen Krankenpfleger rufen und um einen Schuss Betäubungsmittel betteln. Aber der Aufwand, die Hand dafür zu heben und einen weiteren Stich zu riskieren, ist mir die Sache nicht wert. Besser ich bewege mich überhaupt nicht mehr.

Jemand klopft an die Tür und betritt das Zimmer, doch ich reagiere erst, als ein Schatten mein Bett umrundet. Mel umklammert einen dampfenden Kaffeebecher, ihre Locken hängen schlapp auf die Schultern und ihre Augen versinken in Schattenlöchern. Noch immer trägt sie die Klamotten von gestern Abend – war es gestern? – der moosgrüne Cordrock zerknittert über den Schnürstiefeln wie zusammengeknülltes Papier. Sie zögert einen Moment, in dem ihr Gehirn mein Erwachen registriert, und stürmt zu mir.

»VIKI!« Der Kaffee schwappt über ihre Finger, in ihren Augen stehen Tränen. »Du bist wach! O Gott! O Gott, wie geht es dir? Hast du Schmerzen? Was ist denn nur passiert? Kannst du sprechen?«

Tatsächlich steckt meine Antwort im Hals fest. Mel interpretiert das Krächzen richtig und nimmt ein Glas Wasser vom Beistelltisch. Sie zwingt eine Hand unter meinen Hinterkopf, stützt den Nacken und lässt die Flüssigkeit behutsam durch meine Lippen sickern. Meine Stimmbänder werden Schluck für Schluck geschmeidiger.

»Ich Dummerchen … bin wohl … eine Treppe runtergefallen.«

»Viki!« Sie nimmt mir das Glas weg und funkelt mich an.

Ich seufze und bereue die Bewegung sofort. Ein Stechen feuert über meine Halsmuskeln hoch in die Schläfen. Die vergangene Nacht ist in tausend Momente zerbrochen, die sich nur mit Phantasie zusammenkleben lassen. Ich berichte von einem mageren 50 Cent mit Pigmentstörung. Einem Messer, dessen Klinge mir weniger Furcht einflößte, als gesunder Menschenverstand es vorschreibt. Von Rettern in der Not, die mich zu Boden prügelten. *Was für ein Scheißtag, oder? Zuerst werde ich gefeuert, mein Erzeuger duscht mich mit einer Dose Bier, ich verliere mich in einem Treppenhaus mit …*

Ich blicke auf. »Woher wusstest du, wo ich bin?«

Mel setzt sich auf die Bettkante, faltet ihre Hände im Schoß und verankert ihre Augenbrauen hoch oben auf der Stirn. »Du wirst es kaum für möglich halten: Jay Feretty hat mich angerufen.«

Mein Mund klappt auf, aber mein Verstand füllt ihn mit keinen Worten, und so strömt der Atem unbenutzt aus mir heraus. Es war also kein bizarrer Traum, gemischt aus Erinnerungen und logischen Schlussfolgerungen. Er war wirklich hier. Wo ist er jetzt?

»Wenn es einen Grund gibt, diesen Kerl umzubringen, spuck es aus. Ich habe acht Becher Kaffee getrunken. Mit extra Zucker.«

»Die vom Krankenhaus haben ihn angerufen, nicht ich!« Ein

schwaches Argument, wie ich an Mels hervortretender Halsschlagader erkenne.

»Und warum rufen die vom Krankenhaus *Jay Feretty* an, statt deiner *besten Freundin* Bescheid zu geben?«

Jede Aussage kann und wird gegen mich verwendet werden. Es ist an der Zeit, alles zu gestehen und ein geringes Strafmaß auszuhandeln. »Seine Nummer stand ganz oben in meinem Handy. Er hat kurz davor versucht, mich zu erreichen.«

»Weil?«

»Weil … wir uns in der Teufelsküche getroffen haben, das weißt –«

»Aus der du abgehauen bist, weil?«

»Ich … ihm aus dem Weg gehen wollte?«

Mels Augen blitzen. »Ihm oder *mir*?«

»Okay, okay! Die ungeschminkte, hässliche Wahrheit also.« Ich stöhne geschlagen, obwohl es weh tut. Wo bleiben Ohnmachtsanfälle, wenn man sie braucht? »Ich war dort mit Jay verabredet. Es war nicht Phil, der hingehen wollte, sondern ich. Und ich war zu feige, dir das zu sagen. Du weißt schon, weil ich Jay nicht ausstehen kann und so weiter.«

»Dieses *und so weiter* würde mich näher interessieren.«

»Es war nichts –«

»Seine Haare sahen aus, als hätte er sie kopfüber in die falsche Richtung geföhnt!«

Sie weiß es. Mels spöttischer Blick liest in mir wie in einem billigen Schundroman.

»Irgendwo muss ich doch Frust ablassen! Der Schulstress, die fristlose Kündigung, mein verkorkstes Leben!«

»Und Ferettys Körper schien dir dafür am besten geeignet? Du erzählst mir irgendwelchen Mist und schleifst mich in eine stinkende Kifferbar, um mich sitzenzulassen und mit einem Kerl rumzumachen? Über den du dich lustig machst, seit wir uns kennen?

Und danach ohne ein Wort abzuhauen, dich verprügeln zu lassen und mir einen Anruf einzubrocken, der mir vor Schreck das Herz zerreißt?«

»Ich … Es tut mir leid … Ehrlich.« Ich ziehe den Kopf ein und versuche mich an einem versöhnenden Lächeln. »Schätze, bin dir einen Kaffee schuldig, was?«

Mel klappt über mir zusammen. »Du schuldest mir eine Kaffee-PLANTAGE!«

»Mit Sklaven? Muskelbepackten, männlichen Sklaven, die unter der heißen Sonne schwitzen und nach weiblicher Dominanz dürsten?«

Sie versteckt ihr Grinsen in meiner Bettdecke. »Wie geht es dir?«

Mein Lächeln bröckelt, also spanne ich es übers ganze Gesicht. »Beschissen.«

Meine Blase, die sich ungewöhnlicherweise seit Stunden nicht gemeldet hat, steht kurz vor der Explosion. Ich rufe die Schwester, nachdem ich festgestellt habe, dass ich hilflos wie ein Käfer bin, den tragische Umstände des Lebens auf den Rücken gerollt haben. Der Evolution sei Dank, habe ich einen Notrufknopf am Bett.

Normalerweise berühre ich fremde Menschen nur ungern. Diesmal kralle ich mich in den Ärmel der Schwester und möglicherweise in ein, zwei Hautschichten darunter, um mich von der Matratze zu hieven. Laut Arztvisite steckt mir weder ein übersehenes Messer im Kopf noch ein Turnschuh im Brustkorb. Die Rippen sind lediglich geprellt.

Alles kein Problem, Frau Stein, das heilt von selbst.

Mein Körper inklusive Selbstvertrauen wurde zu Brei gemanscht, aber hey, man muss das Positive sehen! Ich lebe noch. Nicht, dass ich mich beschweren würde.

Netterweise ist das Klo mit einem Hochsitz und Aufstehhilfen ausgerüstet, so dass ich ohne Hilfe klarkomme. Erst nach dem Spülen und quälendem Aufraffen mache ich den Fehler, einen Blick in den Spiegel zu werfen.

Ich quietsche auf.

Eine Untote starrt mir entgegen. Die Haare kleben fettig und verfilzt um eine dick aufgewölbte Wunde, die scharf ausrasiert und mit Plastikfaden zusammengenäht wurde. Die Schläfe darunter hat die Farbe von verfaultem Obst im Supermarkt, das von zu vielen Händen befingert wurde.

All die Schmerzen haben plötzlich ein Gesicht. Eine furchtbare Schauermaske, die sich stufenlos von Schock bis zu Entsetzen verstellen lässt. Ich betaste die Haut und fühle betäubte Masse. Mein Kinn streckt sich nach oben und ich suche nach den Rändern der Maske, damit ich sie in Streifen herunterreißen und wieder zu mir selbst werden kann. Aber das Ungeheuer ist nahtlos mit mir verschmolzen.

Jemand hat mir das angetan. Jemand hat mich überwältigt und mir das angetan, mit voller Absicht und dem Wissen, dass ich mich nicht dagegen wehren konnte. Jemand hielt mich für schwach. Jemand hatte recht.

Ich stürze aus dem Bad und renne in die Arme der Schwester. Sie führt mich zum Bett und bringt mir ein Glas Wasser, das in meinen Händen zittert, als könnte es so all das Grauen abschütteln.

In dieser Nacht wache ich im Beisein der Leselampe, die heruntergedrückt einen dichten Lichtkreis ins Bettlaken brennt. Die Dunkelheit ringsum verschluckt die Realität und spuckt Möglichkeiten aus, die ich tagsüber belächeln würde: Es wäre nicht schwer, mich ausfindig zu machen. Sich durch die Ambulanz in die oberen Stockwerke zu schleichen. Eine Ablenkung vorzuschicken, die sich nach einem Verwandten erkundigt. Am Zimmer des Nachtpersonals vorbeizuhuschen und in mein unversperrtes Zimmer zu gelangen, um dort sicherzustellen, dass ich mich nie wieder an einen Träger dieser Turnschuhe erinnere …

Mit dem Morgen kommen die Träume. Ich wünschte, sie würden all meine Gedanken mit sich reißen.

Ich renne eine feucht glitzernde Straße entlang. Die Nacht hängt mir im Nacken. Hinter mir donnern Schritte über den Asphalt.

Sie schlagen mich mit einem Aschenbecher nieder und treten unaufhörlich zu, selbst als ich auf dem Boden kauernd um Gnade bettle.

Die Angreifer tragen alle dasselbe Gesicht.

Mein Vater hat mich nicht mal angerufen.

Ich mache mir Gedanken um dich. Du Idiot.

Ein feiner Riss durchzieht das Handydisplay, aber es könnte schlimmer sein. Die Farben waren schon davor grünstichig, und solange ich nicht genau auf die Bruchstelle drücke, funktioniert die Touchfunktion einwandfrei. Die Polizei hat es mir heute Morgen in einem Plastikbeutel gegeben, nachdem sie die Fingerabdrücke abgenommen hatten. Sie waren so freundlich, es auf Hochglanz zu polieren.

Jays Name starrt mir seit einer Stunde entgegen. Unter der Nummer ist kein Foto gespeichert, nur ein standardisiertes Platzhalterbild, ein anonymer Umriss auf dunklem Hintergrund.

Mein Zeigefinger wartet, bis sich die alten Damen ins Raucherzimmer und zur Physiotherapie verzogen haben. Dann presst er sich auf den grünen Hörer. Ich betrachte das Vorgehen mit der Spannung eines Fernsehzuschauers, der sich Chips in den Mund stopft, während ein Mord begangen wird. Das Freizeichen ertönt, und die Tat rauscht mit kaltem Prickeln durch meinen Körper.

Wozu rufe ich ihn an? Ich sollte auflegen.

»Hey, Viki.«

Meine Zunge überschlägt sich. »Hey, hier ist Viki!«

Jay klingt irritiert und amüsiert zugleich. »Ich weiß?«

Lieber Gott im Himmel lass einen Blitz in meinen Schädel fahren, bevor ich mich vollends zum Idioten mache!

»Ähm …« Ich hätte mir was aufschreiben sollen. Etwas in der Art wie: »Ich wollte mich bei dir bedanken.«

»Wofür?«

»Für … Dafür, dass du Mel angerufen hast. Auch von ihr danke.« Was plappere ich da für einen Unsinn? Ich muss den Notrufknopf drücken und die Schwester um einen Einlauf bitten. Alles, nur um dieses Gespräch rasch zu beenden.

»Kein Problem.« Man hört eine Lautsprecherdurchsage im Hintergrund. Wo ist er? An einem Bahnhof? Seine Stimme hallt. »Hör zu. Ich kann nicht reden. Hab was Wichtiges zu erledigen.«

»Okay, ich …«

Er legt auf.

ER LEGT AUF.

WIE KANN ER EINFACH AUFLEGEN?

Ich will das Handy vor Wut an die Wand schleudern, aber dann ist es garantiert völlig im Eimer. Nicht einmal aufstehen und wütend im Zimmer herumrennen kann ich – verdammte, geprellte Rippen! Es bleibt mir nichts anderes übrig, als empört zu schnaufen und den Kopf zurück ins Kissen sinken zu lassen.

Das geschieht mir recht! Ich wusste es schließlich vorher! Genau wie bei diesem Adrian-Arschloch, dem ich trotzdem hinterhergerannt bin wie ein überzüchteter Kläffer, der sich an einem Bein reiben will. Jetzt ist endgültig Schluss! Jay Feretty ist aus allen Gedanken gestrichen. Er ist *herausgeätzt.*

Ich denke nicht mehr an ihn. Ich denke … Ich werde lesbisch. Das ist die Lösung! Es kann nicht so schwer sein, Brüste sexuell attraktiv zu finden.

In meiner Phantasie entfaltet sich eine kitschige Liebesszene, komplett mit Rosenblüten, die vom Himmel rieseln. Mels Hände zittern in meinen, ihre langen Wimpern schlagen auf und aus ihren dunkelbraunen Rehaugen sieht sie mich flehentlich an. Meine Stimme klingt weich und tief, als ich ihr die ewige Liebe schwöre und die Tür zum Krankenzimmer geöffnet wird, Schritte unsere

Küsse durchbrechen und die Vorstellung hinter meinen geschlossenen Lidern in den Boden getrampelt wird.

Ich gebe vor, tot zu sein, damit niemand auf die Idee kommt, mich anzusprechen.

Jemand setzt sich auf die Matratze und meine Augen schnappen auf.

Es ist Jay.

»Ich rede nicht mit dir! Ich dachte, du hast was Wichtiges vor!«

»So ist es.« Ein Lächeln entkommt seinem Mundwinkel, bevor er es hinter der vorschriftsmäßigen Coolness eines Achtzehnjährigen versteckt.

»Du meinst, mich zu besuchen …?«

Er schüttelt bedauernd den Kopf. »Nein, ich wollte mir einen Kaffee am Ende des Korridors holen. Du lagst zufällig auf dem Weg.«

»Der Kaffee ist spitze! Mel hatte gestern zehn Becher.«

»Ist mit deinem Kopf alles in Ordnung? Soll ich einen Arzt rufen?«

Ich verstecke ein Grinsen hinter künstlichem Husten und betrachte ihn dabei unauffällig. Das weiße Neonlicht schneidet Jay wie eine 3D-Brille aus der Leinwand. Seine Haare sind im Nacken dunkler und sträuben sich auf dem Hinterkopf in ausgebleichten Strähnen. Die Haut schimmert zu blass und keineswegs photoshoprein; winzige Pigmentstörungen und Poren verwandeln ihn in einen Sterblichen. Seine Augen leuchten wie ein frisch angerührter Sommerhimmel. Die Illusion ist zu real. Ich widme mich der Bettdecke, um ihn nicht länger ansehen zu müssen.

»Wann kannst du hier raus?«, fragt er.

»Bei guter Führung? In ein oder zwei Tagen. Sie beobachten mich noch. Blutgerinnsel und solches Zeug.«

»Du siehst echt krass aus.«

»Danke, sehr nett.«

»Wenn sich dieser Fleck grün färbt«, er tippt auf meine Wange und ich zucke instinktiv zurück, »haben wir einen kompletten Farbkreis in deinem Gesicht. Inklusive Komplementärfarben.«

»Künstler aus aller Welt werden anreisen, um mich zu bestaunen«, ergänze ich.

Er lächelt. Ich lächle. Als ich realisiere, was ich da tue, sehe ich aus dem Fenster und trommle mit den Fingern auf die Bettdecke.

»Wie geht es dir?«

»Sie haben die Kerle noch nicht erwischt. Obwohl ich den Rapper haarklein beschrieben und ihm vielleicht sogar die Nase gebrochen habe. Die Polizei meinte, solche Leute hätten ihre eigenen Kontakte, auch private Ärzte. Wahrscheinlich taucht er unter, bis Gras über die Sache wächst.«

»Und wie *fühlst* du dich?«

»Wütend! Diese Feiglinge haben mich niedergeschlagen, ohne mir die Gelegenheit zu geben, ihnen in den Arsch zu treten! Nicht mal eine Erinnerung hab ich, auf die ich spucken könnte.«

Ein lauernder Ausdruck erscheint auf Jays Gesicht, als würde er mich testen. »Dich haut wohl gar nichts um?«

»Offensichtlich doch.« Ich deute auf die Narbe unter meinem Scheitel, und er lächelt wieder.

Es ist mir unangenehm, so hilflos dazuliegen. Um Jay ansehen zu können, muss ich den Kopf heben, und die Anstrengung schmerzt in den Halsmuskeln. Blind taste ich nach der Steuerung für die Lehne, die sich irgendwo an der Bettseite befindet, aber Jay beugt sich vor und findet den Knopf zuerst.

Ein Surren fährt durchs Bettgestell und mein Oberkörper wird langsam aufgerichtet. Schon liegt ein obligatorisches Dankeschön auf meinen Lippen, bis mir klar wird, dass Jay keine Anstalten macht, zurückzuweichen. Wir kommen uns unaufhaltsam näher.

»Jay.«

»Was?«

»Äh, ich habe seit zwei Tagen nicht geduscht.«

Er grinst. »Damit sollte man nicht angeben.«

»Ich rieche nach dreckiger Straße, fettigem Haar und Schweiß.« Nur dreißig Zentimeter trennen uns. »Andererseits musst du an so was gewöhnt sein. Immerhin bist du in einer Rockband.«

Sein Lächeln wird größenwahnsinnig. »Ich stehe auf schmutzige Frauen.«

Zehn Zentimeter.

Mein Hinterkopf presst sich ins Kissen.

Acht Zentimeter.

Ich halte den Atem an.

Fünf. Vier. Drei … Die Lehne stoppt.

Jay weicht zurück und lacht. »Du solltest dein Gesicht sehen! Wenn das keine Vorfreude war! Und jetzt wird es rot wie ein Affenhintern. Wie süß.«

»Ich warne dich! Der letzte Kerl, der mein Gesicht mit einem Tierarsch verglich, wird immer noch vermisst.«

»Du bist wirklich süß.«

»Hör auf damit!« Seine Worte verdrehen meinen Magen. Ich konzentriere mich auf die Wand und versuche, überschüssiges Blut aus meinen Wangen zu pumpen.

»Kannst du aufstehen?«, fragt er.

»Wozu?«

»Ich lade dich in die Cafeteria ein.«

»Meine Rippen schmerzen.«

»Soll ich dir was holen?«

Warum will er mich unbedingt einladen? Hat er ein schlechtes Gewissen? Denkt er vielleicht, er muss etwas wiedergutmachen? Denkt er, er hat mich ausgenutzt? *Hat* er mich ausgenutzt?

»Ich hatte einen Orgasmus«, verteidige ich mich.

Sein Kiefer klappt nach unten. »Was?«

Ich verschränke meine Arme vor der Brust und versuche, meine Würde zu wahren. »Du bist mir nichts schuldig, okay?«

Das Lachen bleibt in seinem Hals stecken und färbt ihn puterrot, von der Kehle aufwärts bis zum hellen Haaransatz. »Deswegen bin ich nicht hier!«

»Weswegen dann?«

Er zuckt die Schultern. »Einfach so.«

Kein schlechtes Gewissen also? Auch Sex kann er nicht im Sinn haben, ich meine, ich liege im *Krankenhaus*. Wahrscheinlich ist ihm langweilig. Wie spät ist es? Sollte er in diesem Augenblick nicht vor dem Lehrerpult sitzen, mit seinem besten Kumpel David an der Seite und einem verschmierten Englischbuch vor der Nase?

»Was macht man den ganzen Tag, wenn man nicht zur Schule geht?«, will ich wissen.

»Nichts Besonderes.«

Ein anderer Ausdruck für: *Das geht dich einen Scheißdreck an.* Warum rückt er nicht mit der Sprache raus? Was verheimlicht er?

»Nichts Besonderes also. Schreibst du das in deine Bewerbungsunterlagen?«, zische ich beleidigt. »Für deine Karriere an der Tankstelle? Rechnen sie dir das Gymnasium wenigstens aufs Trinkgeld an?«

Er schweigt.

Ich schnaufe. »Du willst mir immer noch nichts erklären, stimmt's?«

»Nein.«

Mir fällt Jays Streit mit David ein, vor der Treppe zur Teufelsküche. Ich war davon ausgegangen, dass ich das Thema gewesen war; dass ich in Davids Augen kein passender Umgang für Jay wäre. Doch vielleicht stimmt das nicht. Bei unserem ersten Gespräch hat David behauptet, nicht zu wissen, warum Jay die Band und die Schule verließ. Kann es sein, dass sein bester Freund ebenso wenig weiß wie ich?

»Redest du mit irgendjemandem darüber?«, hake ich nach.

Jay verschränkt die Arme vor der Brust und sieht zur Tür.

»Mit deinen Eltern vielleicht?«

Er steht auf. »Wird das ein Kreuzverhör?«

»Nein, ich …«

»Soll ich verschwinden?«

»Nein! Ich mache mir Gedanken um dich. Du Idiot.«

Die Ergänzung am Schluss lockt ein Lächeln aus ihm hervor. »Haben wir die Kosenamen übersprungen und sind schon bei den Beleidigungen?«

»Wir haben Kino und Popcorn auch übersprungen.«

»Willst du mit mir ins Kino gehen?«

»Nur wenn ich den Film aussuchen darf.« Ein bescheuertes Grinsen pflastert sich quer über mein Gesicht, das ich sofort unterdrücke. »Aber ich hasse es, im Kino gestört zu werden. Kein Fummeln, verstanden?«

»Darf ich dich wenigstens einladen und das Popcorn bezahlen?«, fragt er spöttisch.

»Darüber können wir reden.«

Der Schlaf hüllt mich in einen Seidenkokon. Es ist wunderbar warm und still, keine Träume, keine Gedanken. Sekundenlang bin ich vollkommen zufrieden. Dann wache ich auf.

Mel taucht in meinem Blickfeld auf. Ich blinzle, gähne und entdecke einen großen Plastiksack in ihren Händen, aus dem sie raschelnde Verpackungen zieht. Sie türmt die Tüten auf der Bettdecke.

»Essen weckt sie immer auf.« Mels Lächeln zielt an mir vorbei.

Mein Kopfkissen antwortet: »Bier? Im Krankenhaus?«

»Das ist Malzbier. Alkoholfreies.« Mel hievt einen Sechserträger auf den Nachttisch. »Ich hab das mit der Schwester gecheckt. Alles erlaubt, solange sie es nicht übertreibt.«

Ich drehe den Kopf und merke, dass mein Kissen ungewöhnlich hart ist. Es hat die Form einer Schulter und setzt sich in einem Arm unter meinem Nacken fort. Mein Blick hebt sich und trifft auf Jays Gesicht. Mir wird schlagartig klar, dass ich in seinen Armen liege. Und das vor Mel.

Heilige Scheiße!

»Leider kann ich dir nichts abgeben«, fügt Mel mit zuckersüßer Stimme hinzu. »Denn wir wurden uns noch nicht vorgestellt. Nicht wahr, Viki? *Beste Freundin?*«

Ihr Tonfall wirft mich in einen Topf mit siedend heißem Wasser. Ich werde durch und durch rot, angefangen von den Zehenspitzen bis zu den Haarwurzeln, und ich kann rein gar nichts dagegen tun. Ich räuspere Schlaf aus dem Hals und krächze: »Ich habe eine Gehirnerschütterung und stehe unter Schmerzmitteln. Wer zum Teufel seid ihr überhaupt?«

»Ich kenne deine Schwächen!« Mel reißt eine Tüte auf und zieht eine zuckerbestreute Gummischlange raus, mit der sie vor mir herumwedelt. Der Geruch von künstlichem Apfel prickelt in meiner Nase. »Leg deine Beichte ab, Schwester!«

»Ich werde mein Land nicht für Süßigkeiten verraten.«

»Auch nicht für Süßigkeiten *und* Malzbier?«

»Mel, Jay. Jay, Mel. Sie rennt mir seit zwei Jahren hinterher. Er rennt mir seit zwei Wochen hinterher. Ich hab keine Ahnung, warum. In beiden Fällen.« Ich schnappe die Schlange und stopfe sie in den Mund. Mehr um einen Grund zu haben, die Klappe zu halten, als dass ich wirklich Appetit darauf hätte.

»Enchanté.« Mel hält eine Packung Penis-Gummibärchen unter

Jays Nase, die sie weiß Gott wo aufgetrieben hat, und scannt seine Reaktion.

Er hält dem Test stand und steckt sich drei Stück auf einmal in den Mund. Wenigstens scheint er nicht übertrieben homophob zu sein. Ich schätze, ein Kerl mit seiner Reputation dürfte sich seiner sexuellen Orientierung sicher sein.

Wir kauen auf unseren Penissen, betrachten Zimmerwände und zupfen Fussel von den Ärmeln, bis die peinliche Stille zu offensichtlich wird.

Jay rafft sich auf. »Ich muss los.« Er zieht seinen Arm unter meinem Rücken hervor und schüttelt die eingeschlafenen Finger. Mein Nacken ist ganz warm von seiner Berührung. »Wenn ich nicht sofort eine rauche, fange ich an zu heulen.«

»Die Besuchszeit ist auch bald um«, bestätige ich.

»Wir sehen uns.« Jay rutscht vom Bett und zieht sein Bandshirt glatt. Dann dreht er sich um, küsst mich auf die Wange und geht seelenruhig aus dem Zimmer.

Kaum klickt die Tür ins Schloss, fällt Mel über mich her. Mit beiden Fäusten packt sie meinen Kragen, drückt ihre Sommersprossen an meine Nase und zischt: »Ich. Will. JEDES. Detail.«

Ich ziehe in Erwägung, mich mit anzüglichen Gummibärchen zu ersticken.

Der Vorschlag, Pizza in deinem Zimmer vergammeln zu lassen.

Ich warte seit einer halben Stunde auf Jay. Die Halle des Krankenhauses füllt sich mit gehetzten Gesichtern, die zur Information stürzen und mit hängenden Schultern neben mich in die Reihe sinken. Der Plastikstuhl unter meinem Hintern ist so warm von meiner Herumrutscherei, dass ich jede Minute damit rechne, ihn durchzuschmelzen.

Natürlich habe ich Jay gesagt, er soll mich nicht abholen. Ich habe ihn nur angerufen, damit er nicht irgendwann vor einem leeren Krankenhausbett steht. Keine Ahnung, wie der Rest des Gesprächs passieren konnte. Jedenfalls haben die Ärzte mich wohlwollend entlassen, sofern ich die Woche zu Hause bleibe und darauf achte, das Bewusstsein nicht zu verlieren. Und dann hatte ich plötzlich ein Taxi namens Jay.

Die Drehtür spuckt einen blonden Jungen aus. Seine Haare stehen ihm verwuschelt vom Kopf ab und er trägt ein zerknittertes T-Shirt. Sein Blick jagt durch den Raum, bis er an mir hängenbleibt und ein blendend weißes Zahnpasta-Lächeln auf seinem Gesicht erscheint.

Meine Knie werden weich. Ich packe die Sporttasche zwischen den Füßen, die mit geliehenen Klamotten von Mel gefüllt ist, und schleudere sie ihm entgegen. Er lässt sich nicht aufhalten. Stattdessen fängt er die Tasche, schwingt sie auf den Rücken und zerquetscht mich in einer übertriebenen Umarmung. Ich muss die Nase in die Höhe recken, um nicht an seinem Schlüsselbein zu ersticken.

»Drück etwas fester, vielleicht brechen meine Rippen ja doch noch«, stöhne ich.

»Entschuldige, das hab ich vergessen.« Rasch lässt er mich los und grinst schäbig. »Dein Gesicht hat mich total abgelenkt.«

Nein, das ist kein Kompliment. Besagter Farbkreis ist heute Morgen tatsächlich auf meiner Haut erschienen. Die rechte Schläfe erblüht in allen Regenbogenfarben von Matschrot bis Faulgelb. Ich kneife die Augen zusammen. »Dein Glück, dass ich mir kein echtes Taxi leisten kann.«

»Das wäre ebenfalls im Stau stecken geblieben.« Völlig selbstverständlich verschränkt er unsere Finger und zieht mich durch die Wartehalle.

Ein paar Leute heben die Köpfe und mustern mich neugierig. Fast höre ich ihre versteckten Gedanken: *Hat der Kerl ihr die Fresse poliert? Steht sie drauf?*

Mein Puls schnellt in die Höhe. »Ich kann meine Tasche selbst tragen!«

Jay blickt zu mir runter. »Und ich kann sie für dich tragen. Wo ist das Problem?«

»Gib sie her!« Ich reiße ihm den Träger von der Schulter und schwinge die Tasche auf meinen Rücken. Sie prallt auf lädierte Muskeln und ich unterdrücke ein schmerzerfülltes Aufstöhnen. Bevor Jay wieder nach mir greifen kann, stürze ich durch die Drehtür.

Erst draußen wird mir der Haken an meinem Fluchtplan klar: Ich muss auf ihn warten, denn ich weiß nicht, mit welcher Karre er hier aufgekreuzt ist. Jay wirft mir einen seltsamen Blick zu, sagt aber kein Wort. Stattdessen weist er auf einen Klotz von BMW, der in der untergehenden Sonne glänzt.

»Und die Musikindustrie behauptet, ruiniert zu sein«, spotte ich laut. »Wie kann man als Schulband so viel Kohle verdienen?«

»Kann man nicht.« Jay drückt auf den Autoschlüssel, und die Wagentüren entriegeln sich automatisch. »Der gehört meinen Eltern. Ich hab kein Auto.«

Ich halte die Klappe und werfe die Sporttasche auf eine perfekt gesaugte Rückbank. Der Beifahrersitz ist so geräumig, dass ich die Beine ausstrecken kann. Was für ein Unterschied zu Phils Schrottkarre, die von vorne bis hinten mit leeren Getränkedosen und sonstigem Müll gefüllt ist. Der Wagen piept penetrant, als wir den Parkplatz verlassen, und zwingt mich dazu, den Sicherheitsgurt anzulegen.

»Was ist aus dem freien Willen der Menschen geworden? Ist es nicht unsere eigene Entscheidung, bei achtzig Stundenkilometern wie ein Betonfass durch die Windschutzscheibe zu donnern?«

Jay wirft mir einen amüsierten Seitenblick zu. »Ich hätte dich ebenfalls zum Anschnallen gezwungen.«

»Weil du dich um mich sorgst?«, ziehe ich ihn auf.

»Weil ich den Bullen keinen Grund geben will, mich anzuhalten.« Jays Grinsen wird größenwahnsinnig. »Ich habe keinen Führerschein.«

»Das ist ein Scherz.«

»Ist es nicht. Ich habe die Prüfung gemacht, aber ich darf erst alleine fahren, wenn ich achtzehn bin.«

Also ist Jay siebzehn! Ich werfe einen prüfenden Blick aus dem Fenster und versichere mich, dass er weder Radfahrer umnietet noch Fußgänger schreiend vor unserem Wagen flüchten. Er hält sogar vor einer gelben Ampel und betätigt ordnungsgemäß den Blinker. »Und deine Eltern leihen dir einfach so ihren BMW?«

»Ja.«

Sein Tonfall lässt keine weiteren Fragen zu. Es ist das zweite Mal, dass er ein Gespräch so abrupt beendet, und in beiden Fällen war von seinen Eltern die Rede. Der Gedankengang erinnert mich leider an etwas anderes: meinen eigenen DNA-Spender, der zu Hause auf mich warten könnte. In einer Wohnung, die inzwischen vermutlich dreckiger ist als der Auspuff dieses Autos.

»Setz mich da vorne an der Straßenecke ab.«

»Wohnst du da?«

»Ich wohne weiter hinten, aber es sind nur zwei Minuten zu Fuß. Es ist eine Einbahnstraße. Hier kannst du leichter wenden.«

Jay bremst ab, bleibt jedoch nicht stehen. Stattdessen biegt er in meine Straße ein. »Welches Haus ist es?«

Ich trommle mit den Fingern auf meinen Oberschenkel. »Der graue Altbau.«

Es ist absolut unmöglich, vor unserem Wohnhaus einen Parkplatz zu finden. Das ist traurige Realität. Die Tatsache, dass heute direkt vor dem Hauseingang einer frei ist, spricht für göttliche Einmischung. Ich hätte mich mit dem bärtigen Kerl da oben nicht anlegen dürfen. Vielleicht sollte ich wieder mit dem Beten anfangen.

Jay parkt den Wagen mit einem Orchester an piepsenden Einparkhilfen, die tausendfach in meinem Schädel widerhallen. Bevor er aus dem Auto springen und mir die Tür öffnen kann, reiße ich sie auf und flüchte auf den Gehweg. Der BMW macht lautstark darauf aufmerksam, dass ich erstens nicht mehr angeschnallt bin und zweitens eine Tür bei laufendem Motor geöffnet habe. Es juckt mich in den Füßen, gegen den polierten Lack zu treten.

Natürlich besteht Jay darauf, mich hineinzubegleiten. Ich versuche, ihn im Treppenhaus abzuhängen, gebe jedoch im ersten Stock auf, weil mir die Luft ausgeht. Schnaufend klammere ich mich ans bröckelnde Steingeländer und warte, bis die Treppe aufhört, sich zu drehen. Wortlos zieht Jay mir die Sporttasche von den Schultern und geht weiter. Ich rechne es ihm hoch an, dass er keine Bemerkung fallenlässt. Zerknirscht trotte ich ihm bis in den fünften Stock nach.

Ich klappere absichtlich lange mit den Schlüsseln im Schloss. Da mein Vater Schichtarbeiter in einer Konservendosenfabrik ist, weiß ich nie genau, wann er zu Hause aufkreuzt. Mit dem Lärm will ich ihn übellaunig an die Tür locken, um mir eine Ausrede zu liefern, Jay nicht hereinbitten zu müssen. Natürlich ist er nicht da.

Ich betrete die Wohnung mit gesenktem Blick. Dass ich mich schäme, ist die Untertreibung des Jahrhunderts. Ich fühle mich bloßgestellt und gedemütigt. Es riecht nach abgestandener Luft und alten Turnschuhen. Die Kleiderhaken neben der Eingangstür laufen vor Regenjacken, Mänteln, Softshells, Strickjacken, Schals und Halstüchern über. Auf der Kommode türmen sich Werbeprospekte und ewig verschlossene Briefe; mein Vater öffnet nur letzte Mahnungen. Am liebsten würde ich Jay wieder zur Tür hinausdrängen.

»Wir haben nicht sehr oft Gäste«, fange ich an und komme mir lächerlich vor. »Wir haben *nie* Gäste. Es ist ein Saustall. Tut mir leid.«

»Ich hab schon Schlimmeres gesehen.« Jay steckt die Hände lässig in die Hosentaschen, dreht milde interessiert den Kopf umher und bleibt schließlich an meinem, wie ich annehme, äußerst ungläubigen Blick hängen. Er zuckt die Schultern. »In Daves Wohnung muss man Bananenschachteln zur Seite schieben, um in alle Räume zu kommen.«

»Mein Zimmer erfordert feste Schuhe und Trittsicherheit.«

»Wirklich?« Jay lächelt herausfordernd. »Unser Bandraum ist eine fensterlose Garage mit schimmelndem Wasserschaden an der Decke. In manchen der alten Eierkartons, mit denen die Wände schallgeschützt sind, kleben noch immer Schalenreste.«

»Was euren Sound erklärt.«

Einen Augenblick lang sieht er mich verdutzt an, dann prustet er los. Sein Oberkörper knickt nach vorne und die Haare fallen über seine Augen. Ich sehe nur einen lachenden Mund. Mir wird ganz flau im Magen. Rasch drehe ich mich weg und schließe das Zimmer auf.

Die Tür öffnet sich widerstrebend. Ich kicke eine Jogginghose aus dem Weg und stolpere zum Bett, um die Weihnachtslichterkette anzuknipsen. In ihrem violetten Schein verwandelt sich die Schmutzwäsche am Fußboden in undefinierbare Haufen.

Ein neugieriger Ausdruck erscheint auf Jays Gesicht. Er betrachtet die schwarzgestrichenen Wände und meine alten Metal-Poster. Weiße Totenschädel, heulende Wölfe und Dämonen wuchern auf dunklem Papier. Als Dreizehnjährige hatten diese Illustrationen etwas Beruhigendes, vielleicht, weil sie für mich das Wütendsein übernommen haben. Zum ersten Mal frage ich mich, welches Bild sie im Kopf eines anderen von mir zeichnen.

Jay hockt sich auf die Matratze. Die Bettdecke zerknittert am Fußende, und das Kopfkissen knautscht in der Ecke. Die Bezüge sind aus lila Seidenimitat – oder waren es vor Jahren, bis billiges Waschmittel sie zu grauen Lappen gebleicht hat. Gedanklich kratze ich nach der Erinnerung, wann ich die Wäsche zuletzt gewechselt habe. Es muss Wochen her sein. Ich stürze zum Schreibtisch und reiße das Fenster dahinter auf. Klare Novemberluft schwappt herein, gemischt mit dem Brummen des Abendverkehrs und dem Geruch nach Frost. Aufatmend lehne ich mich zurück.

Plötzlich gerät der Misthaufen auf dem Tisch in Bewegung. Meine Finger schießen reflexartig vor und graben sich wie Baggerschaufeln in Hefte und Bücher, doch eine Lawine bricht seitlich durch und rauscht über den Rand. Allem voran eine alte Pizzaschachtel, die aufspringt und zu Stein getrocknete Teigränder auf den Fußboden streut.

Ich werfe mich über die Sauerei und sammle die größten Brocken ein. »Das ist ein Projekt für … Bio … über die Aggregatzustände von Pizzateig.«

»Wäre das nicht für Physik?«

»Es ist fächerübergreifend!« Ich durchbohre Jay mit düsterem Blick. »Es ließe sich hervorragend mit Psychologie verknüpfen, zum Thema: geistige Verwahrlosung und deren Auswirkung auf das reale Leben. Oder ein Referat in Deutsch über peinlichen Müll und wie sehr ich mich dafür schäme.«

Jays Mund zieht sich zu einem schiefen Lächeln. »Denkst du, ich lasse nie Essen rumliegen?«

»Über einen Monat lang?«

Er besitzt den Anstand, die Frage nicht zu beantworten. Ich klappe den Pappdeckel zu und lasse die Schachtel unter dem Stuhl verschwinden. Den Rest der Unordnung drücke ich mit dem Fuß zur Seite, auf ein paar zusätzliche Ecken in den Schulbüchern kommt es nicht mehr an. Mit hängenden Schultern schleppe ich mich zum Bett und sacke auf die Matratze. Der Aufprall sticht unangenehm in meinen Rippen.

»Es war deine Entscheidung herzukommen«, seufze ich. »Ich habe versucht, dich aufzuhalten.«

Jay rückt näher. Seine Hand findet eine Haarsträhne, die in mein Gesicht hängt, und zwirbelt sie um den Zeigefinger. Ich erstarre und bin gleichzeitig dankbar, dass mir die Krankenschwester heute Morgen erlaubt hat, zu duschen. Wenn auch nur mit Shampoo, das nach Desinfektionsmittel roch.

»Ich bin nicht wegen der Wohnung hier«, raunt er.

Die Strähne springt von seinem Finger und fällt zurück auf meine Wange. Er streicht sie hinter mein Ohr und folgt ihr mit dem Blick. Sein Mund öffnet sich. Warmer Atem, der leicht nach Rauch riecht, haucht an meine Lippen. Er schließt den Abstand zwischen uns.

Die Zimmertür fliegt auf.

Ich schieße vom Bett hoch und stelle mich vor Jay. Um den Anblick in der Tür zu verdecken oder Jay davor zu schützen, ich weiß es nicht.

Es ist mein Vater.

Sein verschwitzter Arbeitsoverall füllt den Türrahmen. In seinem stoppeligen Gesicht glühen Augen, rosa gefärbt von einer Nachmittagsschicht mit zu viel Zigarettenqualm. »Solltest du nicht im Krankenhaus sein? Was treibst du hier?« Er lehnt sich an mir vorbei und streckt den Zeigefinger nach Jay aus. »Wenn du sie schwängerst, blechst du. Dein ganzes scheiß Leben lang.«

Wie konnte ich nur vergessen, hinter mir abzuschließen?

Ich schlage seine Hand runter. »Der Einzige, der unerwünschte Kinder in die Welt gesetzt hat, bist du. Verschwinde.«

Er betrachtet meine Blutergüsse mit Genugtuung, weicht aber in den Gang zurück. »Man hat dir offenbar nicht fest genug aufs Maul gehauen.«

Ich knalle die Tür zu und schließe zweimal ab. Mein Puls donnert in der Kehle. Ich warte auf Tritte und Beschimpfungen, doch das Holz bleibt stumm. Endlich höre ich das Quietschen der Küchentür und ringe erleichtert nach Luft.

»War das … dein Vater?« Jay ist auf dem Bett festgefroren. Seine aufgerissenen Augen lassen ihn jünger aussehen. »Ist er … immer so?«

Ich stecke die Hände in die Hosentaschen und spüre, wie Fingernägel über den dünnen Innenstoff kratzen. Mein Kopf dreht sich zum Fenster. Heizungsluft flirrt vor dem Glas und strömt hinaus in die Dämmerung. Es ist kalt im Zimmer geworden. »Meine Eltern waren nie verheiratet. Sobald ich achtzehn bin, gehört die Wohnung mir. Ich kann den Tag kaum erwarten, wenn dieser … diese *Person* endgültig aus meinem Leben verschwindet.«

Für einen Moment herrscht Stille.

Dann sagt er: »Wir können zu mir gehen.«

Ich schüttle den Kopf. »Meine Rippen tun weh. Es wäre nicht sehr angenehm, Sex zu haben.«

Jay steht auf und legt die Arme um meinen Körper. Ich verwandle mich in ein Brett, ungeschliffen, mit abstehenden Splittern. Keinen Millimeter gebe ich der Umarmung nach; ich bringe es nicht mal fertig, ihn anzusehen. Und ich weine nicht, falls er das denkt. Niemals.

»Wir müssen nicht miteinander schlafen. Einfach nur so. Ich lad dich auf eine Pizza ein, was hältst du davon?« Seine Nase reibt hauchzart über meine Stirn. »Du darfst auch die Ränder auf meinem Schreibtisch vergammeln lassen.«

Zu spät beiße ich mir auf die Unterlippe. Ein klitzekleines Lächeln zieht meine Mundwinkel nach oben.

Ich will andere Menschen nicht mit mir anstecken.

Jay drückt auf eine Fernbedienung und das weiße Garagentor hebt sich geräuschlos. Er parkt den BMW, ohne sich am Piepskonzert der Einparkhilfen zu orientieren, das in meinen Ohrmuscheln zum Crescendo anschwillt. Selbst ein gehirnamputierter Schimpanse könnte diesen Wagen fahren. Ich flüchte, sobald die Reifen stillstehen. Meine Tür knallt zu, während Jay den Türrahmen mit nur zwei Fingern anschubst und sanft ins Schloss gleiten lässt.

Ich verschränke die Arme vor der Brust. »Wenn sich das Auto jetzt für die Fahrt bedankt und eine Flasche Öl verlangt, schreie ich.«

Wie auf Kommando blinkt der BMW triumphierend mit den Scheinwerfern. Mein Herz hüpft in den Hals, bis ich Jays Grinsen entdecke und den Autoschlüssel, den er gedrückt hält. Ich versuche, ihm gegen die Wade zu treten und damit sein Vergnügen vom Gesicht zu wischen, aber der Mistkerl ist schnell. Er rettet sich durch eine Tür, die ins Haus führt.

Ich folge ihm in ein enges Zimmer, das sich als Garderobe entpuppt. Mäntel und Jacken hängen auf gepolsterten Kleiderbügeln, Schuhe reihen sich paarweise in schmalen Ablagen und in den hochhackigen Stiefeln daneben stecken Schaftspanner. Der Teppich ist beige und, soweit ich das beurteilen kann, keimfrei.

Jay deutet mit dem Kopf auf einen grauen Stoffmantel, der mir bekannt vorkommt. »Sieht so aus, als wären meine Eltern schon da.«

Schlagartig fühle ich mich wie eine überdimensionale Bazille, die sich in die Schatten eines fremden Organismus drückt und versucht, übersehen zu werden. Sofort schiebe ich den Fuß zurück in den Stiefel und wickle das überlange Band um den Knöchel. »Das macht nichts. Ich nehme die U-Bahn.«

»Was tust du da?«

»Ich ziehe die Schuhe an.«

Jay packt meinen Fuß, zerrt den Stiefel herunter und wirft ihn in die Ecke. Ich kralle mich in seine Brust, um nicht umzufallen. »Du wartest brav hier, bis ich dich angekündigt habe. Oder ich werfe dich über die Schulter und trage dich in unsere Küche.«

Ich spähe an ihm vorbei in den Gang. »Ich weiß nicht, wo eure Küche ist, aber das sind mindestens zehn Meter. Das schaffst du niemals. Nicht, wenn ich dir dabei in den Rücken beiße und ein Knie in deinen …«

Er küsst mich auf den Mund. Nicht besonders leidenschaftlich, trotzdem lässt es mich abrupt verstummen.

Er grinst. »Bin gleich wieder da.«

Jay verschwindet, und ich sinke gegen die Wand. Etwas bewegt sich vor mir und ich zucke zusammen, bis ich die finstere Kreatur als mich selbst identifiziere. Ein Spiegel erstreckt sich vom Fußboden hinauf an die Decke, perfekt ausgeleuchtet, um die Details meiner verfilzten Haare hervorzuheben. Sogar die Falten auf dem Top, von denen ich angenommen hatte, dass meine Oberweite sie glattbügelt, werden deutlich sichtbar. Glücklicherweise lenken die Blutergüsse hervorragend von diesen Makeln ab.

Entschlossen stapfe ich durch den Gang. Besser ich bringe die Peinlichkeit sofort hinter mich, dann können wir in Jays Zimmer verschwinden und die Pizza bestellen. Nach zwei Tagen Krankenhausfraß würde mein Körper alles für eine Portion saftigen Käse tun. Vielleicht ist es der Gedanke ans Essen, der mich auf einmal den Duft von gegrilltem Gemüse wahrnehmen lässt. Er führt mich zu einer geöffneten Tür, und ich schiebe den Kopf hinein.

Eine Küche. Dutzende Lichterspots schimmern in steinfarbenen Fliesen und sandweißen Oberflächen. Der Dunstabzug über dem Herd surrt dezent und saugt Wasserdampf aus einem Topf, in den jemand einen Holzlöffel steckt. Ein Mann mit weinroter Kochschürze und hellbraunem Kurzhaarschnitt steht davor.

Er dreht sich zu mir, und ich erkenne Jay in seiner Haltung, in den zurückgedrückten Schultern und dem selbstsicher erhobenen Kinn. Die gleiche Form der Augen, auch wenn seine grau sind, das gleiche Lächeln, das sachte nach oben schwingt. Doch Jays Vater ist nicht der Grund, warum ich im Türrahmen erstarre. Warum ein Schmerz meine Mitte zerreißt, so jäh, dass ich eine Hand auf den Brustkorb presse.

In der Küche stehen Jay und seine Mutter.

Nein, sie stehen nicht einfach nur da. Sie *hängen* aneinander, die Arme gegenseitig um die Körper geschlungen. Frau Ferettys Fäuste leuchten blutleer auf Jays Rücken, so sehr krallt sie sich an ihn. Er drückt ihr einen Kuss aufs Haar, ohne mich zu bemerken, völlig im Moment versunken.

Ein Gefühl überwältigt mich. Kaltes, flüssiges Licht, das durch mein Innerstes rauscht und die dunklen Ecken füllt. Worte steigen darin zur Oberfläche, eine blendende Erkenntnis: *Dir fehlt was, Viki. Etwas Wichtiges.*

Etwas, an das ich mich schwach erinnere, wie an einen Geschmack aus der Kindheit. Etwas, das die Zeit in mir verblassen ließ, das sich aus meinen Gedanken schlich, bis ich es verloren habe, ohne es zu vermissen.

Das weiß ich innerhalb eines Herzschlages. Und da ist noch mehr davon. Es wabert an der Grenze meines Bewusstseins, braut sich an der Front zusammen, droht über mir zusammenzubrechen. Aber in diesem Moment bemerken sie mich und lassen einander los. Eine Mutter, deren Blick auf die Steinfliesen fällt. Ein Sohn, der sich verlegen durch die Haare streicht.

Keine Bazille, nein, ich bin schlimmer, ein Virus, eine Krankheit, etwas, das hier weg muss, ehe es andere Leute mit mir ansteckt. »Es tut mir leid, ich wollte nicht beim Abendessen stören«, sagt jemand, der sich nach mir anhört. »Ich wollte gerade gehen.«

Frau Feretty strafft die Schultern und tritt entschlossen zu mir. Sie trägt einen Hosenanzug aus grobem Leinen, der zur Einrichtung des Hauses passt. Die blonden Haare fließen glatt über ihren Rücken und in den Ohrläppchen glänzen einfache Perlenstecker, so dezent, dass sie echt sein müssen. Alles an ihr ist hell und freundlich, alles, bis auf ihre Augen. Schwarze Schatten schimmern darunter, als hätte sie sich schlecht abgeschminkt. Auf der Netzhaut glänzen noch immer Tränen.

»Du störst keineswegs.« Sie entdeckt meine Blutergüsse, behält ihre Gedanken jedoch für sich. »Es ist schön, dass Jay endlich –«

»Mom.« Jay schiebt sich zwischen uns. Ich kann den Blick nicht sehen, den er ihr zuwirft, aber er lässt sie zurückweichen. Sie knetet die Hände und wieder fallen mir die manikürten Nägel auf, die nun kurz zurückgeschnitten sind.

Jay packt meine Schultern und steuert mich durch die Küche ins Esszimmer. Ein Tisch aus hellem Holz dominiert den Raum. Eine Wand besteht völlig aus Glas, das vor dem Hintergrund der Nacht unsere Bewegungen reflektiert. »In diesem Schrank dort ist das Geschirr. Das Besteck befindet sich in der linken Schublade. Vier Personen. Irgendwelche Fragen?«

»Was ist der Sinn des Lebens?«

»Zweiundvierzig. Liest du keine Bücher?« Jay wirft mir ein Lächeln zu, bevor er mich alleine zurücklässt, gestrandet in einem fremden Haus, wo ich einen fremden Tisch für fremde Leute decken muss.

Das hier ist ein Theaterstück und ich eine Marionette, die hilflos an unsichtbaren Fäden hängt. Ich finde schlichte Porzellanteller und schweres Besteck aus Edelstahl und schiebe es hin und her, ohne zu wissen, was ich tue. Bei Mel kriegt jeder einen Teller in die Hand gedrückt und nimmt sich das Essen direkt vom Herd. Bei mir gibt es weder Essen auf dem Herd noch Menschen, die zusammensitzen wollen. Auf welcher Seite liegt die Gabel, wo das Messer? Soll ich Gläser dazustellen? Für Wasser oder Wein oder beides? Eine so selbstverständliche Tätigkeit, und doch überfordert sie mich.

Jay trägt eine Platte gegrillter Gemüsespieße, die er auf dem Geschirrschrank zwischenlagert, da mein Chaos ihm keinen Platz lässt. Er drückt mich auf einen Stuhl und bringt das Tischgedeck in Ordnung. Stoffdeckchen wandern unter die Teller, Servietten betten sich daneben, jeder bekommt eine eigene Salatschale und ein Wasserglas. Oh, und das Messer liegt übrigens rechts vom Teller.

Jays Eltern bringen Basmatireis und eine Schüssel Wildkräutersalat mit. Die Hälfte von dem Grünzeug sieht aus, als könnte man es auf einer gewöhnlichen Wiese pflücken. An ein paar Stängeln hängen sogar Blüten. Das Dressing ist selbstgemacht und riecht nach Kräutern. Ich kralle mir zwei Spieße und verstecke sie sofort unter dem Löwenzahn, als ich bemerke, dass ich die Einzige bin, die so gierig zugeschlagen hat. Dafür nehme ich mir nur einen winzigen Löffel Reis, auch wenn mein Magen knurrend das Gegenteil verlangt.

»Du bist also Viktoria.« Jays Vater verleiht dem R in meinem Namen eine Weichheit, die mir fremd ist. Er spricht grammatikalisch korrekt, hat jedoch einen amerikanischen Akzent. Das dürfte Jays ungewöhnlichen Namen erklären.

Ich schiele hilfesuchend zu Jay, doch der hat den Mund voll. »Ähm … Ja.«

»Ich bin Eric und das ist meine Frau Diana.«

»Ähm … Schön Sie kennenzulernen.« Sagt man das wirklich? Oder kommt das aus dem Fernsehen? Ich habe jedenfalls das dringende Bedürfnis, der Floskel noch etwas hinterherzusetzen. Leider ist auch das nicht kreativer. »S-Sie haben ein wunderschönes Haus. Die Einrichtung ist sehr …« *Sauber? Teuer? Beige? Sag was, Viki!* »… einheitlich.«

Jay prustet in seine Gabel, und Diana sieht verstört aus.

Eric lächelt freundlich. »Danke.«

Ich frage mich, ob es unhöflich wäre, den Kopf in der Salatschüssel zu verstecken.

»Modernes Wohnen 2004.« Jay kaut während des Sprechens. »Wir waren auf drei Doppelseiten. Man erkennt mich im Hintergrund als verwischten Fleck, der an einem Legoturm bastelt. Die Fotos waren allerdings retuschiert.«

»Das Haus war in einer Zeitschrift?« Vor zehn Jahren? Ich schlucke den Reis hinunter, bevor er stecken bleibt. Der kleine Jay bekommt ein neues Haus und ich eine tote Mutter. Ist das Leben nicht großartig?

»Gib nicht so an, Jay. Es war eine kostenlose Werbung für die Firma, die wir damals gegründet haben«, erklärt Eric. »Und hättest du mal eine Sekunde stillgehalten, wäre dein Foto auch nicht verschwommen.«

Jay registriert meinen fragenden Blick. Er schiebt sich ein Stück Paprika in den Mund und zuckt die Schultern. »Meine Eltern sind Architekten.«

Beeindruckt ziehe ich die Augenbrauen hoch. »Sie beide?«

»Du brauchst uns nicht zu siezen, Viktoria«, sagt Eric. »Und ja. Wir haben uns an der Uni kennengelernt. Diana war zwei Semester über mir, aber ich habe sie während der Schwangerschaft eingeholt.« Er lächelt und legt eine Hand auf Dianas. »Jay war unser erstes, gemeinsames Bauprojekt, nicht wahr?«

Diana zieht ihre Hand weg.

Rasch sehe ich woanders hin und tue so, als wäre nichts gewesen. Dummerweise habe ich das Gefühl, die Stimmung retten zu müssen. Also plappere ich drauflos, ohne vorher darüber nachzudenken. »Was willst du eigentlich studieren, Jay?« Sofort wird mir mein Fehler klar. Am liebsten würde ich den Kopf auf den Teller schlagen und mit den Scherben Harakiri begehen. »Sobald du mit der Schule weitermachst«, verbessere ich mich hastig. »Du machst doch sicher weiter? Irgendwann?«

Jay legt die Gabel weg und betrachtet das Gemüse, als würde er darin nach einer Antwort suchen. »Ich weiß nicht.«

Ein Stuhl schrammt über den Boden. Als ich aufschaue, verschwindet Dianas Hosenanzug bereits um die Ecke. Ihr voller Teller starrt mich vorwurfsvoll an.

Keiner von uns spricht ein Wort, während wir so tun, als würden wir weiteressen. Schließlich räumen wir gemeinsam den Tisch ab und kratzen die Essensreste in einen Eimer, der mit *Biomüll* beschriftet ist. Mein Gemüsespieß ragt angeknabbert aus einem Haufen Salatreis.

An diesem Abend lässt sich Diana nicht mehr blicken.

Du suchst schamlose Ablenkung.

Jay folgt mir die Stufen nach oben. Seine Socken schleichen auf dem Parkettboden und sein Atem streift die feinen Härchen in meinem Nacken. Ein Schauer kribbelt über meine Haut. Ich betrete sein Zimmer und bleibe vor dem flachen Doppelbett stehen. Die dunkelblauen Bezüge sind glattgezogen und der Fußboden davor glänzt, nur ein paar Notenseiten flattern vom Nachttisch. Eine E-Gitarre lehnt in der Ecke, mit zerkratzten Bandaufklebern auf dem Lack, halb verdeckt von einer weißen Gardine. Der Anblick erinnert mich an ein verstaubtes Spinnennetz und gleichzeitig an den Abend im Black, an dem ich mich über Jays Ausscheiden aus der Band freute. Ich gehe hin und zupfe an einer Saite. Ein dumpfer Klang vibriert durch den Raum. Hinter mir klickt die Zimmertür ins Schloss.

Ich drehe mich um und breite hilflos die Hände aus. »Es tut mir leid! Ich habe das nicht absichtlich getan. Ich wollte nur …«

»Schon gut.« Jay geht zum Kleiderschrank und holt ein schlauchförmiges Stoffding aus der Schublade. Eine Schlange mit grünen Filzzacken auf dem Rücken und einer verwaschenen Zunge, die ihr aus dem Maul hängt. Er schmeißt das Kuscheltier vor die Tür und drückt es mit dem Fuß gegen den Spalt. Dann zieht er Tabak aus der Gesäßtasche und entdeckt meinen Blick. »Der Drache hält den Geruch im Zimmer. Meine Eltern hassen es, wenn ich rauche.«

»Ist das der Grund, warum du es tust?«

Er zuckt die Schultern und dreht sich eine Zigarette. »Keine Ahnung. Es entspannt mich.«

»Gibst du mir auch eine?«

»Ich dachte, du rauchst nicht? Du solltest es lassen. Irgendwann kann man nicht mehr aufhören.«

»Kannst du noch damit aufhören?«

Jay betrachtet die Kippe und sagt nichts. Stattdessen öffnet er das Fenster, schiebt den Hintern auf den Sims und zündet sie an. Sein erster Zug ist sehr tief. An der Art, wie er das Kinn an den Hals drückt und die Stirn kraust, erkenne ich, dass er ein Husten unterdrückt. Der Qualm stößt dick und weiß zwischen seinen Lippen hervor.

Ich setze mich ihm gegenüber. Unsere Knie streifen sich, als ich mein Bein hochziehe, um das Gleichgewicht auszubalancieren. Ein Stockwerk unter mir wuchern Dornenranken im Halbdunkel der Straßenlampen und die Luft prickelt feuchtkalt auf meinen nackten Unterarmen.

»Deine Mutter …«, fange ich an.

»Ich will nicht darüber reden.«

»Aber –«

»Schlägt dich dein Vater?«

»W-was?!« Mein Oberkörper klappt nach vorne und meine Augenbrauen schießen in die Höhe.

Ungerührt bläst Jay mir Zigarettenrauch ins Gesicht. »Ich könnte ihm eine reinhauen, falls du das möchtest, aber auf Dauer bringt das nichts. Du musst dich selbst wehren. Ich habe jahrelang zugesehen, wie Dave mit blauen Flecken zur Schule kam. Solche Schweine hören erst auf, wenn sie bluten.«

»Nein!« Ich springe vom Sims, laufe zum Bett und wirble herum. »Wie kommst du darauf, dass er mich schlägt? Denkst du, ich würde das einfach so mit mir machen lassen? Hältst du mich für bescheuert? Ich hätte ihm schon längst in den Arsch getreten, wenn es so wäre!«

Jay zieht an der Zigarette und mustert mich. Sein Mundwinkel schiebt sich zu einem schiefen Lächeln. »Ja, wahrscheinlich hättest du das«, sagt er nachdenklich.

Ich stoße ihm einen ausgestreckten Zeigefinger entgegen. »Glaub nicht, dass ich nicht weiß, was du gerade tust. Du lenkst schamlos vom Thema ab!«

»Deine Augen leuchten wahnsinnig grün.«

»Jay!«

Er kichert und lässt seine Stirn auf die Hand fallen, mit der er die Kippe hält. Unter dem aufsteigenden Rauch sehe ich, wie er eine Kummerfalte zwischen den Augenbrauen verreibt. »Ich könnte wirklich etwas schamlose Ablenkung vertragen. Wie wäre es damit: Gehen wir ins Kino?«

Meine Schultern sinken. »Meinst du das im Ernst? Jetzt?«

»Alternativ könntest du dich vor mich hinknien und mit deiner Zunge …«

»Ich suche den Film aus!«

Ich springe aus dem Bus und lande in einer Pfütze. Regen prasselt auf meine Haare und sickert ins Top. Jay und ich quetschen uns unter die Vordächer. Die Häuser hier sind niedriger, zwei oder drei Stockwerke höchstens, und bieten kaum Schutz vor der Nässe. Wir stolpern den Bürgersteig entlang, weil wir uns gegenseitig im Weg sind. Um das Ganze noch zu verschlimmern, streift Jay die Jacke ab und hält sie mir über den Kopf, als würden mich die paar Tropfen umbringen. Mir liegt ein Kommentar auf der Zunge, ich verwerfe ihn jedoch. Immerhin zittert er zur Strafe.

Die Scheinwerfer eines vorbeifahrenden Autos zucken über sein Shirt, das der Regen an seinen Bauch klebt. Ich stelle mir vor, meine

Hände unter den Stoff zu schieben und das kalte Wasser auf seinen Muskeln zu spüren. Meine Kehle wird staubtrocken und ich frage mich, was genau er vorhin von meiner Zunge wollte.

Eine altmodische Kinofassade leuchtet in der Dunkelheit. Wir schrammen an verschlissenen Filmpostern vorbei, die an der Wand kleben, und retten uns durch eine goldgerahmte Drehtür ins Innere. Der Duft von buttergelbem Popcorn schlägt mir entgegen. Jay schüttelt die Jacke aus, und ich streife mir Feuchtigkeit aus dem Haar. An der Theke wartet ein vampirbleicher Student kaugummikauend auf unsere Wahl.

Jay beugt sich übers Kinoprogramm, das neben einer verkratzten Klingelkasse liegt. »Wir haben zwei Möglichkeiten: Französische Witwen, die mit Mitte sechzig ihre lesbische Liebe zueinander entdecken. Oder der Überlebenskampf muskelbepackter Guerillakrieger, die aufs Brutalste von außerirdischen Kreaturen abgeschlachtet werden.«

»Die Lesben-Omas.«

»Bist du verrückt?!«

Ich schenke Jay ein überlegenes Lächeln. »Jumbo-Popcorn mit extra Butter würde meine Meinung ändern.«

»Das ist Erpressung.«

»Die Erkundung reifer Lust ist bestimmt sehr informativ. Du könntest was lernen. Erfahrene Finger, die in Gefilde vordringen, die Jahrzehnte lang unbefriedigt …«

Jay fletscht seine Zähne. »Du weißt gar nicht, wie gut ich mit meinen Fingern umgehen kann.«

Der Vampir räuspert sich. »Die Vorstellung beginnt in zehn Minuten. Ich muss noch eure Tickets drucken und die Streifen abreißen.«

»Wir nehmen die Guerillas.« Ich lächle. »Und das Popcorn.«

Der Kinosaal ist bereits verdunkelt. Wir huschen den Gang entlang, und ich stelle mit Entsetzen fest, dass dieses Kino erstens winzig ist und zweitens keine Schräge besitzt. Alle Reihen sind auf gleicher Höhe. Was bedeutet, dass die Plätze, auf die Jay zusteuert, einen mit Hinterköpfen gespickten Ausblick auf die Leinwand liefern dürften. Jay setzt sich an den äußersten Rand und klappt den Sitz daneben für mich runter.

Ich biege mich zu seinem Ohr hinab. »Weiter vorne wäre was in der Mitte frei.«

Er zieht mich auf seinen Schoß. »Keine Sorge, wir bleiben nicht lange hier.«

Ich rutsche auf meinen Platz und seufze. Durchgesessene Sitzpolster, die bei der kleinsten Bewegung die ganze Reihe erzittern lassen, und eine Frau mit krauser Dauerwelle und aufdringlichem Haarsprayduft direkt vor meiner Nase. Ich fülle meinen Mund mit Popcorn.

Der Film beginnt mit einer Supernova-Explosion. Während brennende Gaswolken einen Planeten einhüllen, steht Jay geräuschlos auf. Er greift nach meiner Hand und führt mich hinter einen Samtvorhang. Sekundenlang bin ich vollkommen blind, meine Schuhe stoßen gegen Stufen und ich hebe automatisch die Füße.

»Vorsicht, hier ist eine Kette mit einem Schild dran«, flüstert Jay.

»Was steht drauf? *Betreten verboten? Bei Nichtbeachtung werden Sie sterben?*«

Ein Zippo-Feuerzeug schnappt auf und Jay hält die Flamme vor die Schrift. »*Wegen Renovierungsarbeiten gesperrt.* Das hängt schon seit Jahren da.«

Ich steige darüber und unterdrücke ein Fluchen, als mir Popcorn über die Hände rieselt. Die Treppe endet an einem weiteren Vorhang, den Jay mir zur Seite hält. Dahinter flackert das Licht des Films. Ich trete hinaus.

Ein schmaler Balkon befindet sich über dem Kinosaal. Auf den Polstern knistert Schutzfolie und an der Wand schimmert eine Alu-leiter. Jay schiebt mich in die vorderste Reihe. Dort hat jemand die Folie von den Sitzen gezogen und in die Ecke geknüllt.

Ich setze mich und klemme das Popcorn zwischen die Knie. »Lass mich raten. Hier hast du deine Unschuld verloren.«

Jay grinst. »In gewisser Weise. Wir haben *Inception* angesehen und unseren ersten Joint geraucht. Gott sei Dank hat Dave nicht versucht, mich zu küssen. Ich war so breit, ich hätte es gemacht.«

Ich versuche wirklich, mich auf den Film zu konzentrieren. Hochentwickelte Aliens, die der Menschheit technologisch weit überlegen sind, jedoch wie Lemminge in knatternde Lasersalven rennen. Ölverschmierte Kämpferinnen, die mit offenem Mund darauf warten, dass ihre männlichen Pendants Befehle brüllen. Hier ein explodierender Schleimbeutel, dort eine blutspritzende Ader. Alles sehr unterhaltsam.

Wäre da nicht Jay, der unaufhörlich neben mir atmet. Ich rieche sein Aftershave über den Butterduft des Popcorns hinweg. Filmlicht flackert auf seiner Haut und Feuerschlachten spiegeln sich in seiner Iris.

Er lehnt sich näher. »Diese Guerillakämpferin hatte wahnsinniges Glück, findest du nicht? Die Handgranate zerfetzt ihr Top, aber sie bleibt unverletzt.«

Ich blinzle zum Film. »Ein Jammer, dass sie keine Hand frei hat, um ihre Titten zu bedecken.«

Jay dreht den Kopf zu mir und grinst dreckig. Eine Gesichtshälfte leuchtet, während die andere im Schatten versinkt. Seine Augen bleiben an mir hängen, dann fällt sein Blick auf meine Lippen und das Lachen schmilzt langsam von seinem Gesicht.

Das Popcorn rutscht zwischen meine Füße, doch ich bücke mich nicht danach. Alles um mich herum schrumpft in der Dunkelheit,

Geräusche verlieren ihre Bedeutung. Ich sehe noch, wie sich seine Wimpern auf die Wangen senken, bevor wir uns berühren. Er saugt das Salz von meiner Zunge, bis unser Kuss süß schmeckt.

»Könnt ihr jetzt verschwinden? Bitte?«

Eine Taschenlampe blitzt in meinen Augen und ich halte einen Arm vor die Stirn. Die Umrisse des Vampirstudenten zeichnen sich vor dem Geländer ab. Im Hintergrund läuft der Abspann über die Leinwand und die Sitze unter uns im Kinosaal sind mit Pappbechern und Popcorn bestreut. Es sind keine Zuschauer mehr da.

Jay und ich laufen aus dem Kino und unsere Hände finden sich von selbst. Es ist so schwer, meinen Kopf zu heben und ihn anzusehen, ein Gefühl in meiner Brust zieht mein Lächeln hinunter zu den Füßen. Wir rufen ein Taxi und küssen uns unter den Dächern der Vorstadt, bis ein Auto unsere Jeans mit Wasser bespritzt und ein Taxifahrer den Kopf aus dem Fenster streckt. Wir küssen uns auf dem Rücksitz, ohne uns anzuschnallen. Wir küssen uns im Regen vor seinem Haus, obwohl er den Schlüssel schon in der Hand hält. In feuchten Socken schleichen wir in sein Zimmer und küssen uns auf dem Bett, bis wir frieren und unter die Decke krabbeln und uns dort warm küssen.

Ich liebe frisch gewaschene Bettwäsche. Im Traum duftet sie nach leuchtenden Margeriten und zitronengelbem Hahnenfuß, auch wenn ich nie an diesen Blumen gerochen habe. Nach Sommer jedenfalls. Nach Sonnenlicht. Dem Geruch von Baumwolle, Weichspüler und darunter, tiefer in die Fasern gewebt, noch etwas anderem. Etwas, das an meiner Bauchdecke kitzelt und in der Kehle kichert. Gleich weiß ich, was es ist. Bilder tropfen in meine Gedanken, Erinnerung taucht auf. Das Kissen riecht nach … Meine Augen öffnen sich.

Ich raffe mich auf. Schmerz frisst sich durch meine Brust und ich drücke eine Hand gegen die Rippen. Der Tag gestern war nicht so erholsam, wie er hätte sein sollen, jetzt bezahle ich den Preis dafür. Mein Blick fällt zur Seite. Die zweite Bettdecke ist zurückgeschlagen, die Matratze leer.

Ich seufze und sinke zurück ins Kopfkissen. Meine Zimmerdecke zu Hause überzieht alles mit Schatten. Dieses Zimmer hingegen leuchtet wie ein blütenreines Blatt Papier. Beflecke ich es mit meiner Anwesenheit?

Die Tür öffnet sich leise und in meinem Herzen explodiert eine Bombe, gestopft mit Panik. Ich erstarre zu absoluter Reglosigkeit, während mein Selbstvertrauen kollabiert und mein Verstand in einem Haufen Schutt versinkt. In meinem Geist plärren Sirenen: *Schließ deine Augen! Stell dich schlafend!*

Es ist zu spät.

Jay schiebt sich zur Tür herein und kickt sie mit dem Fuß hinter sich zu. In einer Hand hält er eine Packung Orangensaft, zwischen Arm und Kinn klemmen eine Papiertüte Croissants, eine Butterdose und eine Flasche Bienenhonig. Er setzt sich zu mir. Sein Gewicht drückt die Matratze nach unten und zieht meinen Oberschenkel an seinen Körper. *Gravitation, die Anziehung zweier Massen.* Es ist zwecklos, sich dagegen zu sträuben.

Eine verstrubbelte Krone aus blonden Strähnen steht ihm vom Kopf ab. Sein rechter Ärmel ist über die Schulter geklettert und in den Augenwinkeln klebt noch immer Schlaf. Ein Lächeln erwacht auf seinem Gesicht. »Guten Morgen. Wie wär's mit Frühstück danach?«

»Danach? Sollte es dann nicht etwas *davor* geben?«

Er bleckt seine Zähne. »Das ließe sich einrichten.«

Meine Fingernägel verankern sich im Leintuch. »Ich frühstücke nicht. Nie.«

»Schade, in dem Fall esse ich eben alleine.« Er packt ein Croissant aus und belädt es mit einem Brett von Butter. Der Honig, den er aus der Flasche darüberpresst, wabert bedrohlich nah am Gebäckrand. Er schiebt das Brot in den Mund und bekleckert sein Kinn.

Ich weise ihn darauf hin.

Er wischt sich die falsche Stelle.

Ich beschreibe die exakten Koordinaten, instruiere die Fahrtrichtung seiner Hand und beobachte das Fehlschlagen der Mission. Stöhnend bemühe ich den Arm unter der Bettdecke hervor und wische es selbst von seinem Gesicht. Der Honigtropfen prangt unversehrt auf meinem erhobenen Zeigefinger.

»Soll ich ihn ablecken?«

»Nein!« Ich ziehe den Arm weg. Das Honigproblem haftet jetzt an mir. Ich kann ihn nicht an fremder Bettwäsche abstreifen, nicht, wenn Jay mir dabei zusieht. Es gibt nur eine Möglichkeit, ihn stilvoll loszuwerden, schnell, bevor er merkt, dass es mir was ausmacht. Ich stecke den Finger zwischen meine Lippen und zerreibe den Geschmack auf der Zunge.

Er schmeckt nach Zucker. Der Honig. Nicht Jay. Ich meine, ich schmecke Jay nicht im Honig. Was auch immer! Ich schlage mir geistig auf den Hinterkopf, um wieder einen klaren Gedanken zu fassen.

Jays Kiefer bewegt sich nicht mehr. Das angebissene Gebäck schwebt in der Luft. Er starrt mich an.

»Was ist?«

Er räuspert sich. »Angenommen, das Croissant hier entgleitet meinem festen Griff und stürzt über die Brust hinunter in meinen Schoß. Was würdest du tun?«

»Dir empfehlen, dein Shirt in die Waschmaschine zu stopfen, ehe die Flecken eintrocknen.«

»Ich soll also splitternackt vor dir frühstücken?«

Ich stelle es mir nicht vor. Auf keinen Fall. Wie das Sonnenlicht im Honig glitzert, der an Jays blankem Oberkörper herabtropft. Meine Zungenspitze, die ihn kurz vor seinem Bauchnabel auffängt und zurück nach oben leckt, wo sein Mund bereits auf mich wartet. Genau der Mund, der sich in diesem Augenblick zu einem unverschämten Grinsen verzieht, als könnte er meine klebrigen Gedanken lesen.

Jay beugt sich zu mir herab. »Bist du immer noch nicht hungrig?«

Meine Eingeweide verflüssigen sich, das Gehirn zerfällt zu einem Matschhaufen. Machen wir uns nichts vor, ich könnte den Kerl fressen. In Honig getaucht. *Oh. Mein. Gott.*

»Meine Rippen schmerzen. Schlimmer als gestern. Ich sollte mich schonen.«

Sein Blick lässt mich nicht los. »Du solltest im Bett bleiben.«

Ich nicke. »Den ganzen Tag.«

»Jemand sollte sich um dich kümmern.« Jays Hand taucht ins Kissen und presst es in die Matratze. Sein Gesicht schwebt nur Zentimeter über mir. »Jemand sollte jede Stelle auf deinem Körper küssen.«

»V-vorsichtig küssen.«

»Sehr vorsichtig.« Er drückt die Lippen in meinen Mundwinkel. »Zärtlich.« Küsse flattern meinen Kiefer entlang zum Hals. »Überall.« Seine Zunge gleitet über mein Ohrläppchen und saugt es in den Mund. »Bis du wahnsinnig wirst.«

Mein Brustkorb hebt und senkt sich viel zu schnell. Ich packe seinen Haarschopf. Blaue Augen bohren sich in meine. Ich schlinge die Arme um seinen Nacken und ziehe ihn zu mir runter.

Nicht all unsere Küsse an diesem Wochenende sind behutsam. Manche sind wild und hungrig und zuckersüß. Sie fressen sich schmerzhaft in meine Brust und ich weiß nicht, ob das an geprellten Rippen liegt – oder einem zerbrochenen Herzen.

Dein Spiel mit Rasierklingen.

»Bestimmt haben Sie die Woche im Krankenhaus dazu genutzt, sich auf die Prüfung vorzubereiten.« 2πr rollt zu meinem Platz. In seiner Hand prangt ein überdimensionales Geodreieck, seine persönliche Guillotine, um Schüler vor der Tafel zu enthaupten. Wie es aussieht, dürstet es ihn heute nach meinem Blut.

Ich streiche die Haare aus dem Gesicht und recke ihm die bunt geschlagene Schläfe entgegen. »Ich hatte eine Gehirnerschütterung.«

»Und Sie können sich nicht mehr an den Aufenthaltsort des Mathebuches erinnern?« Er biegt seine Masse um zehn Grad in Richtung der anderen und hebt die Arme in einer beifallheischenden Geste. Die Streber in der vordersten Reihe lachen.

Mein Puls hämmert. »Leider scheint mein Gedächtnis tatsächlich beeinträchtigt. Ich könnte schwören, es ist verboten, Schüler am ersten Tag der Genesung mündlich zu prüfen. Wo habe ich das nur gelesen?«

2πr schwingt die Lippen zu einem perfekten Halbkreis. »Es findet sich nächsten Dienstag in der Doppelstunde noch ausreichend Gelegenheit, Ihr Können zu bestaunen. Wenn ich Sie in irgendeiner Form unterstützen darf – mit Fragen zum Prüfungsstoff oder einem Ersatzbuch, falls Sie es spontan verlieren sollten – lassen Sie es mich sofort wissen. Wir wollen schließlich nicht, dass wieder etwas dazwischenkommt.«

»Warum stellen blonde Männer eine leere Flasche Bier in den Kühlschrank?« Mel beugt sich über die Schulhefte, die sie auf den Kaffeetisch zwischen uns getürmt hat. Sie hat mir die Seiten, die ich nacharbeiten muss, feinsäuberlich mit Notizzetteln markiert. Natürlich wäre es nach einer Woche Fehlzeit sinnvoller, ich würde einfach alles kopieren und die gewonnene Zeit dafür verwenden, den verpassten Stoff zu *lernen*. Allerdings sind meine Lehrer der Auffassung, dass gedankenfreies Abschreiben diesen Zweck viel besser erfüllt.

»Keine Ahnung, warum?« Ich schlürfe flüssiges Eis durch den Strohhalm und balanciere den Becher auf der Sessellehne. Nach einem Tag Unterricht, der Kopfschmerzen durch meine Schläfe treibt, hat Mel mich auf eine Portion Kalorien im Kaffeehaus eingeladen.

»Es könnte ein Kumpel vorbeikommen, der nichts trinken will!« Mel biegt sich vor Lachen, und ich versuche wenigstens so zu tun, als würde ich mitmachen. Sie beruhigt sich mit einem American Cookie, den sie wie ein Spatz aus den Händen pickt. »Also. Lass mich das kurz zusammenfassen. Du wirst aus dem Krankenhaus entlassen, schreibst deiner besten und einzig wahren Freundin eine stinkende SMS und verbarrikadierst dich für den Rest der Woche unerreichbar in den Armen eines Kerls, für den du keinerlei romantische Gefühle hegst. Soweit richtig?«

»Ich habe dir eine SMS geschrieben, weil du in der Schule warst. Dann war der Akku leer und das Ladegerät irgendwo zu Hause.«

»Das sind nicht die interessanten Informationen, Viki. Ich rede hier von Jay Feretty. Was hat der Kerl, was ich nicht habe? Von muskulösen Oberarmen mal abgesehen.«

»So muskulös sind seine Arme gar nicht.«

»Ich wette, man sieht die Muskeln, wenn er über dir Liegestützen macht?«

»Mel!«

Sie zuckt die Schultern. »Ich bin auch nur eine Frau. Und du mit deinen Details sehr zurückhaltend. Seid ihr jetzt ein Paar?«

Der Milchshake muss schlecht gewesen sein. In meinem Magen dreht sich alles. »Keine Ahnung. Eher nicht. Nein.«

»Was denn nun? Wird das die Millionenshow? Soll ich Jay als Telefonjoker anrufen?«

Ich durchbohre Mel mit vielsagendem Blick. »Wir sind so eine Art Videoverleih. Du weißt schon. Man leiht sich aus, worauf man gerade Lust hat …«

»Und bezahlt einen hohen Preis dafür.« Mel zupft an einem losen Faden des Strickmantels. Er beansprucht schlagartig ihre gesamte Aufmerksamkeit. »Es ist okay, eine offene Beziehung zu führen … Vorausgesetzt, man will so etwas wirklich … Und tut es nicht nur, weil der Junge sich auf nichts Weiteres einlässt … Falls man sich verliebt …«

Ich werfe ein Lachen dazwischen. »Ich bin nicht verliebt! Wenn jemand ein Problem damit hat, dann ist er es.«

»Heißt das, er mag dich?«

»Es heißt, mir ist klar, auf wen ich mich einlasse.« Ich greife nach den Unterlagen auf dem Tisch und stopfe sie in die Schultasche. »Er ist nicht unbedingt bekannt dafür, feste Freundinnen zu haben, oder?«

Mel widerspricht mir nicht. Sie sagt kein Wort und sieht mich nur mit traurigen Rehaugen an.

Plötzlich bricht etwas in mir. »Ich hab keine Ahnung, weshalb er so zu mir ist!«, rufe ich. »Ich brauche keinen Kerl, der nett zu mir ist, ohne es ernst zu meinen! Ich wünschte, er würde es einfach sagen. Dass wir eine Fickbeziehung führen, höchstens ein paar Wochen lang, und dass ich mich besser nicht an ihn gewöhne. Stattdessen stellt er mich seinen verfluchten Eltern vor und bringt mir Frühstück ans Bett! Warum zur Hölle verhalten sich Männer so?«

Es ist totenstill im Café geworden. Fremde Blicke wenden sich ertappt ab. Gesprächsfäden werden hastig aufgenommen.

Mel starrt mich mit weit aufgerissenen Augen an.

Ich lasse die Haare vors Gesicht fallen und schnappe mir meinen Rucksack. »Ich muss los. Wir sehen uns morgen.«

Stör, der Englisch unterrichtende Papagei, steckt seinen Schnabel in die Notizen der Haschisch-Gruppe. Er hat den Kurs in Vierergrüppchen eingeteilt und jeder eine andere Drogensucht verpasst, über die wir ein kritisches Referat halten sollen. *In English, of course.* Seit der siebten Klasse poppt das Thema in allen Schulbüchern auf. Müssten wir nicht dauernd über Gras diskutieren, würden wir vielleicht weniger davon rauchen.

Fabian schreibt Argumente auf ein kariertes Blatt, ohne nach unserer Meinung zu fragen, und Mike versucht, mit offenen Augen einzuschlafen. Wir haben keinen Vierten in der Vierergruppe, unser Team ist nicht sonderlich berühmt für seine Ergebnisse. Ich ziehe das Handy unter der Schulbank hervor und lese die SMS, die vor ein paar Sekunden lautlos eingetrudelt ist.

Geht's dir heute besser? Treffen wir uns nach der Schule?

Mein Kopf rollt in den Nacken und ich schließe die Augen. Jay und ich haben uns gestern nicht mehr gesehen. Wir haben nicht einmal miteinander gesprochen. Was daran liegen dürfte, dass ich ihm eine SMS geschrieben und danach das Handy ausgeschaltet habe. Ich sollte kein schlechtes Gewissen haben. Die Kopfschmerzen waren nicht mal erfunden.

Weshalb willst du

Ich lösche den Satz wieder.

Ich hab zu lernen.

Wahr, aber sehr schroff. Ich umrahme es mit Floskeln.

Danke, es geht so. Ich hab tonnenweise zu lernen. Ein anderes Mal.

Ich sende es ab. Eine Minute später wird mir klar, dass die SMS keine Lösung war.

Er schreibt: **Dann sehen wir uns morgen?**

Ich antworte: **Ich habe eine ganze Woche verpasst. Ich kann nicht.**

»Könntet ihr wenigstens so tun, als würdet ihr arbeiten?«, zischt Fabian. Er wagt es nicht, dafür seinen Kopf zu heben, sondern schmiert wie ein Irrer auf dem Blatt herum. Mike fühlt sich nicht verpflichtet, etwas zu erwidern, also tue ich es auch nicht.

Diesmal dauert es länger, bis Jay zurückschreibt.

Würdest du kommen, wenn ich dir sage, dass ich mit einer Packung Rasierklingen in der Dusche hocke und kurz davor bin, Schluss zu machen?

Ich unterdrücke ein Aufstöhnen. Meine Finger fliegen über die Tastatur.

Das ist ein Scherz, oder?

Mein Herzschlag zählt die Sekunden bis zur Antwort.

Du hast die Frage nicht beantwortet.

»Könntest du das Handy weglegen, bevor Stör uns wieder erwischt? Ich hab keinen Bock auf Nachsitzen.«

»Halt die Klappe«, fauche ich. Ich werfe einen flüchtigen Blick auf Stör. Er pickt auf den Ecstasy-Jungs herum.

Ich tippe: **Ich würde kommen. Damit ich dich eigenhändig erwürgen kann.**

Jay: **Verstehe ich das richtig? Du würdest mich umbringen, wenn ich mich umbringe?**

Ich: **Genau. Und dann würde ich dich nochmals umbringen, wenn ich dafür nachsitzen muss. Ich habe Unterricht.**

Jay: **Warum schreibst du SMS im Unterricht? Du solltest was lernen.**

Ich: **Sind deine suizidalen Gedanken jetzt überstanden?**

Jay: **Kommt darauf an, ob wir uns morgen nach der Schule sehen.**

Ich: **Freitag, okay?**

Jay: **Morgen.**

Ich: **Na gut, Donnerstag. Mein letztes Angebot. Pack die Klingen weg.**

Jay: **:-***

Ich: **Ist das Herpes?**

Jay: **Das ist ein Kuss.**

Ich: **Ich muss wirklich aufhören.**

Jay: **:-* :-P**

Ich: **Du hast gar keine Rasierklingen, richtig?**

»Would 3pm be suitable for your detention?« Stör plustert sich neben unserem Tisch auf. Auf seinem Gesicht klebt ein widerliches Lächeln. Fabian flucht, und Mike gähnt. Ich schiebe das Handy unter die Bank.

»Ich komme nicht mit.« Ich bleibe auf der Treppe vor der Schule stehen und beschäftige mich mit dem Träger des Rucksacks.

Mel dreht sich nach mir um. »Was soll das heißen, du kommst nicht mit?«

»Ich kann dir was pumpen«, fällt Lisi dazwischen. Sie fischt einen Fussel aus den verklebten Wimpern und rollt dabei ihre Augen wie eine Geisteskranke.

Es ist toll, Freundinnen zu haben, die mir Geld für eine Shoppingtour leihen wollen, obwohl sie wissen, dass meine Kreditwürdigkeit äußerst bescheiden ausfällt. Es ist toll. Und es ist zum Kotzen, wie armselig ich auf sie wirke.

»Danke, aber ich hab schon was vor.« Ich greife mir in die Haare, um sie büschelweise auszureißen, verwandle es jedoch in ein harmloses Kratzen. Mels und Lisis Augenbrauen wachsen erwartungsvoll in die Höhe. Ich stöhne und beichte es ihnen. »Bin verabredet.«

»Mit wem?«, fragt Lisi.

Mel bleibt still.

O Gott. Ich hasse es, Fehler zu begehen. Und wenn ich es tue, dann wenigstens nicht vor Zeugen. Wieso habe ich mir keine Ausrede einfallen lassen? Wie Bauchschmerzen? Oder die Krätze?

»Jay.« Ich weiche Mels Blick aus.

»Hä? Wer ist das?« Lisi zieht die Nase kraus. »So ähnlich heißt doch dieser Kerl, mit dem du …« Sie stockt. Ihre Augen schnellen zu mir. *»Der?«*

»Euer Bus fährt jede Minute ab.«

»Was? Echt?« Lisi krümmt sich vor Lachen. Sie knallt mir eine Handfläche auf die Schulter und ich stolpere zwei Schritte zur Seite. »Du bist mit deinem One-Night-Stand verabredet? Das gibt's nicht!«

Ich schlinge meine Arme um mich selbst. »Die Penner im Wettlokal gegenüber haben dich noch nicht gehört, kannst du etwas lauter brüllen?«

Lisi schlägt die Hände vor ihren lachenden Mund und wippt auf den Knien. Die Krätze wäre definitiv besser gewesen.

»Du hast vorhin gar nichts erwähnt«, sagt Mel leise.

Ich deute auf Lisi. »Ich wollte das hier nicht vor den anderen riskieren.«

»Kommt er her?«

Ich nicke.

Lisi quiekt. »O bitte, lass mich bleiben! Ich will das keinesfalls verpassen. Lass mich bleiben. Ich stelle mich hinter die Tür, okay?«

»Nein! Haut jetzt ab.« Ich schubse Lisi in Richtung des Busses und werfe Mel einen hilfesuchenden Blick zu.

Mel schiebt ihre Fäuste in den Strickmantel und bleibt einfach stehen. »Ich würde das auch gerne sehen. Wir können später die U-Bahn nehmen.«

Ihr Verrat rammt mir wie ein Eisberg in den Magen.

»Verstecken wir uns hinter den Bäumen? Oder den Müllcontainern?«

»Nein, Lisi.« Mel ist das ruhige Zentrum im Auge eines Sturms. »Wir sind Vikis beste Freundinnen. Wir bleiben hier an ihrer Seite.«

Ich schätze, ich habe das verdient.

Wir warten gemeinsam. Ich sinke auf die Stufen, damit ich nicht wie eine Irre auf und ab renne. Lisi quatscht mir ein Ohr ab, und Mel scannt schweigsam den Schulhof.

Wie soll ich reagieren, wenn Jay aufkreuzt? Wenn er aus dem polierten BMW seiner Eltern steigt und auf uns zuschlendert? Mich anlächelt? Die Hand nach mir ausstreckt? Mir einen Kuss geben will? Mein Puls klopft bis in die Fingerspitzen.

Die Schulbusse fahren nacheinander ab. Auf dem Platz bilden sich Pfützen von Schülern, die langsam in alle Richtungen verlaufen. Die Schulglocke läutet zum Nachmittagsunterricht. Kein Jay in Sicht.

Lisi trommelt mit den Fingern auf den Knien. »Wo bleibt er denn? Wann habt ihr euch verabredet?«

Ich fummle das Handy aus dem Rucksack und werfe einen Blick aufs Display. Jay ist fünfzehn Minuten zu spät. »Wahrscheinlich kommt er nicht.« Es soll gleichgültig klingen.

Mel legt eine Hand auf meinen Arm. »Lass ihn sausen. Wir gehen shoppen, okay?«

Sie möchte mir die Peinlichkeit ersparen, vor ihrer Nase von einem Kerl sitzengelassen zu werden. Mich überkommt das Bedürfnis, die Arme um ihren Hals zu schlingen und mich unter den roten Locken zu verstecken. Stattdessen springe ich auf und zwinge ein falsches Lächeln auf mein Gesicht. »Gehen wir.«

Die beiden erheben sich und klopfen Staub von den Jeans, als mein Handy plötzlich klingelt. Ich starre auf den angezeigten Namen und nehme ab. Mel friert in ihrer Bewegung fest.

»Ich bin so gut wie weg«, informiere ich ihn.

»Sorry, ich wurde aufgehalten.« Jay schnauft in die Leitung. »Treffen wir uns in der Mitte? Station Marktplatz?«

»In der Mitte von was?« Jays Haus liegt nicht mal in der Nähe dieser Station. Ich will wissen, wo er war. Ich will wissen, ob es die Schmach wert war.

»In der Mitte von uns. Ich kann in zwanzig Minuten dort sein.«

»Das schaffe ich nicht. Ich brauche allein zur U-Bahn eine Viertelstunde.«

»Ich warte auf dich.«

Ich drehe mich von meinen Freundinnen weg und knurre ins Handy. »Ich sollte dich wirklich abservieren.«

Für mehrere Sekunden herrscht Stille. Ich frage mich, ob er aufgelegt hat, als seine Stimme rau und geheimnisvoll in mein Ohr knistert. »Vielleicht solltest du das. Dann wirst du niemals erfahren, welche Überraschung ich für dich habe.«

Ich steige aus der U-Bahn und ignoriere Mels und Lisis Gesichter, die wie Saugnapf-Puppen am Fenster kleben. Mein Kopf schnellt in beide Richtungen, aber der Bahnsteig ist fast leer. Eine ältere Dame rollt einen Koffer an mir vorbei und weiter weg hallt Kindergeschrei. Kein Jay, der hinter einer Säule hervorspringt und die Arme um mich wirft. Das Warnsignal ertönt und ich höre Lisis Protest, kurz bevor die Türen schließen und der Zug abfährt. Ich atme tief durch und setze mich in Bewegung.

Ich finde Jay beim Ausgang, der zum Marktplatz führt. Er lehnt neben den Ticketautomaten und zieht an einer Kippe. An der Wand leuchtet ein Graffiti in psychedelischen Farben, das seine Haut krankhaft blass wirken lässt.

Die Hand mit der Zigarette fällt auf seinen Oberschenkel und er lächelt mich müde an. »Hey.«

»Hey.« Ich verschränke die Arme vor der Brust und wende mich ab. »Heute ohne BMW? Müssen wir uns unters Fußvolk mischen?«

»Bist du sauer?«

Ich zucke die Achseln. »Vorgestern bettelst du mich an, dass wir uns sehen. Jetzt schaffst du es nicht mal, deinen Arsch pünktlich vor die Schule zu schieben. Stattdessen bestellst du mich durch die halbe Stadt, um dich hier gemütlich rauchend vorzufinden, als ginge dich die ganze Sache nichts an.«

Er sagt nichts. Ich blinzle zu ihm. Für eine Sekunde hält er meinem Blick stand, dann senkt er den Kopf und drückt die Kippe auf dem Graffiti aus. »Ich kann nichts dafür, dass ich zu spät bin.«

»Wer kann etwas dafür?«

»Viki … Ich hatte einen beschissenen Tag.«

»Warum?«

Seine Schultern sinken zusammen und er antwortet nicht. Er scheint nicht mal nach den passenden Worten zu suchen, sondern schweigt einfach.

Ich drehe mich um und stapfe zum Ausgang. Draußen reihen sich Marktstände mit bunten Gemüsehaufen und Händler mit Halsketten in den braunen Händen. Dazwischen verläuft eine doppelspurige Straße mit lockerem Nachmittagsverkehr. Ich stürze mich von der Bordsteinkante, doch Jay vereitelt den Plan, mich von einem Auto überfahren zu lassen. Er packt meinen Oberarm und zerrt mich zurück.

»Ich möchte mich nicht mit dir streiten.«

»Wir streiten nicht.« Ich schüttle ihn ab. »Dafür müssten wir zuerst miteinander *reden.*«

Er beugt sich zu mir herunter, damit wir uns direkt in die Augen sehen können. »Es gibt ein paar Dinge, über die ich nicht sprechen will. Mit niemandem. Aber das hat nichts mit dir zu tun, okay? Zurzeit läuft in meinem Leben alles schief. Du bist das einzig Positive.«

»Ich? Positiv? Du musst ziemlich verzweifelt sein.«

»Oder ziemlich verknallt.«

Das wischt alle Worte aus meinem Mund. Ich suche die Lüge in seinem Blick, allerdings habe ich keine Ahnung, woran man sie erkennt. Jay schlingt die Arme um meine Schultern und presst mich an sich. Meine Nase drückt sich in seinen Nacken, ich spüre, wie der Puls unter seiner Haut rast.

»Ich hab dich vermisst«, gesteht er meinem Haar.

Diesmal bin ich es, die schweigt.

Ein anderer in deinem Arm.

Selbstverständlich habe ich nicht erwartet, dass Jay mich in das nobelste Restaurant der Stadt ausführt, um mich dort mit Champagner und handgepflückten Erdbeeren zu füttern. Die Bruchbude, die sich hinter der abbröckelnden Fassade einer schattigen Seitenstraße versteckt, habe ich allerdings auch nicht kommen sehen.

Ich stemme die Fäuste in die Hüften und entziffere mit zusammengekniffenen Augen das zerkratzte Türschild. »Tierheim?« Ich drehe mich zu Jay und hebe eine Augenbraue. »So einfach wirst du mich nicht los. Die nehmen keine lästigen Weiber.«

Jay schnauft amüsiert. »Ich hab nicht vor, dich herzugeben.«

»Also lässt du dich kastrieren?«

Er wirft ein überhebliches Grinsen zu mir herab. »Das würde ich dir nicht antun.«

Wir betreten das Gebäude. Der Gang im Inneren ist schmal, doch sehr hoch. Milchgläser werfen gelbes Licht auf den rissigen Boden. Es riecht nach Katzenstreu und Desinfektionsmittel.

»Falls wir hier sind, um meinen freien Nachmittag damit zu verbringen, stinkende Tierkäfige auszuwaschen – und dafür nicht mal einen Cent zu verdienen – dann lösche ich deine Nummer aus dem Handy.«

»Und radierst alle Herzen von deinen Schulbüchern?« Jay nimmt meine Hand und verschränkt unsere Finger.

»Wieso sollte ich das?«, ziehe ich ihn auf. »Die Herzen auf meinen Schulbüchern haben nichts mit dir zu tun.«

Er lacht.

Ich beiße auf meine Unterlippe, um cool zu bleiben.

Das Tierheim besitzt weder Empfangshalle noch Rezeption. Mitten im Flur ist eine Tür geöffnet, an der ein handgeschriebener Zettel mit Öffnungszeiten hängt. Jay klopft gegen das Holz und betritt den Raum.

Eine Frau sitzt hinter einem wuchtigen Schreibtisch. Sie versucht, ihre sechzig Jahre unter einer Mähne straßenköterblondem Haar zu verbergen, das am Ansatz mit Silberfäden durchzogen ist.

»Bitte bringt keine Katze«, begrüßt sie uns. »Die stapeln sich schon. Wir machen jeden Tag sauber, aber die Scheiße riecht man bis in den ersten Stock. Die Vermieter wollen uns verklagen. Als gäbe es bei uns auch nur einen Cent zu holen. Ich arbeite hier ehrenamtlich. Wollt ihr eine Schildkröte?«

»Jay Feretty. Ich habe heute Morgen angerufen.«

Sein Nachname klingt anders, wenn er ihn ausspricht. Er gibt ihm ein amerikanisches R und ein weiches T in der Mitte. Kein Hauch von Bewunderung, Überraschung oder Abfälligkeit in seinem Ton. Für ihn ist es nur ein Name, ohne das ganze Paket von Image und Vorurteilen.

Die Empfangsdame lächelt erleichtert. »Ja, ja, richtig! Geh den Gang runter, die letzte Tür links. Er wird gerade fertiggemacht. Du bist wirklich ein hübscher Junge. Wie mein Ehemann damals, Gott hab ihn selig. Sollte dir mal langweilig sein, weißt du ja, wo du mich findest. Meine Güte, du könntest mein Enkel sein. Ich sitze jetzt seit neunzehn Jahren hier. Ehrenamtlich.«

Jays Mund klappt auf, aber es kommt kein Laut heraus.

Ich grunze durch die Nase und ziehe ihn in den Flur. »Eine weitere Kerbe in deinem Bettgestell.«

Er wirft einen unsicheren Blick zurück. »Solltest du nicht vor Eifersucht platzen?«

»Ich gönne älteren Menschen ihre kleinen Freuden.«

Jay klopft an die letzte Tür links und eine schroffe Stimme bittet uns herein. Ein karg eingerichtetes Untersuchungszimmer öffnet sich vor uns. Inklusive abwaschbarem Plastikfußboden, überlaufenden Verbandspendern und einer Leuchtstoffröhre an der Decke. Eine Frau beugt sich über einen Metalltisch und streckt uns den Allerwertesten entgegen. Sie wischt sich die Hände an einem Arztkittel ab.

Jay holt Luft, um etwas zu sagen, doch im selben Moment bricht ohrenbetäubendes Gebell aus. Hinter der Tierärztin muss sich ein Rudel zähnefletschender Wölfe verbergen. Nur meinem stahlharten Willen ist es zu verdanken, dass ich nicht quiekend davonrenne.

Jay schielt zu mir herab. »Bist du gegen Tollwut geimpft?«

Mein Blick schnellt zu ihm. »W-wieso?!«

»Deine Fingernägel stecken in meinem Arm.«

Ich lasse Jay los. Auf seiner Haut leuchten zehn weiße Sichelmonde. Hitze schießt in meine Wangen. »Ich … äh … wollte dich hinter mich zerren, bevor du zerfleischt wirst.«

Seine Mundwinkel kräuseln sich.

»Holt ihr den Hund ab?« Die Ärztin dreht sich zu uns. Ihre Haare sind sorglos zurückgebunden, das Gesicht blass, nur die Augen funkeln schwarz. Ein verwahrlostes Büschel hockt auf dem Tisch neben ihr, mit zu großem Kopf und riesigen Pfoten, die nicht zum mageren Rest passen. Das Fellbündel leidet unter Persönlichkeitsspaltung: Es knurrt und wedelt gleichzeitig mit dem Schwanz.

Hoffnungsvoll linse ich über die Schulter, um nach den Leuten zu suchen, die die Tierärztin angesprochen hat. Doch Jay bestätigt meine schlimmste Befürchtung.

»Ja, wir nehmen ihn gleich mit. Habt ihr eine Leine, die ich ausleihen kann?«

»Du musst eine Kaution hinterlegen.« Die Frau presst ihre Lippen aufeinander und mustert uns abwechselnd. Sie scheint nicht erfreut darüber, das Vieh an uns loszuwerden. »Ein Hund ist weder ein Spielzeug noch ein Geschenk für Frischverliebte und keinesfalls ein Zeitvertreib fürs Wochenende. Dieses Kerlchen hat schon genug durchgemacht.«

»Ich weiß.« Jay tritt vor und beugt sich mit breitem Grinsen über den Kläffer. Die Hand, mit der er mich bis eben festgehalten hat, krault jetzt ein lauszerfressenes Ohr und fördert eine sabbernde Zunge zutage. Seine Haut wird mit einer Schicht Hundespeichel bedeckt und ich schiebe vorsorglich meine Hände in die Hosentaschen. »Wir passen gut auf dich auf, nicht wahr?«

Das Tier grunzt, schluckt und hechelt ihm dümmlich ins Gesicht.

Ich verstecke mich im Türrahmen, während die Ärztin von Impfungen, Futtermengen und Kontrollbesuchen spricht. Auf meinen Armen kribbeln (hoffentlich) eingebildete Milben, als wir das Tierheim verlassen. Jay und ich halten nicht mehr Händchen. Er kann nicht. Er muss den Köter über die Straße tragen. Mit finsterem Blick stapfe ich den beiden hinterher.

»Was willst du mit dem Hund?«, will ich wissen. »Gibt's den zum Abendessen?«

Jay und Sabbermaul stecken ihre Nasen zusammen. »Dich gibt's nicht zum Essen, nicht wahr Kleiner? Du wohnst ab jetzt bei uns. Gefällt dir das? Jaaa? Gefällt dir das?«

Ich sollte einfach umdrehen und gehen. Es würde ihm nicht mal auffallen. Ich hole das Handy heraus und checke die Uhrzeit. In einer halben Stunde könnte ich zu Hause sein und den Mist nachholen, den ich versäumt habe. Mathe lernen. Ich sehe mich nach der nächsten U-Bahn-Station um.

Jays Anblick trifft mich wie ein Brett vor den Kopf.

Er wendet das Gesicht zu mir und besteht nur noch aus zwei Dingen: weißem Lachen und leuchtenden Augen. Er strahlt vor Glück. Nie hat mich jemand so angesehen. Nie war jemand so … schmerzhaft schön.

»Ich wollte immer einen Hund haben«, ruft er. »Wir müssen eine Leine kaufen. Und Futter. Und einen Maulkorb. Und eine Hundedecke. Und Spielzeug.« Er widmet sich Triefnase. »Willst du eine feine Hundedecke haben? Hmmm? Und feines Spielzeug? Willst du feines Spielzeug? Jaaaaa?«

Das wird definitiv der längste Nachmittag meines Lebens.

Ich verkneife mir ein Lächeln.

Gelegentlich kommt es vor, dass ich mein Zimmer betrete, haarscharf einem Knöchelbruch entgehe und in einen irren Putzwahn ausbreche. Dann wische ich den Schreibtischbelag in einen Müllsack, tränke die Oberflächen in Putzmittel und hänge die Bettdecke aus dem Fenster. Am Ende hocke ich auf der Matratze und grinse bescheuert vor mich hin. Beschließe, fortan Sauberkeit in meinem Reich herrschen zu lassen. Jeden Tag ein paar Handgriffe zu tun, damit es nicht zu viel wird. Klopfe mir selbst auf die Schulter und flüstere in Gedanken: *Das kriegst du hin, Viki.* Es dauert für gewöhnlich eine Woche, bis alles wieder im Chaos versinkt.

Schlecknase schafft es, an nur einem Abend ein ganzes Haus auf den Kopf zu stellen.

Ich sitze auf dem cremefarbenen Sofa im Wohnzimmer und quetsche die Füße unter den Hintern. Auf den bestickten Seidenkissen kleben feuchte Maulabdrücke. Der Fluchtweg bis zur Tür ist mit Quietschpuppen vermint. Jay liegt am Boden und stirbt an einem Lachkrampf, während Dreckpfote den handgewebten Schafwollteppich vergewaltigt.

Diana krallt ihre Finger in die Sessellehne. Immer wenn der Hund eines ihrer sorgfältig ausgewählten Einrichtungsstücke zerstört, schnappt sie nach Luft. Dann hallt Jays Lachen durch den Raum und sie sinkt zurück auf ihren Platz. Eric ignoriert das Durcheinander vollkommen. Er versteckt sich hinter einer Zeitung und zieht die Beine ein, wenn der Hund vorbeipoltert.

Jay sackt auf die Couch und will mich küssen. Womit ich grundsätzlich einverstanden wäre – würden seine Eltern nicht neben uns lauern. In meiner Phantasie brauen sich peinliche Dialoge zusammen, von der korrekten Verwendung eines Kondoms bis hin zu Bargeld für die Pille. Obwohl die Sorge unbegründet ist: Niemand achtet mehr auf mich, seit der Köter da ist.

Ich drücke Jay weg. »Du stinkst nach nassem Hund.«

»Ich stinke nach trockenem, sauberem Hund.« Er grinst. »Es unterstreicht meinen männlichen Duft.«

»Jaaay«, stöhnt Diana. »Der Hund hat die Aborigine-Skulptur!«

Jay springt vom Sofa, um einen grobbehauenen Holzklotz zu retten. Er lenkt Stinkfell mit einer Quietschente ab, die er in hohem Bogen durch den Raum schleudert. Das Pfotenbündel wetzt sofort hinterher. Direkt über die Couch. Auf der ich sitze.

Jay hat den Anstand, zu meiner zerfetzten Leiche zu stürmen.

Er küsst die roten Schrammen auf meinem Arm und entschuldigt sich geschätzte zweihundertmal. Also beschließe ich, niemandem von den inneren Blutungen zu erzählen, an denen ich vermutlich gerade sterbe, und die Welt in Würde zu verlassen.

Gefühlte drei Jahre später liegt der Hund bewusstlos auf Jays Bett und schnarcht. Seine Pfoten zucken im Traum, und die Ohren flattern, wenn er ein Geräusch von der Straße wahrnimmt.

»Du kannst ihn nicht hier schlafen lassen!« Ich schüttle meine Fäuste in Jays Richtung. »Wo schlafen wir? Auf der Hundedecke?«

»Oder dem Fußboden.« Jay schenkt dem Hund einen verliebten

Blick. »Oder dem Schreibtisch. Oder dem Stadtpark. Es gibt viele Orte, an denen ich mit dir schlafen möchte.«

»Er hat bestimmt Flöhe!«

»Er ist entfloht und entwurmt.«

»Phantastisch. An Würmer habe ich noch gar nicht gedacht! Ich werde mich nie wieder auf diese Matratze legen. Es juckt mich schon überall.«

Ein Lächeln schiebt sich über Jays Gesicht. »Was hältst du von einem Bad?«

»Wie in Badewanne? Ich habe heute Morgen geduscht.« Ich verlagere das Gewicht von einem Bein aufs andere. »Außerdem sind deine Eltern im Haus.«

Jay tritt zu mir und lehnt seinen Nasenrücken an meine Stirn. »Wir haben einen Whirlpool. Unter dem Dach.«

Gegen dieses Argument bin ich machtlos.

Die einzige Warnung, die ich dir gebe.

Es ist nicht meine Schuld, dass Diana uns am Wochenende zum Keksebacken verleitet. In der Küche steht die Wärme vom stundenlangen Backen. Der Duft von buttrigem Teig, Vanilleschoten und geschmolzener Schokolade ist betörend. Die Hitze färbt Jays Wangen rosa und in den feinen Härchen auf seinem Gesicht fängt sich der Mehlstaub. Seine Küsse schmecken nach Puderzucker.

Sonntagabends stehe ich mit geschnürten Stiefeln und hochgezogenem Reißverschluss vor der Haustür. Es ist empfindlich kalt geworden. Jays Umarmung liegt noch auf meinem Körper, seine Abschiedsworte hallen in der Stille nach. Gleich werde ich durch den frostglitzernden Vorgarten gehen, die Straße hinuntereilen, in der stinkenden Schwüle der U-Bahn die Hände aneinanderreiben. Durchs Treppenhaus wandern, ohne Licht zu machen, ohne die Aufmerksamkeit des Hauses auf mich zu ziehen. Den Eigengeruch meiner Wohnung wahrnehmen, weil ich zu lange nicht mehr dort war, nach alten Stoffen und scharfem Rasierwasser. Gleich werden die zarten Worte in meinem Kopf von einer anderen Stimme überspielt, einer verhassten, einer harten.

Ich drehe mich um und presse den Zeigefinger auf die Klingel. Jay kommt zurück, öffnet die Tür und sieht mich fragend an. Ich werfe mich in seine Arme. Er lacht, und der Hund streift um unsere Beine.

Es ist nicht meine Schuld, dass die Freistunde Montagnachmittag ausfällt. Die Deutschlehrerin zieht ihre Stunde vor, um sich am nächsten Tag die Zähne kontrollieren zu lassen. Das Mathebuch liegt geöffnet unter der Bank. Ich versuche, meine Hautfarbe an das Holz des Tisches anzupassen und meine Kleidung in Schatten zu verwandeln. Bisher ist meine fehlende Aufmerksamkeit nicht aufgefallen.

Falten legen sich über meine Stirn. Die Formeln im Buch tanzen Hula-Hoop, schwingen quietschbunte Reifen um geschwungene Klammern und schleudern sie gegen die Innenseite meines Kopfes. Sie könnten auf Klingonisch verfasst sein, und ich würde genau gleich viel davon verstehen.

Am besten lasse ich die Prüfung sausen. Eine Krankmeldung müsste zu beschaffen sein. Zwar sind die Blutergüsse zu einem blassen Fleck in der Lidfalte geschrumpft und die Rippenprellung zu Muskelkater verblasst, doch kein Arzt kann sein Holzstäbchen in meine Gedanken schieben. Niemand kann meine Träume mit dem Stethoskop abhorchen, kein Schorf beweist das Verheilen meiner Psyche. Mit Schlafproblemen und Panikattacken sind ein, zwei Wochen locker herauszuschlagen.

Aber wem mache ich eigentlich was vor? Sie könnten mich einen Monat lang in ein Therapiezentrum stecken und ich würde genauso wenig von Winkeldreiecken und Geradenkreuzungen kapieren wie jetzt. Ich bin einfach zu dumm für Mathe.

Frustriert schlage ich das Buch zu und stoße es weg.

Es ist nicht meine Schuld, dass Mel mich im Schulflur abfängt. Sie packt meinen Ärmel, dreht mich herum und schiebt ihr sommersprossiges Kinn vor.

»Du bist furchtbar beschäftigt, ich verstehe das. All dieses lästige Abhängen mit einem Kerl, den du nicht magst. Aber würdest du eventuell eine Stunde opfern, um mit deiner besten Freundin einen Kaffee trinken zu gehen?«

Aus gerösteten Kaffeebohnen werden gebrannte Mandeln beim Rathaus. Der Winter legt seine Dunkelheit über die Stadt, Lichterketten und angeheitertes Lachen leuchten bei den Weihnachtsbuden auf. Mel klemmt eine dampfende Tasse Apfelpunsch zwischen meine Hände und fragt mich nach meinen Gefühlen für Jay. Während sie rosa Zuckerwatte vom Holzstängel zupft, umgehe ich die Antwort mit einer Geschichte über Sex im Wasser.

Die U-Bahn fährt mir vor der Nase davon, der Bus taucht gar nicht erst auf. Meine Schuhe rutschen über vereiste Gehwege, und obwohl ein gebrochenes Handgelenk mich vor der Prüfung morgen retten könnte, tripple ich mit Babyschritten nach Hause.

Jetzt ist es acht Uhr.

Am Tag vor der Prüfung. Genau drei Seiten des Mathebuches habe ich mir angesehen, in der verlorenen Freistunde unter der Bank.

Ich reibe die Sohlen über den verdreckten Fußabtreter vor unserer Wohnung. Bereits von draußen höre ich den Fernseher, der auf voller Lautstärke ein Autorennen überträgt. Es fühlt sich an, als würden die Formel-1-Boliden ihre Runden in meinen Eingeweiden drehen.

Den Schlüsselbund halte ich fest umklammert, um geräuschlos hineinzuschlüpfen. Meine Lederjacke quietscht vor Feuchtigkeit, deshalb streife ich sie behutsam von den Schultern und stülpe sie vorsichtig über die anderen Jacken. Sie rutscht ab und fällt dumpf auf den Teppich. Mein Blick schießt zum Wohnzimmer.

Durch den Türspalt flackert der Bildschirm. Der Schatten davor bewegt sich nicht. Ohne hinzusehen, taste ich nach dem Leder und finde die Schlaufe im Nacken. Diesmal lasse ich erst los, als sie sicher hängt.

Ich habe keine Zeit zu verlieren, aber der linke Schuh sitzt fest. Das Band ist dreifach verknotet, vermutlich, weil Mel in dem Augenblick wissen wollte, was ich übers Wochenende getrieben habe. Ich hinke in die Küche und bohre einen Gabelzinken ins Schuhband.

Dann schleiche ich in mein Zimmer. Auf dem Schreibtisch erhebt sich ein Müllberg, von der Lampe ausgeleuchtet wie die Weihnachtsbäume in Kaufhäusern. Der Anblick lässt mein Leben schrumpfen; es wird so eng, dass ich das Gefühl habe, nicht mehr hineinzupassen.

Mit den Unterarmen forme ich einen Pflug und schiebe den Mist nach hinten, wo er sich am Heizkörper verhakt oder auf den Boden fällt. Ich schaffe genug Platz für ein aufgeschlagenes Heft und biege die Schreibtischlampe herunter, um den Rest des Raumes in Dunkelheit zu versenken.

Der Rucksack liegt noch im Flur. Leise öffne ich die Tür und strecke den Arm hinaus. Red Bull überholt Mercedes, sonst ist kein Ton aus dem Wohnzimmer zu hören. Ich schnappe ihn und schließe ab. Mein Hintern sackt auf den Drehstuhl.

Okay, erstes Kapitel: Winkel in Dreiecken.

Ich atme tief ein und aus.

Meine Zunge fühlt sich trocken an. Testhalber klebe ich sie an den Gaumen, sammle Speichel und spüle die Mundhöhle aus. Ein Mensch kann eine Woche ohne Flüssigkeit überleben – zusätzlich für eine Matheprüfung zu lernen, wird er kaum schaffen. Besser ich erledige das sofort.

Auf Zehenspitzen schleiche ich in die Küche und scheitere an einem sauberen Glas. Die Spüle ist gefährlich voll, geräuschlos lässt sich kein Geschirr daraus hervorziehen. Ich entscheide mich für den Becher im Badezimmer, der nach Zahnpasta schmeckt.

Sobald das Wasser meinen Magen füllt, aktiviert sich die Blase.

Behutsam schließe ich die Tür, pinkle möglichst leise und drücke den Spülknopf nur halb durch, damit es nicht so rauscht. Auf dem Rückweg vibriert das Handy in der Jacke. Ich stürme hin, zerre es aus der Tasche und flüchte ins Zimmer.

Einen Moment lausche ich auf meinen Vater, doch außer dem Sportkommentator ist kein Geräusch zu hören. Ich blicke aufs Display.

Eine SMS ist eingetroffen. Von wem? Mel? Jay? Das muss warten. Es ist bestimmt nichts Wichtiges. Wäre es dringend, hätten sie angerufen. Ich drehe den Schlüssel um und gehe zum Schreibtisch.

Andererseits geistert mir die SMS den ganzen Abend im Kopf herum, wenn ich sie ignoriere. Besser ich lese sie sofort.

Die Nachricht ist von Jay.

Der Hund und ich denken an dich. Vor allem der Hund.

Ich beiße auf mein Lächeln. Was er wohl tut? Wahrscheinlich liegt er mit Sabbermaul im Bett und klimpert auf seiner Gitarre. Oder er macht Liegestützen und lässt sich eine Hundezunge durchs Gesicht ziehen. Vielleicht denkt er an den Whirlpool. An die Farbe von diffusem Stadtlicht auf nasser Haut.

Ein Seufzen bricht aus meinem Hals.

Wenn ich antworte, schreibt er zurück, und dann habe ich das gleiche Problem. Jay weiß, dass ich lernen muss. Er wird es verstehen. Ich lege das Handy weg und werfe einen Blick auf den Radiowecker.

Zwanzig Minuten nach acht. Los jetzt!

Meine Hand verschwindet im Rucksack, zieht Bücher heraus und schleudert sie der Reihe nach aufs Bett. Am Boden ertaste ich Krümel, leider kein Kleingeld. Ich schüttle ihn kopfüber aus und stochere mit den Zehen in alten Kassenzetteln.

Das Mathebuch fehlt.

Die Schulbank! Ich habe es heute Nachmittag unter die Bank gestopft und nicht mehr hervorgeholt! Am liebsten würde ich mir den Rucksack über den Kopf stülpen und das Bändel zuziehen, bis ich an meiner eigenen Blödheit ersticke.

Was mache ich nur?

Zu Mel fahren und mir ihr Buch ausleihen? Das würde zu viel Zeit kosten. Bleibt nur das Hausaufgabenheft, das zwar unvollständig ist, aber immerhin die Lösungswege parat hat. Besser als nichts.

Ich suche das Heft, knalle es auf den Schreibtisch und verbringe zwei Stunden mit gnadenlosem Auswendiglernen. In meinem Geist entsteht eine exakte Kopie der Seiten: Jede abgeknickte Ecke, jede Markerfarbe und jede Sudelei am Rand prägen sich in mein Gehirn. Aus verrückten Wortreimen und Melodien bastle ich mir Eselsbrücken für Formeln. Ich benutze den Bleistift, bis das Holz auf dem Papier kratzt.

Um halb zwölf lehne ich mich zurück. Alle Beispiele surren mir im Schädel. Jetzt brauche ich nur Glück. Und einen Mathelehrer, der es mir gönnt.

Ich schnappe das Handy und schreibe Jay.

Ich denke auch an den Hund. Kann er für mich zur Schule gehen? Sein Hecheln könnte meine Mitarbeitsnote verbessern.

Als er sich nach fünf Minuten nicht meldet, setze ich hinterher: **Warum antwortest du nicht? Krault ihr euch gegenseitig den … Hals?**

Ich checke erneut die Uhrzeit. Jay geht niemals vor Mitternacht schlafen. Was treibt er nur? Vielleicht hockt er vor dem Fernseher und hat das Handy oben gelassen. Oder er liegt mit Kopfhörern auf dem Bett und zieht sich laute Musik rein. Oder der Hund musste raus. Vor dem Schlafengehen dreht Jay immer eine Pinkelrunde mit dem kleinen Stinker.

Ich tripple mit den Fingern auf den Schreibtisch. Lege mein Handy genervt weg. Greife nach dem Matheheft und fange von vorne an zu lesen. Merke auf der zweiten Seite, dass ich nicht konzentriert bin.

Muss gähnen. Schiele aufs Handy. Werfe den Kopf in den Nacken und reibe mir die Augen.

Der Autolärm von nebenan bricht ab und eine hohe Frauenstimme stöhnt durch die Wand, untermalt vom rhythmischen Quietschen einer Matratze. Ich schlage die Fäuste auf den Tisch und presche aus dem Zimmer.

»Ich hab morgen eine Prüfung!« Ich reiße die Wohnzimmertür auf und lasse sie absichtlich gegen die Wand knallen. »Schalt diese Sauerei gefälligst leiser!«

Mein Vater zuckt zusammen und schüttet sich Bier in den Schoß. Trotzdem steht er nicht auf. Über den Grund will ich lieber nicht nachdenken. Im Fernseher verknotet sich eine Gruppe Menschen. Sie sehen nicht aus, als hätten sie Spaß bei der Sache.

Angewidert wende ich mich ab und stapfe zurück ins Zimmer. Der Lärm im Wohnzimmer bleibt auf voller Lautstärke. Ich werfe mich aufs Bett und drücke meine Zeigefinger in die Ohren. Wälze mich von einer Seite auf die andere. Presse das Kissen über den Kopf. Höre durch die Federn hindurch, wie ein Kerl darum bittet, einen ungewöhnlichen Gegenstand in einen ungewöhnlichen Ort gesteckt zu bekommen. Mit einem Aufschrei springe ich vom Bett.

Mein Herz wütet in der Brust. Ich schnappe das Handy und finde noch immer keine Antwort von Jay. Ich rufe ihn an. Er nimmt nicht ab.

Ich bin auf dem Weg zu dir.

Das ist die einzige Warnung, die ich ihm gebe.

Du erinnerst mich an meine Mutter.

Das Licht im Flur geht an und ein verschwommener Schatten nähert sich. Jays Vater öffnet die Tür und schiebt den Kopf heraus. Auf seiner unrasierten Wange prangt das Stickmuster der Couchkissen.

»Viktoria, wir haben dich heute nicht erwartet.«

»Es ist eine Überraschung. Ist Jay da?«

Eric lässt mich hinein. »Er ist oben. Ich glaube, er schläft schon.«

»Nicht mehr lange.« Rasch ziehe ich die Schuhe aus und verstaue sie im begehbaren Schrank neben dem Eingang. »Ich finde den Weg alleine, danke.«

Eric tritt von einem Fuß auf den anderen und seufzt. »Macht bitte keinen Lärm. Diana fühlt sich nicht wohl.«

»Oh … Okay.«

Er holt Luft, als wollte er noch etwas hinzufügen, dann strömt sie unbenutzt heraus. Mit hängenden Schultern verschwindet er im Wohnzimmer. Durch die Tür dringt leise Rockmusik, die sich nach Major Malfunction anhört.

Ich husche die Stufen hoch.

Kaum öffne ich Jays Zimmertür, startet der Hund seine Bell-Heul-Sirene. Ich werfe mich auf die Knie und packe sein Maul. »Schsch! Sei still! Du kennst mich doch, Schleimbeutel!«

Der Köter wedelt wie ein Irrer mit dem Schwanz.

»Platz! Jay, nimm diesen …« Ich verstumme. Das Bett ist leer, die Wäsche darauf glattgezogen.

Kratzbürste trippelt mit den Krallen auf dem Parkett, rutscht in einer Pfütze aus und glotzt mich erwartungsvoll an. Ein seltsamer Geruch steigt mir in die Nase. Ich schnüffle an meinen Fingern und strecke ein Bein vor, um meine Hose zu checken. Der Stoff über dem Knie ist durchweicht.

»Scheiße. Ist es das, wofür ich es halte?«

Der Hund grunzt zufrieden.

»Na toll.« Ich reibe die Hände an der Jeans trocken. »Wo steckt dein Herrchen, damit ich ihm das vorwerfen kann?«

Jays Handy liegt auf dem Schreibtisch. Das Display zeigt meine SMS. Ungelesen.

Ich öffne das Fenster und flute den Raum mit kalter Nachtluft, um den Hundegestank loszuwerden. Erst als ich mich nach innen drehe, fällt mir ein anderer Duft auf: der schwersüßliche Hauch von verbranntem Marihuana.

Jay hat also einen geraucht und ist abgehauen, ohne seinem Vater Bescheid zu geben. So was verstehe ich. Auch, dass man sein Handy mal vergisst. Oder mich nicht über jede Kleinigkeit informiert. Ich würde Jay sogar glauben, dass er mich nicht vom Lernen ablenken wollte. All das traue ich ihm zu, ohne ihm eine böse Absicht zu unterstellen. Aber den Hund in seinem Urin sitzen zu lassen, sieht ihm nicht ähnlich. Ich habe ein schlechtes Gefühl bei der Sache.

Überall auf dem Fußboden kleben stinkende Pfotenabdrücke. Jay würde es recht geschehen, morgen saubermachen zu müssen, doch der Hund hat es nicht verdient, die ganze Nacht in seinen Exkrementen zu hocken. Vor allem, weil er den Schwanz hängen lässt und mich mit Kulleraugen ansieht, als wüsste er genau, worüber ich nachdenke. Er erinnert mich auf gruselige Art an Mel.

Soll ich Jays Vater um Putzmittel bitten? *Entschuldige, Eric. Jay hat sich zugekifft und ist spurlos verschwunden, hättest du eine Fla-*

sche Chlorreiniger für mich, um die Pisse in seinem Zimmer aufzuwischen? Nein, Eric hat mit Diana genug Sorgen am Hals.

Ich sollte die Sauerei mit Jays geliebten Bandshirts entfernen, vielleicht wäre ihm das eine Lehre. Stattdessen stapfe ich ins Bad, um mir ein altes Handtuch und Duschgel zu besorgen.

Als ich die Tür öffne, schlägt mir Qualm entgegen. Hustend schlage ich nach dem Schalter und überflute den kleinen Raum mit Licht. Für eine Sekunde betrachte ich die Szene vor mir – vom Rauch verzerrt wie in einem Traum – und bin überzeugt, im Bett eingeschlafen zu sein. Dann packt mich die Realität und überzieht meinen Körper mit blankem Eis.

Rücklings stolpere ich aus dem Badezimmer, bis meine Wade gegen die Bettkante stößt und meine Beine einknicken. Ich falle auf die Matratze.

Jay liegt auf dem Fußboden vor der Dusche.

Er ist tot.

Onkel Karl schlurft den weißen Korridor entlang. Er ignoriert mich, beugt sich zu Tante Elsa und flüstert in ihr Ohr: »Sie ist tot.«

Tante Elsa presst ein Taschentuch über die Nase, springt vom Stuhl auf und versteckt sich hinter einer Topfpalme. Onkel Karl sackt auf ihren Platz. Er legt beide Handflächen auf den dicken Bauch und betrachtet seine Finger. Der Ehering glänzt golden.

»Was ist los?« Phil guckt von der PSP auf und beobachtet seine Eltern. Dann sieht er mich an. »Was glotzt du so blöd?«

Ich drehe mich von meinem Cousin weg. Ich will zu Papa. Tante Elsa meinte, er wäre direkt von der Arbeit hergefahren, aber ich habe ihn nicht gesehen. Eine Krankenschwester eilt an uns vorbei. Bevor ich den Mund aufbekomme, verschwindet sie um die Ecke.

Mama geht es schlecht. Ich wollte ihr meinen Stoffhasen mitbringen, doch Papa hat es mir verboten. Der Hase hat Dinger drauf, die

Mama noch kränker machen. Diese Dinger habe ich auch. Seit fünf Tagen darf ich Mama nicht mehr besuchen.

Wir gehen zusammen Mittagessen. Phil tunkt die Pommes in zu viel Ketchup und verschmiert es auf den Lippen, weil er unter dem Tisch mit der PSP spielt. Tante Elsa isst nur ein Mineralwasser, und obwohl Onkel Karl sein Schnitzel kleinschneidet, rührt er es nicht an. Ich frage Phil, ob er meine Pommes möchte. Er sagt, sie wären mit Mädchenbazillen verseucht.

Bazillen. *Das ist das Wort, das mir nicht einfallen wollte. Die Dinger, die verhindern, dass ich Mama sehen kann. Ich frage mich, warum Tochterbazillen schlimmer sind als Papabazillen oder Arztbazillen.*

Nach dem Essen nimmt Onkel Karl meine Hand. Das hat er noch nie getan, und ich fühle mich komisch dabei. Er führt uns aus dem Krankenhauscafé direkt in einen großen Lift. Die Knöpfe sind riesig und bunt beleuchtet; die Wörter darauf zu schwierig für mich.

»Viktoria, die Krankheit deiner Mutter war zu schwer.« Er drückt mich, seine Haut fühlt sich klebrig an, als hätte er vorher ein Eis gegessen. »Sie hat es überstanden. Es geht ihr besser, da wo …«

»Sie ist wieder gesund?«

Tränen sammeln sich in Onkel Karls Augen.

Ich wusste nicht, dass Männer das auch können.

»Nein, Viktoria. Leider nein. Ich meinte, ihre Schmerzen sind vorbei. Sie ist jetzt an einem besseren Ort. Verstehst du?«

Ich nicke, aber das ist eine Lüge.

Onkel Karl führt mich in ein Krankenzimmer, in dem sich nur ein einziges Bett befindet. Papa sitzt in einem Stuhl am Fenster und blickt hinaus. Ich möchte zu ihm rennen, dann merke ich, dass jemand unter der Bettdecke liegt. Jemand, der ganz still ist.

Es sieht nicht aus wie Mama. Es ist viel zu dünn und schneeweiß. Trotzdem trägt es die gleiche Perücke, die ich für Mama ausgesucht habe, mit roten Strähnen im braunen Haar. Die Farbe hat im Geschäft so schön geleuchtet. Aber der Puppe steht sie nicht.

Ich fürchte mich davor, dass sich ihre Glasaugen öffnen.

Eine Bewegung.

Meine Aufmerksamkeit springt zurück in die Gegenwart.

Jays Oberkörper wölbt sich. Plötzlich spritzt Flüssigkeit aus seinem Mund. Er versucht, sich umzudrehen, doch er kommt nicht hoch. Seine Kehle blubbert, als würde er ersticken.

Meine Muskeln sind zu weich. Ich will aufstehen, aber die Beine knicken ein und ich lande auf den Handflächen. Der Hund läuft an mir vorbei ins Badezimmer. Er bleibt einen Meter vor Jay stehen und reckt die Nase zu seinem Herrchen. Beschnuppert ihn, wendet den Kopf ab und sieht mich an. Der Hund sieht mich an, als sollte ich etwas tun.

Ich sollte etwas tun. Jay erstickt. Er erstickt wirklich.

Stolpernd komme ich auf die Füße, stürze ins Bad und falle neben Jay auf die Knie. Meine Arme schlottern, trotzdem schaffe ich es, sie unter seine Schultern zu schieben und ihn zur Seite zu wuchten. Erbrochenes rinnt zähflüssig über seine Lippen. Ich stecke einen Finger in seinen Mund und kratze den Brei heraus, bis er in heftiges Husten ausbricht. Es klingt furchtbar, als müsste seine Lunge jeden Moment zerreißen und die Fliesen mit dunkelrotem Blut bespritzen. Doch dann saugt er Luft in sich hinein. Er keucht, spuckt aus und atmet wieder. Sein Rücken hebt und senkt sich viel zu schnell.

Ich brauche das Waschbecken, um mich daran hochzuziehen. Jay hat eine dieser modernen Duschen ohne Wanne. Der Fußboden ist so angelegt, dass Flüssigkeit in einen Abfluss in der Ecke läuft. Ich reiße die Glastür auf, drehe das kalte Wasser auf und hebe die Brause über seinen Kopf. Der Wasserstrahl spaltet blondes Haar.

»Versch…winnn…« Jay schlägt danach und überkreuzt die Arme auf dem Hinterkopf. »Laschmichin… Ruhe.«

Ich drehe den Hahn ab und werfe die Brause auf den Boden. Den Mund schiebe ich so dicht an sein Ohr, dass eiskalte Tropfen zwischen meine Lippen sickern. »Überzeuge mich davon, dass du noch klar denken kannst. Oder ich schreie nach deinen Eltern, damit sie dich ins Krankenhaus bringen.«

Er hält den Atem an.

Mühsam rollt er sein Gesicht zur Seite und blinzelt hoch. »Viki? Washassu hier susuchen?«

Seine Pupillen sind schwarze Löcher, die das Blau in seinen Augen verschlungen haben. Er ist total breit.

»Schaffst du es, aufzustehen? Ich helfe dir ins Bett.«

»Nein.« Jay wiegt den Kopf hin und her. »Hau ab.«

Meine Hand klatscht auf die Fliesen, direkt neben seiner Nase. Er zuckt zusammen. »Ich tue das für deine Mutter. Nicht für dich, du verfluchter, egoistischer, bescheuerter Idiot. Beweg deinen Arsch!«

Ich packe seinen Gürtel und hieve ihn ein paar Zentimeter hoch, bis er ein Knie unter den Bauch schiebt und die Kloschüssel zu fassen bekommt. Er legt eine Wange auf den Brillenrand und keucht, als hätte er einen Marathon hinter sich.

Keiner von uns beiden hat die Kraft, ihn auf die Beine zu bekommen. Wir kriechen übers Parkett, das nach angetrockneter Hundepisse stinkt, und klettern aufs Bett. Minutenlang bleiben wir erschöpft darauf liegen, bis ich mich aufrapple.

Von seinen Oberschenkeln schäle ich feuchte Jeans und lasse die Shorts darunter an. Natürlich habe ich ihn schon nackt gesehen, aber das muss ich mir nicht geben. Ich strecke seine Arme, bevor ich die Hände unter sein T-Shirt schiebe und den vollgesogenen Stoff über den Kopf ziehe. Seine Socken pfeffere ich angeekelt gegen die Regale.

Nachdem ich seine Atmung gecheckt habe, marschiere ich ins Badezimmer und spüle die Fliesen mit der Duschbrause ab. Das Wasser schwemmt einen Zigarettenstummel vor meine Füße: zusammengedrehtes Papier, ohne Filter, bis auf Lippenbreite abgebrannt.

Als ich die Pfütze mit einem Handtuch aufsauge, stößt meine Ferse an den Mülleimer. Er kippt um und streut Abfall auf den Boden. Allem voran ein leerer Blisterstreifen für Tabletten. Ich hebe ihn auf.

Auf der foliierten Rückseite ist der Medikamentenname aufgedruckt: *Tramal.* Noch nie gehört. Ich stecke den Streifen in meine Hosentasche, tränke das Handtuch mit heißem Wasser und wische damit Jays Zimmer sauber.

Er schnarcht, als ich mich ausziehe und zu ihm ins Bett lege. Normalerweise tut er das nicht, aber ich bin froh darüber. Solange er Geräusche von sich gibt, stirbt er nicht. Ich rolle mich an den äußersten Rand und starre mit offenen Augen in die Dunkelheit.

Vor Sonnenaufgang verlasse ich das Haus.

Was ich von dir denke.

So muss sich ein Zombie fühlen, der zuerst niedergeschossen, enthauptet und dann überfahren wurde. Mein Gehirn ist zu Brei gemanscht und meine Augen brennen wie Feuer. Mit offen stehendem Mund wanke ich vor das Lehrerzimmer und versuche, keine Menschen anzufallen.

Ich will $2\pi r$ bitten, Gnade walten zu lassen. Ein Blick auf meine wandelnde Leiche sollte beweisen, dass ich heute keinesfalls in der Lage bin, eine mündliche Prüfung durchzustehen. Leider taucht die Kugel nicht auf, obwohl es bereits geklingelt hat.

Stör materialisiert sich aus dem Nichts und öffnet den Schnabel. »Can I help you?«

Ich spähe über seine Glatze hinweg in den Gang. Ein paar Lehrer schleppen sich gähnend zu den Klassenzimmern, von einem schwammigen Mathelehrer fehlt jede Spur.

»Haben Sie Herrn Professor Breiter gesehen?«

Stör gackert gutgelaunt. »Da können Sie lange warten. Der Professor startet dienstags erst in der dritten Stunde.«

Die dritte? Das ist die Doppelstunde in meinem Kurs.

Ich bin verloren.

Heute spiele ich den Türsteher. Leon, der normalerweise feuchte Träume davon bekommt, hat sich mit dem stummen Blecken meiner Zähne vertreiben lassen.

Hinter der Tür schleudern meine Mitschüler die Tische durch den Raum, zumindest hört es sich so an. Nervös kratze ich meinen Hals und starre zur Ecke, wo jeden Moment ein Mathelehrer hervorrollen wird. Das Handy vibriert in der Hosentasche. Rasch werfe ich einen Blick drauf.

Sehen wir uns nach der Schule?

Ich mache ein abfälliges Geräusch und schalte es aus. Einmal Pisse aufwischen hat mir gereicht. Jay kann mir gestohlen bleiben.

»Handys sind verboten.«

2πr wälzt auf mich zu. Für einen so fetten Mann bewegt er sich ungewöhnlich leise.

»Ich habe nur auf die Uhr gesehen. Sie sind spät dran.«

Kluge Bemerkung, Viki.

2πr kräuselt die schwulstigen Lippen. »Sind Sie gut vorbereitet?«

Ich verweigere ihm den Zutritt zum Klassenzimmer. »Können Sie bitte die Prüfung verschieben? Heute Nacht gab es einen Vorfall in der Familie. Ich habe nur zwei Stunden geschlafen.«

Er mustert mich mit unverhohlener Verachtung. »Um was für einen Vorfall handelt es sich, wenn ich mich erdreisten darf, nachzufragen?«

»Das ist persönlich.«

»Öffnen Sie mir die Tür, Viktoria.«

»Herr Professor!«

2πr hebt eine Pranke und schiebt mich zur Seite, als bestünde ich nur aus Pappmaché. Er öffnet die Tür und stapft zum Lehrerpult. Ich tripple hinterher wie eines dieser lächerlichen Schoßhündchen in Meerschweinchengröße.

Mel zieht die Augenbrauen hoch. Ich schüttle den Kopf.

2πr knallt seine Tasche auf den Pult und holt die Unterlagen hervor: ein Mathebuch, ein Kreidehalter und seine Version eines *Death Notes* – das Notenheft.

»Wir haben heute eine Prüfung auf *Ungenügend.* Ich bitte Sie alle, ruhig zu sein, damit Viktoria sich konzentrieren kann.«

Das Gemurmel der anderen bricht abrupt ab. Die Stille kriecht meinen Nacken empor und sträubt die Nackenhaare.

2πr hält mir das Buch hin. »Seite 34. Nummer 114. Sie können zwischen a bis f wählen. Die Seite finden Sie hoffentlich selbst.«

Meine Ohren rauschen, während ich nach der richtigen Stelle suche. Die Problemstellung kommt mir bekannt vor, doch mein Gehirn ist leergewischt. Ich weiß nicht mal, wie ich beginnen soll. Das Schlimmste an der Sache ist, dass er mir keine schwierige Rechnung gegeben hat. Ob er sich von meinem Betteln hat erweichen lassen und Güte zeigt? Oder ob er ahnt, dass ich selbst für dieses Beispiel zu dumm bin? Ich habe keine Ahnung.

Ich reibe die Finger über meine Stirnfalte. »Können Sie mir bitte die nächste Nummer geben?«

Er reißt mir das Buch aus der Hand. »Die anderen Aufgaben bauen auf der Lösung dieser hier auf! Ich schlage vor, Sie verschwenden nicht länger unsere Zeit. Es gibt Schüler in diesem Kurs, die tatsächlich Potential besitzen. Setzen Sie sich, Viktoria.«

Ich schätze, ich muss nicht nach der Note fragen.

Mit hängenden Schultern schlurfe ich auf meinen Platz und ignoriere Mels aufmunternde Briefchen für den Rest des Tages.

Ich bin ein absoluter Versager.

Mit geschätzten fünfzig weiteren Schülern dränge ich mich gleichzeitig durch den Ausgang. Nicht, weil ich es so eilig habe, den Bus zu bekommen, sondern weil ich es auf den Körperkontakt anlege. Nichts tut meinem Zorn besser, als den Ellbogen in einen dürren Fünftklässler zu rammen.

Mel grapscht meinen Oberarm. »Da ist Feretty.«

Mein Kopf wirbelt in die Richtung, die sie angedeutet hat.

Jay wartet vor den Schulbussen. Seine Haare sind frisch gewaschen und leuchten unter dem weißen Dezemberhimmel. Er trägt eine knallblaue Zimtstern-Jacke, die nur einem Angeber wie ihm steht. Sie täuscht nicht über seine aschfahle Haut hinweg. Er hat den Hund dabei. Das blöde Vieh zerrt an der Leine und erwürgt sich fast.

»Einfach ignorieren.« Ich schiebe Mel weiter und konzentriere mich auf die Bustüren. Das plötzliche Bellen blende ich aus. Ebenso die sich spaltende Menge von Schülern und Mels darauffolgenden Warnruf. Es sind Pfoten, die meine Aufmerksamkeit auf sich ziehen. Pfoten-*Torpedos*, die meine Oberschenkel treffen und mich im braunen Schneematsch des Parkplatzes versenken.

Der Hund knetet meine Organe und missbraucht mich mit der Zunge. Mel zieht ihn mit freudigem Quietschen von mir runter. »Ein Golden Retriever! Ist der süß!«

Graue Chucks laufen auf mich zu und eine Hand streckt sich in mein Gesichtsfeld. Ich rolle auf die Knie und versuche, meine Würde zu bewahren, während ich mit tropfnasser Hose aufstehe. Neugierige Schüler pressen sich an die Busfenster. Ich zeige ihnen die Zähne.

»Scheiße, das tut mir leid. Hast du dir weh getan?« Jay streicht eine nasse Strähne von meiner Wange. »Er hat sich einfach losgerissen.«

»Erzähl mir etwas, das ich nicht weiß«, knurre ich.

»Er hat dich unter all den Schülern erkannt, ist das nicht toll?«

Ich röste Jay mit meinem Blick.

Sein Lächeln wackelt, als hätte er soeben eine Vogelspinne in meinem Gesicht entdeckt.

»Hey, wie heißt er denn?« Mel klopft ihre Hände auf die Oberschenkel und hopst auf und ab. Der Hund springt schwanzwedelnd hinterher und schnappt nach ihren Locken.

»Kid«, antwortet Jay.

Ich verschränke die Arme vor der Brust, um mich davon abzuhalten, Jay zu verprügeln. »Kid? Was für ein einfallsloser Name. Wie wäre es mit Schneepflug oder Dreckschleuder?«

Jays blaue Augen fixieren mich. »Wie wäre es mit: Es tut mir leid und können wir darüber reden?«

Mels Aufmerksamkeit schießt zwischen uns beiden hin und her. Die Wut über vergangene Nacht sitzt zu tief, ich habe Mel noch nichts davon erzählt. Sie hat keine Ahnung, wie sauer ich auf Jay bin.

Jetzt erforscht sie meinen Gesichtsausdruck und sagt zögernd: »Ich muss … dann mal weiter?«

Meine Aura verfinstert sich.

Mit erhobenen Händen und starrem Lächeln weicht Mel zurück. »Der Bus fährt gleich. Wir telefonieren, okay?« Sie krault den Hund zum Abschied und tänzelt rückwärts, ohne uns dabei aus den Augen zu lassen. Bestimmt nimmt sie jedes Zucken meiner Wimpern auf, um es später zu analysieren. *Ach, verdammt, Mel.*

Jays Schatten fällt auf mich. Es ist kalt genug, um den Atem zwischen unseren Gesichtern dampfen zu lassen. »Eigentlich wollte ich dich mit heißer Schokolade bestechen, aber ich schätze, wir fahren nach Hause und legen dich trocken?«

Statt zu antworten, mahle ich mit dem Kiefer.

Jay stupst mich mit seiner Nase an. »Ich kann es erklären, Viki.«

Tatsächlich? Darauf bin ich gespannt.

Jay hat den BMW drei Straßen weiter geparkt. Nicht, weil es schwierig ist, direkt bei der Schule einen freien Parkplatz zu finden. Sondern um keine Lehrer daran zu erinnern, dass er erst siebzehn ist – und ohne Führerschein fährt. Er will nach meiner Hand greifen, doch ich schiebe sie demonstrativ in meine Hosentasche und zische: »Halt besser den Hund fest.«

Ich versuche, meine versaute Hose im polierten Lack des Autos zu begutachten, allerdings ist die Reflexion zu schwach dafür. Statt den Schlüssel hervorzuholen, mustert Jay zuerst meine triefenden Jeans und danach die beigefarbenen Lederbezüge der Sitze. Seine Miene verzieht sich schmerzhaft.

»Ich könnte auf der verlausten Hundematte hocken«, schlage ich vor.

»Und wo soll der Hund hin?«

Mein Fuß tappt warnend auf den Boden.

»Andererseits«, Jay spannt ein überdimensionales Lächeln übers Gesicht, »könntest du auf meiner Jacke sitzen. Sie ist neu. Und noch so sauber …«

Zugegeben, ein teures Auto birgt gewisse Vorteile. Einer davon wärmt mir bald darauf die Rückseite, selbst durch den gefütterten Stoff der Jacke hindurch. Ich schalte die Sitzheizung auf die höchste Stufe und kuschle mich in die Polsterung. »Können wir reden oder fährst du dann unschuldige Passanten nieder?«

»Woher willst du wissen, dass sie unschuldig sind?« Jay lächelt mir zu und ich würde seinen Kopf am liebsten zurück in Richtung Straße drücken. Er registriert meine verkrampfen Hände und wendet seine Aufmerksamkeit wieder nach vorne. »Ich hatte eine Migräneattacke.«

»Migräne?« Ich runzle die Stirn. »Bekommen das nicht nur Hausfrauen, die keine Lust auf Sex haben?«

»Offensichtlich nicht.«

»Also hat dir dein Hausarzt einen Haufen Gras verschrieben?«, spotte ich weiter. »Eine Menge Leute bekämen Migräneattacken, wenn sie das wüssten.«

Jay schweigt und ich weiß, dass ich es übertrieben habe. Ich sehe stur aus dem Fenster. Erst als wir den Stadtkern verlassen und auf die Autobahn abbiegen, spricht er wieder mit mir.

»Der Rauch zieht die Blutgefäße im Kopf zusammen. Marihuana ist ein natürliches Schmerzmittel.«

Klingt, als hätte er den Satz auswendig gelernt. Aus dem Handbuch: *100 Antworten, um einen Vollrausch zu rechtfertigen. SIE wird es nie merken.* Verstohlen werfe ich ihm einen Seitenblick zu. Auf dem Lenkrad treten seine Fingerknöchel blutleer hervor.

»Warum im Badezimmer?«, will ich wissen. »Wegen deiner Eltern?«

»Im Bad war es leise und dunkel. Das Licht tat mir in den Augen weh.«

»Und die Tabletten?«

Er dreht den Kopf zu mir. »Welche Tabletten?«

»Sieh nach vorne! Die Tabletten, die auf dem Boden lagen. Ich habe das Bad saubergemacht, falls dir das entgangen ist.«

Er zögert. »Das Dope hat nicht gereicht. Also habe ich ein Schmerzmittel genommen.«

»Nimmst du das öfter?«

»Warum sollte ich?« Er klingt gereizt.

»Weil die Packung leer war. Du hast einen Joint geraucht und einen Streifen Tabletten verdrückt? Das nächste Mal würde ich die Zimmertür abschließen und vorher eine Runde mit dem Hund drehen, damit er nicht bellt.«

Er tritt aufs Gas. Der BMW brüllt wie ein Löwe und überholt drei Autos hintereinander. »Was unterstellst du mir?«

»Fahr langsamer.«

»Nein! Spuck's aus, Viki! Du bist sonst auch nicht zurückhaltend mit deinen Kommentaren!«

»Ich dachte, du bist tot! Kapierst du das? *Tot*, verdammt nochmal!«

Ein Krankenhausbett mit einer weißen Puppe springt in meine Gedanken. Ich presse eine Faust gegen die Lippen und würge den

Kloß hinunter, der sich in meinem Hals bildet. Ich darf nicht an sie denken. Ich muss mich auf die Gegenwart konzentrieren. Ich muss mich zusammenreißen.

Jay sieht mich nicht an, sondern starrt nach vorne auf die Straße. Er ist leichenblass geworden.

Meine Stimme klingt plötzlich heiser. »Wolltest du dich umbringen?«

Er schaltet den Gang runter und biegt auf einen Rastplatz ab. Das Auto rollt an einer Schlange Lkws vorbei und parkt in einer Lücke dazwischen. Stille breitet sich im Wagen aus; selbst der Hund auf dem Rücksitz scheint die Luft anzuhalten.

Jay betrachtet seine Hände auf dem Lenkrad. »Ich hatte einfach nur Kopfschmerzen.«

»Weißt du, wie viele Betrunkene an ihrer eigenen Kotze ersticken?«, flüstere ich. »Du konntest dich nicht mehr auf den Bauch rollen, so dicht warst du gestern Nacht. Du hättest sterben können, wenn ich nicht zufällig aufgekreuzt wäre. Denkst du, das ist mir egal?«

Sein Kopf senkt sich. »Ich weiß nicht, was du von mir denkst.«

Ich schnalle mich ab und rutsche zu ihm. Meine Finger streichen eine blonde Haarsträhne hinter sein Ohr, aber sie fällt zurück ins Gesicht. »Ich denke, wenn du dich das nächste Mal schlecht fühlst, rufst du mich an. Ich denke, ich komme vorbei, stecke dich ins Bett und kümmere mich um dich, bis es dir wieder gutgeht.«

Jay antwortet nicht. Er atmet nicht. Das Blau seiner Augen füllt sich mit Feuchtigkeit.

Ich drehe sein Kinn zu mir und küsse ihn.

Ich finde einen Splitter deiner Vergangenheit …

Eine sanfte Berührung an meinen Lippen lässt mich die Augen aufschlagen. Warmes Wasser, das nach Meer und Kokosmilch duftet, umhüllt meinen Körper. Ich liege in einer großen Badewanne, komplett mit Nackenpolster und Massagedüsen im Rücken. Fingerspitzen kreisen um meinen Bauchnabel.

»Mein Selbstvertrauen ist für immer zerstört. Meine Freundin schläft tatsächlich ein, wenn ich an ihr rummache.« Jay kniet auf dem Vorleger neben der Wanne. Sein rechter Ärmel ist bis zur Schulter hochgestülpt und der Arm verschwindet im milchigen Wasser. Er stützt das Kinn auf den Wannenrand und lächelt mich an.

Ich recke mich und gähne herzhaft. Ein faules Grinsen breitet sich über meinem Gesicht aus. »Das war sehr entspannend.«

»Schön, dass es dir gefallen hat. Ich hätte dich auch schlafen lassen, aber Kid zerkratzt seit fünf Minuten die Tür. Abgesehen davon, dass ich meine Knie nicht mehr spüre. Ich fürchte, ich hatte nie welche.«

»Was sich als ungünstig erweist. Du musst mir doch Bademantel und Hausschuhe reichen.«

Er zieht eine Augenbraue nach oben. »Du kannst ein verschwitztes T-Shirt von mir haben. Und die Socken, die Kid zum Frühstück verspeist hat, als meine Füße noch drin steckten. Ich muss ihn mal rauslassen. Ertrinkst du, wenn ich gehe?«

»In Einsamkeit.« Ich schenke ihm ein süßes Lächeln.

»Sieh mich nicht so an, oder ich bleibe hier und vernasche dich.«

»Tatsächlich?« Ich öffne den Mund und fahre meine Lippen mit dem Zeigefinger nach. Sehr langsam. Dabei lasse ich ihn nicht aus den Augen.

Ein Schauer läuft durch seinen Körper. Er stemmt sich an der Wanne hoch und humpelt mit eingeschlafenen Beinen zur Tür. »In fünfzehn Minuten bin ich wieder da. Du brauchst dich nicht anzuziehen.«

Ich rutsche ein paar Zentimeter tiefer ins Wasser und grinse.

Der Hund macht ein Affentheater, als Jay den Gang betritt und erklärt, sich heute mit dem Spazierengehen beeilen zu müssen. Die beiden poltern die Treppe hinab und durchbrechen dem Lärm nach die Haustür. Ich höre das Bellen von draußen und sehe Dianas Zuchtrosen von Pfoten zermalmt, Dornen hin oder her. Dann fällt Stille übers Haus. Eine Weile plansche ich mit den Zehen und betrachte meine aufgeweichten Fingerkuppen, bis das Wasser auskühlt und ich mich aufraffe. Ich wickle mich in ein Handtuch und tappe in Jays Zimmer.

In seinem Schrank finde ich ein schwarzes Shirt, ganz unten im Stapel. Ich ziehe es heraus und inhaliere den Duft nach Weichspüler und Jay, bevor ich es überstreife. Das Handtuch gleitet achtlos zu Boden und trifft dabei ein Stück Plastik, das über den Fußboden schlittert.

Ich gehe hin und hebe den Blisterstreifen auf, den ich gestern Nacht in meine Hose gesteckt habe. *Tramal.* Ist es das, was Jay behauptet hat? Ein Mittel gegen Migräne? Ich blicke zum Laptop am Schreibtisch.

Der Bildschirm erwacht aus dem Ruhezustand und zeigt eine Internetseite; Jay hat auf eBay nach Gitarrenzubehör gesucht. Ich öffne ein neues Tab, tippe *Tramal* ins Suchfeld und erhalte einen Treffer unter dem Begriff *Tramadol.*

Tramadol ist ein Arzneistoff aus der Gruppe der Opioide und wird zur Behandlung mäßig starker bis starker Schmerzen verwendet. Von der Grünenthal GmbH wurde die Substanz synthetisch entwickelt und 1977 als Arzneimittel unter dem Namen Tramal auf den Markt gebracht.

Unter dem Punkt Nebenwirkungen finde ich noch etwas:

Häufig wird eine starke Übelkeit beobachtet sowohl bei oraler Gabe als auch bei zu schneller Injektion.

Jay hat nicht gelogen. Aufatmend lehne ich mich zurück und schließe den Browser. Dann fällt mir ein, dass Jay ihn geöffnet hatte und ich besser den Suchverlauf lösche, bevor wir uns deswegen in die Haare kriegen. Also doppelklicke ich auf das Chrome-Symbol und lande auf Jays Startseite.

Facebook erscheint, auf den Namen *hay jay* angemeldet. Mir stechen sofort die ungelesenen Nachrichten ins Auge, die mit roten Fähnchen markiert sind. Siebenunddreißig Stück! Ich klicke auf sein Profil und scrolle die Freundesliste runter. Eintausendzweihundertundsieben! Wie lächerlich, er kann unmöglich so viele Menschen kennen. Gehört er etwa zu diesen nervigen Kontaktsammlern, die jeden anschreiben, ohne die Person vorher gesehen zu haben? Das passt nicht zu ihm. Wahrscheinlich ist es umgekehrt: *Er* wurde gesammelt.

Ich öffne den Verlauf und lösche den letzten Eintrag von Wikipedia. Automatisch gleitet mein Blick dabei über die Seiten, die Jay heute Morgen besucht hat. Da sind eBay, Amazon und ein alternativer Laden, der Platten auf Vinyl verkauft. Und darüber steht mein Name. Er hat mich gegoogelt und sich mein Facebook-Profil angesehen.

Wir sind nicht als Freunde registriert und meine Daten sind für Fremde gesperrt. Aus Neugier drücke ich darauf, um zu kontrollieren, wie viel ihm davon angezeigt wurde.

Mein Profilbild erscheint. Auf dem Foto trage ich eine braune Papiertüte über dem Kopf, auf die Mel mein Porträt gekritzelt hat. Um keinen Zweifel daran zu lassen, dass dennoch ich unter der Tüte stecke, hebe ich beide Mittelfinger. Ich erinnere mich, welchen Kommentar Phil damals darunterschrieb: *Deine Haut sah noch nie so makellos aus, liebste Cousine.* Ich muss grinsen.

Außer meinem Wohnort, dem Geburtsdatum und einem Voodoo-Religionsbekenntnis entdecke ich nichts. Ich wechsle zu Jays Profil.

Natürlich darf ich die ungelesenen Nachrichten keinesfalls öffnen, das wäre ein unverzeihlicher Vertrauensbruch. *Außerdem würde er es merken,* ergänzt eine dunkle Stimme in mir. Ich klicke auf das Symbol, nur um zu sehen, wer siebenunddreißigmal ignoriert wurde. Die Namen der Absender sind mir alle unbekannt, einige davon sind Mädchen. In der Voransicht kann man die Anfänge lesen:

Rave Dave (9)
Schalt dein verfluchtes Handy ein!
17. November

Laura Sandmann (4)
Hay Jay, ohne dich ist es nicht das gleiche. Wo steck…
10. November

Frank the Skank(2)
Das kann doch nicht dein Ernst sein? Wimmer behauptet …
3. November

Sina Bielfeldt
O Mann! Du blöder Arsch, ich vermisse dich jetzt sch…
3. November

Caro Lin

Alles klar bei dir? Wenn du mit jemandem reden willst …

3. November

Zwanzig weitere Einträge sind vom dritten November. Ich brauche keinen Kalender, um zu wissen, welcher Tag das war. Der erste November war ein Samstag. Mein Geburtstag. Zwei Tage später hockte ich neben Stör im Sekretariat und erstarrte zu Eis, als Jay mit seiner Mutter aus Direktor Wimmers Büro trat. An diesem Tag hat er die Schule verlassen.

Redet er mit keinem seiner Freunde mehr ein Wort?

Allein neun der Nachrichten kommen von *Rave Dave.* Ich bin mir sicher, dass damit Zitronenkopf, pardon, Schweinepink-Schädel-David gemeint ist. Drummer von Major Malfunction und Jays selbsternannter bester Freund, zumindest bis vor einem Monat.

Dave, mit dem Jay seinen ersten Joint auf dem Kinobalkon rauchte. *Dave,* dessen Wohnung noch unordentlicher aussieht als meine. *Dave,* der von seinem Vater verprügelt wurde, bis er endlich zurückschlug.

Ich habe die Art und Weise nicht vergessen, wie er mich behandelt hat, trotzdem tut er mir leid. Warum wird er von Jay so gnadenlos ausgeblendet?

Ich verlasse die Voransicht und scrolle gedankenversunken Jays Profil nach unten. Ein paar Leute haben direkt auf die Pinnwand gepostet, vielleicht weil er auf die privaten Nachrichten nicht reagiert hat. Die Sätze variieren von *Was machst du?* und *Ruf mich an!* bis hin zu Einladungen zu Festen und Geburtstagsfeiern. Auch hier hat er niemandem geantwortet. Ich erreiche das Ende der Seite und lade die älteren Nachrichten. Es dauert eine Weile, bis ich das letzte Posting entdecke, das Jay selbst verfasst hat.

Am Samstag spielen wir als Vorgruppe zu Fucking Destiny im Flashlight, draußen bei der Industriezone. Ich will, dass ihr alle vorbeikommt und dem Scheißschuppen so richtig einheizt!

Darunter hat er einen Link zum Veranstalter geteilt, auf dem das Major-Malfunction-Konzert für den vierten Oktober angekündigt wird. Es gibt jede Menge Kommentare, die meisten davon Zusagen; sie tragen den Titel der beliebtesten Schulband nicht umsonst.

Vor diesem Datum hat Jay ein- oder zweimal pro Woche Musikvideos, Events und massenhaft Fotos von sich selbst mit seinen Freunden geteilt. Warum hat er so plötzlich damit aufgehört? Was ist nach diesem vierten Oktober im Flashlight passiert, kaum einen Monat, bevor wir uns im Black kennengelernt haben?

Die Haustür geht auf, und der Hund bellt.

Erschrocken schlage ich den Laptop zu, klappe ihn sofort wieder auf und warte mit klopfendem Herzen darauf, dass der Bildschirm angezeigt wird. Rasch öffne ich den Verlauf und lösche die letzten Einträge aus der Liste. Als Jay das Zimmer betritt, springe ich vom Bett und gebe vor, ein Telefonat mit Mel zu beenden. Er küsst mich, als hätten wir uns Jahre nicht gesehen.

... und schneide mich daran.

Würde jemand Mel anrufen und wissen wollen, wo ich stecke, wäre ihre Antwort: »Sie sitzt mit mir im Café und betäubt sich mit Schokolade.« Aber nein, leider könne ich nicht ans Handy kommen, wo ich doch gerade auf dem Weg zum Klo sei. »Ja, Viki ruft zurück.«

In Wirklichkeit lernt Mel zu Hause Französisch, während ich mit hochgezogenem Kragen durch den Schneeregen stapfe. In der Mittagspause habe ich ihr alles erzählt. Angefangen von Jays Migräneanfall bis hin zur Vermutung, dass im Oktober irgendwas mit ihm passiert sein muss. Sie hat vorgeschlagen, dass ich offen mit ihm darüber rede. Ich habe erwidert, dass es einfacher wäre, meinem Hintern das Sprechen beizubringen. Nein, Jay ignoriert sogar die Fragen seiner ältesten Freunde, ich hätte keine Chance. Mir bleibt nur ein Anhaltspunkt: das Flashlight selbst.

Ich war noch nie dort. Was mich nicht länger wundert, denn es artet zur Odyssee aus, überhaupt hinzugelangen. Zuerst nehme ich den Schulbus, der in Richtung Industriegebiet tuckert, und werde zwischen wiederkäuenden Fünftklässlern eingeschlossen, die keinerlei Respekt vor dem Alter zeigen. Dann wechsle ich in die Straßenbahn und filze den Kaugummi aus meinen Haaren. Den letzten Kilometer muss ich zu Fuß durch braunen Eismatsch waten, der in die Nähte meiner Docs dringt und die Socken darin aufweicht. Das Handy-Navi führt mich zu einem weitläufigen Parkplatz, in dessen Mitte eine Wellblechhalle thront.

Ein Lkw mit Getränkepaletten brummt vor dem Seiteneingang. Der Fahrer lässt sich die Lieferung von einem pickligen Angestellten abzeichnen und verdrückt sich, bevor der Regen seine Jacke auflöst. Er fährt mit schrillem Piepsen und blinkendem Warnlicht an mir vorbei, wendet auf dem Platz und verschwindet im grauen Sumpf der Stadt.

Ich laufe auf den Pickligen zu, der mit einem Ladestapler die Paletten in die Halle befördert. Bierdosen, Cola und Red Bull stapeln sich auf deckenhohen Metallregalen, dazwischen lagern Weinflaschen aus Plastik und Spirituosen. Der Angestellte hievt eine Palette ins oberste Regal und ich rechne jede Sekunde damit, den armen Teufel aus einem Haufen Glasscherben ziehen zu müssen. Aber der Stapler hält durch, die Getränke finden ihren Bestimmungsort und die Hebegabel saust leer nach unten. Als der Kerl den Motor abstellt, entdeckt er mich.

»Kann ich dir helfen?«, fragt er misstrauisch.

Ich trete in die Halle und schüttle Regentropfen von den Schultern. »Ich wollte ins Flashlight. Bin etwas zu früh dran.«

»Es öffnet erst in fünfzig Minuten.«

»Meine Uhr läuft auf Sommerzeit, hab's zu spät bemerkt.«

Er zuckt die Achseln und widmet sich einer Getränkepalette, die mit Folie eingewickelt ist. Aus der Hosentasche befördert er einen Cutter und schlitzt die Verpackung auf, in der Energydrinks zum Vorschein kommen. Als er merkt, dass ich immer noch da bin, sagt er: »Sorry, ich habe keine Zeit zum Quatschen. Diese Lieferung hätte schon vor drei Stunden da sein sollen, und ich muss die Bars auffüllen.«

Der Kerl mit seinen dünnen Ärmchen tut mir leid, wahrscheinlich wird er hier für einen Hungerlohn ausgebeutet. Es dürfte nicht schaden, mich einzuschleimen und bei dieser Gelegenheit ein paar Informationen aus ihm herauszupressen.

»Soll ich dir helfen?«

Seine Augenbrauen schießen überrascht in die Höhe, aber er tritt zur Seite und lässt mich näher ran.

Ich drücke die Ärmel meiner Lederjacke hoch und packe vier Träger auf einmal. »Wohin mit dem Zeug?«

Er holt eine Handkarre für mich und zeigt mir den Weg.

Das Innere des Flashlights hat nichts mit einer Fabrikhalle gemein. Alle Oberflächen sind schwarz gestrichen, an dicken Stahlträgern hängen Hunderte von Discolichtern und Reflektoren. Im hinteren Teil erhebt sich eine gewaltige Bühne, ein Set ist aufgebaut und zwei Musiker sitzen rauchend davor. An den Wänden befinden sich fünf große Bars. Dahinter wuseln Angestellte, die Gläser stapeln und Zitronen schneiden.

Ich schiebe die Getränke auf den Bartresen. »Wie viele Leute passen hier rein?«

»Achthundert. Es hätten sogar noch mehr Platz, doch die Brandschutzbestimmungen sind strikt. Wir haben sechs Notausgänge. Ich bin übrigens Nick.«

»Viki.«

Wir geben uns kurz die Hand, bevor wir zurück in den Lagerraum gehen. Nick hat einen festen Händedruck und ein freundliches Lächeln; es lässt über die Pickel hinwegsehen. Wir befüllen die Karren und beliefern der Reihe nach alle Bars. Bald sammelt sich Schweiß unter meinem Kragen und ich werfe die Jacke in eine Ecke.

Die ersten Gäste tröpfeln herein. Zwei Türsteher beschatten die Eingangstür und drücken jedem einen Stempel auf den Handrücken. Ich versuche möglichst unsichtbar zu werden und schleiche Nick mit der letzten Ladung Getränke hinterher.

»Okay, damit hätten wir's geschafft. Willst du was trinken?« Nick zieht den Reißverschluss des Overalls runter und steigt in schwarzem Hemd und Jeans heraus. Er stopft die Kleidung in eine Schublade und schenkt sich selbst ein Glas Wasser ein.

Ich schlüpfe auf einen Barhocker und lasse die Haare zwischen mich und die Türsteher fallen. »Ich hab nicht mal Eintritt bezahlt.«

»Ich denke, den hast du dir inzwischen verdient. Was magst du? Geht aufs Haus.«

Um nicht unhöflich zu sein, nehme ich eine Cola. Bisher haben sich keine Besucher an diese Bar verirrt. Nick fängt an, Orangenscheiben und kandierte Kirschen auf Holzspieße zu stecken. Wenn es eine Gelegenheit gibt, ihn auszuquetschen, dann jetzt.

»Arbeitest du schon lange hier?«

Nick lächelt schief. »Kann man so sagen. Es gehört mir.«

»Was?« Der Aufschrei klingt beleidigend, also korrigiere ich mich schnell. »Ich meine, du siehst so jung aus.«

»Ich *bin* jung. Ist man mit achtundzwanzig noch jung?« Er verzieht das Gesicht.

»Ich hätte dich auf höchstens einundzwanzig geschätzt.« Auf kaum achtzehn, um genau zu sein, aber das braucht er nicht zu wissen. Der Chef? Das nenne ich einen Volltreffer! »Organisierst du alles ganz alleine? Auch die Musik?«

Nick stapelt die Fruchtspieße in einem Plastikbehälter. »Allerdings. In der Schule dachte ich, es wäre doch cool, eine eigene Bar zu haben. Mittlerweile weiß ich, dass es verdammt viel Arbeit ist. Cool ist es trotzdem. Manchmal.« Er lacht.

»Kennst du zufällig Major Malfunction?« Mein Herz schlägt bis zum Hals.

»Ja, die haben hier schon gespielt.«

Ich rutsche nach vorne. »Fandst du sie gut? Ich hab gehört, dass sie nicht mehr spielen. Der Sänger hat die Band verlassen.«

O Gott, ist das offensichtlich! Jeden Moment wird er merken, dass dies der einzige Grund ist, weshalb ich gekommen bin. Und dann pfeift er die Türsteher her und wirft mich raus.

»Wirklich? Wusste ich nicht.« Er schiebt den gefüllten Behälter in einen Kühlschrank und wäscht sich die Hände. »Die waren nicht schlecht für ihr Alter.«

Ich sinke zurück auf den Hocker. Was habe ich eigentlich erwartet? Enttäuscht fülle ich den Mund mit Cola, um das Glas zu leeren und mich verabschieden zu können.

»Trotzdem hätte ich sie kein zweites Mal engagiert.«

Ich horche überrascht auf. »Warum?«

»Sie sind nicht reif fürs Business. Für sie ist das alles eine Party, keine richtige Arbeit. Ich habe sie spielen lassen, weil sie junges Publikum anlocken, und die Rechnung ging bestens auf. Der Saal war brechend voll. Aber das, was sie danach abgezogen haben, war ein echtes Desaster.«

»Wie meinst du das?« Mein Inneres brodelt. Ich versuche, möglichst neutral zu sprechen. Waren der Weg hierher, die Schufterei mit den Paletten und die Ausrede an Jay doch nicht umsonst?

»Ich brauche mehr Limetten für die Caipis!«, schreit Nick an mir vorbei. »Laura, hast du die Limetten geschnitten?«

Eine Frau an der gegenüberliegenden Bar läuft knallrot an und eilt aus der Halle. Nick schüttelt seufzend den Kopf. Er räumt mein leeres Glas ab und spült es gleich aus. Auf seine Frage, ob ich noch etwas möchte, winke ich stumm ab. Er wischt kondensierte Feuchtigkeit von der Bar. »Wir haben einen Backstagebereich, den die Musiker benutzen können. Mit ein paar Sofas und einem Kühlschrank voller Bier. Die waren kaum eine Stunde da drin, bis wir einen Krankenwagen rufen mussten.«

Mein Körper spannt sich zu absoluter Reglosigkeit. »Was ist passiert?«

Laura stürmt mit einem Kübel herbei und zieht Nicks Aufmerksamkeit auf sich. Ich würde ihr die Limetten am liebsten aus den Fingern reißen und in die Augen pressen. Stattdessen lächle ich mit zusammengebissenen Zähnen und sehe zu, wie die beiden in Rekordzeit die Früchte vierteln und in Behälter füllen.

Ich räuspere mich und angle nach unserem Gesprächsfaden von eben. »Was war mit dem Krankenwagen?«

»Hm?« Nick sieht auf und lächelt. »Ach so. Einer von den Dummköpfen hätte sich beinahe ins Nirvana befördert. Lag mit Krämpfen und weißem Schaum vor dem Mund auf dem Boden.«

Meine Kehle trocknet schlagartig aus. »Ein Anfall?«

Nick schnauft spöttisch. »Ein Anfall von Überdosis, ja.«

Meine Hände zittern. Ich verstecke sie unter dem Tresen, bevor Nick etwas merkt. »Welcher war es?«

»Ich kenne den Namen nicht.« Er zuckt die Schultern. »Der Blonde. Ist das nicht der Sänger?«

»Ja«, hauche ich. »Das ist er.«

Bist du giftig?

Überdosis. Überdosis. Das Wort hallt in meinem Kopf, als wäre er aus Blech und hohl. *Überdosis.* Wovon? Alkohol lässt sich ausschließen, das nennt man Vergiftung. Marihuana? Ich habe Leute gesehen, die zu viel geraucht haben und zitternd am Boden lagen, weil sie glaubten, sie würden sich in Küchenschaben verwandeln. Aber Jay dürfte auf diesem Gebiet ziemlich abgehärtet sein. Es muss etwas Schlimmeres gewesen sein. Pilze? LSD? Wie äußert sich eine Überdosis davon? Ich habe keine Ahnung. *Scheiße.* Ich hoffe, es war nichts, das mit Spritzen zu tun hat.

Der Kommentar von damals dröhnt mir im Ohr: *Ihr Sohn hat ein kleines Drogenproblem.*

Was, wenn ich damit voll ins Schwarze getroffen habe? Würde das nicht die heftige Reaktion von Jays Mutter erklären? Er hat am Telefon gesagt, dass sie den ganzen Nachmittag geweint habe. Es wäre ein Grund, um die Band zu verlassen. Oder verlassen zu müssen. Doch wie passt die Schule hinein? Außerdem kann ich mir nicht vorstellen, dass er sich von seinen Eltern verbieten lassen würde, seine Freunde zu sehen. Nein, das war seine eigene Entscheidung. Irgendein Puzzleteil fehlt mir noch.

Das Handy klingelt und ich nehme es mit flauem Gefühl im Magen ab. »Hey.«

»Kaum bist du ein paar Stunden weg, heißt es nur noch *hey?*« Jay klingt gutgelaunt. Im Hintergrund bellt ein Hund und eine Frauenstimme schimpft. »Während du das Blut in deinen Adern mit Koffein tauschst, vergehe ich hier vor Sehnsucht.«

»Ich vermisse dich auch.«

Er stockt. »Geht es dir gut?«

»Ja, warum?« Ich versuche, meine Stimme heller klingen zu lassen. »Wir sitzen gerade in der U-Bahn und fahren zu Mel.«

»Okay …« Unausgesprochene Worte füllen die Leitung. »Kommst du heute zu mir?«

»Ja, aber es kann später werden. Wartest du auf mich?«

»Die ganze Nacht.«

Mels kleiner Bruder öffnet die Tür und tut so, als würde er mich nicht kennen. »Wer sind Sie?«

»Sonderkommando. Uns liegt eine Meldung vor. Offenbar versperrt ein Troll den Eingang dieser Wohnung. Wir sind hier, um ihn zu beseitigen.«

Er stellt sich auf seine achtjährigen Zehen und blickt hochmütig an mir vorbei in den Gang. »Ich sehe niemanden sonst.«

Meine Augen verengen sich zu Schlitzen und ich wackle drohend mit den Fingern. »Ich *brauche* niemanden sonst. Der Troll hat gegen meine Kitzelbomben keine Chance.«

Tobi rennt mit einem Aufschrei davon. Nicht einem entsetzten, sondern einem kampfeslustigen. Ich höre etwas von einer neuen Wasser-Pumpgun und beeile mich, die Schuhe auszuziehen und in Mels Zimmer zu flüchten.

Mel, deren Geduldsthermometer Minusgrade anzeigt, wenn es um die Spielanfälle ihres Bruders geht, schließt die Tür hinter mir ab und faucht durchs Holz: »Bleib draußen mit dem Teil! Oder ich biege dir den Arm auf den Rücken und du musst wieder heulend zu Mama rennen!«

Tobi befiehlt seinen unsichtbaren Kampfgefährten, sich nicht einschüchtern zu lassen und die Stellung zu halten, bis sich der Feind zeigt.

Mel fällt stöhnend aufs Bett. »Warum konnten meine Eltern es nicht bei einem Kind belassen? So gut kann der Sex nach zehn Jahren Ehe nicht mehr gewesen sein.«

Ich gehe zu Winkys Käfig, der auf Mels Schreibtisch steht, und schiebe einen Zeigefinger zwischen die Stäbe. Der Papagei reibt seinen blassgelben Vogelkopf an meiner Haut. »Hey Winky, hast du den Satz brav geübt, den ich dir beigebracht habe?« Ich imitiere die tiefe Stimme unseres Englischlehrers. *»Where is your homework, Melanie?«*

Mel wirft mir von hinten ein Kissen an den Kopf. Grinsend drehe ich mich zu ihr um.

Ihr Zimmer sieht anders aus als meines. Wir haben zwar den gleichen Musikgeschmack, doch um ihre Metal-Poster herum hängen selbstgemalte Zeichnungen (von ihr und von Tobi), beleuchtete Lampions und Ketten aus Stoffblumen. Die vier Wände sind moosgrün, violett, meerblau und orange gestrichen. Mel ist ein bunter Mensch.

»Offenbar haben wir beide einen Vogel. Nur kann man meinen sehen.« Mel rollt sich zur Seite und stützt den Lockenkopf auf dem Arm ab. »War deine Mission im Club erfolgreich?«

»Ich habe die Privatnummer des Chefs und ein unbefristetes Jobangebot.«

Sie zieht beide Augenbrauen hoch. »Lass mich raten: ein schmieriger Sack mit Goldringen, der dir an die Wäsche wollte?«

»Achtundzwanzig und ziemlich nett. Das mit der Wäsche könnte sein.«

»Was ist mit Jay? Hast du über ihn was erfahren?«

Ich erzähle es ihr.

Sie schweigt lange und ringt sichtlich um Worte. »Du wusstest, dass Jay kein unbeschriebenes Blatt ist«, bringt sie schließlich hervor.

»Nur weil man ab und zu einen raucht, heißt das nicht, dass man auch anderes Zeug nimmt. *Wir* nehmen kein anderes Zeug, und schon gar nicht so viel davon, dass der Notarzt anrücken muss.«

»Wir sind auch nicht bescheuert.«

»Willst du damit sagen, dass mein Freund bescheuert ist?«

»Dein Freund?« Sie setzt sich auf und nagelt mich mit schwarzen Augen fest. »Ist er das plötzlich? Dann lass mich das umformulieren: *Dein Freund* zündet sich in jeder freien Minute einen Joint an. Er war schon früher an der ganzen Schule bekannt dafür. *Und* offenbar leichtsinnig genug, es nicht dabei zu belassen. Da kann man nichts schönreden. Das *ist* bescheuert!«

Ich sacke aufs Bett und wickle Haarsträhnen auf meine Finger. »Das mit dem Freund habe ich nicht so gemeint, es war ein Synonym für seinen Namen …«

»Wirst du ihn drauf ansprechen?«

Ich spüre Mels harten Blick durch den Vorhang meiner Haare und schotte das Gesicht mit den Händen ab. »Vielleicht. Ich weiß nicht. Eher nicht. Was sollte ich sagen? Ich hab dich belogen, dir hinterherspioniert und will jetzt wissen, was für Zeug du geschluckt hast? Das würde doch nichts bringen. Ich will mich nicht mit ihm streiten.«

»Das gibt's nicht«, seufzt Mel. »Dich hat's ja voll erwischt.«

»Hat es nicht!«

»O Viki …« Sie steht auf und stellt sich vor die Pinnwand, an der Dutzende Fotos von uns hängen: Lisi, zehn Jahre älter geschminkt. Tom und Chris als Frauen verkleidet. Phil mit einem Muskelkrampf, nachdem er uns seinen nicht vorhandenen Bizeps zeigen wollte. Mel und ihr erster Freund, der sie zum Geburtstag nach wie vor anruft. Ich selbst vor einem Jahr, mit einem unerträglichen Grinsen, das mir nur drei Wochen später herunterrutschen sollte …

»Ich sage das nicht, um dich zu verletzen. Man will so etwas nicht wahrhaben, wenn man verliebt ist.« Mel schlingt die Arme um sich und schaut weg. »Ich glaube, Jay ist nicht der Richtige für dich. Sein Ruf wäre schon Grund genug, die Finger von ihm zu lassen, aber dieser abrupte Lebenswandel gefällt mir noch weniger. Du darfst ihm nicht blind vertrauen.«

»Ich weiß.« Das ist alles, was ich dazu sagen kann. Es bedeutet mehrere Dinge gleichzeitig: Ich weiß, dass Mel recht hat, und ich weiß, dass die Wut in meinem Magen, die ich nun fühle, nicht ihre Schuld ist. Ich weiß bloß nicht, ob das etwas ändert.

Ich wippe auf den Fußballen auf und ab. Das Wasser, das sich früher am Abend in den Docs gesammelt hat, kriecht jetzt kalt meine Waden empor. Obwohl ich die Hände unter die Achseln klemme, spüre ich meine Finger kaum noch. Wenn Jay nicht bald die Tür aufmacht, erfriere ich auf seiner Schwelle.

Das Licht geht an. Kid bellt. Ein Schatten kommt zur Tür und dreht den Schlüssel um. Ich hechte zur Seite und im selben Moment schießt ein Fellbündel heraus und donnert an mir vorbei die Stufen runter. Unten stolpert er über die eigenen Pfoten und sieht sich verdutzt um. Ich muss lachen.

Jay packt mich ohne Vorwarnung und zieht mir die Füße weg. Er trägt mich ins Haus und setzt mich auf der indischen Kommode ab, gleich neben Dianas tibetischer Räucherschale. Mein Hintern war fremden Ländern noch nie so nah.

Ich schlinge die Beine um Jays warmen Körper und küsse den Geschmack von Pfefferminzkaugummi von seinen Lippen. Mel hatte unrecht: Er kifft nicht *immer.* Ich kehre ihre Worte ganz nach hinten in meinen Geist, wo sie zwischen halb überstandenen Komplexen und alten Peinlichkeiten verstauben.

»Der Hund starrt uns an«, murmle ich.

Jay knabbert an meinem Hals. »Lass ihn.«

»Wo sind deine Eltern?«

»Sicher verwahrt vor dem Fernseher.«

Jemand räuspert sich. »Fünfzig Prozent deiner Eltern starren ebenfalls. Sind das da Stiefel auf den antiken Griffen?«

Eric steht in der Küchentür, eine Tüte Knabberzeug in der Hand. Mit glühenden Wangen rutsche ich von der Kommode und verstecke mich in Jays Umarmung. Sein Vater schüttelt den Kopf, füllt den Mund mit Salzbrezeln und verzieht sich ins Wohnzimmer.

»Ich habe keine Privatsphäre in diesem Haus!« Jay seufzt in meine Haare. »Was sollen wir machen? Willst du lieber eine Doku über versteinerte Termitenhügel anschauen oder heißen Sex mit mir haben?«

»Gibt es eine dritte Möglichkeit?«

Er hebt eine arrogante Augenbraue. »Die dritte Möglichkeit lautet: Niemand fragt dich. Ich entscheide.«

Eric ruft aus dem Wohnzimmer: »Falls ihr Kondome braucht, wir haben welche im Badezimmer deponiert. Für alle Fälle. Die Gebrauchsanweisung liegt dabei.«

Diana kichert von irgendwoher.

Jay läuft knallrot an. »Vielen Dank, Dad!«

Wir einigen uns flüsternd auf Option Nummer zwei und schleichen händchenhaltend die Treppe nach oben. Der Hund trottet uns hechelnd hinterher.

Mein Körper zuckt zusammen, ich schlage die Augen wieder auf. Die nächste Welle von Schlaf rollt an, schwarz und samtig weich, und ich schließe den Mund, damit ich nicht auf Jays Brust sabbere. Meine Lippen schmecken salzig von seinem Schweiß; der Geschmack flackert auf der Zunge und verblasst schnell, übertönt vom regelmäßigen Herzschlag unter meinem Ohr. Meine Lider werden schwer.

»Ich muss noch mal aufstehen«, flüstert Jay.

Ich stöhne gequält. »Bleib hier. Du bist mein Kopfkissen.«

»Ein ziemlich angepisstes Kopfkissen, wenn du nicht zur Seite rückst.«

Widerwillig rolle ich von ihm runter und lasse ihn auf die Toilette gehen. Jay stößt die Tür hinter sich zu, aber sie schließt sich nicht ganz. Ein goldener Lichtstrahl fällt über die Bettdecke, direkt auf mein Gesicht. Ich drehe mich auf den Bauch.

Der Toilettendeckel klappert und nach einer Weile rauscht die Spülung. Der Wasserhahn wird aufgedreht. Und dann höre ich etwas anderes. Ein sehr leises Geräusch, das ich nur wahrnehme, weil es mitten in der Nacht ist und meine Augen geschlossen sind. Eine Schublade wird aufgezogen. Plastik knistert.

Mein Herz springt in der Brust und ich hechte aus dem Bett, bevor ich weiß, was ich tue. Mit nackten Füßen husche ich übers Parkett, bleibe drei Schritte vor der Tür stehen und lausche.

Folie platzt, zweimal kurz hintereinander. Jemand drückt Tabletten aus einem Blisterstreifen, es ist unverkennbar.

Meine Hand prallt auf die Tür, sie schwingt auf, Jay wirbelt herum. Rasch beugt er sich zum Hahn und trinkt vom Strahl. Sein Kehlkopf bewegt sich, als er es schluckt, das Wasser und die Tabletten, die er gerade genommen hat. Die Packung liegt noch geöffnet neben dem Waschbecken.

»Was nimmst du da?« Angst schleift meine Stimme, schärfer als beabsichtigt. Angst, dass er mich anlügt. Und Angst vor der Wahrheit.

Er greift nach der Schachtel, wirft sie zurück in die Schublade und schließt sie. »Ich habe Kopfschmerzen. Schon den ganzen Tag. Nicht so schlimm.«

»Warum versteckst du die Packung vor mir?«

»Ich verstecke *gar nichts*«, zischt er.

»Ich muss auf die Toilette. Würdest du bitte rausgehen?«

Er verschränkt die Arme. »Damit du ungestört in meinen Schubladen wühlen kannst? Wie wäre es mit etwas Vertrauen? Was hast du plötzlich?«

»Was *ich* plötzlich habe? Du schluckst heimlich irgendwelche Pillen!«

»Gar nichts mache ich heimlich! Ich habe dir gesagt, dass ich Kopfschmerzen habe!«

»Im Bett hast du nichts davon erwähnt!«

»Weil es unwichtig ist!«

»Zeig mir die Schachtel!«

Unsere Blicke krachen aufeinander. Jays Kiefer bewegt sich, seine Zähne mahlen. Er reißt die Schublade auf und schleudert mir die Packung entgegen. Ich fange sie auf der Brust. Es ist dasselbe Schmerzmittel, das ich vorgestern Nacht im Müll gefunden habe. *Tramal.*

»Und? Zufrieden?«

»Das sind starke Tabletten«, bringe ich hervor. »Du hast gesagt, die Schmerzen wären nicht schlimm.«

»Dank dir werden sie jede Sekunde schlimmer.«

Ich drehe den Karton in den Händen und versuche, eine Entschuldigung zu formulieren. Aber dann fahren meine Finger wie von selbst hinein und ziehen einen Streifen heraus, um die bedruckte Folienrückseite zu checken. Der gleiche Medikamentenname ist aufgedruckt; Jay hat nichts in der Hülle getarnt, weder LSD noch irgendein anderes Rauschgift, das man in Tablettenform bekommt.

»Du hast die hier neu gekauft, nicht wahr? Weil die alte Packung leer war?« Ich suche seinen Blick, finde ihn jedoch ohne Antwort. »Das bedeutet, du hast in den letzten zwei Tagen sechs Stück davon genommen? Ist das richtig? *Sechs* Stück, Jay?«

Das Blau seiner Augen gefriert zu Eis. »Ich wüsste nicht, was dich das angeht.«

Sein Oberarm prallt gegen meine Schulter, als er an mir vorbei aus dem Bad stürmt.

Die Tür knallt zu, und ich bleibe alleine zurück.

Für wen soll ich mich entscheiden?
Die Wahrheit? Oder dich?

Ich beobachte Mel, die drei Reihen vor mir sitzt und unter der Bank meinen Zettel auseinanderfaltet. Während sie ihn liest, fallen ihre Locken ins Gesicht und verbergen die Mimik. Schließlich wirft sie einen prüfenden Blick auf unseren Chemielehrer, der mit gefrorenem Kohlendioxid experimentiert, schiebt das Blatt halb unters Heft und kritzelt drauflos. Nervös tripple ich mit den Füßen, bis die Nachricht endlich zu mir zurückgereicht wird.

Wir wissen, dass Jay Drogen nicht abgeneigt ist. Er verschweigt dir, warum er die Schule geschmissen hat, und er wird wütend, wenn du ihn nach Tabletten fragst. Andererseits hat er nur ein Schmerzmittel genommen und du drehst deswegen vollkommen durch. Er weiß nicht, was du weißt. Also versteht er deine heftige Reaktion auch nicht. Ihr müsst reden.

Schlechtgelaunt zerknülle ich das Papier unter der Bank. Es war nicht das, was ich hören wollte.

Ich reiße ein Blatt aus dem Chemieheft und schreibe ihr.

Er hat mich heute Morgen ignoriert, als wäre ich Luft. Oder als wünschte er, dass ich es wäre. Er war wach, hat sich aber nicht zu mir umgedreht. Das ist doch nicht normal, etwas läuft gewaltig schief, ich fühle es.

Diesmal lässt Mels Antwort auf sich warten. Sie liest den Zettel zweimal, tippt den Kuli an die Lippen und schreibt nur eine Zeile.

Man kann auch von Schmerzmitteln abhängig werden.

Ihre Worte knallen gegen die Innenseite meines Schädels. Die Bleistiftspitze bricht ab, weil ich sie so heftig aufs Papier drücke. Ich blase den Schmutz weg, werfe den Stift ins Etui und nehme einen neuen heraus.

Du hast recht! Vielleicht reicht ihm das Dope nicht mehr? Oder die Tabletten verstärken dessen Wirkung? Oder er schluckt sie, um andere Entzugserscheinungen zu lindern? Eventuell hat er es nicht mehr unter Kontrolle. Könnte es so schlimm sein, dass er deswegen den Unterricht schmeißt? Andererseits wirkt er normal, wenn ich bei ihm bin. Hätte ich es inzwischen nicht gemerkt, wenn er ein Junkie wäre?

Hätte ich das? Ich bin nur abends und an den Wochenenden bei ihm. An fünf Tagen in der Woche kann er tun und lassen, was er will.

Mels Nachricht kommt zurück.

Du kannst kontrollieren, ob seine Pupillen erweitert sind. Wie gut die Reaktionsfähigkeit ist, ob er öfter einen abwesenden Eindruck macht. Du kannst ihm hinterherstellen, wenn er aufs Klo geht oder den Hund Gassi führt. Du kannst seine Arme, ach was, den ganzen Körper nach Einstichstellen absuchen. Du kannst seine Sachen durchwühlen und dich verrückt machen. Oder du legst endlich die Karten auf den Tisch und forderst eine Erklärung von ihm.

Mein Kopf fühlt sich an, als hätte man ihn ausgeschabt und mit Watte gefüllt. Ich weiß nicht mehr, was ich denken soll. Mels letzter Satz brennt in meinem Hals:

Wenn er nicht offen und ehrlich zu dir ist, schieß ihn ab.

Das ist es ja. Der Grund, warum ich ihn nicht fragen kann. Verdammt, er redet mit keinem seiner Freunde mehr ein Wort! Wenn ich eine Antwort von ihm verlange, brauche ich nicht Schluss zu machen. Dann lässt er mich fallen. Dann ist es vorbei.

Aber habe ich eine andere Wahl?

Seit zwei Stunden sitze ich alleine im Kaffeehaus und nippe an einem einzigen Latte macchiato. Ich habe einen moosgrünen Ohrensessel ergattert, der meinen Rücken vor der eisigen Luft schützt, die mit jedem Besucher vom Eingang herströmt. Leider tröstet mich das kaum über die Tatsache hinweg, dass der Platz mir gegenüber schreiend leer ist. Jay nimmt weder das Handy ab, noch reagiert er auf meine verpassten Anrufe. War diese eine SMS heute Vormittag bereits zu viel?

Treffen wir uns im Rösthaus? Um drei? Ich muss mit dir reden.

Vielleicht gehöre ich nun zu den siebenunddreißig auf ewig unbeantworteten Nachrichten. Kaffee füllt meinen Mund, doch er schmeckt nicht mehr köstlich, sondern nur bitter und kalt.

Die Zeit verstreicht. Weihnachtsketten erglühen vor dem Fenster und saugen das Licht aus der Luft. Der Macchiato trocknet an; ich strecke die Zunge hinein und zerplatze winzige Schaumblasen am Glasrand. Um 17:38 Uhr beschließe ich, dass Jay nicht mehr kommen wird.

Ich vergrabe die Hände in den Hosentaschen und meine Gedanken in beleuchteten Schaufenstern. Weihnachtsmänner und Rentiere mit Lampenasen pressen sich gegen die Scheiben. Ihr erstarrtes Plastikgrinsen verhöhnt mich. Der Wind jagt durch die Häuserschluchten, als hätte er sie aus dem Beton geschnitten. Meine Zähne klappern, meine Wangen brennen. Es riecht nach Schnee, den Abgasen des Feierabendverkehrs und nach stinkender Einsamkeit.

Eigentlich fahre ich nach Hause, zurück in mein Leben mit dem schwarzen Zimmer. Aber dann ertappe ich mich dabei, wie ich in die U-Bahn springe, die hinaus in die Vorstadt fährt, zu all den glücklichen Einfamilienhäusern und sauberen Familien.

Nein, so geht das nicht! Auf gar keinen Fall laufe ich ihm hinterher!

Ich werde umsteigen. Die Haltestelle erscheint, an der sich seine mit meiner Linie kreuzt. Die Türen öffnen sich. Sie schließen sich. Mein Blick verlässt den Waggon, doch mein Hintern rührt sich nicht.

Die Bahn schießt in einen Tunnel und verschluckt meinen Widerstand.

Hinterherlaufen. Ich packe das Wort und ziehe es in die Länge, dehne die Buchstaben und zerreiße es in winzige Stücke, um etwas Neues daraus zu formen: *So einfach kommt er mir nicht davon. So einfach nicht.*

Das weiße Haus schimmert im Abendlicht, all seine Augen sind geschlossen, die Fenster dunkel. Trotzdem habe ich das Gefühl, dass es mir entgegensieht. Ich schwinge das Gartentor nach innen und lasse meine Fingerspitzen über die kahlen Rosensträucher wandern. Die Dornen sind spitz genug, um meine Haut anzuritzen.

Ich strecke einen gefrorenen Finger aus dem Jackenärmel und drücke auf die Klingel. Aus der Dunkelheit wuselt ein rotblondes Knäuel; das Wellglas verzerrt sein hechelndes Maul zu einer Fratze. Kid bellt und wedelt mit dem Schwanz. Niemand kommt, um ihn herauszulassen. Keiner lässt mich hinein.

Ich kauere mich nieder und presse die Handfläche gegen die gewellte Schnauze. Er leckt das Glas ab und winselt. Als sich noch immer keine Tür öffnet, sinkt der Schwanz allmählich zu Boden.

Ich rufe Jay an. Diesmal klingelt es nicht, die Mailbox meldet sich direkt. Und so flüstere ich auf ein Tonband, dass ich auf ihn warte, vor seinem Haus, bis ich erfriere. Die Maschine am anderen Ende der Leitung hat nicht das Herz, mir den Unsinn auszureden.

Ich ziehe die Beine zur Brust und stecke die Jackenärmel ineinander. Der Weg zurück zur U-Bahn erstreckt sich unendlich weit vor mir. Zuerst die Stufen abwärts, den rosenbewucherten Kiesweg entlang, das Gartentor, der Gehweg, die Ampel, Streifenzebras, Straßen, Straßen … Eine Ewigkeit, die mich an einen Ort bringen würde, der weitaus kälter ist als dieser hier.

Mein Hinterkopf stößt gegen das Wellglas. Weiße Punkte lösen sich aus dem grauen Himmel und bedecken die Spitzen meiner

Schuhe. Eine Weile fange ich Schneeflocken und töte sie mit meiner Wärme. Dann möchte ich nichts mehr wahrnehmen. Ich schließe die Augen und konzentriere mich auf die ungewohnte Hitze in meinem Körper, bis meine Gedanken darin zerkochen.

»Viki?« Eine Hand streichelt über mein Haar und schmilzt den Schnee darauf. Eiskaltes Wasser sickert auf meine Kopfhaut. »Viki, schau mich an.«

Meine Arme sind aus Blei. Ich hänge sie um seinen Hals und ziehe ihn zu mir herunter. Taste mich mit den Lippen nach oben, durch feuchte Haarspitzen, hinauf zu seinem Ohr. »Du kannst deine Freunde ignorieren, bis sie dir den Gefallen erwidern, aber mich wirst du nicht so einfach los. Wenn du mich nicht mehr sehen willst, dann sag es mir gefälligst ins Gesicht.«

»Du bist heiß.«

»Das ist nicht der Moment für Witze.«

»Nein, ich meine, deine Stirn ist heiß. Du hast Fieber.«

»Hättest du mich je zurückgerufen?«

Er schiebt die Arme unter meine Achseln und hebt mich auf die Füße. Die Bewegung haucht Körperwärme unter seiner Jacke hervor, die ich gierig in mich hineinsauge. Vielleicht ist es die letzte Gelegenheit dafür.

»Ich wusste nicht mal, dass du angerufen hast. Mein Handy liegt irgendwo im Haus.«

An diese Möglichkeit hatte ich nicht gedacht. Sie lässt die Stunden im Café und hier draußen in der Kälte überflüssig wirken, geradezu lächerlich. »Wo warst du den ganzen Tag?« *Was war dir so wichtig, nicht herzukommen und das Handy zu suchen und an mich zu denken?*

»Du zitterst«, sagt er. »Lass uns reingehen.«

Ich möchte eine Antwort haben, aber mein Körper schüttelt sich, als hätte man mich auf Vibration gestellt. Jay schleppt mich hinein, hilft mir aus der Lederjacke und zieht meine Schuhe aus. Ich sehe ihm dabei zu, ohne das Bedürfnis zu haben, ihm zu helfen. Die Heizungsluft kriecht in meine Stirn und füllt sie mit dumpfem Pochen.

Die Stufen sind endlos. Warum bin ich so schwach? Ich darf nicht schwach sein. Ich muss kämpfen. Nur gegen wen? Jay? Wollte ich nicht *um* ihn kämpfen?

»Ich fühle mich seltsam«, wispere ich, als er meine kalten Sachen auszieht und mich ins Bett bringt.

»Du bist krank.« Jay greift seinen Pullover im Nacken und zerrt ihn über den Kopf. Die Reibung des Stoffes lässt seine Haare fliegen. Er streift die Jeans ab und krabbelt zu mir unter die Decke.

Meine Hand schießt vor und packt seinen Unterarm. »Was ist das?«

Seine blauen Augen füllen sich mit Unverständnis. Dann folgt er meinem Blick. Über seinen Handballen, dem Verlauf der Adern, bis hoch zur Armbeuge, wo ein roter Punkt auf der Haut klebt. Ein Einstichpunkt.

»Das ist nichts.«

Ich lasse den Arm los und presse mich an seinen Körper. Als könnte ich so seiner Erklärung entkommen, als würde sie mich nicht treffen und umbringen, wenn ich mich an ihn klammere. Ich sammle den Atem für eine Frage, finde keinen Mut in mir, stelle sie trotzdem, heiß geflüstert an sein Schlüsselbein.

»Was? Ich verstehe nichts.« Jay drückt mich ein Stück weg und schiebt mein Kinn nach oben.

Ich weigere mich, ihn anzusehen. Aber ich frage ihn. Ich frage ihn tatsächlich. »Nimmst du Drogen? Ich meine, harte Drogen?«

Er sagt nichts. Sekundenlang sagt er nichts, und ich schreie innerlich, dann stolpern die Worte aus seinem Mund. »Was? Nein. Nein. Ich nehme keine Drogen. Wie kommst du darauf?«

»Also hast du nie welche genommen? Niemals probiert?« Will ich, dass er mich anlügt? *Bitte lüg mich nicht an, Jay. Nicht du. Bitte nicht auch du.*

Sein Kopf fällt ins Kissen, er streichelt meine Wange. »Ich rauche Gras. Das weißt du.«

»Das meine ich nicht. Anderes Zeug. Schlimmeres …«

Sein Kehlkopf bewegt sich, als er schluckt. An seinem Ausdruck erkenne ich, dass er die Möglichkeit abwägt, einfach alles abzustreiten. Die blaue Iris springt in meinem Gesicht umher, als suchte er dort nach einem Hinweis, ob ich die Wahrheit bereits kenne. Ich atme nicht mehr, bis er sagt: »Das war nichts. Ich meine, nichts von Dauer.« Er muss etwas in meiner Reaktion entdecken, denn plötzlich versteht er alles. »Bist du deshalb gestern so ausgetickt? Denkst du, ich bin süchtig?«

Meine Kehle fühlt sich zu dick an, ich produziere nur einen Satz, bevor meine Stimme bricht. »Ich weiß von der Sache im Flashlight.«

Jay schließt die Augen. Seine Haut verliert jede Farbe. »Wer hat dir das erzählt? Meine Eltern?«

»Jemand in der Schule.« Ich will Ehrlichkeit von ihm, doch ich kann sie ihm selbst nicht geben. »Was ist damals passiert?«

Er atmet tief durch. »Was immer geschieht. Musik, die dich so sehr zum Kochen bringt, dass du dich mit zu viel Alkohol löschst. Und nicht ablehnst, wenn dir jemand eine Tablette in den Mund legt.«

»Tablette?«, hauche ich.

»Ecstasy.«

Der Name macht es seltsam real. Erst jetzt wird mir klar, dass ich nicht daran glauben wollte.

»Ich habe seitdem nichts mehr genommen.« Er küsst mich auf die Stirn. »Mach dir keine Sorgen um mich.«

Mein Finger gleitet seine Schulter hinab, über die Muskeln des

Oberarmes, hinunter in seine Armbeuge. Die Einstichstelle fühlt sich wärmer an als der Rest der Haut. »Was ist das?«, wiederhole ich leise.

»Das ist …« Er betrachtet den Arm, als hätte er noch nie einen gesehen und würde nach einer passenden Bezeichnung dafür suchen. Bei seiner Antwort sieht er mich nicht an. »Ich war im Krankenhaus. Blut spenden.« Bevor ich etwas erwidern kann, drückt er uns beide fest aneinander. Er küsst die Stelle zwischen meinen Augen, die Nasenspitze und die Oberlippe. »Ich würde dich immer zurückrufen, Viki. Egal, wie bescheuert ich war.«

Ich möchte etwas sagen, aber meine Gedanken passen in keine Worte.

Schließlich ist es Jay, der in die Stille flüstert, was ich mir wünsche. »Verlass mich nicht.«

Du bist eine Krankheit, gegen die ich nicht geimpft bin.

Am nächsten Morgen exhumiere ich mich aus dem Bett. Ich erinnere mich nicht, wo meine Kleidung liegt, bis ich darüber stolpere. Der Aufwand, mich zu bücken und anzuziehen, scheint mir die Sache nicht wert. Halb nackt taumle ich zur Tür und falle über einen rotblonden Teppich, der erschrocken aufquietscht. Jay ist in Sekunden neben mir.

»Wo willst du hin?« Er packt meine Schultern und dreht mich um.

»Deine Haare sind ein physikalisches Wunder«, kontere ich.

»Geh zurück ins Bett.«

»Geh wieder zur Schule!«

»Du fieberst«, behauptet er und legt eine gefrorene Hand auf meine Stirn. »Du musst dich ausruhen.«

»So ein Unsinn, ich bin nie krank! Unerschütterliche Anwesenheit ist mein bestes Fach!« Mein Körper findet es witzig, mich in diesem Moment husten zu lassen. Ich würde gerne etwas Sarkastisches hinzufügen, doch meine Lunge spuckt gelben Schleim aus.

Jay ekelt sich nicht angemessen davor. Stattdessen schleppt er mich zum Bett und drückt mich auf die Matratze. »Sitz.«

»Ich bin kein Hund!« Kid bellt zustimmend. »Hörst du, der Hund sagt es auch!«

»Du bleibst sitzen.« Er nagelt mich mit seinem Blick fest, verlässt das Zimmer und taucht mit einem Fieberthermometer auf. Eines, das man nur eine Sekunde lang ins Ohr hält. Er misst gegen meinen

Willen die Temperatur. »Neununddreißigvier. Siehst du? Das nennt man Fiebern.«

»Klugscheißer.«

»Ich fahre dich zum Arzt. Möchtest du vorher was frühstücken?«

»Ich frühstücke nicht und ich fahre nicht zu Ärzten!« Am liebsten würde ich den Ausbruch mit dem Aufstampfen meiner Füße unterstreichen, aber meine Beine fühlen sich an wie warmer Kaugummi. Ich versuche, zornig zu atmen. »Wo ist mein Handy? Ich muss Mel anrufen.«

Jay sucht es. Jay findet es. Jay gibt es mir nicht.

Stöhnend recke ich mich danach und komme mir wie ein Zombie vor, dem man die Beine weggeschossen hat. »Giiib her!«

»Vergiss es.« Er streckt mir die Zunge raus.

»Sehr erwachsen, Jay, sich an kranken Menschen zu erheitern.«

»Also gibst du es zu! Du bist krank.« Er grinst triumphierend. »Ich rufe Melanie an. Du entspannst dich jetzt.«

Er tippt auf dem Handy rum und hält es sich ans Ohr. Dabei lässt er mich nicht aus den Augen, als würde ich heimlich aus dem Bett steigen und ihm die Nachttischlampe über den Schädel ziehen. Jemand nimmt ab und Jays Mund klappt auf, doch bevor ein Laut herauskommt, stockt er. Dann trifft mich sein blauer Blick. Das spöttischste Grinsen, das ich je gesehen habe, explodiert in seinem Gesicht. Er unterbricht den Redeschwall mit den Worten: »Hier ist Jay.«

Die Antwort hört sich nach *Scheiße* an.

»Viki kommt heute nicht zur Schule. Sie ist krank. So wie sie aussieht, wird sie es wohl ein paar Tage bleiben.«

Was soll das heißen? Wie sehe ich aus? Wo ist ein Spiegel?

Jay hält das Handy in meine Richtung (aber nicht in meine Reichweite). »Melanie möchte ein Lebenszeichen von dir. Sie fürchtet, ich halte dich gegen deinen Willen hier gefangen.«

»Er hält mich gegen meinen Willen hier gefangen!«

Jay zieht es zurück. »Sie hat Fieber. Offenbar macht sie das noch reizender als üblich.«

Ich höre Mels Kichern. Elende Verräterin!

Die zwei frischgebackenen besten Freunde lachen eine Runde über mich und verabschieden sich kotzfreundlich voneinander. Ich beschließe, niemals wieder ein Wort mit denen zu wechseln.

Jay hockt sich auf die Matratze. Sein Grinsen ist viel zu breit, wenn man bedenkt, dass ich möglicherweise an einer Lungenentzündung verende.

»Was?«, knurre ich.

Seine Mundwinkel wachsen bis zu den Ohren. Er schraubt seine Stimme auf Mels Höhe. *»Hi Süße! Immer noch in deinen blonden Prinzen verschossen?«*

Mel! Ich könnte sie erwürgen!

Ich sammle so viel Selbstbewusstsein, wie sich in den dunklen Ecken meiner Existenz zusammenkratzen lässt, und erwidere kühl: »Melanie ist als Baby vom Wickeltisch gefallen. Man muss Verständnis für sie aufbringen. Viel Verständnis.«

Jay beugt sich über mich. »Soll dir *dein blonder Prinz, in den du verschossen bist,* jetzt Frühstück machen?«

Ich werfe die Arme in die Luft und gebe auf.

Nachdem Jay mich zwangsbefrühstückt hat, fährt er mit mir zum Arzt.

Selbst am Freitagmorgen ist das Wartezimmer brechend voll: Alte Leute, die Diagnosen und Beschwerden austauschen als wären es Tradingcards. Eltern, die ihre verschwitzten, verrotzten, quengelnden Kinder an sich drücken. Ein paar Leute, die verdächtig gesund aussehen. Und ein überfürsorglicher Idiot, der seine breiten Schultern zusammenfaltet, um die röchelnden Nachbarn nicht zu berühren, und mich auf seinen Schoß zieht. Ich räche mich an Jay, indem ich um seinen Hals falle und spontan einschlafe. Während er über zwei Stunden lang eine atmende Leiche in den Armen hält, träume ich von Hawaii und der muskulösen Brust eines braungebrannten Surfers.

Ich werde aufgerufen, ins Untersuchungszimmer geschoben, abgehorcht, durchleuchtet, fiebergemessen, Blut bezapft und wegen meiner zu dünnen Jacke gescholten. Die Sprechstundenhilfe überreicht mir ein Rezept und ich taumle aus der Praxis. Jay steht rauchend vor der Tür.

Er wirft die Kippe auf den Boden und drückt sie mit den Chucks aus. »Und?«

»Ich habe noch drei Tage zu leben«, antworte ich mit erhobenem Kinn. »Fahr mich nach Hause. Ich möchte in Schokolade baden.«

»Du würdest in Schokolade baden, wenn du nur noch drei Tage zu leben hättest?« Er nimmt mich in den Arm und streicht meine fettigen Haare aus dem Gesicht. (Die ich vergessen habe zu kämmen.) (Was mein Freund vergessen hat zu erwähnen.)

»Sicher.« Ich fange seinen Blick. »Was würdest du tun?«

Seine Lippen legen sich auf meinen Mund. »Dich küssen.«

Jay verwandelt mich in einen wahren Kranken. Es sind nicht die Bakterien, die sich in meinen Atemwegen eingenistet haben und dort eine ausgelassene Party feiern. Auch nicht das Fieber, die Gliederschmerzen oder der Husten. Die Ursache für meine Schwäche ist eine ganz andere, eine, gegen die ich nicht geimpft bin. Es ist Fürsorge.

Ich brauche mich nicht aus einem schwarzen Zimmer zu quälen, um in der Schule Ruhe zu finden. Muss keine Salbeibonbons dauerlutschen, die meine Stimme bei Sprechtauglichkeit halten. Ernähre mich nicht von Medikamenten, die nur Symptome niederdeckeln, bis ich glaube, gesund zu sein. Zum ersten Mal, seit ich mich erinnere, darf ich einfach nur krank sein. Und es in vollen Zügen genießen.

Jay schiebt eine Wärmflasche unter die Bettdecke und bringt mir Tee an den Nachttisch. Echter Kamillentee, bei dem man die getrockneten Blüten sieht, gesüßt mit Waldbienenhonig.

»Du bist die beste Krankenschwester, die es gibt«, röchle ich.

Er lächelt. »Du bist der beste müffelnde Patient, den es gibt.«

Kann man mir wirklich vorwerfen, dass ich versuche, die Genesung hinauszuzögern? Die Antibiotika, die Jay mir in den Mund steckt, halb aufgelöst in die Toilette spucke?

Ich schaffe es, eine Woche lang krank zu bleiben.

Es ist Sonntag, der dritte Advent.

Meine Klamotten sind irgendwo im Waschzyklus des Hauses verstreut, deshalb trage ich einen von Jays alten Jogginganzügen, der mir viel zu groß ist. Ich sitze auf der Bettkante, rolle die Füße über Kids Fell und notiere Mels Angaben, die sie mir übers Handy durchgibt, in einem Block auf den Knien:

»Winkel im Dreieck und an Geradekreuzungen kommen auch«, rattert sie herunter. »Und das Kapitel Terme: aufstellen, auswerten, interpretieren, umformen und Klammern auflösen. Das mit den Klammern haben wir diese Woche durchgenommen, ich zeige es dir, sobald Jesus mein Gebet erhört und mich mit Erkenntnis segnet. Kommst du morgen wieder zur Schule?«

Ich räuspere mich hoffnungsvoll, finde aber keinen Schleim mehr im Hals. »Schätze schon.«

»Gut, dann bring ich dir Weihnachtskekse mit. Mama hat tonnenweise gebacken, ich atme seit Stunden Schokostreusel und Hagelzucker.«

»Klingt super. Bis morgen.«

Diana experimentiert mit rohen Keksen, die besonders gesund sein sollen. Ich kam gestern Abend in den Genuss von gedörrten Datteln, Cashewnüssen, Kokosflocken und Agavendicksaft, zu Kugeln gerollt. Entgegen aller Erwartung schmeckten sie köstlich.

Noch überraschender ist allerdings Folgendes: Jays Eltern haben keinen Ton darüber verloren, dass ich praktisch bei ihnen lebe.

Ich werfe das Handy zusammen mit dem Stoff für die drohende Matheklausur hinter mir aufs Bett und kraule Kids Nacken. »Du hast es gut, Kleiner. Brauchst keine Klausuren zu schreiben.« Der Hund schnappt nach Luft, als wolle er mir zustimmen. Ich ziehe seine Schlappohren hoch. »Du kannst so blöd sein, wie du willst, und jeder ist verrückt nach dir.«

»Du kannst auch so blöd sein, wie du willst.« Jay sitzt am Schreibtisch und dreht den Sessel zu mir. »Ich bin trotzdem verrückt nach dir.«

Mein Gesicht klappt nach unten. Seine Worte lassen sich nicht runterschlucken und verstopfen meinen Hals. Es muss an geschwollenen Mandeln liegen. Vielleicht sollte ich morgen doch zu Hause bleiben.

Ich höre Jays nackte Füße auf dem Parkett. Er kauert sich vor mich. »Hast du keine freche Antwort auf Lager?«

Ich schüttle den Kopf.

»Hey.« Er greift mein Kinn und drückt es nach oben. Ich drehe mich weg. »Das war ein Scherz. Du bist nicht blöd.«

»Genau das bin ich!« Ich springe auf und stürme zum Fenster. Der Rosengarten ist unter einer zwanzig Zentimeter dicken Schneeschicht verschwunden. »Ich bin verdammt bescheuert, Jay! Ich falle in drei Hauptfächern durch! Und die übrigen Leistungen sind ebenfalls beschissen! Ich hätte den Job im *Pizza Flizza* nicht verlieren dürfen, vermutlich ist es meine Bestimmung, unzufriedenen Idioten fettiges Essen hinterherzutragen. Aber auch dafür braucht man Mathe und Englisch und vielleicht sogar Französisch.« Ein gewaltiges Gefühl prickelt hinter meinen Augen, ich presse es hinunter in die Füße und trete mit bloßen Zehen gegen die Wand. Der Schmerz brennt den Zorn aus mir heraus.

Jay legt die Arme um mich. »Das hast du bisher nicht erwähnt.«

»Warum sollte ich es erwähnen? Du sprichst ja nicht über die Schule!«

Seine Umarmung erstarrt.

Ich drehe mich um und vergrabe das Gesicht in seinem Pullover. »Entschuldige. Es ist nicht deine Schuld. Ich bin nur so wütend auf mich selbst! Wenn ich sitzenbleibe, bedeutet das ein weiteres Jahr, bevor ich studieren und jobben kann. Ein weiteres Jahr, in dem ich von diesem Mistkerl abhängig bin.«

Er streichelt meine Haare. »Ich erkläre dir Mathe, wenn du willst.«

»Ich brauche keine Erklärung! Ich brauche einen Chirurgen, der mir die verdammten Lösungen ins Hirn operiert!«

Ich spüre sein Lächeln an meinem Ohr. »Wetten, ich kann dir jede beliebige Aufgabe aus deinem Buch innerhalb einer Stunde beibringen?«

»Du unterschätzt meine Dummheit!«

»Du unterschätzt meine überragende Intelligenz.«

»Die Wette hast du verloren«, winsle ich. »Worum wetten wir? Wenn du verlierst, tanzt du nackt vor mir Lambada. Und isst dabei eine Banane.«

»Und wenn ich gewinne?«

»Dann hast du einen Wunsch frei.«

Er grinst. »Abgemacht.«

Um eines vorwegzunehmen: kein Lambada. Jay sieht nicht nur umwerfend aus, kann hinter dem Nacken Gitarre spielen und hinreißend küssen – nein, er ist auch ein verfluchtes Mathegenie.

Natürlich sträube ich mich zuerst, denn ich habe überhaupt keine Lust auf Lernen. Mein Kopf hat sich in der vergangenen Woche erfolgreich entleert – eine intellektuelle Darmkur sozusagen – und möchte nicht wieder gefüllt werden. Außerdem, seien wir mal ehrlich, nützt es sowieso nichts. Ich hasse Mathe und bin zu blöd dafür, wozu die Zeit verschwenden?

Jay allerdings wendet einen äußerst hinterlistigen Trick an. Er setzt sich an den Schreibtisch, klopft sich mit den Händen auf die Oberschenkel und ruft: »Komm her, Schatz.«

Ich bin schneller dort als der Hund.

Eine Weile rutsche ich auf seinem Schoß hin und her, doch er lässt sich nicht ablenken. Er holt Zirkel, Geodreieck und Bleistift aus der Schublade und – siehe da! – das Mathebuch aus meinem Rucksack, das ich diesmal dummerweise nicht in der Schule vergessen habe.

»Zeig mir eine Rechnung. Irgendeine«, befiehlt er großmütig.

Ich spiele mit dem Gedanken, ihm meine Prüfungsaufgabe zu geben, aber die ist zu leicht. Stattdessen finde ich ein Beispiel, bei dem mir allein vom Lesen übel wird.

Zeichne zwei parallele Geraden a_1 und a_2 im Abstand 2 cm sowie einen Punkt P zwischen den Geraden im Abstand x von der Geraden a_1. Spiegle P zuerst an a_1 und den dabei entstehenden Bildpunkt P' anschließend an a_2, wodurch P'' entsteht. Stelle Terme auf für den Abstand von P und P', für den Abstand von P' und P'' und für den Abstand von P und P'' und vereinfache die Terme.

Ich reibe mir die Hände. »Haben wir überhaupt Bananen im Haus?«

Jay zeichnet ein Kreuz aufs Papier. (Hangman? Sein eigenes Grab?) Dann zieht er zwei Zentimeter daneben einen Strich und verstreut an allen Ecken und Enden *a*s und *P*s. Er kritzelt die Terme dazu, in lächerlich kurzer Zeit.

»Netter Versuch«, höhne ich und schlage das Lösungsheft auf. Ich vergleiche die Terme. Vergleiche sie noch mal. Schiebe die Augen mikroskopisch nah ans Blatt. »Es ist … falsch.«

»Es ist richtig.«

»Im Lösungsheft stehen keine Pflaumen!«

»Das sind *a*s, wie du genau weißt. Dein süßer Hintern steht mir ab sofort für einen Wunsch zur Verfügung.«

»Wie hast du das gemacht?«, werfe ich ihm vor. »Es ist unmöglich, dass du das ganze Buch auswendig kennst. Irgendwie wusstest du, welche Nummer ich nehmen würde.«

Jay legt das Kinn auf meine Schulter und grinst. »Es ist nicht einfach, blendend auszusehen *und* hochintelligent zu sein.«

Habe ich vorhin etwas von seinem Äußeren gesagt? Ich streiche es wieder: ~~Jay sieht nicht nur umwerfend aus~~, er ist auch ein eingebildetes Arschloch! Eines, das einen Kuss auf meine Wange drückt und mir Schritt für Schritt erklärt, wie er es gerechnet hat. Er ist so gut, er könnte einem Schimpansen, ach was, er könnte *dem Hund* Mathe beibringen!

Ich rechne eine ähnliche Aufgabe nach und steche mir beinahe den Bleistift ins Auge, als ich sie mit der Lösung vergleiche. Es stimmt. ES STIMMT. HALLELUJA!

»Wie viele Tage bis zur Klausur?«, will Jay wissen.

»Sieben.«

»Das kriegen wir hin. Zeig mir den Stoff.«

Wir verbringen den Rest des Sonntags am Schreibtisch und rechnen. Für alle, denen die Tragweite dieses Satzes entgangen ist, hier noch mal: Wir verbringen den Rest des Sonntags am Schreibtisch und RECHNEN. Wie in WIR RECHNEN FREIWILLIG.

Später im Bett lasse ich den Zeigefinger um Jays Bauchnabel kreisen und schlage verführerisch mit den Wimpern. »Du hast einen Wunsch frei.«

»Einen Wunsch«, erwidert er grinsend, »den ich nicht für etwas vergeude, das ich sowieso bekomme.«

Vier einfache Worte.

Normalerweise hätte ich die Woche bis zur Matheklausur so verbracht: Zuallererst und hauptsächlich hätte ich ein sengend heißes Bad in Selbstmitleid genommen, das mit jeder verstreichenden Minute zu juckender Wut getrocknet wäre.

Drei Tage vorher hätte ich den verpassten Stoff kopiert, weil mir keine Zeit geblieben wäre, ihn nachzuarbeiten. Zwei Tage vorher hätte ich mich im Müllhaufen meines Zimmers vergraben, mit dem Kopf in den Händen und einem zerbissenen Bleistift im Mund. Danach hätte ich mich mit Phil verabredet, die Nacht durchgemacht und den letzten Tag mit Kopfschmerzen überbrückt, die mir eine Ausrede geliefert hätten, das Mathebuch vorzeitig in den Rucksack zu packen.

Das alles wäre passiert, denn es ist schon ein Dutzend Mal zuvor geschehen.

Diesmal stellen sich dem vier Worte entgegen. Vier magische, starke, unerbittliche Worte. Geäußert von jemandem, der sich neben mich setzt, mir die Aufgaben erklärt und immer wieder versichert, dass ich nicht zu dumm bin. Jemandem, der mit mir jubelt, wenn mein Ergebnis mit dem im Lösungsheft kongruent ist. Der mich küsst, für jede Sekunde, die ich nicht aufgebe.

Vier einfache Worte.

»Ich glaube an dich.«

Jay fährt mich im BMW zur Schule. Wir parken drei Straßen entfernt und gehen den Rest zu Fuß. Besser gesagt: Ich kralle mich an seinen Hals und er schleift mich den Gehweg entlang.

Wir schleppen uns hinter den Schulbussen hervor, aus deren gelben Stahlskeletten Schüler krabbeln und wie Lemminge im Schulgebäude verschwinden.

»Es gibt eine nette Brücke unten beim Südbahnhof«, hauche ich. »Zwanzig Meter hoch, mit freiem Fall auf Stahlbeton. Sehr zuverlässig.«

Jay nimmt mich in die Arme und drückt mich an sich. »Du darfst nicht springen. Ich hab dir ein Weihnachtsgeschenk besorgt, das man nicht umtauschen kann.«

»Weihnachten, die zu blindem Konsum verkommene Verhöhnung der Frucht eines Weibes. Was hast du mir gekauft?«

»Das erfährst du übermorgen.«

»Übermorgen bin ich vielleicht Vergangenheit …«

»Viki.« Jay umfasst meine Wangen und zwingt mich dazu, ihn anzusehen. »Es ist nur eine Matheklausur. Du kannst alles. Ich glaube an dich.«

»Nicht«, fiepe ich. »Es ist schon unerträglich, mich selbst andauernd zu enttäuschen.«

Jay gibt mir einen Abschiedskuss und schiebt mich in Richtung Eingang. »Viel Glück!«

Ich ergebe mich dem Schicksal.

Als ich mich zwischen den Schülern durch die Flügeltüren quetsche, fallen mir ein paar Zwölftklässler auf, die an der Wand stehen und aufgeregt miteinander sprechen. Nur einer schweigt, seine eisgrauen Augen haften auf mir, bis er den Kopf abwendet, als wäre ich giftig.

Es ist David mit rosa ausgewaschener Punkfrisur. Er hat Jay und mich zusammen gesehen, daran besteht kein Zweifel. In seinem

Ausdruck blitzt kein Spott, sondern etwas Tieferes, etwas sehr Verletztes. Der Strom der Körper drückt mich weiter, die Stufen hinauf bis zu meinem Klassenraum, und ich denke: *Er hat seinen besten Freund verloren. Kein Wunder, dass er mich hasst.*

Das Klassenzimmer saugt mich ein wie ein dunkler, drohender Strudel. Die Luft wirkt blau und schwer, Aufregung wabert in ihr wie etwas, das man beinahe anfassen kann. Die Stimmen der anderen dringen gedämpft hindurch, flüsternd und zischend. Mel taucht in meinem Augenwinkel auf, so tief vornübergebeugt, dass ihre Locken auf dem Mathebuch schwimmen. Auf dem Weg zum Platz drücke ich ihre Schulter und sie schenkt mir ein gequältes Lächeln. Ich sinke auf den Stuhl und ertrinke in eiskalter Angst.

Automatisch packe ich die Sachen aus: Taschenrechner, Zirkel, Geodreieck, Bleistift, Spitzer, Kuli – Jay hat an alles gedacht. Und trotzdem ist da dieses Gefühl, etwas vergessen zu haben, etwas Wichtiges, Lebenswichtiges.

Ich habe keinen Schummelzettel. Nicht einen einzigen. Ich weiß nicht, wann ich das letzte Mal so nackt vor einer Klausur stand. Mel hingegen ist gut vorbereitet, wie immer. Sie trägt Schummelsachen, weite Stoffe und tiefe Taschen, in denen sie jeden Zettel zweimal versteckt hat, falls man ihr einen abnimmt. Sie hat eine konstante Vier in Mathe, seit wir uns kennen. Mit einem Mal richtet sie sich auf, wühlt im Rucksack und kommt auf mich zu.

»Das hätte ich fast vergessen«, sagt sie leise. »Danke für deine Unterlagen.«

Ich nehme das Buch, das sie mir entgegenhält, und warte, bis sie zurück auf ihren Platz schwebt. Dann fallen meine Haare in einem dunklen Vorhang zwischen mich und alle unerwünschten Blicke. Mein Daumen streift über die Buchkante, ertastet einen Spalt und schlägt es vorsichtig auf. Ich schlucke.

Mel hat mir die Kapitelzusammenfassungen klein kopiert, zugeschnitten und im Bund ihres Literaturgeschichtebuches eingeklemmt. Ich habe ihr gesagt, dass ich mit Jay lerne. Entweder hat sie mir das nicht abgekauft oder sie dachte …

Das blaue Licht erlischt, jetzt glüht es rot und panisch in mir. Wie konnte ich mir nur einbilden, diese Matheklausur zu schaffen? Auch das letzte Mal habe ich gelernt und es hat nichts genützt.

Ich klappe das Buch zu und lasse es unter der Bank verschwinden. Meine Handflächen schwitzen, Fabian funkelt mich an und die Tür zum Klassenzimmer öffnet sich mit einem Knall.

Schwere Schritte beben durch den Raum, ein kräftiges »Guten Morgen!« hallt aus 2πrs schwammigem Körper. Ohne lange Vorrede verteilt er die Klausurhefte. Meines klatscht er vor mir auf den Tisch. Ich schlage es auf und ein fettes *Ungenügend* brennt mir entgegen. Fehlerzeichen, falsch, nichts ist richtig. Mit tauben Fingern blättere ich zur nächsten Seite.

Dann kommt das Aufgabenblatt. Es sinkt federleicht herab, weiß und unschuldig und doch so bedeutungsschwer. Meine Augen huschen über die aufgedruckten Buchstaben und Zahlen. Sie kommen mir bekannt vor. Das habe ich schon mal gerechnet. Wie war das gleich? Es fällt mir nicht ein. Meine Ohren pfeifen, die Arme zittern, der Kopf ist leer. Mir wird schlecht.

Ich schließe die Augen, atme tief durch, betrachte die Angaben erneut. Noch immer liegt das Blatt vor mir wie eine Frage, die nach Antworten sucht. Die Oberkörper der anderen sind tief vornübergebeugt. 2πr schweift umher. Er ist ein Leuchtturm, gefüllt mit Schwarzlicht, die versteckten Zettel unter der Bank glühen violettweiß in meiner Vorstellung. Ich reibe die Knie aneinander und fange an.

Bald erkenne ich, dass die Aufgabe falsch ist. Das Gefühl keimt mit Kommastellen auf, die sich nicht wegrunden lassen, und materialisiert sich in einem siebenstelligen Ergebnis, das einfach nicht stimmen kann. Ich streiche alles durch und reiße die Seite heraus. Das Geräusch ist wie ein Schrei in der Stille des Klassenzimmers. Verärgerte Blicke treffen mich.

Das nächste Beispiel, vielleicht … Nein. Das dritte. Ja, das weiß ich, ich erinnere mich an Jays Worte, an seine Hand, die einen Kuli übers Papier zieht. Ich rechne sie durch und das Ergebnis ist gerade, so wie 2πr es mag. Es könnte richtig sein. Vermutlich nicht. Eventuell.

Und so mache ich mit der vierten Nummer weiter und schließlich der fünften. Bis mir warm wird und ein Kribbeln in den Kopf steigt, als wäre mein Hirn eingeschlafen und würde erst jetzt durchblutet. Mir fällt ein, was ich zuerst falsch gemacht habe. Jay hat es mir gesagt, der Fehler ist so klar, er springt mir geradezu entgegen. Alle fünf Aufgaben fließen aus der Spitze des Kugelschreibers und ich unterstreiche eine glatte Lösung nach der anderen.

Noch immer beugen sich die anderen tief über die Hefte. 2πr patrouilliert durch die zweite Reihe. Mel radiert heftig auf dem Blatt. Die Uhr an der Wand zeigt zehn Minuten Zeit bis zur Pause. Unmöglich, dass ich so früh fertig bin, es muss einen Haken geben. Ich suche verzweifelt, entdecke jedoch nichts.

Natürlich könnte ich mich vergewissern …

Meine Finger gleiten unter die Bank und tasten nach dem Literaturgeschichtebuch. Ich finde nichts, schiebe meinen Arm tiefer hinein, stoße an die Rückwand. Wo ist es nur hin? Gerade war es doch noch da! 2πr blickt auf und meine Hand zuckt zurück. Dabei streift mein Knöchel eine Kante. Das Buch rutscht zur Seite, ich greife automatisch danach, aber erwische es nicht mehr. Es poltert auf den Fußboden zwischen meinen Füßen. Zwei Schummelzettel hängen heraus wie ausgestreckte Zungen.

Mein Herz hämmert nicht, es steht still.

2πr ist auf dem Weg zu mir.

Nein, denke ich, *ich habe alles gelöst! Er darf nicht herkommen, die Kopien finden, mir das Heft wegnehmen, die Klausur zerreißen. Verdammt, nein! Das habe ich nicht verdient!* Schlimmer noch ist dieser Gedanke: *All seine Mühe umsonst, sein Vertrauen fehlinvestiert. Ich enttäusche Jay.*

2πr kommt. Seine dicken Füße stecken in Gesundheitslatschen und heben sich kaum auf dem Linoleum. Schweinsäuglein durchforsten mein Gesicht, erforschen es, blicken hinab, auf das Buch, das dort liegt und von ihm untersucht werden will. Er schickt einen Vorboten des Unheils: »Was haben deine Hände unter der Bank zu suchen?«

Ich sehe das Ende bereits.

Mel schreit auf: »So ein Mist! Ich habe eine Aufgabe übersehen! Herr Professor! Sie müssen mir mehr Zeit geben! Bitte lassen Sie mich in der Pause schreiben!«

2πrs Kurs flackert, angezogen vom Ausruf, wuchtet er den Oberkörper fünfundvierzig Grad herum. Das Kinn verdreifacht sich über seiner Schulter, er öffnet den Mund.

Ich entgehe dem Zusammenprall für Sekunden. Sekunden, in denen Mel mit den Armen fuchtelt. Sekunden, in denen meine Finger die Schummelzettel herausziehen und in meinen Rucksack stopfen. Sekunden, in denen 2πr erklärt, dass es keine Verlängerung gibt, er den Kopf zurückdreht und die Füße vorschiebt.

Vielleicht sieht es für ihn so aus, als hätte ich mich nicht bewegt. Als wäre ich erstarrt wie ein Eisberg und er ist die Titanic, bereit, mich zu versenken. Er beugt sich zu mir, weit kommt er nicht, sein Bauch verhindert es. Er scannt das Buch auf dem Boden mit zusammengekniffenen Äuglein.

»Entschuldigung«, bringe ich hervor. »Es ist plötzlich herausgefallen. Jemand muss es hier vergessen haben.«

»Ist das ein Mathematikbuch?«

Ich schüttle den Kopf und zeige ihm das Literaturgeschichtebuch zum Beweis. »Das Mathebuch habe ich zu Hause.«

»Zum Lernen nehme ich an.« Er lässt es wie einen Witz klingen. Lächelnd betrachtet er meine Klausur und sucht in den Rechnungen nach der Pointe. Er bleibt stumm. Sein Blick heftet sich auf mich, untersucht meine Augen, die Ärmel, die Hände. Er greift nach dem Heft und schüttelt es aus, dreht das Aufgabenblatt um, rührt mit den Wurstfingern in der Federschachtel. »Müssen wir unter der Bank nachsehen? Oder zwischen den Seiten dieses Buches?«

»Herr Professor!« Jemand aus der vordersten Reihe ruft ihn. Es ist nicht Mel, es ist nicht einmal jemand, mit dem ich mich oft unterhalte. Anja, unsere Stufenbeste, zurückhaltend und mollig, Anja, der Liebling aller Lehrkräfte, weil sie ihnen das Gefühl gibt, gut in ihrem Beruf zu sein. »Können Sie bitte herkommen? Ich weiß nicht, ob ich diese Angabe verstanden habe.«

2πr hat keine andere Wahl, als sich umzudrehen, durch die Klasse zu rollen und Anja zu bestätigen, dass sie, wie immer, alles absolut korrekt gelöst hat.

Ich rühre mich keinen Millimeter. Meine Hände liegen sichtbar auf dem Tisch, meine Atmung ist flach, meine Augen beten mit dem Sekundenzeiger der Wanduhr um die Pausenglocke. Fünf endlose Minuten später klingelt es. Ich springe auf und gebe das Heft als Erste ab.

2πr würdigt mich keines Blickes.

Die Anspannung zerplatzt und Geschnatter füllt den Raum. Jetzt ist die Zeit, in der Lösungen verglichen werden. In der Lachen oder Tränen ausbrechen und Mel und ich uns für gewöhnlich in den Flur verziehen.

Ich nehme Mel in die Arme und drücke sie fest.

»Ich hoffe, es hat was genützt«, wispert sie lächelnd. »Konntest du sie brauchen?«

Sie meint die Schummelzettel. Ich sage ihr, dass sie mein Leben gerettet haben.

Mel muss auf die Toilette und danach will sie einen Schokoriegel. Und zwar intravenös, wie sie lachend sagt. Ich habe noch was zu erledigen und schicke sie vor.

Eine Traube von Leuten, die sich gute Noten erhoffen, umschwirrt Anja. Sie ist die Bienenkönigin, die Fleißigste von allen, und ihre Ergebnisse die Messlatte für den Rest. Ich warte einige Augenblicke, bis um Anja wieder der Sicherheitsabstand entsteht, der proportional zu ihren Leistungen wächst. Ihre Haare sind braun und glatt, die Augen dunkel und wach. Sie richtet den stämmigen Körper auf, als ich vor sie trete.

»Danke«, sage ich leise.

Ein Lächeln flackert auf ihrem Mund, wie eine Flamme in zu starkem Wind, ehe sie erlischt. »Wofür?«

»Das weißt du. Du weißt es immer.«

Jetzt lächelt sie doch, aber ihr Blick fällt auf den Boden. Ich erkundige mich nach den Lösungen und sie nennt mir alle, selbstsicher, ohne zu zögern. Das Gespräch fühlt sich irreal an. Es sind die gleichen Zahlen, die unsere Lippen formen. Wie kann das sein?

Ich muss es Mel sagen.

Anja packt meinen Ellbogen und zieht mich zurück. Sie betrachtet die Tafel und ihre Wangen färben sich rosa. »Du bist mit Feretty zusammen, nicht wahr?«

Alle Worte hätte ich erwartet, nur nicht diese. Ich wusste nicht, dass Anja sich für Klatsch interessiert, es scheint so sehr unter ihrem Niveau zu liegen.

»Wieso fragst du?«

»Meine Mutter … Sie arbeitet als … Es ist bestimmt nicht leicht …«

»Was meinst du?«

Sie schüttelt den Kopf. »Nichts. Vergiss es. Ich dachte nur, du könntest mal etwas Glück gebrauchen. Darum habe ich … Du weißt schon.«

Ich weiß es nicht. Aber sie geht weg, und ich suche Mel auf dem Klo.

Anjas Andeutungen verblassen in der Tatsache, dass ich jede Aufgabe der Matheschularbeit fehlerfrei gelöst habe und für den Rest des Tages auf Wolken schwebe. Ich denke nicht mehr daran und schließlich vergesse ich sie.

Die Farben des Lebens.

Der Schulhof ist von blätterlosen Birken gesäumt, dazwischen erheben sich verschneite Parkbänke. Jay hockt auf der Lehne, mit den Füßen auf der Sitzfläche. Er saugt an einer selbstgedrehten Zigarette und stößt blauen Qualm in die Luft. Die Dunstwolke verschleiert seinen Kopf, als wäre er nicht richtig da. Kid schnüffelt an einem Mülleimer, umkreist ihn und färbt den Schnee darunter gelb.

Ich renne auf Jay zu, aber die anderen Schüler sind im Weg, weshalb er mich erst bemerkt, als ich fast bei ihm bin. Ein Lächeln bricht auf seinem Gesicht aus; er wirft die halb gerauchte Kippe weg, steht auf, breitet die Arme aus und fängt mich auf. Der Aufprall presst die Luft und ein helles Lachen aus mir heraus. Ich halte ihn fest und ziehe den Duft nach Rauch, Frost und Jay tief in mich hinein.

»Gut gelaufen?« Er reibt seine kalte Nasenspitze an meiner Stirn.

»Du umarmst eine Anwärterin für die nächste Fields-Medaille! Ich werde mir demnächst ein zweites Gehirn anschaffen müssen, um meine Genialität unterzubringen, so verflucht gut war ich!«

Jay hebt mich hoch und wirbelt mich im Kreis, bis ich kichere, ein wenig zu schrill, berauscht von Glück und Schwindel gleichermaßen. Die nackten Äste über uns verwischen zu einer grauen Substanz, meine Augen fallen zu und ich drücke die Nase in Jays Hals. Ich will ihn nie wieder loslassen. Nie wieder. Nie, nie, nie, niemals wieder.

Ein Räuspern lässt die Traumblase zerplatzen.

Mein Blick fällt auf Mel, die neben dem Hund kauert und ihn an den Händen schnuppern lässt. Plötzlich stehen da auch noch Chris, der betont in eine andere Richtung schaut, und Tom, der eine Augenbraue hochzieht. Lisi glotzt mich an wie den Yeti höchstpersönlich, mit roten Flecken auf den Wangen und kaum unterdrücktem Grinsen. »Fertig? Dann können wir gehen, bevor unsere Füße festfrieren?«

Meine Freunde, richtig, denen ich versprochen habe, sie zur Feier der überstandenen Klausur auf den Weihnachtsmarkt zu begleiten. Ich werde ein paar Zentimeter kleiner, als ich von den Zehenspitzen zurück auf den Boden der Realität sinke.

»Gehst du mit?« Meine Lippen berühren Jays, es ist Flüstern und gleichzeitig Küssen. »Punsch beim Rathaus? Du musst mitgehen, bitte.«

Die Frage löscht das Leuchten in seinen Augen, doch er lächelt und nickt. Er tut es mir zuliebe. Ich greife nach seiner kalten Hand und drücke sie.

Wir sind nicht die Einzigen, die feiern wollen, der Rathausplatz mit seinen hölzernen Weihnachtsbuden quillt vor Menschen über. Auf den Bäumen hängen überdimensionale Lichterketten, mit Geschenkpaketen und Tieren und Herzen und Sternen als Leuchtträger. In der Luft schweben Gerüche nach Wein und Zimt, Zuckerwatte und Lebkuchen. Besucher lächeln stumm, Kinderaugen glänzen in foliierten Ballons, Verkäufer preisen frisch gebackene Brezel und heiße Maroni an.

Meine besten Freunde drängen sich durch die Menge und ich laufe ihnen hinterher, mit jemand Besonderem an der Hand. Mel bleibt vor einem Stand stehen und zieht eine Regenbogenmütze mit dickem Bommel über die Locken. Ich denke plötzlich, das Leben ist nicht schwarz, sondern bunt. Ich war nur farbenblind.

Wir finden einen Glühweinstand mit runden Stehtischen und Heizlaternen davor. Der Boden ist großzügig mit Sägespänen bestreut, die säuerlich nach feuchtem Holz duften und die Tritte federn. Jay lädt uns alle auf einen Glühwein ein, den ich mir zur Feier des Tages erlaube, und kauft uns zwei Riesentüten Maroni. Wir reden über die Klausur und davon, auf keinen Fall mehr Mathe zu erwähnen. Lisi findet den Standverkäufer süß, Mel die Zuckerwatte. Der Tag versinkt hinter unserem Bewusstsein in aufleuchtenden Laternen und roten Wangen.

Kid winselt. Er will nur was zu Fressen abstauben. Doch Jay zerrt den Reißverschluss seiner Jacke runter, wirft sie zwischen die Glühweintassen und streift sich den Pullover übers Haar. Nur mit einem T-Shirt bekleidet, kauert er unterm Tisch und bindet die Ärmel um den Hals des Hundes. Er rubbelt seine Schlappohren und flüstert mit ihm. Wärme steigt von Jays Körper auf in den grauschwarzen Himmel.

»Hey«, zische ich. »Du holst dir den Tod da unten.« Ich nehme die Jacke und breite sie über seine Schultern. Im Hintergrund höre ich Phils Lachen. Er lästert, dass schon wieder ein freier Mann unter die Fittiche einer Frau geraten sei.

Jay zuckt die Achseln. »Mir ist nicht kalt.«

»Aber mir, wenn ich dich ansehe.« Ich hocke mich neben ihn und versuche, seinen Blick aufzufangen. Für eine Sekunde verliere ich das Gleichgewicht und schwanke gefährlich auf den Zehen, dann stabilisiere ich mich am Tischbein. »Willst du gehen?«

Jay sieht mich an. Eine Emotion flackert in seinen Augen, die in der Dunkelheit versinkt, ehe ich sie identifizieren kann. Er wispert: »Ich habe dich noch nie so glücklich gesehen.«

Ich will es dementieren, völlig reflexartig, aber er hat natürlich recht. Ich bin es. Ich bin glücklich. Meine Finger streichen über seine Schläfe und verschwinden in blondem Haar. »Warum auch nicht?

Ich bin ein Mathegenie, habe tolle Freunde und ein Verhältnis mit einem scharfen Kerl. Du solltest den mal sehen.«

Jay zieht halbherzig einen Mundwinkel nach oben.

»Nur manchmal«, füge ich hinzu, »habe ich keine Ahnung, was er denkt.«

»Er denkt, dass er dich nicht verdient hat.« Er spricht so leise, dass ich mir nicht sicher bin, ihn richtig verstanden zu haben.

Ich fühle mich vor den Kopf gestoßen. Weshalb sagt er so was? Vielleicht sollte es ein Kompliment sein, aber bei mir kommt es nicht so an. Im Gegenteil. Wenn jemand wie er das zu jemandem wie mir sagt, klingt es nach schlechtem Gewissen. Es hört sich an, als würde er nicht die ganze Wahrheit sagen. Und das macht mir Angst.

Gedankenverloren kraule ich Kid hinterm Ohr. »Lass uns gehen. Hier ist zu viel los für ihn.«

Wir verabschieden uns von meinen Freunden, die lautstark protestieren und Jay zweifelnde Blicke zuwerfen. Die Menschenmasse hat sich nach Feierabend verdichtet. Ich ziehe Jay hinter mir her und Kid drängt sich zwischen unsere Beine. Schultern rammen mich, Entschuldigungen oder Beleidigungen werden gemurmelt. Ich quetsche mich vorbei an singenden Jugendlichen und überschwappenden Glühweintassen.

Erst jetzt merke ich, wie sehr mir der Alkohol zu Kopf gestiegen ist. Was mich nicht wundern sollte, denn ich bin ihn einfach nicht gewöhnt. Im Gegensatz zu mir hat Jay nur an seiner Tasse genippt und sie halbvoll auf dem Tisch zurückgelassen. Trotzdem schwankt er stärker als ich, als wir uns durch das Gewühl schlagen und die Straße entlang zur U-Bahn schlendern.

»Geht es dir gut?« Meine Zunge drückt die Laute an den Gaumen und lässt sie nur schwerfällig los. Vor mir wackelt das leuchtende U-Bahn-Symbol in der Dunkelheit.

Jay schüttelt den Kopf. Er kommt dabei aus dem Gleichgewicht und stößt mich beim nächsten Schritt vom Gehweg. Ein Auto hupt und schert aus, der Beifahrer presst für eine Schrecksekunde den Mittelfinger ans beschlagene Glas. Die roten Bremslichter ziehen Schlieren vor meinen Augen, bis sie im Lichterkarussell einer Kreuzung verschwinden.

Ich presse Jay zurück auf den Weg und entdecke Kid, der mit eingezogenem Schwanz davonläuft. Seine Leine schleift im Dreck hinterher. Jay sieht ihm regungslos nach.

»Du kannst ihn nicht einfach loslassen!«

Glücklicherweise hält Kid an der Treppe zur U-Bahn an. Ich bücke mich nach der Leine und wickle sie doppelt um mein Handgelenk. Jay hält sich am Geländer fest und konzentriert sich auf seine Füße, die wie nasse Säcke auf die Stufen fallen.

Wortlos stehen wir auf dem Bahnsteig nebeneinander, ohne uns zu berühren. Der Hund sitzt fast auf meinen Schuhen, die digitale Anzeige kündigt den Zug in zehn Minuten an. Geplapper füllt die Fläche um uns herum und unterstreicht unser Schweigen.

Schließlich platzt meine Befürchtung heraus: »Hast du wieder diese Tabletten geschluckt?«

Jay seufzt tief. Mit geneigtem Kopf starrt er vor sich ins Nichts. »Ich habe zu wenig gegessen.«

Mir entgeht nicht, dass er der Frage ausweicht.

Im Zug setzt er sich mir gegenüber, nicht an meine Seite. Er schweigt die Fahrt über und vergräbt das Gesicht in den Händen. Abwechselnd streichle ich über sein Haar und die Schlappohren des Hundes. Kid fixiert mich als das neue Zentrum seines Universums.

An diesem Abend spricht Jay nur noch einen einzigen Satz. Wir befinden uns auf der Schwelle und der Schlüssel prallt zum dritten Mal ein paar Millimeter neben das Schloss. Seine Stimme klingt nicht betrunken, sondern leise und scharf, als er sagt: »Wenn meine Eltern fragen: Mir geht es gut.«

Keine Bitte. Keine Feststellung. Eine Drohung versteckt sich in den Worten, eine Warnung, die rot hinter den Buchstaben hervorblitzt. Gerade ausreichend, um sie zu erkennen und sich daran zu schneiden. Sie füllt meinen Magen mit Kälte.

Am nächsten Tag muss ich zurück in meine Wohnung. Und komme mir vor wie der Wurm im fauligen Apfel.

Mein Hintern lehnt an der Waschmaschine, die vom Spülgang in den Schleudergang wechselt und gegen das Steißbein vibriert. Ich sehe in den Spiegel über dem Waschbecken, auf dem Make-up-Spuren kleben, obwohl ich mich seit meinem Geburtstag nicht mehr geschminkt habe. An der Reflexion ist etwas anders. Meine Haare sind ausgewaschen und schimmern am Ansatz dunkelbraun, aber das meine ich nicht. Auch nicht die Haut, die makellos rein geworden ist, weil ich mich nicht mehr von Fast Food ernähre. Es sind die Augen. Sie leuchten. Sie strahlen in einer Zuversicht, die mir fremd ist und unheimlich.

In meiner Kehle kitzeln Worte wie: *Du verlierst deine Vorsicht. Wenn du nicht aufpasst, erschlägt dich das Schicksal von hinten.*

Die Augen antworten: *Es existiert kein Schicksal.*

Ein Schlüssel schiebt sich in die Wohnungstür, wird herumgedreht, die Tür öffnet sich und Schuhe poltern auf dem Abstreifer. Ein Reißverschluss ratscht. Imprägnierter Stoff knistert. Er hustet.

Ich zwinge mich, normal weiterzuatmen. Konzentriere mich auf den Herzschlag, damit er aufhört, in meiner Brust zu flattern. Blicke mir selbst ins Gesicht und finde jetzt Zweifel in den Brauen, die meine Stirn zu einer Falte zusammenquetschen.

Mein Vater reißt die Badezimmertür auf und zuckt zusammen.

Seine linke Hand hat den Hosenstall bereits geöffnet und schwebt nun regungslos vorm Schritt.

»Frohe Weihnachten«, sage ich.

»Ich muss pissen«, entgegnet er.

Ich trete in den Gang und schließe die Tür hinter mir. Flüssigkeit plätschert in die Kloschüssel, und ich weiß, dass er im Stehen pinkelt. Tief in mir suche ich nach altem Zorn darüber, doch die Flammen sind erloschen und ich stochere in einem Haufen rauchender Asche. Der Unterschied ist: Ich muss nicht hier bleiben. Die Zeit, in der wir beide uns gegenseitig ausgeliefert waren, neigt sich dem Ende zu. Eine Zukunft, in der wir getrennte Wege gehen, in der Hass zu bitterer Erinnerung trocknet, scheint plötzlich realistisch.

An der Wand neben meiner Zimmertür lehnt ein prall gefüllter Plastiksack einer Supermarktkette. Eine Tiefkühlpizza schaut heraus, davor ein Sixpack Bier und an den Seiten drei Flaschenköpfe mit rotem Schraubverschluss, auf denen *Red Label* steht.

Ich werde heute Abend in einem Architektenhaus selbstgekochtes Essen genießen. Der Baum, den Eric vor zwei Tagen aus dem Wintergarten geholt und in einen goldfarbenen Übertopf mitten im Wohnzimmer gesteckt hat, wird geschmückt sein. Jay wird den Arm um mich legen, meine Haare küssen und ich werde den Nasenrücken an seinen Hals schmiegen. Während ich die Finger unter zugeklebtes Geschenkpapier schiebe und gespannt kichere, löscht mein Vater die Feiertage mit Whiskey aus. Er wird sich so sehr betrinken, dass ich mir wünschen würde, er könnte noch im Stehen pinkeln. Das Badezimmer wird bis Anfang Januar nach Galle und stechendem Aftershave stinken, wenn er seine Fahne damit übertönt. Zwischen diesen Szenarien liegt nur eine halbe Stadt und doch sind sie astronomisch weit voneinander entfernt.

Hinter dem Bier klemmt etwas. Ich trete vor und ziehe eine DVD-Hülle heraus. Meine Erwartungen sind niedrig: vermutlich ein Porno, dessen Cover so zensiert ist, dass man nur schwarze Balken sieht. Stattdessen grinst mir Jim Carrey als grünes Weihnachtsmonster entgegen. Unter dem *Grinch* klebt ein gelber 50-%-Aufkleber.

Plötzlich habe ich Mitleid mit meinem Vater.

Das kann nicht das Leben sein, das er sich gewünscht hat. Auch er war einmal siebzehn, auch er muss davon geträumt haben, ein glücklicher Mensch zu sein. Ohne Konservendosenfabrik, ohne Freundin, die an Krebs stirbt, ohne Tochter, die ihn bis aufs Blut hasst.

Die Spülung rauscht. Er wischt sich die Hände an der Hose ab, als er herauskommt und den Film entdeckt. »Amerikanische Scheiße«, sagt er, wie zur Erklärung. Dann greift er nach dem Plastiksack und schleppt ihn in die Küche. Die Flaschen klirren aneinander.

Ich würde gerne wissen, ob er Mama geliebt hat. Ich war kein Wunschkind, so viel ist offensichtlich, aber niemand hat ihn gezwungen, sieben Jahre lang mit der Frau zusammenzuleben, die mich zur Welt gebracht hat. Ich frage mich, was ihn hier hielt, bevor es die Wohnung war, die er nur behalten konnte, wenn er mich aufzog.

Ich trete in die Küche, öffne den Mund und höre, wie er das Gemüsefach als *Scheißarschloch* beschimpft. Ich schließe ihn wieder. Dieser Mann ist zu keiner Antwort mehr fähig, die mich nicht verletzten würde.

Die Waschmaschine ist fertig. Ich ziehe ihren Inhalt heraus und streiche über feuchten Plüsch. Danach gehe ich.

Deine Worte tun weh.

Die letzten zwei Jahre habe ich Weihnachten bei Mel zu Hause gefeiert. Ich glaube nicht, dass es die Idee von Mels Eltern war. Wahrscheinlich war es ihnen nicht mal recht, aber sie gaben sich Mühe, mich willkommen zu heißen. Es gab immer Zwiebelsuppe mit knusprigem Toastbrot und zu viel Käse drauf. Ein Geschenk für mich, sorgfältig in buntes Papier eingepackt, mit einem Geschenkanhänger beschriftet. Tannennadeln, die sich vom trockenen Baum in meine Socken stahlen. Zu guter Letzt gab es für gewöhnlich noch Streit, zwischen Mel und Tobi und dann zwischen Mel und ihrer Mutter. Es pulsierte, es lebte, es war Weihnachten.

Bei den Ferettys ist alles perfekt. Dezent geschmückte Kommoden und ein lebendiger Weihnachtsbaum mit handbemalten Kugeln und brennenden Bienenwachskerzen an den Zweigen. Es duftet nach Weihrauch aus einer Räucherschale und geröstetem Gemüse aus dem Backrohr.

Und es ist still. Als hätte man das Lied *Stille Nacht* in diesem Haus zu wörtlich genommen.

Wir essen gemeinsam im Esszimmer von wertvoll aussehendem Porzellan mit dazu passendem Silberbesteck. Eine rote Stoffserviette liegt auf meinem Schoß und der feine Hals eines Kristallglases in meinen Fingern. Zum Gemüse gibt es Salzkartoffeln mit frisch gehackter Petersilie und einen Braten aus Sojabohnen. Alles schmeckt ausgezeichnet. Nur diese Stille, die ist schwer verdaulich.

Nach dem Essen ziehen sich Jays Eltern die Mäntel an und Diana fragt bereits zum vierten Mal: »Willst du nicht doch mitkommen, Jay? Zur Messe?«

»Wie oft willst du mich noch fragen? Nein!« Jay verschränkt die Arme vor der Brust und pflanzt seine Beine hüftbreit auf den Teppich.

Eric legt seine Hand auf Dianas Schulter und schiebt sie zur Tür hinaus. »Rede nicht in diesem Ton mit deiner Mutter.«

»Redet nicht mit mir, als wäre ich schwachsinnig! Ich habe die Frage schon beim ersten Mal verstanden.«

Ohne ein weiteres Wort verlassen seine Eltern das Haus.

Ich wusste nicht, wie sehr Jay Religion abgeneigt ist, trotzdem bin ich erleichtert. Das letzte Mal, als ich eine Kirche betreten habe, war ich acht Jahre alt und hab ein ausgeliehenes Kommunionskleid getragen. Der Pfarrer hat mich genötigt, ein paar Sünden zu erfinden, weil er mir nicht glaubte, dass ich nichts zu beichten hätte. Also habe ich behauptet, Ohrringe im Shoppingcenter geklaut zu haben, und die ganze Zeit gedacht: *Ich habe Mama nicht auf dem Totenbett geküsst, weil ich mich vor ihrer weißen Haut geekelt habe.*

Wir setzen uns vor den Weihnachtsbaum im Wohnzimmer. Die Bienenwachskerzen sind zur Hälfte heruntergebrannt und füllen die Halter mit flüssigem Wachs. Hinter dem Baum, an die Wand gelehnt, steht ein Feuerlöscher und an der Decke hängt ein Rauchmelder. Eric hat uns eindringlich gebeten, die Kerzen zu löschen, bevor wir zu Bett gehen. Ich beuge mich zum Couchtisch und nehme eine von Dianas Rohkostkugeln.

»Dein Geschenk hat eine interessante Form«, erwähnt Jay mit schiefem Grinsen.

Ich kaue auf dem Mandelbrei und betrachte den dreifach verklebten Zeitungsklumpen unter den Tannenzweigen. »Es ist der Inhalt, der zählt, oder nicht?«

»Allerdings. Darf ich es öffnen?«

Ich hole das Paket und wiege es in den Armen. »Du weißt, ich hab nicht viel Geld ... Aber ich habe es eigenhändig gefärbt.«

Jay streckt die Hände aus und ich drücke es ihm entgegen. Seine Augen leuchten, als er das Gratis-U-Bahn-Blatt in Streifen herunterreißt. Kid schnüffelt am Papier und wirft mir einen enttäuschten Hundeblick zu. Ich beiße auf meine Unterlippe und starre auf die Knie.

»Es ist schwarz«, stellt Jay fest.

Ich atme tief ein, hebe den Kopf und entdecke ein Lächeln auf seinem Gesicht. Er betrachtet das Plüschherz auf seinem Schoß.

»Ja ...« Ich räuspere mich. »Es ist ja auch *mein* Herz.«

Jay beugt sich vor und küsst mich. »Du schenkst mir dein Herz? Das ist wahnsinnig süß.«

Ich lasse meine Haare vor die Wangen fallen und winke ab.

Jays Geschenk hat die Form einer flachgepressten Banane und fühlt sich ... *weich* an. Es ist, wie alle anderen Pakete unter dem Baum, in geschöpftes Geschenkpapier eingeschlagen, das hundertprozentig recycelt aus dem Weltladen stammt. Er überreicht es mir und lehnt sich mit zuckenden Mundwinkeln zurück.

Das Papier ist zu schön, um es einfach aufzureißen, also löse ich behutsam die angeklebten Ecken und falte es auf. Ich weiß nicht, was ich erwartet habe, aber der Inhalt verschlägt mir die Sprache.

Es sind Socken.

Rosa Socken.

Rosa Wollsocken.

Rosa Wollsocken mit einer gestrickten Hello Kitty über den Zehen.

Ich röchle den Satz hervor: »Wahnsinn ... Die haben genau meine Größe ...«

»Ich wollte es dir schonend beibringen. Es ist ziemlich abtörnend, wenn du mir im Bett deine Eisfüße um den Hintern schlingst.«

»Wie romantisch«, krächze ich.

Aus Jays Brust blubbert Lachen. »Zieh dich an, Baby. Ich will sehen, wie du darin aussiehst.«

Ich tu ihm den Gefallen, besocke einen Fuß nach dem anderen, strecke meine Beine auf der Couch aus und wackle mit den Hello-Kitty-Köpfen. Etwas reibt an meiner Ferse. Ich biege mich vor und betaste die Wolle. »Da ist ein Diebstahlschutz drin. Sag bloß, du hast die Teile geklaut?«

Jay zuckt die Schultern und kämpft sichtlich gegen einen Lachanfall.

Zu faul, um die Socke auszuziehen, schiebe ich einen Finger hinein. Ich ertaste ein Metallstück und reiße es heraus. Bevor ich es auf den Tisch werfen kann, hält ein Aufblitzen mich zurück. Erst dann realisiere ich, was es ist. Der Atem bleibt mir im Hals stecken.

Es ist ein Ring. Ein silberner, matt geschliffener Ring.

Im Kerzenlicht glänzt ein Muster, das in die Innenseite graviert wurde. Eine Inschrift. Ich drehe ihn im Kreis und lese die Worte. Es fühlt sich an, als würde jemand mit einer Pinzette eine einzelne Muskelfaser aus meinem Herzen rupfen.

Jay nimmt mir den Ring ab und schiebt ihn auf meinen Finger. Er faltet die Hand darüber und schließt das kühle Metall mit unserer Körperwärme ein. »Ich liebe dich, Viki.«

Ich kann nichts erwidern. Selbst wenn ich es könnte, wüsste ich nicht, was ich sagen sollte. Sein Geständnis bricht wie eine Welle durch mich und ich spüre, wie sich ein Schott nach dem anderen versiegelt, bevor ich darin ertrinke. Jay lässt meine Hand los, die schlapp auf den Oberschenkel fällt, und greift in mein Haar. Er küsst mich, als wäre ich zerbrechlich und wertvoll.

Du weichst meinen Blicken aus.

Manche Katastrophen beginnen unscheinbar. Ein dummer Sommerhusten, der nicht aufhört. Die Puste geht beim Treppensteigen schneller aus als früher. Und am allerbesten: Man passt wieder in den alten Bikini, ohne eine Diät gemacht zu haben, und dreht sich voller Stolz vor der Familie. Aber dann spuckt man plötzlich Blut in den Vanillepudding und die Warnungen werden so deutlich wie ein Stoppschild vor der Kreuzung, an dem man mit Vollgas vorbeigebrettert ist.

Als meine Mutter ins Krankenhaus gekommen ist, hat mir jeder erzählt, dass ich mir keine Sorgen machen soll. Sie haben gesagt, es wäre Medizin, besonders starke Medizin, die ihre Haare ausfallen ließe. Sie sind sich alle einig gewesen, man darf den Teufel nicht an die Wand malen, man muss daran glauben, dass es besser wird. *Der Glaube versetzt Berge, mein Kind, und fang niemals mit dem Rauchen an, hörst du?*

Zu Hause habe ich die Schubladen nach den Zigaretten meiner Eltern durchwühlt. Ich brach sie mittendurch und stopfte die Papierschnipsel, Tabakkrümel und Verpackungen ins Klo. Es lief über. Ein Klempner bohrte eine Drahtspirale in die Kloschüssel und zog einen Klumpen Pappmaché aus dem Rohr.

Mein Vater hat mir meine erste Ohrfeige verpasst. Trotzdem fühlte ich bitteren Triumph: Das Böse war vernichtet.

Natürlich war ich viel zu spät dran. Meine Mutter lutschte Hustenbonbons im Juli und starb im Dezember.

Es ist dunkel und plötzlich schmecke ich Salz auf den Lippen.

»Warte mal.« Mein Handrücken schlägt an die Wand und fällt auf den Nachttisch. Ich ertaste den Schalter, knipse die Lampe an und ziehe einen Finger unter meiner Nase durch. Er ist blutrot.

»Shit.« Jay presst seine Hand ins Gesicht und rollt sich von mir runter. Zuerst lache ich, weil er so zimperlich ist, aber dann läuft eine rote Linie über seinen Unterarm und tropft aufs Laken. Mir wird klar, dass nicht ich blute, sondern er. Jay sprintet ins Badezimmer und ich strample mich von der Bettdecke frei, um ihm zu folgen.

Er hockt sich auf den Toilettendeckel und quetscht mit Daumen und Zeigefinger den Nasenrücken zusammen, während er mit der anderen Hand meterweise Klopapier abrollt. Ich reiße es für ihn ab und falte es in handliche Stücke. Es dauert keine Minute, bis das erste Bündel völlig durchweicht in der Dusche landet. Es klatscht auf die Fliesen wie rohes Fleisch.

»Du musst fester drücken«, ordne ich an. »Damit das Blut stockt.«

»Ich weiß.«

»Leg deinen Kopf nicht in den Nacken, sonst rinnt es dir in den Hals und dir wird schlecht.«

»Ich weiß, Viki!«

Das Papier unter der Nase tropft bereits. Ich klappe den Mund auf, entdecke seinen finsteren Blick und seufze. »Ich hole dir Eis aus der Küche.«

Wir haben es langsam angehen lassen, ich trage noch immer Unterwäsche und ziehe nur ein Trägerhemd über den BH. Der Hund will sich nicht Platz legen. Er folgt mir die Treppe runter und versucht, mich von den Stufen zu werfen. Ich stolpere über seine Flanke und trete auf eine Pfote, aber er lässt sich nicht abschütteln.

Der Kühlschrank hat kein Gefrierfach. Keine Ahnung, ob die Ferettys überhaupt etwas einfrieren. Bestimmt widerspricht es Dianas Vorstellung eines ökologischen Gewissens. Ich schlage die Tür zu und starre direkt auf den vollautomatischen Eiswürfelspender in Hüfthöhe, der mir vorher nie aufgefallen ist. Ökologisches Gewissen hin oder her: Sie ist mit einem Amerikaner verheiratet und die sind auf Energieverschwendung geradezu spezialisiert. Ich finde eine Glasschale im Schrank und fülle sie mit Eiswürfeln. Die Maschine ächzt und knackt im sonst stillen Haus und mich beschleicht das Gefühl, etwas Verbotenes zu tun.

Als ich zurück in den Gang trete, geht die Haustür auf und ich zucke zusammen. Jays Eltern klopfen sich Schnee von den Schuhspitzen und weißer Atem dampft vor ihren Gesichtern. Sie entdecken mich, halb nackt vor der Küche, mit einem Haufen Eiswürfel in der Hand. Mich überkommt das Bedürfnis, dieses Bild richtigzustellen.

»Jay hat Nasenbluten. Das ist für seinen Nacken.« Ich hebe die Schüssel hoch.

Diana öffnet gerade die Knöpfe ihres Mantels. Sie hält mitten in der Bewegung inne, starrt mich an und läuft wie vom Donner gerührt an mir vorbei. Ihre Absätze hageln die Treppe nach oben. Ich kann ihr nur mit offenem Mund nachsehen.

»Wie lange schon?«, will Eric wissen. Er lacht nicht, rollt nicht die Augen und tut die Sache nicht mit übertriebenem Mutterinstinkt ab.

»E-ein paar Minuten …« Ich drücke die Schale an mich und spüre die Kälte in meinen Bauch sickern.

Eric folgt seiner Frau, ohne die Jacke abzulegen oder sich die Schuhe auszuziehen. Auf den Stufen hinterlässt er feuchte Abdrücke, denen ich ungeschickt ausweiche. Meine schmelzende Fracht schwappt über den Rand und ein Eiswürfel landet auf meinem Fußrücken.

Das Badezimmer ist zu klein für vier Personen. Ich bleibe vor der Tür stehen.

Diana kniet vor Jay auf dem Boden und streicht ihm die Haare aus der Stirn. »Hast du in der Nase gebohrt? Oder geschnäuzt? Gab es einen Auslöser?«

Jay klingt genervt und nasal, weil er sich noch immer die Nase zuhält. »Es ist nichts, Mom. Wahrscheinlich die trockene Heizungsluft.«

»Fühlst du dich schwindlig?« Dianas Stimme wird panischer. »Eric, schau mal, sind seine Pupillen komisch?«

Jays Vater beugt sich nach vorne. Sie inspizieren seine Augen.

»Verdammt, es ist nur Nasenbluten! Ich kratze nicht gleich ab, okay?!«

Diana bricht in Tränen aus. Sie erhebt sich schwankend und schiebt sich an mir vorbei ins Zimmer. Während ich die Eiswürfel schmelze, zieht sie ihr Handy aus der Manteltasche und tippt mit zitternden Fingern eine Nummer ein. »Ich rufe einen Krankenwagen.«

Eric kniet sich vor Jay. Er wiederholt Dianas Frage, ruhiger, aber mit demselben Nachdruck. »Ist dir schwindlig?«

»Nein«, murmelt Jay.

Ich finde die Kontrolle über meine Füße wieder und trete ins Bad. Die blutigen Fetzen häufen sich in der Duschkabine. Ich ziehe das Handtuch vom Halter neben dem Waschbecken und fülle es mit Eis. Eric nimmt mir den Beutel ab und drückt ihn in Jays Nacken.

Es dauert zehn Minuten, bis der Krankenwagen da ist.

Zehn Minuten, in denen Eric seinem Sohn, seinem fast erwachsenen Sohn, über den Kopf streichelt und ihm dabei hilft, die Papiertücher zu wechseln. Zehn Minuten, in denen Diana sich aufs Bett hockt, aufspringt, zum Fenster geht, die Zeit auf dem Handy checkt, sich setzt, aufsteht und sich Tränen vom Gesicht wischt. Zehn Minuten, in denen Jay meinen Blicken ausweicht.

Diana holt ein Hemd aus dem Kleiderschrank, eines mit Knöpfen, da Jay außer einer Hose nichts trägt. Sie hilft ihm in die Ärmel, während er die jeweils andere Hand auf die Nase presst. Eric legt den Arm um seine Schultern, als sie die Treppe nach unten steigen. Ich schwebe hinterher wie ein Geist.

Halb erwarte ich das Auflachen der Sanitäter: *Was, nur Nasenbluten?* Doch die Frauen und Männer in Rot-Weiß nehmen ihre Sache ernst. Sie führen Jay durch den winterkalten Rosengarten und helfen ihm in den Krankenwagen. Diana redet auf sie ein, leise und eindringlich. Ich verstehe kein Wort.

Die Türen knallen zu, Blaulicht zuckt grell über den Schnee und funkelt auf dem gefrorenen Gehweg, sie fahren los. Hinein in eine Stille Nacht mit lockerem Schneefall.

»Willst du hierbleiben?«

Ich wirble herum. Eric steht hinter mir und klimpert mit dem BMW-Schlüssel. Seine Stimme klingt gefasst, aber darunter, unter der Fassade, zittert auch seine Hand.

»Ich komme mit!«

Er versucht, zu lächeln. »Ziehst du dir bitte eine Hose an?«

Die Wartehalle ist fast leer. Außer Eric und mir sitzen noch eine Familie mit verheultem Kleinkind und zwei Männer mit blanken Gesichtern auf den orangefarbenen Plastikstühlen. Im Krankenhaus ist es ruhig, von eintreffenden Krankenwagen mit Sirene ist nichts zu hören. Eric hat die ganze Fahrt über geschwiegen, sich bei der Information nach Jay erkundigt und uns in diesen Raum geführt.

Jetzt nickt er mit dem Kinn zum Kaffeeautomaten. Eine Geste, die meinen Bauch verknotet, weil sie Jay so ähnelt. Er fragt, ob ich etwas trinken möchte.

»Nein, danke.« Angetrocknetes Blut klebt unter meinem Fingernagel. Ich stecke ihn in den Mund und sauge es mit der Zunge heraus. Es schmeckt wie rostiges Wasser.

»Es gibt auch Schokoriegel«, bemerkt Eric und ergänzt nach einer Minute: »Falls du Hunger hast.«

»Was ist mit Jay?« Ich flüsterte, aber Eric zuckt zusammen, als hätte ich ihm ins Ohr gebrüllt. Seine Hände liegen im Schoß gefaltet und spielen mit dem Autoschlüssel. Er presst die Lippen aufeinander und beobachtet das Blitzen des Metalls unter den Leuchtstoffröhren. Ich erkenne eine weitere Gemeinsamkeit zu seinem Sohn: Die Art, wie Gedanken hinter seiner Mimik arbeiten. Gedanken, die er nicht mit mir teilt.

»Niemand ruft einen Krankenwagen, nur weil jemand Nasenbluten hat«, setze ich hinterher.

Eric schüttelt sachte den Kopf. Weder sieht er mich an, noch führt er die stumme Antwort weiter aus.

»Ist es wegen der Sache im Flashlight?«

»Flashlight?« Sein plötzlicher Blick jagt Schauer über meinen Rücken. Es sind Jays Augen, in Stahlgrau, ohne Farbe, ohne Lebendigkeit. Verwirrung und Sorge schwimmen darin.

»Als Jay die Überdosis hatte. Das Ecstasy. Was ist an diesem Abend passiert?«

Eric blinzelt ins Deckenlicht. Es dauert ein paar Sekunden, bis er anfängt zu sprechen. Die Worte kommen zuerst zögernd, tröpfelnd, dann rauschen sie aus ihm heraus. »Das Handy hat geklingelt. Mitten in der Nacht. Es war das Krankenhaus. Sie haben uns am Telefon nicht sagen können, was geschehen war oder wie es ihm ging. Diana und ich haben uns nur Schuhe angezogen und sind hingefahren. Vor Ort hat der Arzt erklärt, dass er noch untersucht wird. Sie konnten keine Hirnschäden ausschließen, bevor er aufwachte. Er war lange bewusstlos.«

Ich verliere mich in der Vorstellung jener Nacht. Wie fühlt man sich, wenn das eigene Kind ins Krankenhaus eingeliefert wird? Wenn man nicht weiß, ob es überlebt oder stirbt? Ich sehe die Trage vor mir. Jay wird durch die Gänge gefahren, ein Sanitäter hält eine Infusionsflasche in die Luft, ein Arzt leuchtet in seine Pupillen, eine Stimme fragt: *Können Sie mich hören?* Ja, ich kann sie fast hören, aber das Kleinkind schreit auf, und die Phantasie erlischt.

»Es war die schlimmste Nacht meines Lebens«, gesteht Eric. »Aber der Tag darauf war schlimmer.«

Etwas schnürt mir die Kehle zu. Ich quetsche ein einziges Wort hervor: »Wieso?«

Erics Kopf kippt schlapp nach vorne, als fände er nicht mehr die Kraft, ihn aufrecht zu halten. »Wir haben ihm gesagt, dass er mit dir darüber reden muss.«

In diesem Moment öffnet sich eine Tür und Jay kommt heraus. Diana hängt an seinem Ellbogen und fokussiert ihre ganze Aufmerksamkeit auf ihn. Sie flüstert in einem Schwall, lächelnd und liebevoll, als würde sie ein quengelndes Kind trösten, um es vom aufgeschlagenen Knie abzulenken. Er wird rot, als er mich entdeckt.

Ich stehe auf und stoße ihm eine Faust gegen die Schulter. »Du lebst ja noch.«

Sein Mundwinkel zuckt. »Sieht so aus.«

Wir nehmen uns in die Arme und halten einander fest. In seiner Brust poltert der Herzschlag und sein Atem stößt zu schnell an mein Ohr. Seine Finger graben sich in den Stoff über meinem Rücken. Er presst einen Kuss auf meine Wange. »Alles ist gut«, versichert er, bevor ich den Mund öffnen und ihn danach fragen kann. »Es war nur eine geplatzte Ader in der Nasenhöhle. Sie musste verödet werden.«

Ich drücke ihn von mir und werfe tausend Fragen in sein Gesicht, aber er wendet sich ab und legt einen Arm um meine Hüften.

»Lasst uns fahren. Ich will hier weg.« Dianas Haut glänzt wächsern unter dem Neonlicht, trotzdem strahlen ihre Augen. Eric wirft zuerst mir einen Blick zu, dann Jay. Schließlich nickt er und greift nach der Hand seiner Frau. Wir folgen ihnen zum Parkhaus.

Weihnachten ist zurückgeblieben, es ist nach Mitternacht und der Schnee fällt in dicken Flocken gegen die Scheibenwischer. Jays Hand fühlt sich warm an, im Kontrast zu der kalten Welt draußen vor dem Fenster. Ein Satz geistert im Grau zwischen den Häusern und folgt mir die ganze Strecke über.

Der Tag darauf war schlimmer.

Jay wachte auf. Jay ging es gut. Wie konnte das schlimmer sein?

Ohne Hose in der U-Bahn.

Ich verschließe die Augen vor den letzten Stunden. Doch jedes Mal, kurz bevor sich meine Wimpern auf die Wangen legen, federn die Erinnerungen in mein Bewusstsein zurück. Die Zimmerdecke ist dunkel und leer, hin und wieder gleiten Scheinwerfer darüber, wenn unten auf der Straße ein Auto vorbeifährt. Der Hund fesselt meine Beine mit seinem Gewicht und plötzlich überkommt mich das Bedürfnis, aufzuspringen. Meine Faust knallt gegen den Schalter und Licht flutet den Raum. Ich werfe die Bettdecke zurück.

»Jay?«

Keine Antwort. Er liegt von mir abgewandt auf dem Bauch. An seinem Rücken ist keine Bewegung zu erkennen. Schläft er? Oder hält er die Luft an?

Ich atme selbst nicht mehr. Obwohl kein Sauerstoff nachkommt, hämmert mein Herz wie verrückt. Meine nackten Füße huschen übers Parkett, auf die andere Seite des Bettes, wo zerzauste Haare unter der Decke hervorschauen. Ich berühre seinen Hinterkopf.

»Jay. Wach auf.«

Er stöhnt und vergräbt seine Nase in der Armbeuge. Die Augenlider sind fest aufeinandergepresst. »Was … ist?«

»Ich muss mit dir reden.«

Er tastet nach dem Handy und blinzelt aufs Display. Die Hand fällt schlapp herunter und sein Gesicht prallt aufs Kopfkissen. »Jetzt?«

»Ja, jetzt. Es ist wichtig.«

»Worum geht's?«, fragt er sein Kissen.

Meine Finger nesteln an der Bettdecke. »Es ist wegen heute Abend. Nein, wegen … wegen allem. Warum du nicht mehr zur Schule gehst, weshalb du nicht darüber sprichst, wieso deine Eltern komplett austicken, nur weil du Nasenbluten hast.«

Er sagt nichts, er rührt sich nicht.

»Deine Eltern sind mit den Nerven fertig. Deine Mutter geht zu einem Therapeuten, wusstest du das? Die Hände deines Vaters haben gezittert –«

»Und deshalb weckst du mich?« Sein Tonfall schneidet mir das Wort ab. Er setzt sich ruckartig auf und funkelt mich an. »Worauf willst du hinaus, Viki? Soll ich schlechtes Gewissen bekommen, ist es das? Denkst du, so kannst du mich zum Reden bringen?«

Ich möchte antworten, aber die Worte stecken im Hals fest. Ich schüttle sie frei. »Ich will … Ich will, dass du ehrlich zu mir bist.«

Jay springt vom Bett und stapft ins Badezimmer. Die Tür kracht hinter ihm ins Schloss.

Ich stolpere hinterher und klopfe ans Holz. »Jay …«

»Darf ich in Ruhe pissen?!«

Meine Finger gleiten an der Fläche hinab.

Die Spülung rauscht, der Wasserhahn wird aufgedreht, Jay flucht, weil kein Handtuch mehr da ist. Es liegt vermutlich noch in der Dusche, feucht von geschmolzenem Eis. Die Tür schwingt auf und ich weiche erschrocken zurück.

»Was ist?!« Seine Augen funkeln voller Hass. »Willst du eine Urinprobe nehmen? Ich habe die Scheiße leider schon runtergespült! Du musst mir woanders nachschnüffeln!«

Auf Zehen taste ich mich rückwärts. Ich unterdrücke den Impuls, zu fliehen, und zwinge die Worte aus meiner Kehle. »Warum schreist du mich an?«

»Warum? Warum? WARUM HÄLTST DU NICHT EINFACH DEINE KLAPPE!?«

Ich stolpere über den Hund, der sich zwischen meine Füße drängt und am ganzen Leib schlottert. Schlinge meine Arme um sein Fell und drücke ihn an mich. Seine Schnauze kriecht unter meine Achsel.

Jay steht einfach nur da, in buntbedruckten Shorts und knallblauem T-Shirt. Seine Haltung ist immer sehr aufrecht, doch jetzt fallen seine Schultern nach vorne.

»Ich weiß, wie das ist. Angst vor der Wahrheit zu haben.« Meine Stimme kratzt, als wäre ich diejenige, die sie eben herausgeschrien hätte. »Ich behaupte seit zehn Jahren, meine Mutter nicht zu vermissen, obwohl kein Tag vergeht, an dem ich nicht an sie denken möchte. Ich würde sie gerne fragen, wie ich das alles schaffen soll. Die Schule. Das Leben. Ich erzähle Gott und der Welt, dass ich es war, die mit Adrian Schluss gemacht hat. Ohne zu erwähnen, dass er meine Sachen an dem Tag, nachdem er mich ins Bett gekriegt hat, in einem Plastikbeutel vor unserem Wohnhaus deponiert hat. Ich lasse jeden wissen, wie sehr ich meinen Vater verabscheue. Niemand hat die leiseste Ahnung, dass ich mir wünsche, er wäre anders. So wie deine Eltern zu dir sind. Wenn Mel mich nach meinen Gefühlen für dich fragt, dann lache ich. Es ist nichts von Dauer, versichere ich, nichts von Bedeutung. Aber das ist eine Lüge. Diese Worte in deinem Ring, sie …« Ich suche nach Mut in Kids Fell. Der Hund kneift den Schwanz zwischen die Hinterläufe und versteckt sich in meiner Umarmung. Was auch immer er durchmachen musste, er hat offensichtlich gelernt, dass man brüllende Menschen fürchten muss. Ich streichle über die Schlappohren und zwinge mich, Jay anzusehen. »Ich … Ich liebe dich auch.«

Jay reagiert, als hätte ihm jemand in den Bauch geboxt. Er neigt sich vor und schnappt nach Luft. Sein Ausdruck zerknittert wie eine Papiertüte, die man achtlos zerknüllt und in den Mülleimer wirft. Seine Schultern beben.

Für einen schrecklichen Moment glaube ich, er lacht mich aus. Mein Körper verkrampft sich in der Erwartung, dass alles nur ein Witz war, er es niemals ernst mit mir gemeint hat. Dass die Tür aufspringt und eine Horde Zwölftklässler Transparente schwenken, auf denen steht: *Verarscht, Viktoria! Wie konntest du nur darauf reinfallen?*

Dann realisiere ich, dass Jay weint.

Ich schnelle hoch und laufe zu ihm. Gerade rechtzeitig, bevor er den Willen verliert, aufrecht stehen zu bleiben. Ich schlinge die Arme um seinen Hals und sinke mit ihm zu Boden.

Es ist mein erstes Mal. Noch nie zuvor habe ich einen Menschen festgehalten, der weint. Nicht einmal Mel, der schon Tränen in die Augen schießen, wenn ein toter Vogel am Straßenrand liegt. Ich fühle mich unqualifiziert. Meine Hände kleben auf Jays Rücken, der unter mir erschüttert. Jeglicher Trost stirbt auf meiner Zunge, die betäubt und schwer im Mund liegt. Er erwidert die Umarmung nicht. Seine Stirn lehnt an meiner Schulter, doch nichts von ihm hält mich fest.

Ich liebe dich auch.

Die Worte sind voller Überzeugung über meine Lippen gekommen, ohne jeden Zweifel an ihrer Richtigkeit. Weiß ich wirklich, was das bedeutet? Ich liebe sein Lachen und den Humor, den er mit mir teilt, wie sonst nur Mel und Phil es können. Er gibt mir die Gelegenheit, meinen Problemen zu entkommen, und gleichzeitig zeigt er mir eine verlockende Zukunft. Ich liebe es, dass er mich liebt. Aber wenn ich diese Lackschicht herunterkratze, welcher Mensch kommt darunter zum Vorschein? Welche Träume und Ängste leben in ihm? Kann ich jemanden lieben, den ich so wenig kenne?

Falls ja, welche Konsequenzen ergeben sich daraus?

Er weint nicht wegen meines Geständnisses. Es war nur der Schlüssel, der zufälligerweise ins Schloss passte. Den Raum dahinter hat er selbst gebaut. Wenn ich ihn tatsächlich liebe, muss ich über die Schwelle treten. Ich muss mir ansehen, was hinter der Tür liegt, und ich muss damit klarkommen. Ist es immer noch Liebe, wenn ich mich davor fürchte?

Ich drücke ihn fester an mich und flüstere in sein Haar: »Es ist okay.« Nur für den Fall, dass er es nicht weiß.

Er fängt an zu schluchzen. Seine Arme schlingen sich um meinen Hals und er heult in meinen Nacken, wie ein Kind, bevor es lernt, sich dafür zu schämen. Dabei sind es nicht die Weinenden, die sich schämen müssen. Es sind die anderen, die in ihrer Menschlichkeit versagen. Diejenigen, die zwei Monate lang nur an sich denken und nicht merken, wie die Person an ihrer Seite zerbricht.

Diana hat meine Aufmerksamkeit auf sich gezogen wie Licht eine Motte, sie hat mich mit ihrer Traurigkeit geblendet, so dass selbst Erics Zurückgezogenheit gleichgültig auf mich wirkte. Es kam mir nicht mal in den Sinn, dass Jay derjenige sein könnte, dem es am schlechtesten ging. So viel wird jetzt offensichtlich. Er weint nicht aus Wut oder Schmerz. Aus ihm bricht pure Verzweiflung.

Eine Welle Angst überrollt mich, trotzdem lasse ich ihn nicht los. Vielleicht ist das Liebe. Kein Wort, keine Geste, nicht einmal ein Gefühl. Sondern eine Entscheidung. Hier bei ihm zu bleiben, egal was kommt.

Der Morgen dämmert, als er sich endlich beruhigt. Graues Tageslicht sickert durchs Fenster und fällt auf blondes Haar. Ich drücke ihn von mir und küsse seine Stirn, den Nasenrücken, seine Wangen, die warm sind und feucht von den Tränen. Er sieht weg, betrachtet die Fäuste, die in seinen Schoß gefallen sind. Aus seinem Hals schütteln sich letzte Seufzer, die er zu unterdrücken versucht.

Ich warte auf eine Erklärung, doch er schweigt still.

»Bitte sag es mir«, wispere ich.

Er braucht Minuten, um eine Antwort zu formulieren. »Ich … *kann* nicht …«

Aber der Tag darauf war schlimmer.

Das waren Erics Worte. Ich hatte angenommen, dass Jays Überdosis der Auslöser für seine Veränderung sein könnte, aber es war nicht jene Nacht im Flashlight, sondern der Tag danach.

Wir haben ihm gesagt, dass er mit dir darüber reden muss.

Er kann es nicht, zumindest glaubt er das. Also stelle ich eine Frage, die sich von hinten ans Thema schleicht, eine, die sich leichter beantworten lässt. Ich streiche eine feuchte Strähne von seiner Stirn und flüstere: »Wieso ausgerechnet Ecstasy?«

Er hebt den Kopf und mustert mich verwirrt. Zwischen den Augen bildet sich eine Falte. »Du meinst … damals? Ich … ich hatte Kopfschmerzen … nach dem Auftritt.« Jay stellt seine Knie wie eine Barriere auf und schlingt die Arme darum. Er wendet sich zum Fenster und die Spiegelung der Scheiben leuchtet auf seiner geröteten Netzhaut. »Wir lagen im Backstageraum auf der Couch und haben Bier getrunken. Von draußen dröhnten die Bässe des Hauptacts durch die Mauern. Ich weiß noch, wie sie an meinen Nervenenden gerüttelt haben. Irgendein Mädchen rutschte auf meinen Schoß, aber ich hab sie runtergestoßen, um einen Joint zu drehen. Sie machte einen Wahnsinnsaufstand deswegen, was die Schmerzen nur verschlimmerte. Dave warf sich neben mir auf die Kissen und hielt eine Tablette unter meine Nase. Sie war grün, mit einem eingepressten Kleeblatt drauf. Er sagte, es wäre Super-Aspirin. In dem Moment hätte ich alles geschluckt.«

Dave war es.

Sein bester Freund hat ihm eine Tablette gegeben, die ihn beinahe umgebracht hätte.

Grelle Wut bricht über mich und verkrampft meine Hände zu Fäusten. Kein Wunder, dass Jay nicht mehr mit ihm redet. Wie konnte er ihm das antun? Doch plötzlich schiebt sich ein anderer Gedanke zwischen den Zorn, unwillkommen, und ich weigere mich für eine Sekunde, ihn näher zu betrachten. Meine Freunde blitzen auf, die Geld zusammenlegen, um Drogen für mich zu kaufen. Die mich mit genug Gras versorgen, um mich mit einem fremden Kerl ins Bett steigen zu lassen.

Das war meine Entscheidung, verteidige ich sie automatisch, *ich kann die Verantwortung dafür nicht abschieben.* Genauso wenig wie Jay es kann. Er hätte alles geschluckt. Wie dumm sind wir eigentlich?

»Ich wachte im Krankenhaus auf, ohne mich an die Nacht zu erinnern.« Jay drückt seine Knie enger an die Brust, als brauchte er etwas, woran er sich festhalten kann. Ich schaffe es nicht, mich zu rühren. »Mom quetschte das Blut aus meinen Händen. Sie konnte kaum reden, weil sie so sehr heulte. Sie wollte wissen, ob ich sie erkenne. Danach mussten sie ihr eine Tablette geben. Mein Körper schmerzte, als hätte man mich stundenlang unter Strom gesetzt. Jede einzelne Muskelfaser tat mir weh, selbst die Zunge. Aber Mom so zu sehen brachte mich fast um. Dann fing Dad an zu heulen. Ohne ein Geräusch zu machen, mit einer Hand über den Augen und Tränen, die im Sekundentakt vom Kinn tropften. Die Welt war eine Scheibe und jemand drehte sie plötzlich um. Ich fiel aus allen Wolken. Für einen Moment war ich sicher, dass ich keine Beine mehr hatte, dass ich einen schlimmen Unfall gehabt haben musste, dass ich gelähmt war und nur zu betäubt, um es zu merken. Ich wackelte mit den Zehen, betastete das Gesicht. Ich erklärte Dad, dass es mir gutginge. Er schüttelte den Kopf.«

Ich schweige. Jeder Einwand von mir, jede Bewegung könnte ihn unterbrechen. Er braucht lange, um die nächsten Worte zu finden, und ich lasse ihm die Zeit dazu.

»Dave kam am dritten Tag und erzählte mir von jener Nacht. Sie haben versucht, meine Körpertemperatur mit kaltem Bier runterzubringen, doch ich bekam Krämpfe und wurde bewusstlos. Er fuhr nicht mit ins Krankenhaus, weil er …

Du musst wissen, er wollte sich mal umbringen. Mit fünfzehn. Schluckte die Antidepressiva seiner Mutter und schickte mir eine SMS, gerade noch rechtzeitig, damit ich ihm helfen konnte. Danach war er anders. Distanziert, als wäre ein Teil von ihm nicht mehr zu Bewusstsein gelangt. Jetzt saß er neben meinem Bett, drei Jahre später, und seine Stimme klang genauso leer wie damals. Er sagte, er hätte es nicht verkraftet, wenn mir was passiert wäre.

Der Tag verging, die Woche, ein ganzer Monat. Die Menschen um mich herum lachten wieder, schmiedeten Pläne für die Zukunft, hakten sich bei mir unter. Irgendwann konnte ich nicht mehr mitspielen. Es war zu hart. Ich kehrte allen den Rücken.

Sie sollen mich als den Kerl in Erinnerung behalten, der im Zentrum jeder Party tanzt. Der so einfach Mädchen bekommt, dass es ihn langweilt. Den Albtraum aller Lehrer, der niemals die Klappe hält und zu gute Noten schreibt, um von der Schule zu fliegen. Bis er von selbst geht, ohne ein Wort des Abschieds. Ein eingebildeter Idiot. Es dürfte ihnen nicht schwerfallen, das zu glauben. Die beste Lüge versteckt man in einem Körnchen Wahrheit.

Es wird leichter für Dave, wenn er mich hasst. Was dich angeht, Viki, tut es mir leid. Ich wusste jede Sekunde, was ich dir antue.«

Die Tränen kleben Jays Wimpern aneinander, wie getuscht. Seine Hornhaut glänzt rosa und überzieht das Blau der Iris mit violettem Schimmer. Er sieht mich nicht an, als er fortfährt. »Ecstasy lässt die Körpertemperatur steigen und dämpft gleichzeitig das Durstgefühl. Man überhitzt, ohne es zu merken. Hat man Pech, löst es einen epileptischen Anfall aus. Hirnödeme oder Blutgerinnsel können entstehen. In jener Nacht schoben sie mich in eine CT-

Röhre, noch während ich bewusstlos war. Sagen wir mal so, sie fürchteten keine Nebenwirkung der Droge mehr, nachdem sie den Tumor in meinem Gehirn gefunden hatten.«

Jays Augen richten sich auf mich.

Sein Blick ist wie ein Schalter im Inneren, der meine Atmung aussetzt.

Wir sehen uns an. Wortlos.

»Du bist krank?«, stoße ich hervor und denke an meine Mutter.

Jay schüttelt sachte den Kopf. »Ich bin tot.«

Ich stehe plötzlich. Meine Arme pressen sich unter die Brust. Die geprellten Rippen schmerzen wieder. Ich sollte zum Arzt gehen und das ansehen lassen. Gleich nach den Feiertagen, falls sich einer findet, der geöffnet hat. Oder ich fahre sofort ins Krankenhaus. Da könnte ein Knochensplitter in der Lunge stecken, ich kriege kaum Luft. Das Kleinkind und die beiden Männer sind inzwischen drangekommen. Vielleicht müsste ich nicht mal warten.

Es ist eiskalt im Zimmer geworden. Das Fenster ist geschlossen, dreifach verglast, Niedrigenergiehaus. Mir fällt auf, dass der Heizkörper fehlt. Ich muss hier weg, bevor ich erfriere.

Er rührt sich nicht, als ich an ihm vorbeigehe.

Ich quetsche nackte Zehen ins Leder der Docs und wundere mich, warum ich keine Socken anhabe. Die Anzeigentafel kündigt die erste U-Bahn in vierzig Minuten an. Meine Knie sind violett angelaufen und schlottern aneinander. Ich trage lächerlich blaue Shorts. Niemand sitzt in meinem Abteil.

Ich bin allein.

In mir knistert unstillbare Kälte.

Der Schlüssel landet neben dem Schloss und der Bund fällt aus meinen Händen. Das Metall klirrt auf den Steinboden wie eine Traube heller Glöckchen. Sonst ist nichts zu hören, der Weihnachtsmorgen liegt still im Treppenhaus.

Ich kann nicht nachdenken. Es ist nicht so, dass ich es nicht will. Ich *kann* nicht. Das Bild eines blonden Jungen wabert in meinem Kopf, unwirklich wie Rauch. Bevor ich sein Gesicht erkenne, bevor ich mich an den Namen erinnere, pustet jemand die Erscheinung fort. Mir ist schlecht, aber ich weiß nicht, wieso. Wahrscheinlich bin ich müde.

Die Wohnungstür wird aufgerissen, ich zucke zusammen, der Schlüsselbund landet auf meinen Schuhen.

»Bisss du sssu blöd, um aufsssuschließen?« Mein Vater hängt am Türgriff, seine Worte reiten auf einer Wolke Alkohol. Er trägt einen Wollpullover und auf der Brust prangt ein verschmierter Fleck, der säuerlich riecht. Seine Augen wandern an mir vorbei, er schafft es nicht, mich anzusehen.

Ich bücke mich nach den Schlüsseln. »Du stinkst.«

Fingernägel kratzen über meine Kopfhaut. Eine Hand packt meinen Haarschopf und zerrt mich in die Wohnung. Ich reiße mich los, verliere das Gleichgewicht und stürze in die aufgehängten Jacken. Die Halterung gibt nach. Ich falle auf den Boden und Stoff bedeckt mich.

Meine Finger stoßen an die Oberfläche, angeln nach Halt. Etwas umschließt mein Handgelenk und ich werde hochgerissen. Ein Schlag in meinen Rücken, ich stürze ins Badezimmer. Bevor ich mich aufrappeln kann, schlägt etwas gegen meinen Hinterkopf. Das Gitter der Fliesenfugen verdoppelt sich.

Jemand stöhnt. Vielleicht bin ich es.

»Ich soll schtingen, ja?« Ein Umriss löst sich aus dem Loch der Tür. »Putz deinen Sssscheißdregg endlich weg!«

Ein Tritt in meinen Hintern. Ich falle gegen die Waschmaschine. Auf den Lippen schmecke ich Weichspüler. Meine Fingernägel kratzen über Schalter und Knöpfe, tasten sich nach oben. Erschütternder Lärm. Meine Beine sacken mir weg. Ich rolle über Fliesen, ziehe ein Knie unter den Bauch und richte mich hastig auf. Eine Schuhspitze schrammt über mein Rückgrat. Er stolpert und fällt über mich.

Ein dumpfes Knacken. Mein Vater geht vor mir zu Boden und gibt den Blick auf den Spiegel frei, über den sich plötzlich ein Spinnennetz zieht. Ich sehe mich selbst reflektiert, tausendfach zerbrochen, blasse Haut, schwarzes Haar und dazwischen die Farbe von rotem Blut. Ich weiß nicht, ob es an mir haftet oder am Glas.

Er versucht aufzustehen, aber die Bademarte rutscht weg. Er bricht zusammen, seine Arme und Beine schlagen aus, mit der Unbeholfenheit eines Betrunkenen.

Ein Gedanke löst sich aus meinem Kopf, scharf und emotionslos: *Er darf nicht hochkommen. Um keinen Preis.*

Er umfasst den Rand der Badewanne, und ich stampfe auf seine Finger. Ohne Hass, ohne Wut, nur um ihn aufzuhalten. Er schreit auf und kringelt sich. Solange er Laute produziert, ist er eine Gefahr. Ich trete gegen seine Schläfe. Er stöhnt, eine Hand schnappt nach mir, fällt kraftlos zu Boden. Alle Bewegungen versiegen, er wird endlich still.

Ich verlasse das Bad. Im Zimmer leere ich den Rucksack aus und stopfe wahllos Klamotten hinein, die auf dem Teppich liegen. Ein Englischbuch kommt zum Vorschein, das besudelte Cover lacht mich an. Ein Gedicht springt in meine Erinnerung, frisch und klar, obwohl ich mich an den Verfasser nicht erinnere:

You eat my thoughts
But I can't forget
Until nothing's left
Just silence

Du frisst meine Gedanken
Doch ich kann nicht vergessen
Bis nichts mehr bleibt
Als Stille

Ich hinke die Stufen hinab und will mich abstützen, aber scharfer Schmerz beißt in meine Schulter. Vor der Tür schlägt mir ein greller Tag entgegen, kalte Luft umhüllt meine nackten Beine. Ich hole eine Jeans aus dem Rucksack und ziehe mich auf dem Gehweg um. Eine Frau kommt in meine Richtung und schwenkt schlagartig auf die andere Straßenseite. Vielleicht beschließt sie, dass ich nicht existiere, wenn sie mich nicht ansieht. Ich nehme es ihr nicht übel.

All mein Zorn ist ausgebrannt.

Ich gebe den Kampf auf.

»Polizei ist oben.« Eine Frau sitzt vor den Toilettenräumen des Hauptbahnhofs. Sie trägt ein Seidentuch um den Kopf gebunden und versteckt ihren voluminösen Körper unter einem Kleid, das bis zum Boden reicht. In die Strickjacke sind glitzernde Perlen eingearbeitet, sie funkeln selbst im diffusen Licht hier unten, wo es keine Fenster gibt. Ich beuge mich vor und werfe eine Münze in ihre Sammelschale. Sie riecht nach stechend süßem Parfüm und Schweiß.

»Da war ich schon«, lüge ich. »Alles in Ordnung.«

Ich habe Glück. Der Duschraum für die Frauen ist leer.

Ich drehe den Wasserhahn auf, drücke die Ärmel der Lederjacke hoch und wasche mir Blut von der Wange. Einige Kratzer kommen zum Vorschein, nichts, das genäht werden müsste, in ein paar Tagen sind sie verheilt. Ich stütze mich auf den Beckenrand und starre in den Spiegel, während das Wasser in den Abfluss gurgelt.

In meinem Portemonnaie befinden sich nur noch Münzen, dennoch opfere ich vier Euro, um mich zu duschen. Das Wasser schlägt hart und heiß auf meinen verkrampften Nacken und ich recke das Gesicht direkt in den Strahl. Es reicht nicht, um meinen Körper zu wärmen. In mir knistert unstillbare Kälte.

Ich werde Mel nicht anrufen. Wahrscheinlich liegt sie im Bett, zufrieden lächelnd, mit einer Überdosis Zwiebelsuppe im Magen

Überdosis

und drückt sich vor ihrer nach Lavendel duftenden Oma, die ihr einen Geldschein nach dem anderen zusteckt, wenn ihre Eltern nicht hinsehen. Ich will Mel nicht in diesen Schlamassel ziehen. Sie soll die Ferien genießen.

Zu Phil kann ich nicht. Die Wohnung meines Onkels ist winzig, der arme Kerl teilt sich ein Zimmer mit der Besenkammer. Außerdem würde es Fragen geben. Tante Elsa würde meinen Vater kontaktieren. Vielleicht käme die Polizei ins Spiel und danach garantiert das Jugendamt.

Ich komme alleine klar.

Ich schaffe es auch, mich alleine zu duschen. Ohne Hilfe abzutrocknen, obwohl ich dazu ein altes Shirt aus dem Rucksack verwenden muss. Obwohl der linke Arm sich nicht mehr über den Kopf heben lässt. Ich föhne mir die Haare unter einem Automaten und kämme mit den Fingern Strähnen über die Schnittwunden.

Als ich den Waschraum verlasse, erwarten mich weder sensationsgeile Journalisten noch eine Horde Bullen mit lauernden Händen über der Telefonnummer eines Sozialarbeiters. Ich nicke der Putzfrau anerkennend zu.

Schon der Gedanke an Nahrung dreht mir den Magen um, aber ich verordne mir selbst eine Portion Fett mit Zucker. Auf dem Weg zu McDonald's klingelt das Handy. Ich ziehe es aus der Jackentasche und betrachte den Riss auf dem Display. Er zieht sich durch die Reflexion meines Gesichtes, als hätte man mich durchgestrichen, als wäre mein Anblick verboten. Zeit für ein neues Handy. Gleich nach den Feiertagen werde ich zum Flashlight rausfahren und

Flashlight

Nick nach dem Job fragen, den er mir angeboten hat. Vielleicht springt genug dabei raus, um mir irgendwo ein Zimmer zu leisten. Ich brauche nicht viel, eine Matratze und ein Waschbecken reichen. In Spiegeln habe ich mich bereits zur Genüge betrachtet.

Ich drücke den Anruf weg, weil ich den Namen nicht kenne.

Plötzlich verschwimmt die Rolltreppe vor meinen Füßen und ich stolpere über das Ende des Bandes. Meine Hände klatschen auf den Boden, Magensäure schießt in meinen Mund. Ich würge sie hinunter und lege eine Wange auf den kalten Stein. Es fühlt sich gut an. Ich schließe die Augen.

»Kann ich dir helfen?« Ein junger Mann steht neben mir, lange Haare, unrasiert, schlabberiger Rollkragenpullover.

Natürlich darf ich nicht mitten auf dem Bahnhof schlafen. Ich setze mich auf und ziehe die Mundwinkel nach oben. »Danke, mir war ein wenig schwindlig. Jetzt geht es wieder.«

Sein Gesichtsausdruck widerspricht mir, aber er nickt und verschwindet mit einem letzten Blick über die Schulter.

Ich schalte das Handy aus und lasse es in die Jackentasche gleiten.

Die abgelegenste Ecke des Restaurants hat den Vorteil, dass man den ganzen Tag hier sitzen kann, ohne von mühsam motivierten Angestellten vertrieben zu werden. Sie hat den Nachteil, in regelmäßigen Abständen mit ekelhaft süßem Lufterfrischer aus den Toiletten erstickt zu werden. Jedes Mal, wenn jemand auf meinen Platz schaut, stecke ich den Strohhalm in den Mund und schlürfe schmelzende Eiswürfel. Eine Mutter am Nebentisch zwingt ihre Kinder, die in Plastik verpackten, vorgeschnittenen Apfelspalten zu essen. Ich frage mich, was Diana dazu sagen würde. Der Gedanke verwirrt mich und ich schüttle ihn ab.

Es wird Abend.

Endlose Straßen ziehen sich durch endloses Grau. Lichterketten behängen die abblätternden Fassaden wie Juwelen auf verrottender Haut. Meine Finger bohren in den Tiefen der Jacke nach Wärme. Es ist kalt und einsam. Ich denke an Pfotenabdrücke im Schnee, an fliegendes Fell und markerschütterndes Bellen. Viele Obdachlose besitzen einen Hund, obwohl sie sich selbst kaum ernähren können. Ich habe es nie verstanden. Jetzt weiß ich, was sie sich mit einer Dose Futter Tag für Tag erkaufen: Eine Droge,

Nimmst du Drogen?

die besser wirkt als Alkohol. Eine Droge, deren Entzugserscheinungen einen Menschen in zwei Teile reißen. Ich bin bereits ein halber Mensch. Mit nur einem Viertel kann ich nicht überleben.

Ich verbringe die Nacht auf einer Discotoilette, die weder sauber ist noch leise. Frauen hämmern gegen die Tür und pöbeln mich an. Die Neonröhre an der Decke hat einen Wackelkontakt. Das Flackern brennt sich auf meine Iris und zuckt selbst hinter geschlossenen Lidern.

Nach vier Uhr finde ich einen Barhocker in einer 24-Stunden-Tankstelle. Der Angestellte spendiert mir einen wässrigen Automatenkakao, der ekelhaft schmeckt, aber die Hände wärmt. Ich betaste die Schnitte auf meiner Wange, und der Mann sagt: »Eine Frau darf sich nicht so von ihrem Freund zurichten lassen.«

Freund

Wie sieht es mit einem Vater aus? Ich stelle die Frage nicht, sondern stimme ihm zu.

Der Morgen ist klar und ungewöhnlich hoch über der Stadt, weißblaue Endlosigkeit mit einem verschmierten Streifen Smog am Horizont. Keine Wolke ist zu sehen, nichts, das die Wärme zurück auf den Boden drücken könnte, zwischen Hochhäuser und Straßen, wo ich frierend entlangschlurfe. Ehe mir klar wird, wohin meine Füße mich tragen, stehe ich bereits vor dem grauen Altbau.

Ich bin wieder zu Hause.

Luft füllt meine Lungen und strömt langsam aus mir heraus. Als ich die Augen öffne, ist unser Treppenhaus nach wie vor schäbig und die Wohnungstür noch immer verschlossen. Keiner, der sie inzwischen aufgerissen hat, um mich gegen die Waschmaschine zu werfen. Angst schlüpft in meine Knochen, doch die Muskeln sind zu schwer, um zu fliehen.

Ich will in mein Zimmer, hinter eine Tür, für die nur ich einen Schlüssel habe. Ich will auf die Matratze sinken und die Bettdecke über mich ziehen. Ich will schlafen. Alles andere ist zweitrangig.

Der Schlüssel gleitet ins Schloss und dreht sich. Die Tür öffnet sich mit sanftem Klacken. Meine Sohle berührt den Teppich. Der Gang liegt dunkel da, doch ich mache kein Licht, um nichts aufzuscheuchen.

Jemand krümmt sich auf dem Boden.

Ich erstarre, mein Herz poltert und beginnt zu rasen. Die Furcht in mir wandelt und verbiegt sich, steigt brennend in den Brustkorb. *Ich habe meinen Vater in den Kopf getreten. Er kam noch aus dem Badezimmer und brach schließlich hier zusammen. Ich habe keinen Krankenwagen gerufen. Ich bin eine Mörderin.*

Du bist ihn los.

Aber nicht so … Nicht so!

Dann verwandelt sich die Gestalt in den Jackenhaufen, den ich heruntergerissen habe.

Ich stürze ins Bad.

Glas birst unter meinen Schuhsohlen und ich rutsche aus. Ich halte mich an der Waschmaschine fest; dünne, braune Streifen sind an ihrer Oberfläche getrocknet. Der Badevorleger ist zu einem Haufen in der Ecke geknüllt. Der Boden vor der Wanne verlassen.

Erleichterung schwappt über mich und bringt eine Welle von Schwindel mit sich.

Er lebt noch.

Bist du jetzt glücklich?

Ein Geräusch hinter mir.

Er ist in der Wohnung!

Panik explodiert in mir, meine Muskeln verkrampfen sich. Hinter der Tür lehnt ein verstaubter Besen. Ich packe den Holzstiel und halte ihn vor die Brust.

Die Küche ist leer. Die Schränke aufgerissen, Schubladen herausgezogen, Müll bedeckt den Fußboden. Aus dem offenen Kühlschrank tropft bräunliches Tauwasser. Ich schließe die Tür und vermisse das Klappern der Bierflaschen. Er hat sie alle ausgesoffen.

Erst im Wohnzimmer merke ich, dass etwas nicht stimmt.

Der Fernseher, das Zentrum dieses kleinen Universums, steht nicht mehr an seinem Platz, die Tapete dahinter erinnert mit einem hellen Umriss an ihn. Der DVD-Player ist weg. Die alte Stereoanlage, die niemals benutzt wurde, fort. Auch hier sind alle Kästen geöffnet, Schubladen durchsucht, Papiere auf den Boden geworfen, so dick, dass der Flickenteppich darunter verschwindet.

Den Besenstiel fest im Griff, stapfe ich ins Schlafzimmer meines Vaters. Die Tür ist angelehnt, ich gebe ihr einen Tritt. Sie schlägt gegen die Wand und offenbart ein ausgeräumtes Zimmer. Kleiderbügel häufen sich auf den abgezogenen Matratzen, die Bettwäsche ist verschwunden, der Schrank gähnend leer.

Ist … er … gegangen?

Nein, entscheide ich, *mach dir keine falschen Hoffnungen. Er wartet einen Moment ab, in dem er dich unvorbereitet erwischt. Er lauert auf dich.*

Ich trete rückwärts in den Gang und im selben Augenblick schwingt die Wohnungstür auf. Jemand steht in der Tür. Ich schreie nicht.

Es ist die Person, die schreit. Wie immer, wenn sie sich aufregt.

»VIKI!« Aus den Schatten lösen sich rote Locken und ein grüner Mantel. Mel stürmt auf mich zu, wie Kid, ohne Halt und Vernunft,

Kid

und wirft sich gegen meinen Körper. Sie zerquetscht mich, bis endlich meine Worte zu ihr durchdringen.

»Mel! Meine Schulter! Meine Wange! Du tust mir weh!«

Sie weicht zurück, ihre Hände untersuchen mein Gesicht. Sie schleift mich ins Wohnzimmer, wo das Licht heller ist, und schlägt sich betroffen eine Hand vor den Mund. Ihre Bambi-Augen füllen sich mit Tränen und die Mundwinkel zucken.

Ich streiche ihr tröstend eine Locke hinters Ohr. »Es ist nicht so schlimm, wie es aussieht.«

»Mein Gott, Viki, was ist denn nur passiert?« Sie greift nach meinem Ellbogen und zieht mich auf unser abgewetztes Sofa. »Dein

Handy war aus, ich hab gestern Abend eine Stunde lang sturmgeklingelt. Deine Nachbarn haben schon mit der Polizei gedroht –«

»Es gab Streit«, antworte ich knapp. »Aber er sieht nicht besser aus als ich, darauf kannst du Gift nehmen.«

»Er … Er hat dich geschlagen?« Ihre Augen weiten sich.

Meine Mel. Meine kleine Mel. Sie lebt in einer anderen Welt als ich. In einer bunten Welt, in der Sorgen aus kleinen Brüdern und einem Vierer in Mathe bestehen. Prügelnde Eltern sind für sie Themen aus Zeitungen und dem Fernsehen. Beunruhigend, jedoch nicht wirklich real.

»Es musste irgendwann so weit kommen. Ich hab's gespürt, die ganze Zeit …«

Sie schüttelt den Kopf und betrachtet die Handflächen. »Ich dachte … er liebt dich?«

»Was?!« Ich lache auf. »Mel bist du blind? Er konnte mich nie leiden! Von Anfang an nicht!«

»Er hat mich angerufen, weißt du? Er hat mir von eurem Streit erzählt. Er wollte, dass ich nach dir sehe …«

Mein Herz springt in den Hals. Wann hat er das gemacht? Als er wieder nüchtern war? Hat er es vielleicht … *bereut*?

»Du musst zur Polizei gehen.« Mel nimmt meine Hände und drückt sie. »Das darfst du dir nicht bieten lassen.«

»Und was soll das bringen? Ich bin siebzehn. Die hetzen mir das Jugendamt auf die Fersen und stecken mich in eine dieser schrecklichen Wohngemeinschaften. Er ist weg, Mel. Keine Ahnung, für wie lange. Aber seine Sachen hängen nicht mehr im Schrank und –«

»Von … Von wem sprichst du?«

»Meinem Vater?«

Ihr Gesicht verändert sich schlagartig.

Mir wird flau im Magen. »Von wem sprichst *du*?«

»Jay natürlich!« Sie rammt den Namen messerscharf in meinen

Bauch. »Ich muss den anderen Bescheid geben.« Mel kramt ihr Handy aus dem Mantel und tippt darauf herum. »Wir haben uns aufgeteilt, um nach dir zu suchen. Wir alle, Phil, Lisi, Tom … Viki! Wohin rennst du?«

Ins Badezimmer, allerdings kann ich ihr das nicht mehr sagen.

Ich muss mich übergeben.

Die Zeit läuft mir davon.

Jemand klingelt an der Wohnungstür und ich falle aus dem Bett. Ich ziehe mir eine Jogginghose über den Hintern, stürze aus dem Zimmer und sehe Mel, die gerade die Hand auf den Türknauf legt. Mein Ruf bleibt im Hals stecken. Ich stoße sie zur Seite, hinter mich, und schlage die Handflächen gegen das Holz. Das erste Gefühl seit Tagen rauscht durch mich: Mel zu beschützen, um jeden Preis, selbst mit meinem Leben.

Mein Blutkreislauf hält mit der plötzlichen Veränderung nicht mit. Die Tür verschwimmt vor meinen Augen und ich presse die Stirn dagegen, bis der Schwindel nachlässt.

Mels Hände berühren meine Schulterblätter. »Das sind Phil und die anderen. Erinnerst du dich? Sie wollten zu Silvester kommen.«

Sind so viele Tage vergangen? Der Rhythmus aus Schlaf, Zwangsernährung und noch mehr Schlaf hat mein Zeitgefühl durcheinandergeworfen. Ich lasse mich wegschieben und beobachte meine Freunde, die sich der Reihe nach in die Wohnung wagen. Lisi wirft Mel einen fragenden Blick zu und schenkt mir ein zu breites Lächeln. Tom und Chris überspielen ihre Unsicherheit mit dem üblichen Theater. Nur Phil mustert mich mit ernstem Ausdruck. Er wartet, bis sich alle in die Küche verzogen haben.

»Wie geht es dir, Cousinchen?«

»Bestens.«

Ein Schatten fällt auf sein Gesicht. »Wir können dir helfen. Ich rede mit meinen Eltern …«

»Danke. Ich brauche keine Hilfe.«

Er lehnt sich näher und wispert: »Du kannst das nicht schaffen. Nicht ganz alleine.«

Ich löse mich von der Wand und dränge Phil einen Schritt zurück. Seine Iris schimmert im selben Schwarzbraun wie die Augen meiner Tante, wie die meines Vaters. Ich blinzle nicht. »Phil. Ich bin seit zehn Jahren alleine.«

Ich lasse die Worte einwirken, dann folge ich den anderen in die Küche.

Mel schwingt eine Rolle Müllsäcke durch die Luft und dirigiert Tom in Richtung Kühlschrank. Sie sieht meinen fassungslosen Blick und setzt eine Miene auf, die sagt: *Ich bin vielleicht klein und sommersprossig, aber ich dulde keine Widerworte.*

»Was zur Hölle tust du?«, bringe ich hervor.

»Heute ist Silvester.« Sie reckt ihr Kinn. »Wir haben eine Wohnung und wir werden diese Wohnung vollständig partysieren.«

»Partysieren?«

»Nun«, ein Lächeln stiehlt sich auf ihren Mund, »wir werden sie zuerst aufräumen … und danach wieder zerstören. Irgendwelche Einwände?«

Die Wohnung wird komplett entrümpelt. Restmüllsäcke saugen sich an den Räumen voll wie Zecken. Putzwasser spritzt, Glasreiniger sprüht zurück. Teppiche stauben, Böden glänzen, Fenster erstrahlen, und der Küchentisch füllt sich mit Pizza und Lebendigkeit.

Am Abend quetschen sich die Jungs in Phils Schrottkarre, um Bier zu holen.

Ich hocke im Zimmer, vor einem halbaufgeräumten Schreibtisch. Als ich meine Bücher verstauen wollte, habe ich es entdeckt:

Das Bild meiner Mutter, das ich an meinem Geburtstag in die Schublade gesteckt habe. In dem Moment wurde mir klar, dass irgendwann nur noch ein Foto von … von *ihm* übrig sein wird. Nur ein Stück farbiges Papier. Danach habe ich es nicht mehr geschafft, mich zu rühren.

Lisi sitzt auf dem Bett, hält sich einen Schminkspiegel vor die Nase und tuscht die Wimpern nach. Länger werden sie davon nicht, dafür sehen sie aus wie zermanschte Fliegen, die ihre Beine in die Luft recken. »Ich hab einen Abdeckstift dabei. Falls du willst.«

Mel lackiert ihre Fingernägel, ohne zu antworten.

Mir dämmert, dass Lisi mich angesprochen hat.

»Du kannst damit die Kratzer retuschieren«, verdeutlicht sie.

»Nein … Danke.« Ich streiche meine Haare vors Gesicht.

»Was ist das für ein Ring?«

Meine Hand schießt in den Ärmel, als könnte ich die Frage so ungeschehen machen. Mel hört auf zu lackieren, obwohl noch zwei Nägel fehlen. Sie rührt sich nicht.

»Den gebe ich wieder zurück«, sage ich. »Wahrscheinlich … war er teuer.«

Lisis Augen treten hervor. »Ist der etwa von Feretty?«

Mel feuert einen Blick an mir vorbei aufs Bett.

Mein Magen schmerzt. Ich rolle mich zusammen und lege meine Stirn auf die Schreibtischplatte. Das Holz riecht nach Radiergummi, wo ich Kritzeleien entfernt habe. Die Krümel kleben an meinen Lippen. Ich puste sie weg und sie fliegen mir ins Nasenloch. Ich schnaube sie aus und sie haften wieder an meinem Mund.

Hinter mir öffnet und schließt sich die Tür.

Eine Hand legt sich auf meine Haare.

»Sie hat es nicht böse gemeint«, wispert Mel.

»Ich weiß.«

»Soll ich dir ein Taschentuch bringen?«

»Ich heule nicht!«

»Warum knutschst du dann den Tisch?«

»Es ist ein attraktiver Tisch.«

Mels süßes Parfüm füllt meine Nase. Ihr vertrauter Geruch beruhigt mich. Ich unterdrücke ein erschüttertes Seufzen.

Sie hält inne. »Scheiße. Willst du zuerst die gute oder die schlechte Nachricht hören?«

»Egal.«

»Da kleben Haare auf meinen Fingernägeln.«

»Und die gute?«

»Das war die gute.«

Ich richte mich auf und entdecke Mels unsicheres Lächeln. Sie streckt einen Arm in die Luft, wie ein Chirurg mit blutbefleckten Fingern, der auf ein frisches Skalpell wartet.

»Die schlechte lautet: Wir müssen den Lack aus deinen Haaren bekommen, bevor er eintrocknet.«

Mel tränkt Strähne um Strähne mit Nagellackentferner und befreit sie nicht nur von Royalblau, sondern auch von Haarfarbe. Sie bürstet das übriggebliebene Stroh liebevoll an die Kopfhaut und flüstert: »Du solltest das Schwarz herauswachsen lassen. Du hast ein wunderschönes Braun.«

Ich grunze irgendwas, ohne mich umzudrehen.

»Heute Abend wird bestimmt toll«, muntert sie mich auf. »Ich hab einen Rucksack voller Süßigkeiten und die Jungs ein Fass Bier. Sie werden sich betrinken, und wir können sie dazu bringen, Blödsinn für uns zu machen, während wir uns an Gummischlangen laben. Meine nigelnagelneue Digitalkamera erwartet rasierte Schläfen und bemalte Hintern.«

»Ich liebe dich, Mel.«

Es wird still im Zimmer. Der Verkehrslärm dringt durchs Fenster, die Heizung pfeift leise.

»Du sollst das wissen«, fahre ich fort. »Man zögert solche Geständnisse hinaus und wartet auf den einen richtigen Moment. Dabei gibt es nur einen falschen Zeitpunkt dafür: Wenn es zu spät ist.«

Jemand klingelt an der Wohnungstür und Lisi lässt die Jungs herein. Sie poltern durch den Gang und schaffen den Geräuschen nach einen Lkw voll Bierfässer ins Wohnzimmer. Der Lärm verstummt und Mel findet ihre Stimme wieder.

»Jay hat mich jeden Tag angerufen.« Sie wartet ab, wie ich darauf reagiere. Ich bewege mich nicht. Die Bürste gleitet aus meinen Haaren und Mels Atem haucht an meinen Nacken. »Er wollte wissen, wie es dir geht. Er klang ziemlich fertig.«

Die Antwort liegt mir bereits auf der Zunge: *Er wird es überleben.* Dann fällt mir ein, dass er es nicht tut. Ein Kichern gluckst aus meiner Kehle, das sofort unter einer Welle Übelkeit begraben wird.

»Es ist nicht einfach, aber darüber zu reden hilft dir vielleicht? Was ist zwischen euch passiert?«

»Da gibt es nichts zu besprechen«, krächze ich. »Er hat sich ein paar Abschiedsgeschenke gebastelt. Einen glänzenden BMW, obwohl er keinen Führerschein hat. Einen Golden Retriever, den er auf Englisch Kind nennt. Eine beschissene Freundin, mit roter Schleife auf dem Kopf und einer Schnur im Rücken, die sagt, dass sie ihn liebt, wenn er nur lange genug daran zieht. Spielzeuge für einen großen Jungen, der nicht erwachsen werden wird …«

Mel dreht den Bürostuhl um, auf dem ich sitze. Wir sehen uns in die Augen.

Ich hebe die Hand mit dem Ring. »Was bedeutet ein Versprechen, das man niemals halten muss?«

Mel sitzt auf der Couch im Wohnzimmer und starrt vor sich hin. Vielleicht war es ein Fehler, ihr vorhin alles zu erzählen. Ich hätte ihr den Abend damit nicht verderben dürfen.

Die anderen wissen von nichts. Sie spielen ein Trinkspiel, bei dem man sich gegenseitig Erdnussflips ins Bier schnippt. Nur wer trifft, darf die Flips aus dem eigenen Glas fischen. Aus Phils Bierglas wächst ein unangetasteter Erdnusspilz, während Lisis Wangen bereits rot glühen.

Chris legt seinen Arm um mich. »Wir können uns zusammentun. Du wirfst, ich trinke.«

Ich nehme einen Flip und schmeiße ihn rückwärts über die Schulter.

Chris hebt beide Augenbrauen. »So kriegst du mich nicht ins Bett.«

»Vergiss es«, grinst Tom. »Solange Viki Cola nippt und nicht, sagen wir mal, auf Brennspiritus umsteigt, wird sie dich nie schönsaufen können.«

Chris schleudert eine Handvoll Erdnussflips nach Tom, die auf magische Weise in Phils Bier landen. Phil beschwert sich lautstark. Lisi kringelt sich vor Lachen.

»Wenn ich sterben müsste, würde ich die verbleibende Zeit mit den Menschen verbringen, die ich am meisten auf der Welt liebe.«

Alle Worte verstummen. Alle Augen richten sich auf Mel.

»Mit meinen Eltern. Mit Tobi. Und mit euch.« Sie fängt meinen Blick und hält ihn fest. »Keine einzige Sekunde würde ich an jemanden verschwenden, der mir nichts bedeutet. Ich würde nicht weniger lieben, nur weil ich weniger Zeit dafür hätte. Meine Versprechen würden nicht weniger bedeuten. Sie würden alles bedeuten. *Alles.*« Mel schnauft in die Stille. »Du betrachtest immer nur die negative Seite, Viki. Sieh es doch mal so: Er will den Rest seines Lebens mit dir zusammen sein. Bedeutet das nichts?«

Chris' Arm rutscht von meinen Schultern.

Ich stehe auf.

Es dauert eine Weile, bis ich das Handy finde, weil ich mich nicht erinnern kann, wann ich es zuletzt benutzt habe. Ich entdecke es im Kleiderschrank unter einem Stapel alter T-Shirts, und das auch nur, weil ein Ärmel verdächtig heraushängt. Der Akku ist leer. Das Ladegerät steckt zum Glück in der Steckdose neben dem Schreibtisch. Ich tippe die PIN ein und mein Puls beginnt zu rasen. Das Display lädt sich. Ein SMS-Ton jagt durch meine Eingeweide. Ein weiterer. Noch einer. Insgesamt achtzehn entgangene Anrufe lassen mich zusammenzucken.

Jay. Jay. Mel. Mel. Mel. Mel. Mel. Jay. Mel. Phil. Mel. Mel. Mel. Jay. Mel. Phil. Mel. Jay.

Mein Finger zittert über Jays Namen. Ich drücke auf das Glas und hinterlasse einen fettigen Abdruck. Sein Foto erscheint. Jay mit feuchten Haarspitzen und einem Kragen, der ihm bis ans Kinn reicht. Eine schmelzende Schneeflocke verwischt die Aufnahme, sein Lächeln ist nur zur Hälfte scharf. Er sieht mich mit blauen Augen an, in denen alles zu stehen scheint: seine Zuneigung zu mir und die Hoffnungslosigkeit dahinter.

Es klingelt. Angst füllt meine Gedanken. Die zurechtgelegten Sätze zerbröseln.

»Hey, hier ist Jay …«

Mein Mund klappt auf und ein hoher Ton entweicht.

»… Ich höre die Mailbox nie ab, also versuch es gar nicht. Wenn du Glück hast, ruf ich dich zurück.«

Ein Piepsignal ertönt.

Nach einer Weile lege ich auf.

»Willst du jetzt noch raus?« Mel steht mit verschränkten Armen im Gang, ihre sommersprossige Stirn in Falten gelegt. Aus dem Wohnzimmer dringt Gelächter. Lisi feuert jemanden an, sich auszuziehen, während Phil mit spontaner Erblindung droht.

Ich streife die Lederjacke über die Schultern.

»Es ist kurz vor elf! In einer Stunde lassen wir die Korken knallen und feiern. Draußen ist die Hölle los. Du solltest nicht alleine …«

Ich kann das plötzliche Gefühl nicht erklären, das mich antreibt. Die Furcht, zu spät zu sein, wenn ich nur eine Minute länger warte. Mel liest die Antwort in meinem Blick und ihre Anspannung schmilzt in Resignation. Sie seufzt und lässt mich gehen.

Entgegen Mels Warnung ist die U-Bahn-Station fast leer, die Feiernden haben ihre Ziele bereits erreicht. Dennoch rempelt mich eine Frau an und mein Handy fällt die Stufen hinab. Die Hülle löst sich, der Akku schlittert über Beton. Ich sammle die Einzelteile auf und baue es zusammen. Es funktioniert noch, aber die Batterie ist schwach.

Wir schießen aus dem Tunnel in die Vorstadt. Das Display zeigt wieder Empfang. Ich rufe Jay an, ohne zu wissen, was ich ihm sagen soll. In mir kämpfen verschiedene Emotionen um die Vorherrschaft, eine Schlacht, die Wut zu gewinnen scheint. Wut, weil er mir die Wahrheit verschwiegen hat. Und vor allem Wut, weil die Wahrheit ein Arschloch ist. Ich wünschte, ich könnte sie packen und erwürgen.

Es klickt.

Ich höre Atemrauschen in der Leitung. Ein Piepsen.

Dann nichts mehr.

Ich nehme das Handy vom Ohr und starre auf eine schwarze Oberfläche. Es lässt sich ein weiteres Mal einschalten, bevor das leere Batteriesymbol aufflackert und mit einem letzten Warnton stirbt.

Verdammt! Ich hätte es ein paar Minuten länger laden sollen. Nur ein paar Minuten!

War das Jay? Hat er abgenommen? Oder war es mein eigenes Schnaufen?

Ich lege die Stirn aufs Handy, als könnte ich es mit purem Willen füllen.

Es bleibt stumm.

Die Wut verändert sich in dem Moment, als ich Jays Haus entdecke. Sie wird schlagartig sauer und verklumpt in meinem Magen. Nur eine einzige Empfindung begleitet mich durch das Gartentor, über den kurzen Kiesweg, bis hin zu Tür: Panik.

Die Klingel erschallt im dunklen Vorzimmer.

Nichts rührt sich.

Sie sind nicht da, denke ich und ungebetene Gedanken folgen: *Jay hatte wieder Nasenbluten. Diesmal war er allein. Niemand hat ihm geholfen. Der Krankenwagen brauchte ewig, weil zu viele Idioten heute unterwegs sind. Diana und Eric sind im BMW hinterher. Bis ich ihn finde, ist es zu spät. Er wird tot sein. Wie meine Mutter. Ich kann ihn nicht zum Abschied küssen. Wie meine Mutter.*

Mein Atem keucht gegen das Wellglas. Ich wische den kondensierten Dampf fort und erinnere mich an einen Abend vor ein paar Wochen, als ich hier draußen saß, frierend auf der einen Seite, mit einem Hund auf der anderen.

Aber Kid ist nicht da. Sie hätten ihn hiergelassen, wenn Jay etwas passiert wäre.

Ein Böller knallt am Straßenende und bringt eine neue Idee.

Das Tier fürchtet sich vor allem, was laut ist. Silvester muss eine Qual für ihn sein. Sie haben mit dem Hund die Stadt verlassen.

Und schließlich: *Es hat keinen Zweck, auf sie zu warten.*

Ein Schneeball klatscht an Jays Fenster und rinnt am Glas hinab. Ich recke den Hals nach oben, rufe seinen Namen, doch die Jalousie bewegt sich nicht. Rosendornen verhaken sich im Stoff meiner Hose, wie kleine, gierige Hände, die mich zurückhalten wollen. Meine Schritte reißen sie weg. Ich lasse den Garten zurück und haste zur U-Bahn.

Die Zeit läuft mir davon.

Ein Jahr stirbt und ein neues wird geboren, während ich durchs Treppenhaus stapfe. Kirchenglocken jubeln und Feuerwerk explodiert. Aus manchen Wohnungen hört man Gelächter und Musik, andere sind gespenstisch still. Meine Aufmerksamkeit haftet auf den Stufen vor den Füßen.

Meine Freunde feiern im Wohnzimmer. Ich schiebe mich hinter die angelehnte Tür und beobachte sie heimlich.

Lisi tanzt zwischen Tom und Chris und lässt sich Sekt einflößen. Die Flüssigkeit tropft über ihr Kinn und Tom leckt sie ab. Sie quietscht vor Vergnügen.

Mel sitzt auf der Couch. Phil hat den Arm um sie gelegt und ihr Lockenkopf steckt in seinem Nacken. Der Anblick rauscht heißkalt durch meinen Körper. Noch nie habe ich die beiden so vertraut miteinander gesehen. Wann habe ich das verpasst?

Geräuschlos ziehe ich mich zurück. Meine Jacke hänge ich über Mels, damit sie sofort weiß, dass ich wieder da bin. Auf Socken schlüpfe ich in mein Zimmer und schließe die Tür ab. Ich seufze gegen das Holz.

Hinter mir sagt jemand: »Frohes neues Jahr.«

Du löst deinen Wunsch ein.

Jay sitzt auf dem Stuhl vor meinem Schreibtisch. Er beugt sich über ein Stofftier, den Bären, den Mel mir vor zwei Monaten zum Geburtstag geschenkt hat. Die Haare fallen ihm bis zur Nasenspitze und verdecken sein Gesicht.

Jemand rührt Gelatine in die Luft zwischen uns. Ich will auf ihn zustürmen, doch nach einem ruckartigen Start werden meine Schritte zäh. Mit jedem Zentimeter verdichten sich Zweifel in meiner Brust. Jay hebt den Kopf und sein Blick schneidet mein Selbstvertrauen in Stücke. Seine Augen sind leer. Meine Füße bleiben stehen.

»Die Wahrheit ist, ich verabscheue Lügen«, beginnt er mit leiser Stimme. »Wer nach meiner Meinung gefragt hat, hat sie immer bekommen. Ohne Rücksicht darauf, wen ich damit verletzt habe. Ich war nicht immer taktvoll, aber ich war ehrlich. Nur diese Wahrheit – die war für mich zu unglaublich. Was hätte ich meinen Freunden sagen sollen? Dass ich kämpfen würde? Dass alles wieder gut wird? Ich wollte sie nicht anlügen und ich wollte die Lüge nicht in ihren Augen sehen, wenn sie mir geantwortet hätten.«

Er betrachtet den Bären und streift mit dem Daumen über ein Fellohr. »Ich habe vergessen, wie es sich anfühlt, keine Kopfschmerzen zu haben. Sie fingen vor einem Jahr an, zuerst nur schwach, dann immer öfter. Unser Hausarzt meinte, es wäre Stress vor dem Abi. Ich hatte keinen Stress, trotzdem stellte ich keine Fragen. Vielleicht hatte ich Angst. Stattdessen kiffte ich in den Pausen, und sobald das nicht mehr reichte, schluckte ich dazu Aspirin. Alles war gut. Bis zu jenem Morgen im Krankenhaus, als ein schwitzender Arzt beschloss, mich nicht anzulügen. Meine Zukunft wurde zwischen der Vormittagsvisite und dem Mittagessen ausgelöscht. Das hat meine Einstellung zur Wahrheit verändert.

Schmerzen zerstören Menschen, weißt du?

An jenem Abend im Black, als wir das erste Mal miteinander geredet haben, dachte ich daran, Schluss zu machen. Ich wollte einen spektakulären Tod. Die höchsten Sehenswürdigkeiten in der Stadt sind mit Zäunen und Netzen gesichert, deshalb hatte ich mir überlegt, vom Schuldach zu springen. Ich hätte eine Zielscheibe auf den Parkplatz gesprüht und versucht, sie zu treffen. Wäre irgendwie witzig gewesen.

Aber dann hast du an meinem Arm gerüttelt und ich habe den Gedanken an Selbstmord in deiner Anwesenheit verloren. Am nächsten Tag, als meine Mutter heulend auf der Couch lag und die Polster verprügelte, habe ich ihn vollständig verworfen. Ich habe mich dafür entschieden, die letzten Wochen für meine Eltern zu leben, die mir alles gegeben haben, was ich mir je erträumen konnte.

Fast alles.« Sein Mundwinkel zuckt. »Bis auf den Hund, den ich als Kind wollte. Also erfüllte ich mir diesen Wunsch selbst. Du hast gefragt, was ich tue, wenn ich nicht zur Schule gehe. Ich schlafe bis mittags, schlucke Tabletten und würge ein Brötchen hinterher, bevor mir schlecht wird. Hocke vor dem Fernseher, bis die Schmerzen nachlassen, gehe spazieren, weil die Wände sonst auf mich einstürzen. So bin ich eines Tages zum Kiosk gegangen und habe Kid in einer Annonce des Tierheims gefunden. Er wurde von den Vorbesitzern misshandelt und suchte ein liebevolles Zuhause. Er passte wie maßgeschneidert. Meine Eltern rufen mich jeden Nachmittag an, weißt du? Sie fragen, was ich zu Abend essen möchte, und kontrollieren in Wirklichkeit, ob ich noch lebe. Sie brauchen jemanden, den sie verhätscheln können. Kid soll meinen Platz einnehmen, wenn ich nicht mehr da bin.«

Wenn ich nicht mehr da bin.

Ich beeile mich, den Nachklang dieses Satzes wegzuwischen. Und so ist das Erste, was ich nach einer Woche zu ihm sage: »Deine Eltern sind keine Hundemenschen.«

Er wägt die Antwort ab und schaut auf. »Du brauchst auch jemanden. Willst du Kid haben?«

»Ein haariges Ungetüm, das mir bei jeder Gelegenheit die Zunge ins Gesicht streckt? Ich würde den Unterschied nicht merken.«

Das lockt ein Lächeln auf Jays Mund.

Ich spüre die Füße wieder und laufe auf ihn zu. Im gleichen Moment steht er auf. Unsere Körper prallen aufeinander und unsere Arme schlingen sich um unsere Rücken. Meine Nase drückt sich in den Stoff seines Pullovers. Seine Hände pressen sich auf meine Schulterblätter.

»Ehrlich gesagt, warst du nicht meine Idee«, flüstert er mir ins Haar. »Mom kam von ihrem Termin zurück und unter ihren verheulten Augen hing ein echtes Lachen. Dieses Mädchen, das bei mir übernachtet hat, habe sie auf der Straße angesprochen. Sie sagte, es habe sich mit düsterem Blick und knallroten Wangen bei ihr entschuldigt. Und plötzlich fragte sie mich, mit frisch aufwallenden Tränen, ob du in mich verliebt sein könntest.

Ich hab sie nur angestarrt. Wie hätte ich meiner eigenen Mutter erklären sollen, dass ich mit den Mädchen nur ins Bett stieg? Dass es niemals eine gab, die mir mehr bedeutete? Dann wurde mir die Tragweite dieses Gedankens klar. Ich war nie verliebt. Nie. Und ich würde sterben, ohne es jemals zu sein.

Also rief ich ein Mädchen an, das mich wahrscheinlich nicht mal mochte. Zu dem Zeitpunkt hatte ich noch keine Ahnung, was du mir bedeuten würdest.

Ich weiß, dass ich dir weh tue. Und das widerspricht all meinen Gefühlen zu dir. Trotzdem bereue ich nichts. Seit du da bist, ist jede Sekunde es wert, gelebt zu werden. Seit du da bist, füllt sich meine Zukunft wieder mit Bildern.«

Lisis Lachen dringt durch die Wand, geisterhaft verzerrt. Auf der Straße unten veranstalten Autos ein Hupkonzert. Jay drückt mich fester an sich, seine Stimme übertönt kaum die Musik aus dem Wohnzimmer.

»Wenn ich tagsüber alleine bin, stelle ich mir vor, wie wir zusammen die Schule beenden. Nach dem Abitur durch Europa reisen, tschechisches Bier trinken, uns an Horden von Touristen vorbei auf den Eiffelturm zwängen. In durchweichten Klamotten am Straßenrand die Autos anhalten, wo du mir das erste Mal an den Kopf wirfst, dass du nicht weißt, warum du dich mit einem Idioten wie mir abgibst. Bis ich meine Jacke über dich halte und dich küsse und du mir verzeihst. Wir würden in einem zusammengefallenen Zelt mitten im Nirgendwo Liebe machen. In einem verrauchten Café in Stockholm feststellen, dass wir keinen Cent mehr in den Taschen haben. Mit abgelaufenen Schuhen durch eine fremde Stadt irren. Nur uns beide haben.

Manchmal gehen diese Gedanken noch weiter. Nachts, wenn es draußen vollkommen still ist und ich nur deinen Atem im Zimmer höre. Dann wage ich daran zu denken, wie wir gemeinsam erwachsen werden. Ich würde dich fragen, ob du meine Frau werden willst, und du würdest antworten, dass eher die Hölle zufriert. Doch irgendwann würdest du vielleicht Ja sagen. Wir könnten Kinder haben, die uns den letzten Nerv rauben und die wir über alles auf der Welt lieben. Wir würden zusammen alt werden. Erst nach vielen Jahren, so wie es sein sollte, würde einer von uns zuerst sterben.

Aber das wäre okay, denn wir müssten nicht lange aufeinander warten …« Er bricht mitten im Satz ab, als würde ihm erst jetzt klar werden, was er da laut ausgesprochen hat.

»Leider habe ich keine Zeit mehr für all das«, schließt er leise. »Mein Leben dauert nur noch drei Wochen.«

Ich kann nicht sprechen. Seine Worte verstopfen meine Ohren und sickern nur zäh ins Bewusstsein. Bisher habe ich kaum Gedanken an die Zukunft verschwendet. Mein Ziel war einfach und klar: Von meinem Vater loskommen, so schnell wie möglich. Was danach kam, war eine trübe Masse von verschiedenen Studienrichtungen.

Nun leuchten seine Vorstellungen in mir, wie überbelichtete Fotografien, voll greller Farbe. Schneidender Wind in der Höhe eines Turms, Kieselsteine unter der Plane in meinem Rücken, unsere gemeinsame Wohnung, gefüllt mit Lachen und Lebendigkeit. Ein zweiter Ring, diesmal an Jays Finger … Ich weiche zurück. In die Wirklichkeit, wo sein Herz unter dem Stoff des Pullovers schlägt.

Etwas stimmt nicht an seiner Aussage, fällt mir auf. Es dauert Sekunden, bis ich den Fehler finde. Ich schiebe ihn von mir und blicke hoch in sein Gesicht. »Was meinst du damit?«, flüstere ich. »Drei Wochen? Woher willst du das so genau wissen?«

Er atmet langsam aus. Warme Luft schlägt an meine Nase und bläst ein einzelnes Haar in mein Auge. Ungeduldig wische ich es fort.

»Ich werde operiert.« Er sagt es ohne Hoffnung, ohne Furcht. Es klingt nach Endgültigkeit.

»Operiert?« Ich rücke ab. Seine Hände rutschen von meinen Schultern. »Aber das bedeutet, du hast eine Chance!«

»Es bedeutet, dass ich auf jeden Fall sterbe, wenn sie es nicht tun. Sie haben nichts zu verlieren.«

Ich schlage eine Faust gegen seine Brust. »Gib nicht auf! Du darfst nicht einfach aufgeben!«

»Viki.« Er hebt die Arme und mein Körper bewegt sich von selbst zurück in seine Umarmung. Er drückt mich an sich, sanfter diesmal, als wäre einer von uns aus Glas. »Der Tumor liegt zu tief im Kopf. Sie hätten ihn dort gelassen, doch er wächst zu schnell. Sie müssen mein Gehirn auseinanderschneiden, um an ihn zu kommen. Ich werde das nicht überleben, verstehst du? Selbst wenn ich wieder aufwache. Selbst wenn das, was von mir übrig bleibt, so aussieht wie ich.«

Mein Mund klappt auf, aber nichts kommt heraus.

»Ich habe einen Wunsch frei, weißt du noch?«, fragt er. »Ich will so in deiner Erinnerung bleiben, wie ich bin. Ich wünsche mir, dass du mich danach nie wieder siehst.«

»Wann?«, hauche ich an sein Schlüsselbein.

»Am 21. Januar. Vier Tage nach meinem achtzehnten Geburtstag.«

Überrascht blicke ich auf.

Er lächelt und streicht mein Haar hinters Ohr. »Ich wollte nicht als Kind sterben.«

Ich stelle mich dem Feind.

»Tut mir leid, ich bin zu spät.«

Mittelweger steht vor der Tafel und kreist Adverbs ein. Sie dreht sich zu mir, ohne den Arm zu senken, und hebt die Augenbrauen über den Rand der Brille. Es sieht aus, als würde ihr Regenbogenschal sie erwürgen. »Viktoria, ich habe dich gar nicht mehr erwartet.«

Ich knalle meine Unterlagen auf Davids Tisch und registriere zufrieden, wie er zusammenzuckt. »Ich weiß, die zwei Monate sind um. Aber ich habe viel gelernt. Wenn es nichts ausmacht …«

Mittelweger strahlt und fuchtelt mit der Kreide. »Sicher, sicher! Gerne! Setz dich nur.«

Ich nehme Jays alten Platz in Beschlag und schraube mich in Davids Richtung. »Auf welcher Seite sind wir?«

Seine Haut schimmert weiß unter abrasierten Schläfen, darüber erhebt sich jetzt ein grüner Irokesenschnitt. Er zwingt den Kopf zu mir und durchleuchtet mich mit blassgrauem Blick, als versuchte er, meine Gedanken zu lesen.

Allerdings kannst du das nicht. Sonst wüsstest du, warum ich heute hier bin.

»Hundertzwei.«

»Danke.« Ich biege die Mundwinkel nach oben und ein Schauer durchläuft ihn.

Oder kannst du es doch?

Wir arbeiten uns durch Mittelwegers Unterricht, von Hundewelpen bis hin zu vokabelgespickten Abiturtexten. Es gibt keine Diskussionen und keine Bemerkungen von David. Mittelwegers Wecker klingelt planmäßig um sechs Uhr und alle packen die Sachen ein, um rechtzeitig zum Bus zu kommen. Ich klebe an ihren Fersen und lasse mein Ziel keine Sekunde aus den Augen.

Selbst im Schneematsch tragen die Zwölftklässlerinnen hochhackige Stiefel. Sie krallen Plastiknägel in Kunstfelljacken und ernähren sich von Nikotin. Mir fällt auf, dass David als Einziger der Gruppe nicht raucht. Mit den Händen in den Hosentaschen steht er abseits und betrachtet die vorbeifahrenden Autos. Das Geschnatter der Miniröcke lockt nicht mal ein Lächeln auf sein Gesicht.

Ich positioniere mich an der Laterne und gebe vor, in der Lederjacke nicht zu erfrieren. Wie immer ist der Bus zu spät. Geschlagene zehn Minuten stehen wir zitternd herum und gerade, als die anderen zur U-Bahn aufbrechen wollen, bleibt er mit einem tiefen Seufzen vor uns stehen. Ich schlüpfe hinein und verstecke mich auf dem Sitz hinter dem Fahrer. Der Rückspiegel bietet freie Sicht auf die Zwölftklässler, die sich in die letzte Reihe quetschen. David sackt auf den Platz links außen und lehnt die Stirn ans Fenster.

Der Bus fährt durch den Abend, klappert Haltestellen ab und spuckt Schüler aus den gelben Falttüren. Mein Handy vibriert in der Hosentasche und ich ziehe es mit pochender Kehle hervor. Die Nachricht ist von Jay.

Freundin entlaufen. 1,75 m groß, schwarze Mähne und ein Hintern, der das Herz eines Kerls zum Schmelzen bringt. Beißt bei Blickkontakt. Hinweise unverzüglich an mich.

Ich checke den Rückspiegel und tippe eine Antwort.

Der Hintern sitzt im Bus und der Rest ignoriert deine oberflächliche Beschreibung meiner komplexen Person.

Das Handy piepst erneut.

Wann kommt der Hintern? :-*

Ich beiße auf mein Grinsen und schüttle den Kopf. Meine Finger fliegen bereits über die Tastatur und der Blick in den Rückspiegel ist halbherzig.

David ist weg! Hinter einer Sitzlehne verschwindet grünes Haar durch die offene Tür. Ich kralle mir den Rucksack und stürze aus dem Bus.

Die Docs landen in einem dreckigen Schneehaufen. Ich fluche und unterdrücke sofort den Laut, um keine Aufmerksamkeit auf mich zu ziehen. Mein Gesicht schnellt nach oben. David schlurft in die entgegengesetzte Richtung. Ich atme auf und hefte mich an seine Fersen.

Eine dreispurige Straße zieht sich an der Häuserzeile entlang und besprüht einst bunte Fassaden mit Ruß. Auch das Gebäude, vor dem David stoppt und mit den Schlüsseln klimpert, streut seine Visage in grauen Farbblättchen auf den Gehweg. David geht hinein und die Tür schlägt zu, bevor ich sie erreiche. Meine Hand drückt alle Klingeln gleichzeitig. Eine Stimme, deren Sprache ich nicht verstehe, knistert im Lautsprecher und zeitgleich ertönt der Summer. Jemand lässt mich rein.

Der Eingang bohrt sich düster ins Haus, ich drücke einen Schalter, aber das Deckenlicht bleibt aus. Durch die Fliesen unter meinen Sohlen schlängeln sich Risse, Dutzende Briefkästen übergeben sich von unerwünschtem Werbematerial. Im Treppenhaus hallen Schritte. Ich folge ihm über die Stufen nach oben in den ersten Stock. Er muss mich hören, sieht jedoch nicht zurück. In diesem Mietshaus grüßen sich die Bewohner nicht. Wie in meinem.

David sortiert die Schlüssel vor der Wohnung, als ich ihn einhole. Er nimmt mich nicht wahr, obwohl ich direkt hinter ihm stehen bleibe. Ich balle die Fäuste und richte mich auf.

»David.«

Er schaut auf. Seine grauen Augen weiten sich ungläubig. »Was zum Teufel …«

»Ich muss mit dir reden.« Meine Füße wagen sich ein paar Zentimeter vor, vorsichtig, um das wilde Tier in seinem Ausdruck nicht zu erschrecken. »In Gegenwart anderer lassen deine Manieren etwas zu wünschen übrig. Ich habe gehofft, du hörst mir zu, wenn wir alleine sind. Es geht um Jay.«

Jemand reißt von innen die Wohnungstür auf. Die Kante schlägt gegen Davids Schulter und der Schlüsselbund fällt aus seinen Händen. Ein dickes Mädchen streckt den Kopf heraus. Ihr brauner Zopf hängt über die Brust und ihre Augen funkeln silbern.

»Scheiße! Anna! Hau ab!« David reibt sich die Schulter und bückt sich zum Boden.

Hinter dem Mädchen erhasche ich einen Blick in die Wohnung. Ein überlaufender Kleiderständer lehnt an einer verblichenen Tapete, darunter stehen zwei pralle Müllsäcke. Es riecht nach Katzenklo. Die verwahrloste Ähnlichkeit zu meinem eigenen Zuhause presst sich dumpf gegen meinen Brustkorb.

Anna faltet die Arme über dem Bauch. »Jemand hat geklingelt.«

»Geh wieder rein!«

Sie zuckt nicht mal. Sie ist es gewohnt, angeschrien zu werden. »Ist das deine Freundin?«

»Zum Teufel, nein!« David packt Anna und stößt sie rückwärts. Ihr Protest verschwindet hinter der zuschlagenden Tür.

»Das war nicht nötig«, sage ich.

David wirbelt herum. »Halt die Klappe, du kleine Schl –«

»Schlampe?« Ich schenke ihm ein schwaches Lächeln. »Mit welcher Begründung? Dass ich mit deinem besten Freund schlafe, der nicht mehr mit dir spricht? Ich verstehe dich. Es muss bitter sein, einfach so fallengelassen zu werden.«

»Du bist krank.« David wendet mir den Rücken zu und stochert mit dem Schlüssel im Schloss.

»Wie gut war eure Freundschaft? Ging sie übers Biersaufen und Kiffen hinaus? Über die Band? Wart ihr gut genug befreundet, um füreinander da zu sein, wenn es euch beschissen geht?«

Er wollte sich umbringen. Mit fünfzehn. Hat die Antidepressiva seiner Mutter geschluckt und mir eine SMS geschickt.

»Warum fragst du nicht deinen *Freund*?«

»Weil er nicht weiß, dass ich hier bin.« Ich schnappe Davids Ärmel und ziehe seine volle Aufmerksamkeit auf mich. »Jay hat solche Angst vor der Wahrheit, dass er sich lieber im Haus verkriecht, als mit dir darüber zu reden. Wenn du ein Freund bist, ein echter Freund, dann solltest du es wissen.«

Davids Augen verwandeln sich in flüssiges Gift. »Was?«

»Er …« Mein Mund trocknet schlagartig aus. Die Worte verpuffen auf der Zunge und meine Finger fallen schlapp von Davids Jacke. Es schmeckt nach einer Lüge, einer dreisten Behauptung, die ich nicht über die Lippen bekomme, ohne laut aufzulachen. Oder zu schreien. »Jay ist … krank. Damals als … Du weißt von seiner Überdosis.«

David erstarrt.

»Im Krankenhaus haben sie eine Computertomographie gemacht. Dabei haben sie ihn entdeckt. Es ist kein Krebs, zum Glück, der Tumor ist gutartig. Aber er liegt an einer ungünstigen Stelle. Die Operation ist riskant. Sie müssen durch gesunde Teile des Gehirns schneiden …«

Ein Skalpell stößt in seinen Kopf und bringt ihn um.

Mein Herz hämmert im Takt einer Nähmaschine und schwarze Punkte füllen meine Wahrnehmung.

Jays Lächeln fliegt an mir vorbei. Seine honigklebrigen Finger verfangen sich in meinen Haaren und reißen mich vom Bett. Ich falle auf einen eisglitzernden Gehweg und richte mich im Innern eines Krankenwagens auf. Mel tätschelt meine Hand. Sie nuschelt, weil eine Gummischlange aus ihrem Mund hängt: »Du darffst dich nicht bewegen. Wir fneiden dein Herz herauf.« Jemand hat eine Zielscheibe auf meine Brust gesprüht. Ein Springmesser steckt mitten im Auge. Ich lache auf.

»Viktoria!« Ein Schatten beugt sich über mich. An der Decke hängt eine Glaskugel, gefüllt mit Licht. »Anna! Komm sofort her!«

»Deine Haare sind grün«, bemerke ich.

Er packt meine Schulter und presst Fingernägel durchs Leder meiner Jacke. »Bist du wach?«

»Natürlich bin ich wach.« Ich drücke ihn von mir und setze mich auf. Das Treppenhaus dreht sich.

»Anna, bring ein Kissen!«, ruft er in die Wohnung. »Es ist mir scheißegal, woher!«

Ich lehne an einer grauen Jacke. Sie riecht fremd. Ich finde einen Oberarm und ziehe mich daran hoch. Seine Lippen sind schmal, im Nasenflügel steckt ein Ring. Davids Iris funkelt weißgrau, nur um den Rand zieht sich ein dunkler Kreis.

»Das ist ein Albtraum«, stöhne ich.

»Du bist ohnmächtig geworden.«

»So ein Quatsch! Ich werde nie ohnmächtig.« Meine Arme zittern und ich sinke zurück an seine Brust. »Ich ruhe mich nur ein paar Sekunden aus. Wenn du das in der Schule erzählst, trete ich dir ans Schienbein.«

»Ich würde das nie in der Schule erzählen. Was mich betrifft, warst du niemals hier. Ich wünschte, du wärst nicht hier.«

Anna ragt über uns. »Ich hab ein Kopfkissen von meinem Bett und eines von der Couch.«

»Kannst du aufstehen?«, knurrt David.

»Ich finde eure Türmatte nett. Sie ist sauber.«

»Bring die Kissen ins Wohnzimmer, Anna.« David verankert seinen Arm auf meinem Rücken und zieht mich hoch. Mein Schädel fühlt sich an wie ein Fahrstuhl. Ich steige auf Annas Kniehöhe ein, fahre über den Anblick der Polster nach oben und schieße über ihr rundes, besorgtes Gesicht hinaus. Die Beine unter mir wackeln.

Er schleppt mich in ein Wohnzimmer und deponiert mich auf der Couch. Mein Nacken verbiegt sich auf der harten Polsterung, eine Hand rutscht von der Kante und landet auf dem Teppich. Unter dem Wohnzimmersessel leuchten grüne Katzenaugen, dann treten Davids Füße davor und er setzt sich in den Sessel. Sein Blick schält meinen Kopf, Schicht für Schicht, bis er zu einem Entschluss gelangt.

»Du verarschst mich nicht«, stellt er fest. »Warum bist du hier?«

Mein Atem wirbelt Katzenhaar auf, das in den Nasenlöchern kitzelt. »Jay hat beschlossen, die Sache nicht zu überleben. Er zieht den Tod der Alternative vor: aufzuwachen und nicht mehr er selbst zu sein. Er fürchtet sich davor, seinen Verstand zu verlieren.«

»Du kennst ihn überhaupt nicht. Jay besitzt gar keinen Verstand.« David lacht humorlos auf. »Er hat sich bei jedem Auftritt von der Bühne geworfen, am liebsten wenn nicht genug Hände da waren, um ihn zu halten. Sogar über den verfluchten U-Bahn-Schacht ist er gesprungen, weil Franky ihm dafür seine neuen Chucks geben wollte. Als müsste er nicht einfach nur ins Büro seiner Eltern marschieren und die Hand aufhalten. Aber tausend Schuhe, die er sich kaufen konnte, waren nicht so verlockend wie ein verschwitztes Paar, für das er sein Leben aufs Spiel setzen musste. Der Idiot hielt sich für unzerstörbar.«

»Sprich nicht in der Vergangenheit von ihm.«

David presst sich beide Handballen in die Augenhöhlen.

Es wird sehr still im Zimmer.

»Ich erinnere mich nicht an den Tag, an dem ich meine Mutter zum letzten Mal umarmt habe«, flüstere ich. »Ich war erst sieben Jahre alt und keiner hat mir erklärt, wie ernst es um sie stand. Sie alle haben mich vor der Wahrheit beschützen wollen. Aber in Wirklichkeit haben sie mir unseren letzten gemeinsamen Moment gestohlen.«

David schüttelt verständnislos den Kopf. »Worauf willst du hinaus?«

»Jay weiß, wie sehr dich sein Tod treffen würde. Er will dich vor diesem Schmerz bewahren. Ich habe versucht, ihm seinen Irrtum zu erklären, aber er würgt das Thema sofort ab. Ihm ist nicht klar, wie wichtig es ist, sich von jemandem verabschieden zu können. Genau zu wissen, was diese letzten Worte und Berührungen bedeuten, damit unser Gehirn sie alle speichert und nie mehr vergisst.«

David rührt sich nicht.

»Du darfst dir diese Gelegenheit nicht nehmen lassen«, füge ich hinzu. »Es wird vielleicht weh tun. Aber glaub mir, es nicht zu tun, wird schlimmer sein.«

»Ich habe ihn tausendmal angerufen.« Er lächelt bitter. »Ihm Mails geschickt, sogar einen verdammten *Brief* nach Hause. Seine *Mutter* hat mich abgewimmelt, als ich vor der Tür stand.«

»Gibst du ihn so einfach auf?«, frage ich sanft.

Er sieht mich lange an. Kein Blinzeln verrät seine Gedanken, kein Zucken im Gesicht.

»Jay wird sich nicht freiwillig mit mir treffen«, sagt er schließlich.

So nah am Ende.

Seit Stunden wirbeln Flocken aus dem Grau des Himmels. Sie krallen sich an Laternenmasten und wachsen in dicken Polstern an Häuserecken, wo das Salz der Straße sie nicht schmilzt. Schnee knirscht unter den Schuhen und vermischt sich mit unseren Atemzügen zu einem sanften Geräusch. Die Stadt schweigt. Niemand, der eine andere Wahl hat, sitzt an diesem Abend hinterm Steuer.

Jay schüttelt sich. »Zu Hause wartet die größte Schokoladentorte der Welt auf mich.«

»Die ist auch morgen noch da. Hör auf zu jammern, es ist nicht mehr weit.«

»Ich kann mich so lange beschweren, wie ich will! Ich bin jetzt achtzehn. Ich habe ein Recht auf freie Meinungsäußerung.«

»Du hast eine Freundin.« Ich grinse in den Schal, den ich mir um den Hals geschlungen habe. »Du brauchst keine eigene Meinung.«

Jay lässt seine Worte an meiner Schläfe dampfen. »Außerdem wartet dort ein warmes Bett auf uns. Zuerst vernasche ich den Kuchen und dann dich. Wie hört sich das an?«

Jays Küsse, die nach geschmolzener Schokolade schmecken? Ein wohliger Schauer kribbelt über meinen Rücken. Verlockend, einfach umzukehren und meine Nervosität in seinen Armen zu vergessen. Mit ihm alleine zu feiern, statt ihn durch die Stadt zu schleppen, an einen Ort, vor dem wir uns beide fürchten.

»Warum hast du keinen Tisch um die Ecke reserviert?«, will er wissen.

»Niemand sagt etwas von einem Restaurant.«

»Nicht?« Jay presst eine Handfläche auf den Magen. »Weder Geburtstagstorte noch was zu essen. Ich kippe gleich um.«

»Halt die Klappe! Es ist … eine Überraschung.«

Überrascht wirst du ganz sicher sein. Ich hoffe nur, du wirst auch verstehen, warum ich das tun muss. Nicht nur für David. Sondern auch für dich.

Ich suche die Straßenecken nach halb verschneiten Tafeln ab und vergleiche die erkennbaren Wortsilben mit der Wegbeschreibung in meinem Kopf, die David mir gestern am Handy eingetrichtert hat. Dieser Stadtteil ist mir genauso unbekannt wie die Bar, die mit violetter Leuchttafel vor uns auftaucht. Die Fussel auf meinem Schal schimmern weiß, als wir darunter stehen bleiben und ich verwirrt die verschlungenen Buchstaben entziffere.

»Schwarzlicht?« Jays Jacke strahlt unter den UV-Röhren wie ein radioaktiver Sommerhimmel. »Ist das eins eurer Stammlokale?«

Das verstehe ich nicht. David hatte am Handy von einer Café-Bar gesprochen, mit Séparée im Keller, in dem man sich ungestört unterhalten kann. Die Rockmusik, die uns selbst hier draußen entgegendröhnt, spricht nicht gerade dafür. Allerdings stimmen der Name und die Adresse.

»Ich hoffe, die haben was zu essen«, stöhnt Jay.

Er streicht sich feuchte Strähnen aus den Augen. Seine Haare sind so lang geworden, dass sie sich im Nacken wellen. Ich stelle mir vor, wie sie ausfallen. Zuerst unscheinbar, Haar für Haar, dann in Büscheln, immer mehr, bis nur noch kahle Haut übrig bleibt. Ich frage mich, welche Perücke ich für ihn aussuchen würde.

Meine Arme schlingen sich um seinen Hals. »Ich liebe dich.«

»Heißt das, es gibt nichts zu futtern?«

»Jay!«

Ich spüre sein Schmunzeln an meiner Stirn. »Ich liebe dich auch.«

Wir halten einander fest. Die Stille der verschneiten Nacht vermischt sich mit der Musik aus der Bar und unausgesprochenen Worten. Gedanken, die wir uns nur im Bett zuflüstern, mit zusammengepressten Lidern und verzweifelten Küssen. Die tagsüber zu hart und schmerzhaft sind, um ausgesprochen zu werden.

Mein Puls hämmert gegen die Kehle. Manchmal ertappe ich mich bei dem Wunsch, diesen Jungen nie kennengelernt zu haben. Es wäre leichter, als ihn zu lieben und wieder verlieren zu müssen. Das Leben allerdings besteht nicht aus Wünschen. Es besteht nur aus Dingen, die wir tun, oder die wir sein lassen.

»Es ist eiskalt hier draußen«, würge ich hervor. »Gehen wir hinein.«

Das Schwarzlicht ist modern eingerichtet. Eine U-förmige Bar schwingt sich durch den Raum, schwarz und glänzend, gesäumt von Barhockern aus violettem Kunstleder. Sitznischen pressen sich an fliederfarbene Tapeten und Teelichter flackern grün im ultravioletten Licht. Die Besucher tragen zerschnittene Bandshirts und buntgefärbte Haare. In ihren Getränken zittern Neonstäbchen zu heftigen Bässen aus versteckten Lautsprechern. Nur die Hälfte der Sitzplätze ist besetzt.

Jay steuert auf einen freien Tisch zu, doch ich packe seine Schultern und drehe ihn zur Treppe.

»Lass uns runtergehen!«, rufe ich über die Musik hinweg.

»Hier oben ist doch genug Platz!«

»Im Keller ist es ruhiger!«

Zumindest hoffe ich das für David.

Jay springt gutgelaunt die Stufen nach unten. Er ist schon halb durch den Gang und geht auf eine geschlossene Tür zu, als das

Handy in meiner Jackentasche piepst. Mit einem verstohlenen Blick auf Jays Rücken, lese ich die eingetroffene SMS. Sie ist von David.

Seid ihr bald da? Wir warten hier unten im Dunkeln.

Meine Füße bleiben stehen.

Wieso im Dunkeln? Und was bitteschön meint er mit *wir?*

Mein Kopf schnellt nach oben, mein Mund klappt auf, aber Jay öffnet bereits die Tür und tritt in den nachtschwarzen Raum dahinter.

Im selben Moment bricht grelles Getose aus.

Licht flutet das Zimmer und mit ihm laute Stimmen und hochgerissene Arme. Polierte Zahnreihen lachen auf, rufen seinen Namen, Finger strecken sich nach ihm und saugen ihn in die Menge. Mädchen streicheln über seine Oberarme, Jungen klopfen ihm auf die Schulter. Sie alle überfallen ihn mit Sätzen: *Hay Jay! Wo hast du so lange gesteckt? Wir haben dich vermisst! Alles Gute zum Geburtstag!*

Jay steht einfach nur da.

Es dauert Sekunden, bis Bewegung in ihm erwacht. Ein fahler Ton überschwemmt sein Gesicht, als er den Kopf zu mir dreht. Der Vorwurf in seinem Ausdruck ist klar und deutlich, als ritzte er die Worte mit einem Stück Eis in meinen Bauch: *Warum tust du mir das an?*

Ich kann nur dastehen und den Kopf schütteln, stumm wie ein Fisch.

Kohlensäurebläschen sammeln sich am Strohhalm in meiner Cola. Ich rühre sie weg, beobachte, wie sie aufsteigen und an der Oberfläche zerplatzen. Das Eis ist schon lange geschmolzen. Ich sitze oben an der Bar, auf einem Hocker, mit hängenden Schultern und tauben Ohren für jede Anmache. Die Menschen im Partyraum unten – die Jay in ihre Mitte gezerrt, aufs Sofa gepresst und eine Bierflasche in seine Hand gedrückt haben –, diese Leute sind Fremde für mich. Ich gehöre nicht zu ihnen.

Jemand setzt sich neben mich und bestellt Jack Daniels. Ich stochere in meinem Getränk.

»Warum bist du nicht unten?«

Ich schnaufe tief. Dann erst sehe ich David an.

Er trägt einen Dreitagebart, der die Wangen dunkel umspielt. Das Grün schimmert noch in den Haarspitzen, darunter gewinnt seine Naturfarbe an Fläche: gewöhnliches Haselnussbraun. Nach nur einer Woche sieht er um Jahre gealtert aus.

»Eine Party, David?«, fauche ich. »Ich bringe Jay hierher, damit ihr beide euch aussprechen könnt, und du organisierst eine verfluchte *Überraschungsparty*?«

David zieht das Whiskeyglas zu sich und starrt auf die braunglasierten Eiswürfel. »Ich hab nur die Jungs von der Band eingeladen. Den Grund wollte ich nicht verraten, ich fand, dass Jay das selbst machen muss. Natürlich wussten die beiden, dass heute sein Geburtstag ist. Irgendwie hat sich das alles verselbständigt …«

»Da unten sind mindestens fünfzig Leute!«

»Jay hat viele Freunde.«

O Mann! Ich reibe meine Hände übers Gesicht. »Wie geht es ihm?«

»Es hat eine Weile gedauert, bis er kapiert hat, dass niemand etwas weiß. Sie alle glauben, es ist eine seiner verrückten Aktionen, für die er so bekannt ist. Ein paar Wochen in der Schule blaumachen und trotzdem das Abizeugnis mit der Bestnote abräumen. Das würde keinen überraschen, der ihn kennt.«

»Habt ihr zwei wenigstens miteinander gesprochen?«

David verzieht den Mund. »Zwischen der Meute? Nein, wir haben nicht geredet.« Er schwenkt die Eiswürfel und fügt zögernd hinzu: »Ich konnte ihn nicht mal ansehen.«

»Es ist wichtig, dass ihr miteinander sprecht! Auf jeden Fall solltest du ihm erklären, dass diese bescheuerte Party auf deinem bescheuerten Mist gewachsen ist und ich nur so bescheuert war, dir zu vertrauen.«

David betrachtet das Glas. »Ich habe dich vollkommen falsch eingeschätzt.«

»Ach ja?«

»Ich habe dich für hirnlos und oberflächlich gehalten.«

»Das ist … unglaublich … ehrlich.«

Ein Lächeln überwältigt seine Lippen. »In Wirklichkeit bist du sarkastisch und unhöflich. Jay hat eine Schwäche für solche Leute. Er quält sich gerne mit ihnen.«

Ich kneife die Augen zusammen. »War das eine Art Entschuldigung?«

»Nie im Leben.«

»Gut. Denn ich mag dich nicht. Du bist hirnlos und oberflächlich.«

David grinst und verwandelt sich schlagartig in einen Menschen. Jemanden, der Gefühle hat und Fehler begeht und der Jays bester Freund sein kann.

»Dein Freund wartet unten auf dich«, sagt er.

»Ich fürchte, er will mich nicht sehen.«

Er zieht beide Brauen hoch. »Gibst du ihn so einfach auf?«

Der Partyraum treibt Tränen in meine Augen, so dick hängt der Rauch darin. Ich blinzle, bis Sofas, Sessel und Kaffeetische aus dem Dunst auftauchen, die zu einer langen Tafel zusammengeschoben sind. Dahinter wabert eine Bar in der Ecke, mit einer halbverborgenen Bedienung im Nebel, die Bierflaschen entkorkt.

Jays Freunde füllen den gesamten Raum. Sie rekeln sich in Sesseln, balancieren auf Armlehnen und hocken auf dem Boden. Die

Rockmusik aus den Boxen und ihr Geschnatter verweben sich zu gleichmäßigem Lärm. Zigaretten qualmen, Gläser stoßen aneinander, Gelächter explodiert hier und da, wie Feuerwerk.

Ich strande am Rand der Sitzgruppe. David entdeckt Jay auf einer Couch und dreht im selben Moment den Kurs ab. Der Feigling versteckt sich an der Bar und bestellt sich eine Flasche Mut, während ich unter all den Fremden zurückbleibe. Ich knete die Finger und trete von einem Fuß auf den anderen.

»Ich weiß, warum sich der Penner nicht mehr blicken lässt.« Ein Kerl mit braunen Rastas, die aus seinem Hinterkopf wachsen wie Affenschwänze, übertönt den Rest. »Du schuldest mir noch zweihundert Euro, Feretty. Denk nicht, dass ich darauf verzichte.«

Jay zieht an einer Kippe und bläst Rauch aus dem Mund. »Wofür?«

Der Rastakerl feixt in die Runde. »Wir haben gewettet, dass er zu feige ist, den blanken Arsch aus dem Fenster zu halten, während wir durch die Einkaufsstraße fahren.«

Ein Mädchen quietscht vor Lachen. »Das hätte ich gern gesehen!«

»Und er hat gekniffen?«, will ein Junge wissen.

Jay lächelt in seine Bierflasche. »Ich hab's gemacht.«

»Das ist ja das Problem!« Der Rastakerl biegt sich nach vorne und schwingt seine Arme in die Luft. »Wir dümpeln durch die Fußgängerzone und Feretty blendet mit seinem Hinterteil unschuldige Frauen und Kinder. Ich ziehe schon den versprochenen Zwanziger heraus, als Dave plötzlich die Bremse durchtritt und Feretty halb nackt über den Gehweg segelt!«

David taucht neben mir auf. »Wenigstens hat er die Hose hochgezogen, bevor die Bullen Führerschein und Zulassung sehen wollten. Als Fahrer habe natürlich ich die Anzeige bekommen.«

»Und ich hab löhnen müssen, weil diese zwei Penner keinen

Cent in der Tasche hatten!« Der Rastakerl lacht. »Zweihundert Euro fürs Nichtanschnallen und der Erregung öffentlichen Ärgernisses!«

»Was eine Frechheit ist«, Jay grinst, »der Polizistin hat's gefallen. Einen Blick auf meinen Hintern, und sie hätte mir das Geld am liebsten in den Hosenbund gesteckt. Die Strafe war Teil des Wetteinsatzes, Franky, vergiss es.«

Gelächter schäumt über. In all dem Durcheinander treffen mich Jays blaue Augen. Er schwenkt von mir zu David.

David umklammert eine Bierflasche und sein Oberkörper hebt sich in einem tiefen Atemzug. Er nickt ruckartig über die Schulter.

Jays Adamsapfel bewegt sich. Er drückt die Zigarette im Aschenbecher aus und steht auf.

Alle Stimmen versiegen oder vielleicht nehme ich sie nur nicht mehr wahr, als er sich den Weg durch Beine und Gläser bahnt und direkt auf mich zukommt. Er stellt sich so dicht vor mich, dass ich meinen Kopf in den Nacken legen muss. Seine Hand legt sich auf meine Wange und er schließt den letzten Abstand mit einem zarten Kuss.

»Du kleiner Dickkopf«, murmelt er gegen meine Lippen. »Bin gleich wieder bei dir.«

Mich überwältigt das Bedürfnis, die Arme um ihn zu schlingen und ihn nicht fortzulassen. Aber er wendet sich bereits ab und folgt David nach draußen in den Gang. Die Tür schwingt hinter ihm zu und sperrt mich aus.

»Seid ihr wirklich zusammen? Komisch, dass er sich nie mit dir blicken lässt.«

Ich drehe den Hals zur Seite und entdecke eines der Mädchen aus Jays Stufe. Unter ihrem Rock/Gürtel stechen zwei Beinchen hervor, die so dünn sind, dass ein drittes dazwischen Platz hätte. Ohne High Heels würde sie mir bloß bis zur Nase reichen, wäre ihre Frisur nicht zehn Zentimeter hochtoupiert.

»Kenn ich dich?«, frage ich.

Ihr Gesicht läuft an. »Wir besuchen seit drei Monaten denselben Unterricht!«

Ich zucke die Schultern. »Zwölftklässler sehen für mich alle gleich aus. Liegt wohl an den großen, vor Intelligenz geblähten Köpfen.«

»Warum kommt Jay nicht mehr zur Schule?«, schnaubt sie.

»Er modelt jetzt für *Shit n' Crazy.*«

»Was? Davon hab ich noch nie gehört.«

Ich mustere sie von oben bis unten. »Wahrscheinlich nicht dein Style.«

»Verarschst du mich etwa?«

Mein Mund klappt auf, um ihr zu versichern, dass dies nicht im Entferntesten in meiner Absicht liegt. Weshalb sollte ich mich über eine Person lustig machen, die mich vor dem Kurs als hässlicher Gothic bezeichnet hat? Ich bin keineswegs nachtragend.

Aber ich komme nicht mehr dazu.

Die Tür zum Partyraum fliegt auf und ich drehe mich automatisch um. David krallt sich an den Rahmen, seine Augen quellen aus dem Kopf und seine Stimme schmettert durch den Lärm. »Ruft einen Krankenwagen!«

Ich presche an David vorbei und entdecke ihn sofort.

Jay liegt auf dem Boden vor der Treppe. Krämpfe schütteln ihn. Seine Muskeln, hart wie Stein, trommeln auf den Untergrund. Die Hände formen sich zu Krallen, seine Zähne leuchten in einem grotesken Grinsen, Spuckeblasen schäumen auf der Unterlippe. Ein Verurteilter auf dem elektrischen Stuhl, durch den hunderttausend Volt fließen.

»Jay? Jay! Hörst du mich?« Ich falle neben ihm auf die Knie. Er starrt ins Nichts. Feuchtigkeit füllt seine Iris, aber er blinzelt nicht. Eine Träne durchbricht den Augenwinkel und rinnt über seine Wange.

»Lasst mich vorbei!« Das Mädchen mit dem kurzen Rock stürzt an meine Seite. Sie zerrt an Jays Arm und presst rotlackierte Fingernägel in sein Hemd.

»Fass ihn nicht an!«, zische ich.

Ihr Kopf schnellt zu mir. »Er muss in die stabile Seitenlage!«

Stabile Seitenlage? Sie hat recht. Ich muss mich beruhigen, muss klar denken. Der Erste-Hilfe-Kurs war freiwillig. Ich habe ihn geschwänzt. Mit Chris eine eiskalte Cola hinterm Schulhof geteilt. Es war so ein heißer Tag. Wir haben über die Idioten gelacht, die im Klassenzimmer schwitzen.

David hilft dem Mädchen, Jays Arm unter seinen Nacken zu schieben. Sie versuchen, sein Bein anzuwinkeln, aber er ist zu stark verkrampft. Jay rollt zur Seite und weißer Schaum rinnt aus seinem Mund.

»Was hat er genommen?!«, will das Mädchen wissen. Ihr Blick kratzt über Davids Gesicht und er weicht ein paar Zentimeter zurück.

»Nichts! Ich hab ihm nichts gegeben! Wir haben uns unterhalten! Dann ist er mitten im Satz umgefallen!«

»Habt ihr die Rettung alarmiert?«, ruft jemand.

»Ich hab sie angerufen«, antwortet eine Stimme auf der Treppe.

»Es schneit wie verrückt draußen.«

»Erstickt er?«

»Schaltet die Musik ab!«

»Atmet er noch?«

Fingernägel kratzen über meine Kopfhaut. Ich denke an meinen Vater, an den Geschmack von Waschmittel auf der Zunge. Aber es sind nicht seine Hände, die meine Haare packen und daran reißen, es sind meine eigenen. Der Schmerz wirkt nicht, lenkt mich nicht von den Gedanken ab, die durch meinen Kopf jagen: *Jay stirbt. Vier Tage vor der Operation. Er hat alles erreicht, was er wollte. Jetzt ist er achtzehn. Vielleicht gibt er auf.*

»Der Krampf lässt nach!«

Jays Augen verändern sich. Etwas in ihnen erwacht zum Leben, seine Pupille zieht sich zusammen, Blau gewinnt an Fläche, und mit einem Mal sieht er mich an. Nur mich. Worte bewegen seine Lippen, zu schwach, um sie zu hören.

Ich beuge mich über ihn und streichle seine Wange, damit er meine Nähe spürt. »Jay, du musst unbedingt wach bleiben. Schau mich an, okay?«

Die Musik ist aus und Totenstille stockt in der Luft.

Seine Stimme ist kaum ein Flüstern, ein Hauch an meinem Ohr. »Sind … meine Eltern … da?«

Weiß er nicht mehr, wo wir sind? Erkennt er nicht die blassen Gesichter seiner Freunde, die über uns schweben? Das Make-up auf meiner Haut, das ich nie trage, fast nie, nur an Geburtstagen?

»Wir sind in einer Bar, Jay. Deine Eltern sind zu Hause. Wir bringen dich ins Krankenhaus.«

»Sie sollen … mich nicht … fotografieren.«

Meine Haare fallen über uns, ein hauchdünnes Stück Privatsphäre in einem Gang voller Menschen. »Niemand fotografiert dich.«

»Es blendet …« Er presst die Lider zusammen. »Viki, lass mich … nicht …«

Ich will ihm sagen, dass er sich nicht fürchten muss. Ihm versprechen, dass alles gut wird, ich auf ihn aufpasse, die ganze Welt niederreiße, wenn es sein muss, nur um ihn zu beschützen. Aber ich kann nicht.

Ich kann nicht.

Jays Hinterkopf schlägt auf den Boden, immer und immer wieder, in einem grauenvollen Takt, gespielt von einem Tumor in seinem Kopf.

Er erleidet den nächsten Anfall.

Als ich klein war, hat Mama mir ein Kaleidoskop gekauft. Es zerschnitt die Realität in winzige Stücke und verschmolz sie zu neuen, fremdartigen Bildern. Quietschvergnügt bin ich damit durch die Wohnung gerannt und stellte mir vor, von Regenbogenstrudeln verfolgt zu werden.

Jetzt lache ich nicht.

Tausend Gesichter drehen sich im Treppenhaus.

Handys leuchten die Uhrzeit, Zahlen ticken, Flüstern rauscht im Hintergrund.

Die Tür springt auf, weiße Hosenbeine auf den Stufen, fremde Hände auf Jay.

Fragen, Antworten, Spritzen, Decken, Tragen.

Ich bewege mich, schwebe nach oben, blaues Blitzgewitter.

Mein Verstand ist zerbrochen, ich kauere unter den Scherben, lausche mir selbst, ohne zu wissen, wer da spricht. Das Kaleidoskop dreht sich. Die Splitter fügen sich zu einem Krankwagen auf verschneiter Straße. Ich stehe davor und beobachte, wie die Sanitäter Jay ins Auto befördern. Er ist noch immer bewusstlos, nur die Krämpfe haben endlich aufgehört. Jetzt liegt er da. Totenstill.

»Eine Person kann mitfahren.«

Ich reagiere nicht, trotzdem greift jemand meinen Arm und hilft mir einzusteigen. Mein Hintern rutscht auf eine schmale Sitzfläche. Zu viele Beine, Geräte piepsen, Licht überall. Jays Herzschlag leuchtet grün auf einem Bildschirm mir gegenüber.

»Ich komme nach.«

Mein Kopf wendet sich zu dem Jungen mit dem gefärbten Haar. Sein Gesicht ist zu alt für Grün, ein Erwachsener, der aussieht wie ein Clown. Lächerlich. Tragisch.

Mein Gehirn spielt die Sätze ab, ohne ihre Bedeutung wahrzunehmen. »Ich muss Diana anrufen. Wo ist mein Handy?«

»Ich mach das«, erwidert David.

Die Tür schlägt zu. Ich bin alleine, einsam auf engstem Raum mit Sanitäter, Notarzt und meinem Freund, der bewusstlos daliegt und versucht, nicht zu sterben. Aber tut er das? Kämpft er noch? Er rührt sich nicht, die Gesichtsmuskeln sind weich. Er sieht zufrieden aus, vielleicht geht es ihm gut, dort, wo er jetzt ist. Ohne Kopfschmerzen, ohne Angst. Vielleicht fürchtet er sich davor, je wieder aufzuwachen.

Meine Fingernägel pressen sich in die Handballen. Die Haut wird weiß, blutleer, ich zittere vor Anstrengung. Doch der Schmerz bleibt aus.

Es ist kein Schnee, der draußen auf die Straße fällt, sondern Kaugummi. Die Reifen kleben daran, der Weg ins Krankenhaus ist zäh. Ich erzähle fremden Menschen von einem Tumor im Gehirn, von einer bevorstehenden Operation. Sie erklären mir, dass er einen epileptischen Anfall hatte. Dass es ins Krankheitsbild passt, als wäre es *okay*, als hätte er das *verdient*.

»Sie haben richtig gehandelt. Er bekommt die beste Versorgung. Wir tun alles, was in unserer Macht steht.«

Ich starre den Sanitäter an. »Der Patient liegt da auf der Trage.«

Der Mann drückt mein Handgelenk, eine tröstende Geste.

In meiner Vorstellung führen wir das Gespräch fort. Die Worte sind zu dick, um durch meinen geschwollenen Hals zu dringen, zu tief im Herzen, um tatsächlich gefragt zu werden.

»Stirbt er?«

»Das können wir nicht beurteilen. Es müssen weitere Untersuchungen folgen.«

»Denken Sie, dass er sterben könnte?«

»Die meisten Menschen überleben einen epileptischen Anfall, wenn er nicht zu stark ist.«

»War er denn stark?«

»Er ist ziemlich lange bewusstlos, was glaubst du, Viki? War er stark?«

»Ich liebe ihn. Sehen Sie mich nicht so an, ich weiß, wir sind sehr jung. Wollen Sie es nicht sagen? Das Leben liegt noch vor uns, wer kann da schon von Liebe sprechen? Nur, dass es nicht stimmt. Jay steht vor dem Ende seines Lebens, so nah, dass er es heute Nacht berührt. Und darum ist es wirkliche Liebe. Wir haben keine Zeit mehr, kindisch zu sein.«

Der Sanitäter lässt mich los und Stille füllt meine Gedanken.

Vor dem Fenster zerbricht Morgenlicht in tausend Schneeflocken. Leute eilen hinter uns über die Straße, werfen dem Krankenwagen flüchtige Blicke nach. Sie frösteln und ziehen die Reißverschlüsse ihrer Winterjacken bis zum Anschlag hoch.

Ich lasse los.

»Sie müssen draußen warten.«

Eine Krankenpflegerin hält mich zurück. Ihr Arm ist dünn, der Griff überraschend fest. Ich strecke mich zu Jay, hebe die Hand nach ihm, versuche ihn über die Distanz zu erreichen. Die Sanitäter rollen ihn den Gang hinab, weg von mir, immer weiter, durch automatische Schiebetüren mit der Aufschrift *Zugang nur für Personal.*

Vielleicht ist es das letzte Mal, dass du ihn lebend siehst.

Nein, nein, so grausam kann das Leben nicht sein.

Doch. Kann es. Das weißt du.

»Bitte. Sie würden die Ärzte nur behindern.«

Die Türen schließen sich und zerschneiden den Blickkontakt, das unsichtbare Band, das an meiner Brust zerrt. Meine Hand fällt runter. Ich werde in den Warteraum geschoben und auf einen Plastikstuhl gesetzt. Jemand bringt mir eine offene Flasche Mineralwasser und klemmt sie zwischen meine Finger. Die Kohlensäure entweicht, Minute um Minute, ohne dass ein Schluck getrunken wird.

Schuhe mit hohen Absätzen hageln auf den Marmorboden. Ich sehe Jays Eltern durch die Eingangstür laufen. Diana trägt den grauen Mantel über einer Jogginghose, ihr Haar hängt wirr herab, Strähnen kleben auf ungeschminkter Haut. Sie sieht jünger aus, wilder, auf schmerzhafte Art und Weise wie Jay. Eric folgt ihr mit mechanischen Bewegungen, sein Gesicht zu einer farblosen Maske gefroren.

Ich springe auf und halte inne. Was soll ich tun? Was sagen?

Dianas Oberkörper prallt auf den Empfangstresen, die Handflächen schlagen auf die Ablage und ihr Hals reckt sich zur Person, die dahinter sitzt. Sie reden Worte, die ich verstehen könnte, würde ich mich bemühen. Ich will sie nicht hören. Mein Hintern fällt zurück aufs Plastik und Mineralwasser schwappt auf meine Finger. Es prickelt eine Weile, bis alle Luftblasen zerplatzt sind.

Diana wird lauter, sie schreit. Dann verschwinden ihre Schritte hinter einer Tür und ich bin wieder alleine.

Vielleicht hast du ihn umgebracht.

Wäre all das passiert, wenn wir zu Hause geblieben wären? Wenn Jay den Schokoladenkuchen seiner Mutter gegessen hätte, wie er es wollte, wenn wir gemeinsam in einem warmen Bett eingeschlafen wären? Ich habe ihn auf die Straße gezerrt und in eine Bar gebracht, voller Rauch, mit dröhnender Musik, mit Stimmen, die unentwegt auf ihn niederprasselten. David gab ihm damals Ecstasy. Meine Pille heute Nacht war mit purer Aufregung gefüllt. Ich habe sie ihm in den Mund gelegt, ohne ihn vorher zu fragen.

Ich bin auf den Beinen, länger still zu sitzen, ertrage ich nicht. Um mich herum erwacht die Station zum Leben. Die Korridore füllen sich mit Tageslicht, Schnee klebt an riesigen Fenstern, grellweiß vor dem grauen Hintergrund der Stadt. Meine Hand berührt eine Scheibe und mein Atem lässt sie beschlagen. Der Abdruck verblasst schnell.

Ein Geräusch dringt in mein Bewusstsein. Es war schon eine Weile da, doch ich begreife erst jetzt, dass es zu mir gehört. Ich ziehe das Handy aus der Jacke und nehme ab.

»Ich bin's.«

Kein Name, aber den brauche ich nicht. Es verschlägt mir nicht die Sprache, ich weiß nur nicht, was ich ihm sagen könnte. Ein greller Punkt schiebt sich über die Hochhäuser, hinauf in einen wolkenbedeckten Himmel. Weit entfernt scheint die Sonne, obwohl uns ihre Wärme hier unten nicht erreicht. Wie lange bin ich bereits im Krankenhaus?

»Bist du noch dran?«

»Ja.«

Mein Vater redet nicht um den heißen Brei. »Wir beide wissen, dass die Wohnung dir gehört, sobald du achtzehn bist. Spätestens dann wäre unsere kleine Wohngemeinschaft sowieso auseinandergefallen. Oder hättest du mich ein paar Jahre länger ertragen, damit jemand deine Rechnungen bezahlt?«

Soll mich das verletzen? Ich fühle nichts.

»Du möchtest doch studieren, nicht wahr?«, fährt er fort. »Warum solltest du dir auch eine anständige Arbeit suchen, wenn ich dir weiterhin Geld in den Hintern stopfe. Ich will eines klarstellen: Ich bezahle keinen Unterhalt mehr für dich. Keinen Cent, weder jetzt noch irgendwann in der Zukunft. Du rennst auf keines dieser überbesetzten Ämter und forderst nichts von mir ein.«

»War das alles?«

Er zögert kurz. »Im Gegenzug siehst du mich nie wieder.«

Es ist bitterkalt in der Kirche. Die Bänke hinter uns füllen sich mit schwarzgekleideten Menschen. Ich stelle mich auf ein Holzbrett und recke mich höher, um nach Papa Ausschau zu halten, aber Tante Elsa zieht mich sofort runter.

»Nicht mit den Schuhen!«, zischt sie. »Die Leute knien darauf nieder.«

Der Pfarrer betritt den Raum und das Gemurmel versiegt. Im selben Moment reißt eine Seitentür auf und Onkel Karl poltert mit rotverschwitztem Kopf herein. Er hat Papa im Schlepptau.

Onkel Karl setzt sich zu Tante Elsa und die beiden tuscheln aufge-

regt miteinander. Papa fällt neben mir auf die Bank. Er riecht nach Schnaps.

Der Pfarrer hält die Messe.

Am Schluss müssen wir uns in einer Reihe vor dem Sarg aufstellen, der vor dem Altar zwischen Blumenkränzen steht. Der Deckel ist offen und wir müssen alle hineinsehen. Ich blinzle nur, erhasche papierfarbene Haut und wende den Blick schnell ab. Meine Hand krampft sich um Tante Elsas.

»Warum ist sie so dünn?«

Tante Elsa streichelt mir den Hinterkopf. »Weil die Seele nicht mehr da ist. Die Seele hat den Körper mit Leben gefüllt, und dieses Leben ist nun im Himmel.«

Papa lacht auf und schlägt sich die Handfläche gegen die Stirn. »So eine Scheiße!«

Onkel Karl bringt ihn nach draußen.

»Er ist nur traurig, dein Vater«, flüstert Tante Elsa in mein Ohr. »Ihr beide müsst jetzt füreinander da sein.«

»Einverstanden«, antworte ich.

Mein Vater legt auf und ich lasse das Handy in der Jacke verschwinden.

Finger berühren meinen Ellbogen. Sie drehen mich ein wenig zur Seite, bevor sie den Mut verlieren und zurückweichen. »Ich hab dich gesucht.«

Ich betrachte die Person vor mir. Er ist nur ein paar Zentimeter größer als ich, seine Schultern zusammengefallen, graue Augen liegen auf geschwollenen Hautpolstern. Eine Furche wächst tief auf seiner Stirn und er beugt sich näher heran. »Hörst du mich?«

»Ich bin nicht taub.«

David schnellt zurück und panzert seine Brust mit verschränkten Armen. Hereinfallendes Schneelicht lässt ihn leuchten, doch es ist nur ein Trick, in Wirklichkeit ertrinkt sein ganzer Körper in Schatten. Er dreht das Gesicht zum Fenster, nein, er wendet es von mir ab. »Es war ein Fehler. Ich mache immer nur Fehler …«

Gerne würde ich ihn trösten, aber ich weiß zu genau, was er meint.

»Es wäre besser, wenn ich es wäre«, wispert er. »Ich wünschte, ich wäre es.«

Ich erkenne Schmerz, wenn er vor mir steht. Ich erkenne Leid. Ein Witz, eine Prise Sarkasmus würde die Situation entschärfen, ich sehne mich danach, süchtig nach einem leichten Ausweg. Mein Kopf schallt leer, ausgeschabt, rau und wund, und mir fällt nichts ein, das die Dunkelheit zwischen uns vertreiben könnte.

Mel würde ihn umarmen.

Also tue ich es.

Die Wartehalle ist vollgestopft und tiefgekühlt. Überall kauern Jays Freunde, in denselben Sachen wie heute Nacht, mit verschmiertem Make-up und zerzausten Haaren. Nur wenige sprechen miteinander, die meisten sind erstarrt. Ich entdecke das Mädchen mit dem kurzen Rock, das sich eine Träne nach der anderen von der Backe wischt, ohne ein Geräusch zu produzieren. Hass rauscht bei ihrem Anblick durch meinen Körper, heiß und unbarmherzig. Sie hat kein Recht zu trauern. Jay ist nicht tot.

Er. Ist. Nicht. Tot.

Die Tür schwingt auf und Eric läuft heraus.

Zuerst steuert er ausdruckslos auf mich zu, dann erkennt er mich und zwingt ein Lächeln auf sein Gesicht. Es zuckt ein paarmal auf der Wange, bevor es in sich zusammenfällt. In letzter Sekunde schwenkt er an mir vorbei und hastet zum Getränkeautomaten. Als ich ihn erreiche, kramt er im Portemonnaie nach Kleingeld.

»Wie geht es Jay?«, frage ich.

Die Münzen fallen aus seinen Fingern und klimpern zu Boden.

Jackpot, denke ich und bücke mich danach.

»Er hat einen Anfall nach dem anderen«, sagt Eric fröhlich. »Das kann sein Gehirn auf Dauer nicht aushalten.«

Ich sehe auf.

Eric klammert sich an die Kante des Automaten, beide Hände zu Fäusten verkrampft. Er lehnt die Stirn an die Menüauswahl und presst die Augen zu einem Haufen Falten. Seine Mundwinkel ziehen sich bis zu den Ohren, seine Stimme zerrt sich in zu hohe Töne. »Jay erholt sich nicht mehr. Sie können …«

Ich gehe weg.

Die Tür öffnet sich ferngesteuert, aber sie ist zu langsam für mich. Ich pralle dagegen und stoße sie von mir. Ein Krankenpfleger klappt den Mund auf, dann stellt er sich an die Wand und lässt mich vorbei. Ich schaue in alle Zimmer, mein Kopf schwingt hin und her, die Füße halten keine Sekunde inne, denn jede davon zählt jetzt. Jede einzelne.

Ich will unseren letzten Moment haben. Unseren letzten Kuss.

Ich stürme um eine Ecke und erstarre.

Diana steht verloren im Gang. Mit ausgewaschenem Blick sieht sie mir entgegen und schüttelt sachte den Kopf. Sie breitet die Arme aus, und plötzlich durchflutet mich zäher Schmerz, tief aus meinem Inneren, wie altes, gestocktes Blut.

Ich stürze in ihre Umarmung. Schlinge mich um sie. Strecke meine Zehen, den Körper, das Kinn nach oben, als könnte ich so durch die Schwärze brechen, die mich überwältigt. Meine Kehle füllt sich, mein Mund, meine Nase. Der Druck ist gewaltig. Ich will um Hilfe rufen, aber der Laut gurgelt in meinem Hals.

»Atme, Viktoria. Du musst atmen.«

Nein, ich ersticke!

Ich will mich losreißen, doch sie hält mich fest, presst meinen Rücken an ihren Bauch, drückt mein Gesicht an ihren Hals. Ihr Griff ist bedingungslos und hart, so unglaublich hart, dass ich an ihm zerbreche.

Ich will nicht! Ich will nicht weinen!

Ich will nicht weinen, aber alle Schleusen bersten und ich ertrinke an mir selbst.

Diana streichelt meine bebenden Schultern und flüstert durch mein Aufheulen. Sie betet die Worte, stundenlang, im Krankenhaus, im Taxi, selbst in Jays Zimmer, wo wir beide eng umschlungen auf dem Bett liegen und seinen Geruch einatmen. Diana wiederholt diesen Satz so lange, bis ich ihn nicht nur höre, sondern endlich wage, daran zu glauben.

»Alles wird gut«, sagt sie. »Alles wird gut. Alles wird gut …«

Traurigkeit ist wie Wein. Sie lässt sich in Fässer füllen und tief im Innern lagern, wo sie mit den Jahren zu Apathie und vermeintlicher Stärke gärt. Bis sie eines Tages kippt. Sich in Essig verwandelt, das Herz übersäuert, die Seele vergiftet. Und nur ein Ausweg bleibt: sich in Tränen zu übergeben.

Ich finde an diesem Tag zwei Dinge, von denen ich geglaubt habe, sie vor langer Zeit verloren zu haben. Eine Mutter, die mich festhält. Und tief in mir eingesperrt, blind vor Schmerz, entdecke ich ein Kind, dem ich verboten habe zu weinen.

Ich lasse mich frei.

Epilog
Der eine Mensch fürs Leben.

Das neue Schuljahr hat mich in die erste Reihe versetzt. Mel sitzt neben mir, stützt ihr Kinn auf den Arm und verspeist einen Bleistift. Über ihren roten Locken leuchtet der Kastanienbaum durchs Fenster, goldgelb gefärbt von der letzten Oktoberwoche. Es hat acht Jahre gedauert, bis wir endlich Unterricht im Parterre bekamen, mit Blick auf den Innenhof statt auf die Straße. Vielleicht ist es ein Bonus für uns Zwölftklässler, ein Ansporn für das Abitur: *Gebt nicht auf, das Leben da draußen ist schön.*

Der Wind rauscht durch den Baum. Zwischen all dem Gelb fängt ein Fleckchen Grün meine Aufmerksamkeit. Ein einsames Blatt in der Farbe des Sommers krallt sich mit dünnem Stiel an den Ast und kämpft gegen die Böen, die an ihm reißen. Ich will aufspringen, hinaus auf den Hof rennen und die Hände darumlegen, seine Zeit verlängern, wenn auch nur für Minuten. Im gleichen Moment reißt das Grün ab und verschwindet in einem Wirbel von goldenem Laub.

Ich frage mich, ob die Blumen auf dem Grab inzwischen verwelkt sind.

Der Frost hat mich gezwungen, bis Ende März zu warten. Winterkälte lag noch in der Luft, als ich in den Laden von Mels Mutter gestürmt bin und sie mit dem Klingeln der Tür aufgeschreckt habe. Sie hat sich vom Boden erhoben, wo sie gerade Rosen in einem Glas arrangierte, und mich zu den Topfpflanzen geführt. Ich hatte kein

Geld für die ausgefallenen Gestecke, obwohl mir Mels Mutter bestimmt einen großzügigen Nachlass gegeben hätte. Doch ich wollte sie selbst bezahlen können, von dem wenigen, das ich zum Leben habe, seit das Geld meines Vaters ausbleibt. Ich betrachtete Stiefmütterchen, Tulpen und Narzissen. Schließlich blieb ich an einem Stöckchen hängen, dichtgedrängt ans Fenster, mit Hunderten von blauen Blüten, die sich zum Licht reckten.

Die Erde war eiskalt, als ich die Finger hineingebohrt und das Loch gegraben habe. Vorsichtig hob ich die Köpfchen der Vergissmeinnicht, die von der Fahrt zum Friedhof schlapp waren. Ich habe mir geschworen, niemals zu vergessen, wer darunter begraben liegt, während die zarten Blüten unter meinen Tränen erschütterten.

»Dreaming again, Ms Stein?«

Mein Kopf schnellt vor und dann nach oben. Herr Stör steht vor meinem Platz und schlägt einen Kugelschreiber in seine Handfläche. »Would you mind to share your valuable thoughts?«

»Wäl-ju …?«

Er stöhnt. »Val-u-able!«

»Like in: I'm saving your valuable ass«, ruft jemand von hinten.

Mel lässt ihre Locken fliegen und grinst über die Schulter.

»Dear God, will I ever be spared of your prudent comments?« Stör krampft seine Hand um den Kuli und stapft zur letzten Reihe. »But you *had* to repeat this year, didn't you?«

Jay kuschelt sich in den Stuhl, als wäre es ein gepolsterter Sessel, und hievt umständlich ein Bein auf den Tisch. »I wouldn't have missed it for anything in the world.«

»Füße runter!«, schnaubt Stör.

Jay bleckt die Zähne. »Das ist Teil meiner Physiotherapie. Können Sie mir bitte ein Glas Wasser bringen? Mir ist schwindlig.«

Was hundertprozentig gelogen ist.

Jay fängt meinen Blick und winkt mir zu. Ich verdrehe die Augen und beiße auf mein Lächeln.

Stör verweigert ihm das Wasser, sieht aber über die Füße hinweg, während er Jay den Text nacherzählen lässt, den wir als Hausaufgabe lesen mussten. Der Streber ist zweisprachig aufgewachsen, sein Englisch klingt echter als das von Stör, auch wenn der auf jedem Grammatikfehler herumhackt.

Wie sich herausgestellt hat, musste Jay den Förderkurs letztes Jahr zur Strafe besuchen, weil er einen Aufsatz über eine sadomasochistische Akademikerin geschrieben hatte, die ihre Schüler mit einem Regenbogenschal ans Bett fesselt und sexuell nötigt. Seit Jay in meinen Kursen sitzt, verspüre ich zum ersten Mal Mitleid mit unseren Lehrern.

Die Klingel erlöst Stör und er drängt sich mit den anderen Schülern hinaus in den Nachmittag. Ich lasse mir Zeit, stopfe meine Unterlagen in den Rucksack und schlendere zu Jays Platz. Er will nicht, dass ich ihm beim Aufstehen helfe, obwohl es ihm nach stundenlangem Sitzen schwerfällt, hochzukommen.

Jay presst die Handflächen auf die Tischplatte und faltet die Stirn in Konzentration. Die Beine sind unversehrt, aber die Information in seinem Gehirn, welche Muskeln in welcher Reihenfolge bewegt werden müssen, um seinen Hintern zu heben, wurde bei der Operation verletzt.

Als er aufgewacht ist, konnte er keine Gabel in der Hand halten. Essen ist ihm aus dem Mund gefallen, wenn er vergessen hat, ihn beim Kauen zu schließen. Trotzdem hat er den Rollstuhl neben dem Bett ignoriert und sich durch jede Rehabilitation gekämpft, die ihm angeboten wurde. Ich weiß, wie hart es für ihn war, nicht richtig laufen zu können. Wie frustrierend, all diese Abläufe neu lernen zu müssen, die er jahrelang beherrscht hatte. Wie erniedrigt er sich fühlte, weil er mich nicht so berühren konnte, wie er wollte.

Doch Jay Feretty gibt niemals auf. Er klimpert stundenlang auf der Gitarre, obwohl seine Finger mit den komplizierten Griffen noch nicht mithalten können. Flutet unsere Wohnung mit falschen Tönen, bis der Hund heult und die Nachbarn mit dem Besenstiel an die Decke klopfen. Ich beschwere mich nicht. Ihn auf der Couch zu beobachten, während er an den Wirbeln dreht und die Saiten stimmt, macht mich glücklich. Seinen Blick aufzufangen, wenn ich zu lange still war, und das verheißungsvolle Lächeln zu entdecken, das sich langsam auf seinem Gesicht entfaltet. Ihn unter mir zu spüren, wenn ich ihm beweise, dass er sich nicht immer bewegen muss.

»Warum nur?« Wir verlassen das Schulgebäude, und Mel reckt sich in den Herbsthimmel. »Warum muss ich Freitagabend mit der Schulfreundin meiner Mutter verbringen? Wenn ich mich über mein Pädagogikstudium erkundigen will, dann tu ich das im Internet!«

»Warum nur willst du dich freiwillig von gestörten Bälgern quälen lassen?«, werfe ich ein.

Mel streckt mir die Zunge raus. »Wenigstens weiß ich, was ich werden will!«

»Viki braucht nicht zu studieren.« Jay legt den Arm um meine Schultern und quetscht mich an sich. »Sie wird meine sexy Sekretärin und Mutter meiner fünf Kinder.«

»Ich werde Rechtsanwältin und verklage deinen chauvinistischen Arsch.«

Er grinst. »Du würdest in einem Anzug scharf aussehen.«

Mel verabschiedet sich mit hochgestrecktem Arm und schwingenden Locken. Sie springt in den Bus und verschwindet in einer Zukunft voll Erziehungsseminare, bunter Eddingstifte und Kindern mit Lernproblemen. Ich verrate es ihr nicht, aber ich bin wahnsinnig stolz auf sie.

»Riechst du das?«, fragt Jay.

»Meinst du das faulige Herbstlaub oder die Busabgase?«

»Der Duft von frisch geröstetem Tabak liegt in der Luft«, stöhnt er. »All die kleinen Zigaretten, die von mir geküsst werden wollen.«

Ich verhake unsere Finger und zerre ihn über die Straße. »Du rauchst nicht mehr, um deine zweite Chance im Leben nicht zu vermasseln. Und du bist glücklich über deine Entscheidung. Verstanden?«

»Darf ich wenigstens dich küssen?«

»Ich bin kein Nikotinpflaster!«

Er tut es trotzdem. Seine Lippen berühren mich warm und weich. Er küsst mich anders als früher. Langsam und voller Sehnsucht, mit einer Hand tief in meinen Haaren vergraben, als könnte ich mich jede Sekunde in Luft auflösen. Vielleicht bin auch ich es, die ihn anders küsst.

Wir schlendern händchenhaltend zur U-Bahn, um Kid aus dem Architekturbüro abzuholen, wo er die Tage verbringt, die wir in der Schule hocken. Der Wind wirbelt Laub vor unsere Füße und erinnert mich an meine Gedanken von vorhin. »Ich will noch zum Grab meiner Mutter.«

»Okay, ich muss sowieso dein Geschenk abholen.«

Ich bleibe stehen und schaue ihn an. »Was bekomme ich?«

»Verrate ich nicht.«

»Jay!«

»Na gut.« Er wickelt meine Haarsträhne um seinen Zeigefinger. »Ich dachte, etwas zum Anziehen für dich wäre toll. Du weißt schon. Fürs Bett. Diese kleine Boutique am Rathaus soll phantastische Schlafhauben verkaufen. Ich wache jeden Morgen mit einem schwarzen Haarball im Mund auf.«

Ich boxe ihm in den Bauch, und er lacht.

In letzter Zeit entdecke ich Gedanken in mir, die früher nicht da waren. Es heißt, man findet den einen richtigen Menschen fürs Leben. Aber ich glaube, das ist falsch. Denn setzt das nicht voraus, dass wir immer die gleiche Person bleiben?

Der Sänger. Der Kiffer. Der Liebhaber. Der Verzweifelte. Der Starke. Der Frustrierte. Der Lachende. Es gibt nicht nur einen Jay, sondern Dutzende, vielleicht Hunderte Facetten von ihm, die ich gerade erst kennenlerne. Die in mir selbst unbekannte Seiten auslösen, wie eine chemische Reaktion, deren Ausgang ungewiss ist. Ich weiß nicht, wie viel von der Zukunft, die Jay für uns erträumt hat, Wirklichkeit wird. Ich weiß nur, dass ich versuchen werde, all diese Jays auf ihre Art zu lieben.

Übermorgen werde ich achtzehn. Übermorgen kennen wir uns ein Jahr.

Dank

Danke an alle Leser! Am liebsten hätte ich in jede Ausgabe eine kleine Spion-Kamera einbauen lassen, um die Geschichte durch eure Augen zu erleben. Zu sehen, an welchen Stellen ihr lacht, wann ihr traurig seid und wann ihr der Autorin gerne den Hals umdrehen würdet. Allerdings hätten mich dann wohl ein paar Datenschützer verklagt – von den Produktionskosten ganz abgesehen. Wenn's euch gefallen hat, könnt ihr mich auf www.sabineschoder.de oder Facebook besuchen.

Danke an meine Mutter, die Bücher geradezu verschlingt und meines trotzdem toll fand. Danke an meinen geliebten Mann, der mich folgendermaßen aus meinen Tagträumen geweckt hat: »Wenn du das Manuskript nie abschickst, liegen die Chancen einer Veröffentlichung bei null Prozent.«

Danke an meine Agentin Christiane Düring von der scripts for sale Medienagentur, die einige Kanten von Viki abgeschliffen hat. Danke auch an das gesamte Team des Fischer Kinder- und Jugendbuchverlages, insbesondere meine Lektorin Carla Felgentreff, die den Text mit unermüdlicher Begeisterung poliert hat. Ohne euch würde es kein Buch geben.

Liebe ist stärker als jede Statistik

Kopf an Kopf liegen Zac und Mia in ihren Krankenhausbetten, nur durch eine dünne Wand getrennt.
Diagnose: Krebs.
Gefühlszustand: isoliert und allein.

Und aus ersten Klopfzeichen erwächst eine Liebe, die unter normalen Umständen niemals möglich gewesen wäre ...

A.J. Betts
Die Unwahrscheinlichkeit von Liebe
Aus dem australischen Englisch von Katharina Diestelmeier und Anja Malich
336 Seiten, gebunden

Das gesamte Programm gibt es unter
www.fischerverlage.de

fi 85661 / 1

Herzzerreißend ehrlich, voller Weisheit und Humor

»Ich küsse ihn. Wir küssen uns! Ich versuche, mich nicht zu fragen, ob das nun richtig oder falsch ist. Mein Herz hämmert und ich hoffe, dass sein Herz genauso wild klopft. Ich weiß, dass die Menschen einander seit tausend Ewigkeiten küssen, aber jetzt, in diesem Augenblick, fühlt es sich an, als wäre das Küssen ein Geheimnis, das nur Roman und ich kennen.«

Eine Geschichte über zwei, die den Tod suchen – und die Liebe ihres Lebens finden

Jasmine Warga
Mein Herz und andere schwarze Löcher
Aus dem Amerikanischen von Adelheid Zöfel
384 Seiten, gebunden

Das gesamte Programm gibt es unter
www.fischerverlage.de

fi 7-5141 / 1

Das erste Jugendbuch von Bestsellerautorin Lilly Lindner

April ist fort. Seit Wochen kämpft sie in einer Klinik gegen ihre Magersucht an. Und seit Wochen antwortet sie nicht auf die Briefe, die ihre Schwester Phoebe ihr schreibt. Wann wird April endlich wieder nach Hause kommen? Warum antwortet sie ihr nicht? Phoebe hat tausend Fragen. Aber ihre Eltern schweigen hilflos. Doch Phoebe schreibt ihrer Schwester Briefe. Wort für Wort. In die Stille hinein, die April hinterlassen hat.

Lilly Lindner
Was fehlt, wenn ich verschwunden bin
Band 0093

Das gesamte Programm gibt es unter
www.fischerverlage.de

fi 8-0093 / 1